Lilly C. Zwetsch

Blood Red Shores

Warrior of the Sea

Buch 3

Roman

Auflage 1, 2024

Hersteller:

Herstellung und Verlag:
BoD – Books on Demand,
Norderstedt

ISBN: 9783759702654

Inhalt

Kapitel 1 11

Kapitel 2 15

Kapitel 3 25

Kapitel 4 35

Kapitel 5 50

Kapitel 6 57

Kapitel 7 65

Kapitel 8 78

Kapitel 9 90

Kapitel 10 97

Kapitel 11 114

Kapitel 12 120

Kapitel 13 126

Kapitel 14 136

Kapitel 15 143

Kapitel 16 149

Kapitel 17 157

Kapitel 18 163

Kapitel 19 173

Kapitel 20 179

Kapitel 21 189

Kapitel 22 201

Kapitel 23 207

Kapitel 24 213

Kapitel 25 221

Kapitel 26 226

Kapitel 27 237

Kapitel 28 246

Kapitel 29 256

Kapitel 30 263

Kapitel 31 269

Kapitel 32 278

Kapitel 33 283

Kapitel 34 293

Kapitel 35 299

Kapitel 36 305

Kapitel 37 313

Kapitel 38 320

Kapitel 39 328

Kapitel 40 331

Kapitel 41 334

Kapitel 42 338

Kapitel 43 342

Kapitel 44 347

Kapitel 45 352

Kapitel 46 357

Kapitel 47 362

Kapitel 48 369

Kapitel 49 376

Kapitel 50 380

Kapitel 51 386

Kapitel 52 394

Kapitel 53 397

Epilog 402

Ende 409

Weitere Bücher 410

Über die Autorin 411

Für alle, die die Stärke suchen, zu vertrauen

Kapitel 1

Die Kreatur – Lin, Cailin, wie auch immer – kreischte auf, wollte das Messer greifen, aber Scarlett zog es bereits wieder zurück und stach noch einmal zu. Und noch einmal.

Röchelnd ging die Frau zu Boden, verlor Lins Gesicht und entfachte tausend Fragen in ihrem Kopf, aber Scarlett verlor keine Zeit, sondern stocherte bereits mit der Klinge in ihrer Handfessel herum. Hier auf dem Altar war sie leichte Beute, während ihre Crew gegen Carters Männer kämpfte. Schüsse fielen. Stein splitterte. Jemand schrie.

Eine Hand schloss sich um ihren Fußknöchel, aber es war nur Jon, der sogleich begann, die Fesseln aufzubrechen. »Nimm mich mit, wenn ihr von hier verschwindet«, bat der

Dieb und sah dabei so verzweifelt aus, dass Scarlett stumm nickte.

Bald war sie frei und kletterte vom Stein. Dabei rutschte sie beinahe auf ihrem eigenen Blut aus. Nur dem Adrenalin war es zu verdanken, dass sie vor Schmerzen und Blutverlust nicht das Bewusstsein verlor. Gerade noch erhaschte sie einen Blick auf Carter, der sich mit Humphrey und dem Großteil seiner Crew in einen Nebengang flüchtete. Der Rest war den Klingen und Kugeln von Scarletts Crew zum Opfer gefallen.

Sie sah, wie das Wasser des Beckens wogte und schäumte, als die Kreaturen des Königs sich an den Hineingefallenen gütlich taten. Sie würgte, als sie Hanks blutverschmierte Züge aus den Fluten auftauchen sah. Genauso schnell war er wieder verschwunden, ganz die blutrünstige Bestie.

Tripp, offensichtlich von der unsichtbaren Magie befreit, schnappte sich ihre Hand und zerrte sie zum Ausgang, während Jon ihnen eilig folgte. Er musste sie halb tragen, so erschöpft war sie vom Blutverlust, doch sie unterstützte ihn, so gut sie konnte, während er sie durch den Tunnel und zurück in den Laborraum schleppte.

»Thomas und die anderen haben hier alles mit Schwarzpulver ausgestreut und einen Haufen Fässer in einem Nebentunnel aufgeschichtet«, rief Tripp über seine Schulter. »Wir müssen von hier verschwinden, bevor alles in die Luft fliegt.«

Scarlett machte sich von ihm los, stolperte hinüber zum Arbeitstisch und schnappte sich eines der Notizbücher. Wenn sie Verbündete im Kampf gegen Carter brauchten, mussten sie Beweise vorlegen können.

Dann ließ sie sich von Tripp hinter den anderen her zum Ausgang zerren. Vor ihnen blitzten Adas Silberhaare auf.

Sie rannten durch den Tunnel und gelangten auf den schmalen, felsigen Strand unterhalb des Ash Cliffs, wo bereits ein Beiboot auf sie wartete.

Thomas half Ada, Tripp und Scarlett hinein, während Jon sie ins Wasser schob und hinterher sprang. Ulrik ruderte sie mit schnellen Schlägen vom Ufer weg.

Die Nacht war kurz davor, den Himmel zu übernehmen, und färbte die Wolken bereits in einem dunklen Grau. Wie ein riesiger Schatten ragte das Ash Cliff über ihnen auf, scharfkantig und bedrohlich.

Scarlett sah zum Felsplateau hinauf, von wo aus sie die Asche ihrer Eltern in den Wind gestreut hatte. Wo sie ihre Stimmen zu hören geglaubt hatte. Wo sie vor jedem Auslaufen eine halbe Stunde Zeit verbracht hatte, nicht ahnend, welche grauenhaften Schrecken sich unter ihr abspielten.

Sie umklammerte das Buch in ihrem Gürtel, ihre einzige Hoffnung auf Antworten.

Ada reichte ihr eine Pistole. Unter ihrem blutverklebten Schopf hindurch lächelte sie sie traurig an, ihre Lippen blutleer. »Die Ehre gebührt dir, Captain.«

Scarlett nahm das Schießeisen. Es war bereits geladen, der Hahn gespannt. Sie richtete die Mündung auf das einsame Fass, das am Eingang der Höhle stand, ignorierte, dass ihre Wunden aufklafften und erneut Blut ausspuckten. Ignorierte, dass ihre Arme das Gewicht der Waffe kaum halten konnten.

Sie atmete drei Mal ein und aus, im Takt des sich wiegenden Bootes, während ihre Crew um sie herum ganz still war.

Der Schuss zerriss die Luft, peitschte durch den salzigen Wind und überwand die Distanz innerhalb von Sekundenbruchteilen. Die Kugel durchschlug das Holz und setzte das Schießpulver in Brand.

Der Knall war ohrenbetäubend. Schwarze Steinsplitter stoben in die Luft und prasselten auf die schäumenden Wellen nieder. Doch es war kein Vergleich zu der Explosion, die folgte.

Das Ash Cliff wurde von innen heraus zerrissen. Ein gewaltiger Ball aus schwarzem Gestein wurde nach außen gedrückt, dann fiel der gesamte Berg in sich zusammen.

Die Druckwelle schob ihr Boot weiter aufs Meer hinaus und blies Scarlett die Haare aus dem Gesicht. Dann stürzten die Steine ins Wasser und erzeugten mächtige Wellen, die sie weiter auf die wartende *Honoria* zu schwemmten.

Kurz erlaubte sich Scarlett, den Schmerz zu fühlen, der ihre Brust zu zerreißen schien. Innerhalb weniger Augenblicke hatte sie alles verloren, worauf sie ihr Leben gebaut hatte. Ihre Heimat war durch die Taten ihres geliebten Königs zerstört worden. Die Lügen um den Tod ihres Vaters schienen ihr das Blut aus den Adern zu pressen, so sehr schmerzte das Wissen, dass sie ihn hätte retten können, wäre sie nur nicht so blind gewesen. Ihre Späherin und langjährige Freundin hatte sie belogen und verraten. Und jetzt sah sie dabei zu, wie die einzige Gedenkstätte ihrer Eltern im Meer versank.

Sie nahm einen tiefen Atemzug, stopfte die schartigen Bruchstücke ihres Herzens in eine Kiste in ihrem Geist und verschloss sie sorgfältig. Dann straffte sie die Schultern.

»Bring uns zum Schiff, Ulrik«, befahl sie dem Ruderer. »Wir verschwinden von dieser verfluchten Insel.«

»Glaubst du, Carter ist tot?«, fragte Ada, den Blick besorgt auf die von Rauchschwaden und Steinstaub verschleierten Überreste des Ash Cliff gerichtet.

»Ich weiß es nicht. Gut möglich, dass ihm die Flucht rechtzeitig gelungen ist.« Sie traute es ihm allemal zu. Und ein Instinkt sagte ihr, dass das hier noch nicht vorbei war.

Kapitel 2

Sie stachen in See, sobald die Crew vollständig an Bord war. Scarlett überließ das Steuer Hugo und schloss sich mit Tripp, Ada und Jon in ihrer Kajüte ein.

»Also, was machen wir jetzt?«, durchbrach Ada die Stille als Erste und ließ sich auf den Sessel plumpsen. Jon setzte sich ihr gegenüber, während Scarlett den Stuhl an ihrem Schreibtisch wählte und sich Tripp gegen die Tischkante lehnte. Er rieb sich erschöpft das Gesicht. Dabei zuckte er zusammen, als hätte er die Wunden bereits vergessen. Keiner von ihnen war unbeschadet aus Carters Labor des Grauens entkommen, ihre allgemeine Erschöpfung war greifbar. Scarlett fragte sich, ob sie jemals wieder zu dem gelassenen, glücklichen Leben zurückkehren würde, das sie früher geführt hatte.

»Tragen wir zusammen, was wir wissen«, schlug Jon vor und hob eine Hand, um an den Fingern abzuzählen. »Der König will eine Armee aus Ungeheuern aufbauen und damit die Herrschaft über die Meere gänzlich an sich reißen.«

»Dazu hat er über wer weiß wie viele Jahre hinweg Piraten und Bewohner der Bay entführt und seine widerlichen Experimente an ihnen durchgeführt«, steuerte Ada schaudernd bei.

Jon nickte. »Er hat den Zauberer und Miles als Spießgesellen angeheuert und dutzende magische Gegenstände suchen lassen, die ihm dabei helfen sollten.«

»Der Zauberer ist tot, aber er hat noch seine Crew und alle Piraten, die keine Ahnung haben, was er da unten getan hat«, sagte Scarlett. »Zweifellos wird er die Explosion und alles, was damit zusammenhängt als Vorwand nutzen, die anderen Kapitäne gegen uns aufzubringen. Ich glaube auch nicht, dass er aufhören wird, seine Armee zu züchten.«

Tripp nickte. »Wenn wir Glück haben, hat ihn die Explosion Zeit und Ressourcen gekostet, vielleicht auch ein paar seiner geglückten Versuche. Aber das wird ihn nur unwesentlich zurückwerfen.«

»Außerdem sind da noch die Mannschaften, die nach den Meerjungfrauen suchen«, warf Ada ein.

»Bei allen Winden«, stöhnte Scarlett und rieb sich die Augen.

»Was?«, wollte Ada wissen.

Sie ließ von ihren Augen ab und ihren Rücken gegen die Stuhllehne fallen. »Im Brief des Königs stand: Bring mir den Schatz der Meerhexe. Erinnerst du dich?«

»Aye«, sagte Ada, anscheinend unsicher, worauf Scarlett hinauswollte.

»Was, wenn damit gar nicht das Gold gemeint war? Erinnerst du dich an das, was Gale gesagt hat? Er meinte: Wir müssen sie fangen.«

Erkenntnis erhellte Adas Züge und verfinsterte sie gleich darauf. »Du glaubst, der König meinte von Anfang an die Meerjungfrauen.«

Scarlett nickte. »Sie wären die perfekten Forschungsobjekte für ihn gewesen.«

»Weil sie bereits Mensch und Fisch verbinden.« Ada schüttelte sich.

»Apropos«, meldete sich Tripp zu Wort. Er sah unbehaglich von Scarlett zu Ada und zurück. Wut verhärtete seinen Kiefer. »Die Frau mit dem weißen Haar und der blauen Haut? Sie hat mir gesagt, sie sei die ältere Schwester der Meerhexe, die sich ihren Thron zurückholen will und dafür mit Carter zusammenarbeitet.«

»Es war Lin«, sagte Scarlett leise. Ihr Blick traf auf den von Ada. Sie spürte einen Spiegel der Trauer-und-Hass-Mischung in sich, die sie in den violetten Tiefen fand. »Sie hat uns die ganze Zeit über belogen und nur darauf gewartet, dass wir auf das Labor stoßen.«

»Aye, weil ihre Magie es Carter erlaubt, Frauen mit seinen Kreaturen zu paaren, ohne dass sie bei der Geburt oder Empfängnis sterben«, steuerte Ada bei und bestätigte damit, dass sie tatsächlich viel von Scarletts Konversation mit Carter mitbekommen hatte.

»Aber warum soll sie all die Jahre im Verborgenen agiert haben? Das macht doch keinen Sinn. Carter hätte seine Armee schon die ganze Zeit über züchten können«, warf Jon zweifelnd ein. Offenbar hatte er nicht gesehen, wie die angebliche Meerhexe ihre Hand auf Scarletts Leib gelegt und ihre seltsame Magie gewirkt hatte. Scarlett fühlte sich noch immer schmutzig. Nur die Winde wussten, was die Zauberin in ihrem Körper verändert hatte. Und, was sie die ganze Zeit über getrieben hatte, in der sie Scarlett vorgaukelte, für sie zu spionieren. Wochenlang war Lin tagtäglich verschwunden, angeblich, um den König und den Zauberer auszuspionieren. Stattdessen hatte sie Scarletts Leichtgläubigkeit dazu genutzt, mit ihnen zu arbeiten. Vor aller Augen. Scarlett fühlte sich elend. Dumm und benutzt. Natürlich hatte Lin den Weg zum Labor gekannt, als sie Scarlett unter das Ash Cliff führte. Es war nicht ihr herausragendes Spionagetalent gewesen, dass sie geleitet hatte, sondern das genaue Wissen um die geheimen Tunnel unterhalb der Klippe.

Tripp hob eine Hand und riss sie damit aus ihren Gedanken. »Das kann ich beantworten.« Scarlett bedeutete ihm, fortzufahren. »Wenn man ihren Worten glauben darf, hat ihre jüngere Schwester die Herrschaft über die See an sich gerissen und einen Bann über sie gelegt, um ihre Macht zu sichern. Angeblich soll Cailin so daran gehindert worden sein, Magie zu wirken. Anscheinend hat sie irgendwie von den Machenschaften eures Königs erfahren und fand, die Zusammenarbeit mit ihm würde sie am ehesten zu ihrem Ziel führen.«

»Sich den Thron der Meerhexe zurückzuholen?«, schlussfolgerte Ada und verzog ob dieser Einfallslosigkeit das Gesicht. »Ich wusste nicht einmal, dass es einen Thron gibt. Geschweige denn, dass die Meerhexe über die See herrscht. Ich dachte, sie wäre bloß eine weitere ihrer Kreaturen.«

»Und ich dachte, es gäbe sie gar nicht«, ächzte Scarlett.

In diesem Moment klopfte es und Aline trat mit ihrer Tasche ein. Sie machte sich sogleich daran, Adas Kopfverletzung zu untersuchen, ehe sie sich Scarletts zerschnittenen Oberkörpers annahm. Das Desinfektionsmittel brannte in den offenen Wunden, aber Scarlett hatte genug, um sich von dem Schmerz abzulenken.

»Wahrscheinlich fand sie Carters Vorhaben, eine unbesiegbare Unterwasserarmee zu schaffen, einfach zu verlockend, um sich fernzuhalten. Durch ihre Verkleidung konnte sie als mein Crewmitglied in seiner Nähe bleiben, ohne sich zu erkennen zu geben. Ich nehme an, das tat sie erst, nachdem wir den Zauberer geholt hatten und klar wurde, dass er diesen Bann zu lösen vermochte, der auf ihrer Magie lag.« Das alles war einfach zu viel Magie und zu viele mystische Kreaturen auf einmal, um Scarlett wirklich einzuleuchten. Aber so langsam bekamen sie einen Überblick über das, was sich in der Pirates Bay ohne ihr Wissen abgespielt hatte. Und auf ihrem Schiff. Scarlett verachtete sich dafür, Lins Scharade nicht durchschaut zu haben. Sie fragte sich, wie das alles überhaupt möglich sein sollte. Immerhin hatte sie Lin aus dem Schoß ihrer Familie direkt in ihre Crew geholt. Sie kannte Lins garstige Eltern und das Mädchen hatte ihr mehr als eine düstere Geschichte aus ihrer Jugend erzählt. Die Frage war, ob es Lin überhaupt je gegeben hatte, und wenn, ob Scarlett ihr je begegnet war. Oder, und diese Vorstellung erweckte ein ganz neues Grauen in ihr, ob die Blauhäutige die echte Lin unbemerkt ersetzt hatte. Bei allen Winden, wenn das der Fall war, war sie nicht nur eine grauenhafte Freundin, sondern auch ein schlechter Captain. Allein die Vorstellung, welches Ausmaß an Schaden der Feind in Verkleidung hätte auslösen können. Es war ja so schon ausreichend, aber- Verdammt.

»Wir müssen es Seth sagen.«

Ada stöhnte. »Fuck.«

Ja, das fasste es gut zusammen.

»Captain, ich muss die Schnitte nähen«, warnte Aline, Nadel und Faden schon in der Hand.

Scarlett ließ den Kopf nach hinten sinken und schloss die Augen, als sie begann. Das waren einfach zu viele schreckliche Enthüllungen für einen Tag. Ach was, es reichte für ein ganzes Leben. »Wir müssen ihn aufhalten«, sagte sie, um den Schmerz auszublenden, den Alines Arbeit auslöste.

»Aber wie? Er hat die ganze Flotte hinter sich. Egal, was wir versuchen, wir können sie nicht auf unsere Seite ziehen«, warf Ada ein.

»Nein«, stimmte Scarlett zu. »Wir müssen uns woanders Hilfe suchen. Bei jemandem, der Carter genauso hasst wie wir.« Allein, es auszusprechen, machte es real. Ja, sie hasste Carter. Aus vollem Herzen. Und sie verfluchte sich für jeden Funken Treue, den sie ihm entgegengebracht hatte. Sie war eine Närrin. Sie hätte auf Ada hören sollen.

»Du meinst die Navy«, begriff Tripp als Erster.

Ada schnaubte. »Wie sollten wir die auf unsere Seite ziehen?«

Scarlett hob den Kopf und blinzelte, dann holte sie das Buch aus ihrem Gürtel. »Hiermit.« Mit einem Knall landete es auf dem Tisch. »Und mit Hilfe des Commodores.«

Tripp nickte langsam. »Das könnte funktionieren. Wenn König Phillip hört, was Carter vorhat, wird er nicht tatenlos zusehen.«

Darauf setzte Scarlett, denn Ada hatte recht. Allein würden sie nicht gegen die Piraten ankommen. Und vor allem nicht gegen die Kreaturen, die Carter in der Hinterhand hatte. Die Invictus.

Sie stand auf und unterbrach damit Alines Arbeit. »Geht schlafen, ruht euch aus. Wir segeln nach Port Lory und hoffen das Beste.«

Die anderen erhoben sich.

»Ada, auf ein Wort«, hielt Scarlett ihre Freundin zurück. Während die anderen die Kajüte verließen – Tripp nicht, ohne einen besorgten Blick zurückzuwerfen –, trommelte Scarlett eine ungeduldige Melodie auf die Tischplatte. »Wir machen später weiter, Aline.«

Die Schiffsärztin warf ihr einen mahnenden Blick zu, aber sie widersprach nicht, sondern verließ ebenfalls die Kajüte.

Erst als sie allein waren, bedeutete sie Ada, sich wieder zu setzen, und nahm den Sessel gegenüber in Anspruch. »Als Carter mir von seinen Plänen erzähl hat, sprach er etwas an, was dich betrifft. Er sagte es, als läge es schon Jahre zurück. Er bezog sich auf etwas, das in der Nacht meiner Ernennung zum Captain geschah. Ich vermute, du hast es ebenfalls gehört. Was meinte er damit?«

Ada mied ihren Blick. Ada mied nie ihren Blick und es machte Scarlett entsetzlich nervös. Sie wollte ihre Freundin an den Schultern packen und durchrütteln, die Wahrheit aus ihr herausschütteln. Aber sie hielt sich zurück. Wenn das hier auf das hinauslief, was Scarlett vermutete, durfte sich Ada alle Zeit der Welt lassen.

Als sie schließlich sprach, war ihre Stimme so leise, dass Scarlett sich anstrengen musste, sie zu verstehen. »Du warst ihm immer so ergeben. Hast nie einen seiner Befehle infrage gestellt. Ich hatte Angst, dass du mir nicht glauben würdest. Es nur als Versuch werten würdest, dich gegen ihn aufzubringen.«

Scarlett schloss die Augen. Die Antwort überraschte sie nicht. Ein Teil von ihr hatte damit gerechnet. Dennoch schmerzte ihr ganzer Körper. Ihre Freundin hatte unter Carter gelitten und sich nicht getraut, mit ihr darüber zu reden aus Angst, von ihr verlassen zu werden. Scarlett hatte großen Mist gebaut. Es war ein Wunder, dass Ada überhaupt noch hier war.

»Was hat er getan?«

Ada seufzte. »Das weißt du doch. Muss ich es wirklich aussprechen?«

»Nicht, wenn du nicht willst«, versicherte ihr Scarlett.

Adas violette Augen musterten sie. Keine einzige Träne war darin zu sehen, dafür eine überbordende Müdigkeit und etwas, das Scarlett nur als Erleichterung bezeichnen konnte. Verdammt, die Freundin, die wie eine Schwester zu ihr war,

war erleichtert darüber, dass Scarlett jetzt endlich die Augen geöffnet hatte. Und wie fest sie sie über Jahre hinweg zugekniffen hatte. Obwohl sie es nicht für möglich gehalten hatte, stieg ihr Selbsthass noch. Sie knibbelte an einer bereits verschorften Stelle an ihrem Unterarm, während sie wartete. Je mehr das Adrenalin nachließ, desto schärfer kehrte der Schmerz zurück. Desto härter wurde es, ihn zu ignorieren. Aber Ada hatte über Jahre einen viel schlimmeren Schmerz mit sich getragen und so würde sie geduldig abwarten, bis ihre Freundin sich entschloss, zu sprechen.

»Es war in der Nacht, in der du zum Captain ernannt wurdest«, erzählte sie dann. »Er hat mich zu sich rufen lassen, in sein Büro. Dort hat er…« Sie schüttelte den Kopf und wandte den Blick ab. »Hinterher hat er mir gedroht, mir die Zunge herauszuschneiden, wenn ich es dir erzähle. Er sagte, er würde nicht zögern mich zu töten, und dann hättest du nur noch ihn.«

Scarlett schluckte, hob die Faust zum Mund und biss hinein in dem Versuch, ihren Zorn unter Kontrolle zu halten. Dabei kümmerte sie sich nicht darum, dass ihre Wunden aufbrachen und neuerliches Blut hervorquoll. Sie wollte etwas zertrümmern. Am liebsten Carters Gesicht. Daran zu denken, dass sie ihn all die Jahre vor Ada in Schutz genommen hatte. Dass sie ihm die Stiefel geküsst und sich hatte manipulieren lassen… Es brachte sie fast um den Verstand.

»Es tut mir leid.«

Ada sagte nicht, dass es da nichts gäbe, was ihr leidtun müsste. Dass sie es ja nicht gewusst hatte. Sie nickte nur und nahm die Entschuldigung an. Die viel zu wenig war und viel zu spät kam.

Scarlett ließ die Faust sinken und spreizte die Finger, sah zu, wie Blut auf den Tisch tropfte, ehe sie Ada ansah. »Willst du uns immer noch verlassen?«

Ada nickte. Die Vorsicht war ihr anzusehen. »Es hat nichts damit zu tun. Oder mit dir. Ich denke einfach es wird Zeit, ein neues Leben zu beginnen.«

Scarlett nickte und sprach an dem Kloß in ihrer Kehle vorbei: »Du kannst in Port Lory von Bord gehen. Ich werde dir deine Heuer auszahlen.«

Ein Lächeln verzog Adas Lippen. »Oh nein, Scarlett. Ich bleibe, bis diese Sache mit Carter geklärt ist. Ich will ihn tot auf den Meeresgrund sinken sehen.« Ein teuflisches Glitzern trat in ihre Augen.

Sie wusste, dass sie gegen diese Entscheidung ankämpfen sollte. Eine gute Freundin würde das tun, oder nicht? Aber Scarlett war nun einmal entsetzlich selbstsüchtig und die Wahrheit war doch, dass sie Ada brauchte. Und, dass sie ein kleines Bisschen hoffte, ihre Freundin würde es sich noch einmal anders überlegen. Also nickte sie.

»Kann ich dich so allein lassen?«, fragte Ada.

Scarlett winkte ab und sagte in Erinnerung an das letzte Mal, als ihre Freundin diese Frage gestellt hatte: »Mach dir keine Sorgen um mich.«

»Ich mache mir immer Sorgen.« Ada erhob sich, zwinkerte ihr zu und verließ die Kajüte.

Eine andere Frau hätte vielleicht geweint. Ob ihres gebrochenen Herzens. Ob ihres in Scherben liegenden Lebens. Ob der Ungerechtigkeiten, die ihrer Freundin widerfahren waren. Ob des Verrats, der ihr das Herz zerriss.

Doch als Scarlett Aline wieder hereinrief und still dasaß, während die Schiffsärztin Stunde um Stunde damit verbrachte, ihre Wunden zu nähen, waren ihre Augen trocken. Und dort, wo vor wenigen Stunden ihr Herz geschlagen hatte, pochte nun ein Rachedurst, den nur der blutige Tod ihres Königs stillen würde. Die ganze Zeit über malte sie sich aus, wie sie es tun würde. Legte sich einen genauen Plan zurecht. Und schwelgte in dem Wissen, dass ihr Gesicht das letzte sein würde, was er in seinem Leben zu sehen bekäme. Und, dass sein Blut ihre Haut bedecken würde.

Einmal mehr waren sie aus Pirates Bay geflohen. Und wenn sie zurückkehrten, dann nur mit einem Krieg im Kielwasser.

Und er würde den König das Leben kosten.

Kapitel 3

Drei Wochen später

»Ich halte das für eine dumme Idee.«

»Du hältst alles für eine dumme Idee, deine Meinung zählt nicht.«

»Man sollte meinen, als Erster Offizierin stünde mir ein gewisses Mitspracherecht zu.«

Ein verächtliches Schnauben. »Ehrlich? Hast du in all den Jahren auf meinem Schiff denn nichts gelernt?«

»Ladies, jetzt ist dafür nicht die Zeit.«

»Halt die Klappe, Jon«, erklang es im Chor.

Die Blutige Scarlett, Captain der *Honoria* und die berüchtigtste Piratin auf den neun Weltmeeren, saß mit auf dem

Tisch abgelegten Beinen am Schreibtisch des Gouverneurs von Port Lory. Links von ihr stand ihre Erste Offizierin mit krauser Stirn. Rechts der ehemalige Meisterdieb Jon Smith, der die ganze Zeit schon auf den goldenen Brieföffner schielte, als wöge er ab, ob das Ding in seine Hosentasche passte. Gemeinsam erwarteten sie die Ankunft des Gouverneurs und eines gewissen Commodores.

Sie konnte verstehen, dass Ada die Angelegenheit für zu riskant hielt, denn der Commodore war nicht unbedingt ein Freund. Nachdem er durch Scarletts Verschulden in einer Schwarzwasserzelle in Pirates Bay gelandet, fast ein Jahr später von ihren Matrosen k.o. geschlagen worden und danach gegen seinen Willen auf ihrem Schiff aufgewacht war, hielt sich Robert Whittakers Begeisterung für Scarlett und ihre Crew in Grenzen.

Aber, und darauf basierte ihr ganzer Plan, Robert wusste um das Vorhaben des Piratenkönigs und er wollte es vereiteln, wie jeder Mensch mit gesundem Verstand. Die Erinnerung an das albtraumhafte Wesen, in das Carter ihren Freund Hank verwandelt hatte, bereitete ihr noch immer schlaflose Nächte. Und dabei gab Tripp sich ehrlich Mühe, sie zu ermüden.

Der Bootsmann war nicht nur mit seinen Händen geschickt, sondern auch mit der Zunge. Am vergangenen Abend hatte er eine Stunde damit zugebracht, sie –

»Ich höre Schritte.«

Ada klang beinahe gelangweilt, aber Scarlett kannte sie gut genug, um hinter ihre Fassade zu blicken. Seit sie das Deck der *Honoria* am Morgen verlassen und in den ersten heraufziehenden Schwaden des Herbstnebels hier heraufgeschlichen waren, lamentierte die Offizierin pausenlos darüber, wie gefährlich ihr Plan doch war. Der Gouverneur könnte ihnen die Hilfe verweigern. Der Gouverneur könnte ihnen seine Soldaten auf den Hals hetzen. Der Gouverneur könnte es Scarlett übelnehmen, dass sie vor eineinhalb Jahren hier eingebrochen war und seine Karte zum Tidenhorn gestohlen, seinen Commodore, ein Schiff und hundert Soldaten entführt und nach Pirates Bay gebracht hatte. Aber das waren doch alles nur Lappalien im Vergleich zu dem, was ihnen bevorstand. Eineinhalb Jahre. Bei allen Winden, wie die Zeit verflog.

Jetzt hörte Scarlett die Schritte auch, begleitet von leisen Worten, die sie bedauerlicherweise nicht verstehen konnte. Aber sie erkannte die Stimme des Commodores.

Scarlett strich sich das Haar zurück und richtete den Dreispitz auf ihrem Kopf, dann zupfte sie ihr Hemd zurecht, um die Verbände zu verdecken, die sich noch immer um ihre Arme wanden, und setzte ein strahlendes Lächeln auf. »Show time.«

Ada verdrehte die Augen, aber Jon zeigte ihr zwei Daumenhoch.

»Und habt Ihr dafür auch Beweise, Master Whittaker?« Der Knauf drehte sich, die Tür schwang auf und der dickbäuchige Gouverneur erschien im Rahmen. Als sein Blick auf die Piraten fiel, erstarrte er.

»Glücklicherweise haben wir die«, verkündete Scarlett, nahtlos ins Gespräch einsteigend, und förderte ein ledernes Notizbuch zutage, das mit einem Klatschen auf dem Tisch landete.

Der Gouverneur sah aus, als würde ihm gleich der Schädel platzen, als er sich zum Commodore umdrehte. »Ihr habt sie in mein Haus gebracht?« Seine fleischige Hand am Türknauf verkrampfte sich.

»Nein«, sagte Scarlett und zog seine Aufmerksamkeit wieder auf sich. »Robert wusste nicht, dass wir hier sein würden.« Sie zwinkerte dem grimmig dreinblickenden Commodore zu. Sie drückte sich ein wenig vom Tisch weg und kippelte mit dem Stuhl vor und zurück. Ihre Stiefelabsätze zerknitterten dabei die Papiere des Gouverneurs. »Aber ich dachte mir, dass Ihr Beweise sehen wollt. Da sind sie.«

Der Gouverneur beachtete das Notizbuch gar nicht. Stattdessen trat er weiter in den Raum. Scarlett musste zugeben, dass der Mann Eier hatte. Trotz ihrer zahlenmäßigen Überlegenheit und seines fortgeschrittenen Alters, rief er nicht nach seinen Wachen. Entweder vertraute er Robert also genug, um sich in Sicherheit zu wähnen, oder er gab nicht viel auf sein Leben.

»Seid Ihr dumm, oder einfach nur wahnsinnig, nach Eurer Aktion hier aufzutauchen und meine Hilfe einzufordern?«

Scarlett hob die Hand und deutete mit zwei Fingern einen kleinen Abstand an. »Ein Bisschen von beidem.« Sie linste durch den Spalt und hob die Finger so, dass es aussah, als hielte sie das zornrote Gesicht des Gouverneurs dazwischen. Sie kicherte.

Der Commodore massierte sich die Nasenwurzel. »Sir, ich weiß, es ist nicht ideal, aber die Situation ist ernst. Wir müssen gegen den Piratenkönig vorgehen.«

»Und uns dafür mit seiner berüchtigten Stellvertreterin zusammentun? Das erscheint mir etwas weit hergeholt. Woher weiß ich, dass es keine Falle ist?«

Robert betrat nun ebenfalls den Raum und schloss die Tür. »Seht Euch das Buch an, Sir.«

Der Gouverneur warf Ada einen schnellen Blick zu, den die mit einem boshaften Grinsen erwiderte, und trat vor den Schreibtisch.

Der Gouverneur war ein großer Mann mit breiten Schultern, die von seiner Vergangenheit als Soldat zeugten. Doch seine Position und das vorangeschrittene Alter hatten seinen Bauch gerundet. Das Wehrgehänge spannte über seiner Uniform und die bescheuerte Perücke verdeckte sein Haar, das sicherlich bereits von Grau durchzogen war. Seine Wangen waren glattrasiert, was nach den vielen Wochen auf See mit ihrer bärtigen Crew etwas seltsam auf Scarlett wirkte. Äderchen färbten die Wangen des Gouverneurs rot und unter seinen scharfen Augen hingen Tränensäcke, mit denen man auf Wanderschaft hätte gehen können. Dennoch unterschätzte Scarlett ihn nicht. Governor Worthington war einer der wenigen seines Standes, der sich seinen Titel nicht ausschließlich mittels Geburt erarbeitet hatte. Robert zufolge hatte der Mann zwanzig Jahre aktiven Dienstes hinter sich und war ein hervorragender Militärstratege. Auf ihre Nachfrage hin, warum er sein eigenes Heim dann so dilettantisch bewachen ließ, hatte der ehemalige Commodore nur erwidert: »Mit Scheiße kann auch ein Meister keine Burg bauen.« Was auch immer das heißen sollte.

Dass der Governor weder nach den Wachen gerufen noch mit der Wimper gezuckt hatte angesichts Scarletts Verhalten, trieb ihre Achtung vor dem Mann in die Höhe. Andere hätten ihre Inbesitznahme seines Schreibtisches als Angriff auf seinen Stolz gewertet, doch der Governor stellte klar, dass er darüberstand, indem er nicht darauf einging.

Was nicht bedeutete, dass er Scarlett leiden konnte. Oder die Tatsache, dass sie in sein Heim eingebrochen war. Schon wieder. Anscheinend hatte er Jons Rolle bei dem Coup auch nicht vergessen, denn als er sich eine Lesebrille aufsetzte und nach dem Notizbuch griff, sagte er: »Wie ich sehe, hat Euch Euer Verrat teuer zu stehen kommen lassen. Ich kann nicht sagen, dass ich darüber enttäuscht bin.«

Oh, eine boshafte Ader. Vielleicht würden sie doch miteinander auskommen. Während der Gouverneur durch die Seiten blätterte, musterte Scarlett Jon, der über dem Kommentar nur ein falsches Lächeln verlor. Der Dieb sah noch immer nicht ganz wieder hergestellt aus. Drei Wochen auf See in Begleitung ihrer wunderbaren Crew wogen eben nicht die vielen Monate der psychischen und physischen Misshandlung auf, die er unter Carter und der Mannschaft der *Pirates Revenge* erlebt hatte.

Nachdem Scarlett und ihre Crew verbannt worden waren, hatte sich Jon als Dieb für den König betätigt und im folgenden Jahr Dutzende magischer und vermeintlich magischer Gegenstände für ihn aufgetrieben – die Spezialität, die ihn ursprünglich auch in die Dienste des Gouverneurs gebracht hatte, ehe er den Standort der Karte zum Tidenhorn an Scarlett verraten hatte. Jedenfalls war Jon die Zeit an Bord des Schiffs des Piratenkönigs nicht gut bekommen. Er war dünn, nervös und hatte den Großteil seines Humors eingebüßt. Bei lauten Geräuschen zuckte er zusammen und wenn jemand einen Witz machte, vergewisserte er sich erst, dass alle anderen lachten, ehe er zögernd einstimmte. Es war beinahe tragisch, hätte der Verräter es nicht verdient gehabt.

»Was zum Teufel ist das?« Der Gouverneur war erbleicht und die Hand, in der er das Notizbuch hielt, zitterte leicht. Über den Rand seiner Lesebrille hinweg starrte er Scarlett an.

Robert trat vor und schob dem Gouverneur einen Stuhl zurecht, auf den der sich auch prompt fallen ließ. Alle Würde seines Amtes schien im Angesicht der schrecklichen Wahrheit von ihm abzufallen.

Scarlett lächelte trocken. »Aye, unser König hat den Verstand verloren. Und deshalb brauchen wir Eure Hilfe.«

Ein tiefes Entsetzen füllte die Augen des Governors, als er zu Scarlett hinübersah, die an seinem Schreibtisch thronte wie eine Prinzessin. »Habt ihr einen Plan?«

Sie hob eine Schulter. »Ja. Schritt eins ist, Euch auf unsere Seite zu ziehen.«

»Und Schritt zwei?«

Sie lächelte. »Den König stürzen.«

»Ausgefeilt«, sagte der Governor trocken.

»Nicht wahr?« Scarlett grinste, nahm die Füße vom Tisch und platzierte stattdessen die Unterarme darauf, um sich zum

Governor vorzubeugen. Die Nähte ziepten leicht. Besonders dort, wo das Messer bis auf den Knochen gedrungen war. Aber der Großteil war bereits verheilt. »Carter hat seine Piratenflotte. Siebzehn Schiffe, die unter seinem Kommando segeln. Ihr habt allein fünf im Hafen liegen. Wenn Ihr Wort an Euren König schickt-«

»Euer Plan besteht darin, König Phillip davon überzeugen zu wollen, sich auf Eure Seite zu schlagen?«, fragte der Gouverneur ungläubig.

Scarlett öffnete den Mund. Und schloss ihn wieder. Knackte den Kiefer. Tauschte einen Blick mit Ada. Faltete die Hände vor sich auf dem Tisch. »Ähm. Ja.« Selbst in ihren eigenen Ohren klang es nach einer Frage.

Robert räusperte sich und bedachte sie mit einem »Siehst du, ich habe dir gesagt, dein Plan ist scheiße«-Blick. Sie zog eine Grimasse.

»Ihr habt den Beweis, dass ich die Wahrheit sage.« Sie deutete auf das Buch, das die Geheimnisse des Piratenkönigs enthielt. Seine Forschungen mit dem Ziel, eine Armee aus Ungeheuern zu erschaffen, die mit dem Verstand von Menschen seine Befehle ausüben und ihm die endgültige Herrschaft über die Weltmeere verschaffen sollte. Mal ganz abgesehen von den Zielen der Meerhexe in spe, Cailin, die wahrscheinlich noch lebte. Leider hatten sowohl Ada als auch Jon darin übereingestimmt, dass es unwahrscheinlich war, eine mystische Kreatur mit einem gewöhnlichen Messer zu töten. Und Scarlett verließ sich auf ihre Expertise im Fachbereich Aberglaube.

»Das hier«, der Gouverneur hob das Buch und legte es auf den Schreibtisch, »beweist gar nichts.«

Scarlett schnappte nach Luft, um zu widersprechen, doch er unterbrach sie. »Es könnten die Ideen eines Wahnsinnigen sein. Keiner dieser Einträge beweist, dass der Piratenkönig diese Dinge tatsächlich getan hat.«

Robert hatte ihr genau das bereits gesagt – und er warf ihr wieder einen Blick zu, der sie daran erinnern sollte –, aber Scarlett weigerte sich, es einzugestehen. Sie schnappte sich das Buch, blätterte zu einer bestimmten Seite und hielt sie dem Gouverneur unter die Nase. »Das hier«, knurrte sie, »war mein Vater. Er war Carters bester Freund, hat das Königreich mit ihm zusammen gegründet. Doch als er von seinen Machenschaften erfuhr, hat er sich gegen ihn gewandt und Carter hat ihn zur Strafe seinen abartigen Experimenten unterzogen. Mein Vater ist gestorben, als Carter versuchte, ihm den Schwanz eines verfickten Hais anzunähen.«

Die Stille im Raum war zum Schneiden dick. Ihre Kameraden wussten sehr wohl, was in diesem Buch stand. Doch es ausgesprochen zu hören – es *auszusprechen* – war etwas ganz anderes, als es auf Papier zu lesen. Plötzlich wurde es real und Scarlett sah sich mit der Tatsache konfrontiert, dass sie oben in ihrem Zimmer in Carters Haus gespielt hatte, wartend auf die Rückkehr ihres Vaters, während er nur wenige Meter unter ihr von dem Mann misshandelt worden war, den sie *Onkel* nannte. Den sie über Jahre hinweg schier vergöttert hatte, nicht ahnend, dass das Blut ihres Vaters an seinen Händen klebte. Zu wissen, was ihm Schreckliches widerfahren war, machte Scarlett krank.

Der Gouverneur hielt ihrem flammenden Blick stand. In aller Seelenruhe nahm er die Brille ab und klappte die Bügel ein. »Und das tut mir sehr leid, Miss Rogers. Dennoch reicht es nicht aus, um Euch die Hilfe meines Königs zu sichern.«

Scarlett fiel zurück auf ihren Stuhl, darum bemüht, ihre Gefühle wieder unter Kontrolle zu bringen. Neuerdings gerieten die immer wieder auf Abwege und kamen in den ungünstigsten Augenblicken zum Vorschein. Neulich hatte sie angefangen zu weinen, während Tripp gerade bis zum Anschlag in ihr gesteckt hatte. Sie gab dem Begriff *Stimmungskiller* ein neues Gesicht.

»Also schön.« Sie stand auf, schob das Buch in ihre Manteltasche und richtete ihren Hut. »Das hier war eine verdammte Zeitverschwendung.«

»Ich sagte, es würde nicht ausreichen, um den König zu überzeugen«, hielt die Stimme des Governors sie zurück. »Nicht, dass es gänzlich unmöglich wäre. Könnt Ihr irgendwie noch mehr Informationen auftreiben? Augenzeugen, eines dieser… Invictus? Etwas Handfestes, das ich dem König zeigen kann?«

Scarlett straffte die Schultern und sah auf den Mann hinab. »Ihr glaubt uns.«

Sein Blick huschte zu Robert. »Ich vertraue Master Whittaker. Wenn er sich über diese Situation besorgt zeigt, ist das Grund genug für mich, zu handeln.« Er wandte sich wieder an Scarlett. »Aber bei der Navy läuft es nicht wie bei euch Piraten. Ohne den ausdrücklichen Befehl meines Königs habe ich nur einen gewissen Handlungsspielraum. Sobald ich jedoch nachweisen kann, dass mein Eingreifen und die Unterstützung anderer Gouverneure von Nöten sind, erweitert sich dieser Spielraum maßgeblich.«

Scarlett überlegte. »Wir könnten versuchen, eins von den Viechern zu fangen.« Sie hatten sich auf ihrer Flucht aus der Pirates Bay so weit wie möglich in Küstennähe bewegt, in der Hoffnung, die Bestien des Königs würden mehr Wert auf die Geheimhaltung ihrer Existenz legen, denn auf die Ergreifung von Scarlett und ihrer Crew. Tatsächlich waren sie nicht angegriffen worden, obwohl sie sich sicher war, dass Carter, sollte er die Explosion am Ash Cliff überlebt haben, ihnen nach dem Leben trachtete.

Der Gouverneur nickte, stand auf und knöpfte seine Uniformjacke zu. »Das wäre hilfreich. Wenn Ihr erlaubt, werde ich in der Zwischenzeit eine Kopie dieses Buches anfertigen lassen und es zum König schicken. Vielleicht reicht es ja doch aus.«

Scarlett reichte ihm das Buch. »Danke.«

»Ich habe auch einige Freunde unter den anderen Gouverneuren, die ich kontaktieren werde. Aber ich sage Euch gleich, dass keiner von ihnen über so viele Schiffe verfügt wie ich. Selbst wenn sie uns helfen, wären wir gegen die Reef Raiders in der Unterzahl.« Ein Umstand, der Scarlett bisher immer sehr gefallen hatte, ihnen nun aber in die Quere kam.

Als Piratin konnte sie Carters Bestreben danach, die Navy und die Sklavenschiffe der Karaidachen für immer von den Ozeanen zu vertreiben, gut verstehen. Obwohl ihr die Vorstellung, nicht mehr in kleine Scharmützel verwickelt zu werden, nicht unbedingt gefiel. Aber Carter war ein Machtmensch. Er hatte das Piratenkönigreich erschaffen, sich selbst einen Thron und eine Krone verliehen und die Mannschaften zu einer großen Flotte vereint. Doch als Mensch brachte Scarlett seinem Vorgehen nur Unverständnis entgegen. Das Konzept der Unbesiegbarkeit war ihr noch nie erstrebenswert erschienen und kein Mensch bei Sinnen würde Carters Experimente auch nur in Erwägung ziehen. Wie schon des Öfteren innerhalb der letzten Wochen fragte sie sich, wann ihr König den Verstand verloren hatte.

Sie tauschte einen Blick mit Ada. »Ich kenne vielleicht ein paar Leute, die uns helfen können.«

Kapitel 4

»Ich hätte nicht gedacht, dass er uns hilft.«

»Ich habe dir doch gesagt, dass es eine gute Idee war, den Commodore zu retten.«

»Ja, schon, aber deine guten Ideen enden meistens in einem schrecklichen Chaos, deshalb gebe ich darauf nicht viel.«

»Schön, dass ihr beide euch gegenseitig so sehr schätzt«, unterbrach Jon erneut ihre Zankerei und zog dabei den Kopf zwischen die Schultern. Dabei hatte Scarlett ihm nur ein einziges Mal einen Schlag auf den Hinterkopf versetzt.

»Freut mich, dass ich zu Diensten sein konnte«, sagte Robert sarkastisch, die Hände wie ein alter Mann im Rücken verschränkt, während sie die Straße hinabschlenderten, die in die Stadt führte.

Port Lory war im vergangenen Jahr um einige Herrenhäuser reicher geworden, ganz, wie May es damals prophezeit hatte. Anscheinend wirkten die Feierlichkeiten im Gouverneurshaus auf die adlige Gesellschaft wie Scheiße auf Fliegen, weshalb sich nun herrliche Gärten und aufwändige Palastbauten rechts und links der Straße aneinanderreihten, wo früher nur Gebüsch gewesen war. Der pastellfarbene Überfluss erschien Scarlett unangebracht fröhlich in Anbetracht der düsteren Enthüllungen, denen sie sich ausgesetzt sah. Beinahe erwartete sie, dass die ganze Welt in grau und schwarz versank, doch das tat sie natürlich nicht. Niemanden juckte, dass in Scarletts Brust kein Herz mehr schlug. Oder, dass der Piratenkönig die Weltmeerherrschaft an sich reißen wollte. Oder, dass in ihrer Freundin eine uralte magische Kreatur gesteckt hatte, die trotz ihres vorangeschrittenen Alters nicht über geschwisterliche Eifersucht hinweggekommen war. Während Scarletts Welt also plötzlich alle Farbe und alles Gute verloren zu haben schien, drehte sie sich für den Rest der Lebewesen an Land und im Meer einfach weiter. Auch ein Weg, herauszufinden, dass man nicht der Mittelpunkt der Welt war.

»Ach, tu doch nicht so, als hätte seine kleine Lobpreisung nicht dein Ego gestreichelt«, sagte Scarlett augenrollend. »*Ich vertraue ihm, blah blah*. Als wäre mein Wort gar nichts wert.«

»Kommt davon, wenn man es andauernd bricht.«

»Kommt davon, hätätä«, äffte Scarlett seinen neunmalklugen Tonfall nach. Die Selbstgefälligkeit des ehemaligen Commodores ging ihr auf die Nerven. Man hätte meinen können, nach ihrer großzügigen Rettung seines uniformierten Arschs, wäre er ein bisschen dankbar. Aber nein, er hatte es sich zur Aufgabe gemacht, sie zu nerven.

»Ich habe dir gleich gesagt, du sollst mich töten.«

»Und es vergeht kein Tag, an dem ich mir nicht wünsche, es getan zu haben«, versicherte sie ihm, obwohl das nicht stimmte. Sie schämte sich für das, was Carter der Mannschaft des Commodores angetan hatte und für die Zeit, die dieser in den Schwarzwasserzellen verbracht hatte. Auch ihm waren die Spuren des vergangenen Jahres noch anzusehen. Er war hager und blass, aber am meisten irritierte sie seine neue Kleidung. Er hatte seine Perücke und die Navy-Uniform gegen eine einfache Hose und ein weites Leinenhemd getauscht. Das blonde Haar hatte er zusammen mit dem Bart vollständig abrasieren müssen. Beides wuchs langsam nach, gebleicht von der Sonne und dem salzigen Wind. Sie war Tripp dankbar, dass er seine Befreiung angeordnet hatte, noch ehe unter dem Ash Cliff alles den Bach runtergegangen war.

Robert Whittaker hatte sich überraschend schnell einen Platz in der Crew gesucht, auf dem er sich wohlzufühlen schien. Zunächst hatte Scarlett geglaubt, um seine Unterwerfung kämpfen zu müssen, doch obwohl er jahrelang als Kommandant gedient und seine eigene Crew befehligt hatte, war es ihm leichtgefallen, sich unterzuordnen. Trotzdem gab er so großzügig Widerworte wie ein Arsch Scheiße.

»Die Hauptsache ist doch, dass er uns hilft«, wandte Ada ein und beendete damit ihr Gezänk. Neuerdings schien Scarlett wirklich mit jedem aneinanderzugeraten. Es fühlte sich nicht mehr so an, als wäre sie die gefürchtete Blutige Scarlett, die geachtete und geschätzte Kapitänin der *Honoria*. Nein, sie war wie die große Schwester eines ganzen Haufens verzogener Gören. Abgesehen natürlich von Tripp, der sie überhaupt nicht wie eine Schwester behandelte.

Und weil sie ein bisschen gemein war, führte sie Ada und die Jungs direkt vor Maysies Kleidergeschäft, wo, wie sie wusste, Amara, Sara und Serena dabei waren, sich ein paar neue Kleider auszusuchen. Nur, um Robert und Jon zu quälen, betrat sie den Laden.

Beim fröhlichen Glockenbimmeln sahen die vier jungen Frauen von Mays Sofa auf und lächelten breit, als sie die Neuankömmlinge erkannten.

Robert seufzte ergeben, während Jon sorgfältig die Tür schloss. Ada stürzte sich sogleich auf den Teller frisch gebackener Kekse und Scarlett begrüßte May mit einer Umarmung.

»Stimmt es, was die drei mir erzählt haben, Scarlett? Du hast dich vom Piratenkönig losgesagt?« Mays hübsches, schmales Gesicht mit dem spitzen Kinn blickte unschuldig zu ihr auf. Man würde in ihr nie eine der erfolgreichsten Taschendiebinnen von Port Lory vermuten – was wohl auch zu ihrem Erfolg beigetragen hatte.

Als Scarlett sie vor vier Jahren zum ersten Mal getroffen hatte, hatte das Mädchen versucht, an ihren Geldbeutel zu kommen. Später hatte Scarlett ihr geholfen, eine eigene Schneiderei zu eröffnen, die Maysie dann in diesen Pastellalbtraum verwandelt hatte. Doch den Damen der Oberschicht schien es zu gefallen, denn sie frequentierten den Laden regelmäßig, was May einen ganzen Haufen Kohle eingebracht hatte, zusammen mit einem hervorragenden Ruf. Sie war nun die gefragteste Schneiderin der Stadt und lebte damit ihren Traum. Außerdem spitzte sie für Scarlett die Ohren und trug jedes Fitzelchen Klatsch an sie weiter, das sie aufschnappte. Was bei den Damen, die gern mal vergaßen, dass die Dienstleisterin zu ihren Füßen auch Ohren und einen Verstand besaß, eine ganze Menge war.

Scarlett warf Amara einen strengen Blick zu, ehe sie antwortete. »Aye, das stimmt. Aber das erzählen wir nicht einfach jedem.«

Amara senkte beschämt den Kopf.

»Wir haben es erst gesagt, als May uns erzählt hat, dass sie als Spionin für dich arbeitet«, rechtfertigte sich Serena.

Scarlett hob eine Braue, den strengen Blick nun auf May gerichtet. Aber die zuckte nur die Achseln. »Kaffee?«

»Ja, bitte«, schmatzte Ada an den Keksen vorbei, die sie sich in beide Backen gestopft hatte wie ein Hamster. Serena lachte, als Krümel aus ihrem Mundwinkel rieselten.

»Und sieh mal nach, ob du für diesen da ein paar vernünftige Kleider hast, aye?« Scarlett neigte den Kopf in Jons Richtung, der noch immer am Eingang stand, den Rücken zur Wand, und alles misstrauisch beobachtete.

»Ach du meine Güte«, rief May bei seinem Anblick. »Du siehst ja aus wie gefressen und wieder ausgespuckt. Was ist denn mit deiner Hose?«

Jon sah mit roten Wangen an sich hinab. »Was ist damit?«

May wechselte einen einvernehmlichen Blick mit Scarlett, ehe sie im Hinterzimmer verschwand, um den Kaffee aufzusetzen. Jon fummelte an seiner fadenscheinigen, zerrissenen, fleckigen Hose herum, die ihm viel zu tief auf den knochigen Hüften hing.

Scarlett nahm Platz und sie verbrachten die nächsten zwei Stunden damit, Kaffee zu trinken, sich mit Keksen vollzustopfen – Ada forderte Jon heraus, ein Dutzend auf einmal in den Mund zu stecken – und sich auszutauschen. Während Serena und May begeistert tratschten und Ada und Jon sich mit prallgefüllten Wangen gegenseitig zu überbieten versuchten, genoss Scarlett, wie Robert immer ungehaltener wurde. Ab und an begegnete sein Blick ihrem und sie grinste ihn an, bis er weg sah, was ihn noch nervöser machte, bis er das Wippen seines Knies und das methodische auf- und zuknöpfen seiner Hosentasche nicht mehr verbergen konnte.

Scarlett bat May um Papier und Feder und schrieb einige Briefe, ehe sie sich erbarmte und aufstand. »In Ordnung. Wir müssen jetzt weiter.«

Robert schoss in die Höhe wie von der Tarantel gestochen und war an der Tür, noch ehe sie richtig Auf Wiedersehen gesagt hatten.

May versprach Scarlett, nach Gerüchten Ausschau zu halten und Hemden und Hosen aus ihrer alten Kollektion auf ihr Schiff zu schicken. Alles Dinge, die sie ohnehin nicht mehr verkaufen konnte, behauptete sie zumindest. Und Piraten mussten ja nicht im Trend sein. Abgesehen vom Captain natürlich, die für sich ein neues, dunkelrotes Hemd einsteckte und sich die Adresse eines Dessousladens geben ließ, auf den May schwor.

»Und bring mir den da unbedingt nochmal mit«, raunte sie, als sie Scarlett durch die Tür schob. Ihr Blick klebte auf Jon.

»Er? Wirklich?« Scarlett hätte eher mit einer kindlichen Begeisterung für den tragisch schönen Commodore gerechnet.

May zuckte die Achseln. »Er erweckt in mir das Bedürfnis, was richtig Gutes zu kochen, ihn in Decken zu wickeln und vor meinem Kamin heiße Schokolade mit Marshmallows trinken zu lassen.«

»Und das ist… sexy?«

»Ich bin mehr der fürsorgliche, mütterliche Typ, weißt du?«

Nein. Sie wünschte außerdem, sie hätte es jetzt auch nicht gewusst. Aber Scarlett musste zugeben, dass sie Jon in der Rolle des Umsorgten sah. Früher nicht, früher wäre sie sicher gewesen, dass nichts und niemand ihn hätte halten können. Aber jetzt standen die Dinge einfach anders und er verdiente jemand gesetztes, ruhiges, fürsorgliches wie May. Außerdem würde sie ihn sicher dauernd auf die Palme bringen und das brachte Scarlett zum Schmunzeln. Innerhalb eines Jahres wäre er so fett wie ein Mastschwein, darauf würde sie ihren Wochenlohn setzen. Wenn sie denn jemand bezahlen würde.

Statt auf direktem Weg zurück zum Schiff zu gehen, führte sie ihre Mannschaft zum Markt, wo sie Miss Anne einen Besuch abstattete. Sie ließ Ada und die Mädchen durch die Auslage stöbern, während sie ihre ältliche Informantin bat, ihre Briefe in Umlauf zu bringen. Anders als May war die weißhaarige Schmuckhändlerin nicht nur schon lange als Scarletts Informantin tätig, sie verfügte auch über ein weites Netzwerk an Bekannten, das sie nutzen konnte, um die richtigen Personen zu erreichen. Und darauf setzte Scarlett nun, da sie Verbündete im Kampf gegen Carter finden musste. Sie versorgte Anne mit den Informationen, die sie in Umlauf bringen wollte, um die Aufmerksamkeit auf die Geschehnisse in Pirates Bay zu lenken und das Verbreiten von Sichtungen und Konfrontationen mit Carters Kreaturen zu fördern. Sie wollte wissen, wer wann wo einem der Invictus begegnete, um ihre Chancen zu erhöhen, eines für den König aufzustöbern. Sie hoffte zwar inständig, dass König Phillip auch so überzeugt sein würde, aber damit war nicht unbedingt zu rechnen. Könige taten selten etwas ohne ausreichend Motivation. Und wenn er sich zurücklehnte, bestand dennoch die Möglichkeit, dass Scarlett die Sache für ihn regelte. Und danach wäre die Piratenpopulation so ausgedünnt, dass er leichtes Spiel mit ihnen hätte. So hätte sie es zumindest gemacht, deshalb klammerte sie sich nicht zu sehr an die Hoffnung auf Unterstützung.

Als sie endlich in den Hafen zurückkehrten, lagen dort neben der *Honoria* die fünf verbliebenen Schiffe des Gouverneurs vor Anker. Es waren typische Marine Galeonen, nicht besonders groß, dafür aber mit zwei Geschützdecks ausgestattet und voll bemannt.

Sie wusste aus eigener Erfahrung, dass Governor Worthingtons Mannschaften nicht die besten waren. Die Navy bezog dieser Tage ihre Rekruten aus den Dörfern des Umlands und den Gossen der Großstädte. Die Burschen konnten nicht einmal schwimmen, was für Scarlett Grund genug gewesen wäre, sie aus der Mannschaft zu werfen. Aber sie waren hörig und das war alles, was König Phillip ihnen abverlangte.

Robert war nach einer kleinen Eskapade in der Hauptstadt, über die Scarlett noch immer nicht ganz aufgeklärt war, nach Port Lory gekommen, angeblich, um die Männer hier aufzumischen und vernünftig auszubilden. Seine Anwesenheit war nicht von langer Dauer gewesen, also hatte er auch nicht besonders viel ausgerichtet.

Und wieder: Was Scarlett früher zum Vorteil gereicht hatte, kam ihr nun in die Quere. Aber sie hätte es sich auch nie träumen lassen, einmal auf der Seite der Navy zu stehen.

»Wie schätzt du ihre Fähigkeiten ein?«, erkundigte sie sich bei Robert, als sie nebeneinander über den Landungssteg zur *Honoria* gingen. Er folgte ihrem Blick und schien seine Antwort abzuwägen.

»Ich denke, je zwei von ihnen könnten es mit einem Piratenschiff aufnehmen.«

Na, das waren ja rosige Aussichten.

»Super.«

»Wie lang hast du vor, im Hafen zu bleiben?«

Sie zuckte die Achseln. »Ich werde abwarten, bis der Gouverneur Antwort von eurem König hat. In der Zwischenzeit habe ich Hunter versprochen, ihm beim Wiederaufbau seines Studios zu helfen.«

Robert warf ihr einen überraschten Blick zu. »Hunter will von Bord gehen?«

»Ja. Die Seefahrt ist nichts für ihn.« Sie hatte nicht schlecht gestaunt, als sie am Morgen nach der Eskalation am Ash Cliff an Deck getreten war und dort ihrem ehemaligen Geliebten gegenübergestanden hatte. Gut, Geliebter war vielleicht übertrieben, aber sie hatten zumindest eine langjährige Affäre gehabt, bis Scarlett verbannt wurde und Carter dank Jon von Hunters Existenz und vor allem seinem Bruder in der

Schiffswerft von König Phillip erfahren hatte. Als Thomas und Oskar dann vor drei Wochen zu den Schwarzwasserzellen hinabgestiegen waren, um den Commodore zu befreien, waren sie dort auf Hunter gestoßen und hatten ihn gleich mitgenommen. Und obwohl Scarlett darüber mehr als froh war, konnte man doch nicht abstreiten, dass es an Bord zu Problemen führte.

Sie erreichten die *Honoria* und Scarlett sprang die Planke hinauf. »Warum überrascht dich das?«

»Ich dachte nur, dass er was für dich übrig hat. Und ich dachte nicht, dass du ihn gehen lassen würdest.«

Scarlett wandte sich zu ihm um, ihre Stiefelsohlen geübt auf der Planke balancierend. »Willst *du* gehen, Robert? Denn falls ja, bist du jederzeit frei, meine Crew zu verlassen, ich hoffe, du weißt das.«

Er sah nicht überzeugt aus.

»Du bist kein Gefangener auf meinem Schiff, Robert.«

»Du sagtest: sterben oder Teil deiner Crew werden.«

Sie rollte die Augen. »Das war doch bloß ein dramaturgischer Effekt, du Esel. Niemand wird gezwungen, mir zu dienen. Was glaubst du, wie viel Treue ich dann von meiner Crew erwarten könnte?«

»Tatsächlich?«

»Ja«, beteuerte sie, stockte dann aber. »Naja, abgesehen von Tripp, dem ist es in der Tat nicht gestattet, die Crew zu verlassen.«

»Und warum das?«

Sie verzog den Mund. »Hast du eine Ahnung, wie schwer es ist, einen Mann zu finden, der gut im Bett ist und weiß, wann er die Klappe halten muss?«

»Nein«, sagte er trocken.

»Sie sind eine rare Gattung, das kann ich dir sagen.« Sie sprang über die Reling an Bord und entdeckte Tripp, der jedes ihrer Worte mitgehört hatte. In seiner Miene war keine Spur von Widerspruch zu sehen. Scarlett winkte ihm zu. Er schüttelte den Kopf, aber sie sah das kleine Lächeln in seinem Mundwinkel hocken.

»Ich werde es mir überlegen«, sagte Robert. »Aber wichtiger ist, was wir jetzt machen.« Er verschränkte die Arme vor der Brust.

»Aye.« Scarlett drehte sich zum Deck um, stieg auf eine Kiste und rief mit lauter Stimme die Crew zusammen. »Lasst uns besprechen, wie wir vorgehen wollen«, sagte sie, als sie sich zusammengefunden hatten. Normalerweise traf sie alle Entscheidungen allein, bezog nur Adas Meinung mit ein. Aber dieses Mal ging es um mehr und sie wollte eine größere Bandbreite an Meinungen zu der Angelegenheit hören. Also nutzte sie die Tragweite des Herbstnebels, der über dem Deck lag, für sich und erläuterte ihre Situation.

»Wir können hier warten, bis der König Antwort geschickt hat. Was gut und gerne zwei Monate dauern kann. Wir können in der Zeit die Ausbildung der Navysoldaten überwachen, denn um ganz ehrlich zu sein, so wie die jetzt kämpfen, können wir sie nur als Köder benutzen.« Die Piraten nickten. »Wir können Hunters Studio wieder aufbauen und das Schiff auf Vordermann bringen. Ein Teil der Mannschaft kann raussegeln und versuchen, eine von Carters Bestien zu fangen.«

»An wen hast du Briefe geschickt?«, erkundigte sich Ada.

»An Kilian. Und einen zu dem vereinbarten Treffpunkt mit Asher. Ich hoffe, er ist bald zurück.«

»Was ist mit Mathilda?«

Scarlett schnaubte. »Du weißt, dass keiner von Annes Boten es bis hinauf in den Norden schaffen würde.«

»Aber wir könnten hinfahren. Ihre Hilfe wäre nützlich.«

Oskar nickte eifrig, aber Scarlett gab nichts auf seine Meinung in diesem Punkt. Er wollte sich bloß Mathildas Brüste ansehen, weiter nichts. Der Nordmann war geradezu besessen von seiner Prinzessin und hatte Scarlett mehrfach bis aufs

Mark ausgequetscht, um auch nur ein Fitzelchen Informationen aus ihr herauszubekommen.

»Zeit genug wäre allemal«, fügte Ada an und da musste sie ihr Recht geben. Denn bis sie Antwort von König Phillip erhalten und die Schiffe sich in Port Lory gesammelt hätten, würden Monate vergehen. Zeit genug, den Grünen Arm rauf und zum White Cap zu segeln.

»Was ist mit euch?«, wandte sie das Wort an die Crew. »Habt ihr Freunde, Bekannte, Verwandte, die sich uns anschließen würden?«

Allenthalben wurden Köpfe geschüttelt, was Scarlett nicht überraschte. Die meisten Crewmitglieder stammten aus armen Verhältnissen oder waren aus Gefahrensituationen getürmt.

Dann hob zur Überraschung aller Seth die Hand. Als Scarlett ihn aufrief, schien er nicht eben glücklich darüber. Zähneknirschend sagte er: »Ich kenne vielleicht jemanden.«

Scarlett hob überrascht eine Braue. »Was heißt, vielleicht?«

Gleichzeitig schnaubte Ada: »Wen könntest du schon kennen?«

Seth schob nervös die Füße über die Planken. Das schabende Geräusch übertönte beinahe seine Stimme als er sagte: »Mein Vater ist ein hohes Tier bei der Schwarzen Gilde. Er hat eine kleine Privatarmee und zwei Schiffe.«

»Du verarschst mich doch«, hauchte Ada Scarletts Gedanken.

Die Schwarze Gilde war die größte Untergrundorganisation auf dem Kontinent. So bekannt für ihre illegalen Geschäfte, dass sogar Scarlett schon von ihnen gehört hatte. Sie verkaufen Rauschgifte und Menschen in großem Stil auf dem Kontinent und über die Grenzen hinaus in die ganze Welt. Sie galten als ruchlos, gefährlich und unbesiegbar, weil niemand wusste, wer sie genau waren und wer zu ihnen gehörte.

Niemand kannte ihre Unterschlüpfe, ihre Routen und Schiffe. Es war ein riesiges, offenes Geheimnis, gegen das nicht einmal König Phillip ankam.

Scarlett wusste, dass Carter mehrfach versucht hatte, die Schwarze Gilde zu kontaktieren in der Hoffnung, mit ihnen Geschäfte machen zu können. Doch er hatte sie nie ausfindig gemacht.

»Wie zum Teufel bist du ins Dark Shores gekommen?«, fragte Thomas und bezog sich damit auf die Kneipe, in der er bis vor ein paar Monaten als Rausschmeißer und Handlanger des Bosses gearbeitet hatte. Scarlett hatte zusammen mit Oskar, Seth und Asher, der sich momentan auf einer eigenen kleinen Mission befand, in der Kampfarena dieser Kneipe gekämpft, bis alles den Bach runtergegangen war, sie den Besitzer getötet und die Flucht ergriffen hatten. Tatsächlich fiel Scarlett jetzt erst auf, dass sie Seths Geschichte als einzige nicht kannte.

Oskar war durch einen dämlichen Deal in Benny Broncos Krallen geraten, Thomas und seine Schwestern aufgrund der Spielschulden ihres Vaters und Asher, weil er nirgends sonst hatte hingehen können, nachdem er aus seiner Heimat Karaidaj verjagt worden war.

Seth hob eine Schulter, als wollte er sich dafür entschuldigen, es ihnen vorenthalten zu haben, dabei sah sie ihm genau an, dass er es ihnen auch jetzt nicht erzählen würde, wenn es nicht unbedingt nötig wäre. Sein mangelnder Enthusiasmus war aber auch nicht unbegründet. Immerhin hatte er sich Hals über Kopf in Lin verliebt, von der er sich jetzt schrecklich betrogen fühlte. Tatsächlich war ihre Beziehung einer der Faktoren, weshalb Scarlett zu Anfang nicht wirklich überzeugt davon gewesen war, dass Lin sie an der Nase herumgeführt haben sollte. Ihre Gefühle für Seth waren ihr so echt erschienen. Allerdings traf das auch auf ihre Treue zu, von daher war auf Scarletts Bauchgefühl wohl kein Verlass mehr.

»Ich bin noch nie gut mit meinem alten Herrn zurechtgekommen. Die Vorgehensweisen der Gilde passen mir nicht und ich habe damit nie hinter dem Berg gehalten. Als sein ältester Sohn sollte ich seine Position eines Tages übernehmen, weshalb er mich in alle Geschäfte einbezog. Als ich dann einen seiner Deals durchkreuzte, hat er mich an Benny verkauft.« Er sagte das, als wäre es kein großes Ding.

»Wow, in Sachen Eltern haben wir ja alle das goldene Los gezogen, was?«, scherzte Ada und strich sich eine silberne Strähne aus der Stirn.

»Warum glaubst du, er sollte uns helfen, wenn ihr nicht im Guten auseinandergegangen seid?«, erkundigte sich Robert, der mit verschränkten Armen neben Scarlett stand.

»Weil er mehr als einen Geschäftspartner in Übersee hat. Wenn die Seewege durch Carter kontrolliert und versperrt werden, macht er große Verluste.«

»Und er würde seine Leute unter mein Kommando stellen?«, fragte Scarlett zweifelnd.

Seth verzog das Gesicht. »Nein. Mein Vater arbeitet nicht mit Frauen, solange er sie nicht verkauft oder stundenweise bezahlt. Aber du könntest so tun, als wäre jemand anders Captain. Tripp zum Beispiel.«

Scarlett schnaubte. »Auf keinen Fall.«

»Es wäre ja nur zum Schein«, beschwichtigte Seth.

»Wir brauchen Unterstützung, Scar. Das können wir nicht von deinem Ego abhängig machen.«

Scarlett funkelte Ada an. »Wie wäre es, wenn wir dann zum Spaß so tun, als wäre Robert mein Erster Offizier, hm?«

Adas Miene blieb unbewegt. »Wenn es uns zum Sieg über Carter verhilft, trete ich gern von der Position zurück.«

Scarlett knurrte. »Fein. Meinetwegen. Wie treten wir mit ihm in Kontakt?«

Seth überlegte. »Ich habe ein paar Kontakte über die Jahre aufrechterhalten. Ich werde mich umhören, was sich machen lässt.«

»Wird er dich allein empfangen?«

»Es wäre besser, wenn der ‚Captain‘ anwesend wäre.«

Scarlett runzelte unzufrieden die Stirn. »Das alles stinkt mir zu sehr danach, die Crew aufzuteilen. Das gefällt mir nicht.«

Stille senkte sich über sie herab, während sie darüber nachgrübelten, wie sie vorgehen konnten. Scarlett mochte es nicht, ihre Leute aufzuspalten. Das ließ jede Gruppe mit zu wenig Leuten zurück, um wirklich sicher zu sein. Außerdem, das gab sie zu, hatte sie einen Kontrollfimmel, der sie dazu zwang, alles im Griff haben zu wollen und über alles Bescheid wissen zu müssen. Über Wochen hinweg nicht zu wissen, wo ihre Leute waren, ob es ihnen gut ging und wann sie sich wiedersehen würden, bereitete ihr einen Juckreiz unter der Haut.

Schließlich räusperte sich Robert. »Ich habe einen befreundeten Offizier, der die Ausbildung der Soldaten hier vor Ort für mich übernehmen könnte. Falls du mich an Bord haben willst.«

»Und ich sehe keinen Sinn darin, das Studio wieder aufzubauen, solange Carter noch dort draußen ist«, warf Hunter ein, der so weit hinten in der Menge stand, dass Scarlett ihn gar nicht bemerkt hatte. Der Tätowierer war längst nicht so angeschlagen von seiner Zeit in den Schwarzwasserzellen wie Robert und obwohl er keinen Hehl daraus machte, das Leben an Deck zu hassen, war er doch besessen davon, sich an Carter zu rächen, der seine Beziehungen in eine der Werften von König Phillip ausnutzen wollte und dadurch seinen Bruder in Gefahr gebracht hatte, der heimlich Informationen aus der Werft geschmuggelt hatte, wo er angestellt war. Jetzt verschränkte er die mit schwarzer Tinte bedeckten Arme vor der Brust und starrte mit seinen dunklen Augen zu ihr hinauf. Der schwarzgoldene Drache an seinem Hals schimmerte matt im trüben Herbstlicht. Sie nickte ihm knapp zu. Ihre heiße Affäre hatte in dem Moment ein Ende gefunden, als Tripp in Scarletts Leben getreten war. Und sie würde das, was sie mit Hunter verband, nicht unbedingt als Freundschaft bezeichnen. Aber sie schätzte den Tätowierer und nannte ihn stolz einen Teil ihrer Mannschaft.

»Ich denke, ich könnte das Treffen mit meinem Vater auf einen Punkt auf der Route nach Norden legen«, überlegte Seth. »Sofern er zusagt.«

»Und wir können auf dem Weg nach White Cap Bay genauso gut nach Carters Kreaturen Ausschau halten wie hier. Vielleicht wäre das sogar besser, weil wir sie dann gleich in der Hauptstadt abliefern könnten.«

Das stimmte. Die Hauptstadt lag zwar im Landesinnern, war von Port Lory aus aber auch auf dem Seeweg zu erreichen, wenn man den River Crown hinaufruderte. Sollten sie tatsächlich von Carters Kreaturen verfolgt werden, spielte es keine Rolle, ob sie hier eine fingen oder während ihrer Reise gen Norden. Und wenn sie zurückkehrten, würde in Port Lory hoffentlich Antwort von Kilian und König Phillip warten. Sie wünschte sich sehnlich noch einen einzigen Vertrauten in Carters Flotte zu haben. Einen, der ihr die Bewegungen der Flotte durchgeben könnte. Doch außer Hank hatte sie nicht einen Mann der Reef Raiders jemals als Freund bezeichnet.

»Also schön. Dann lasst eure Kontakte spielen. Wir beladen das Schiff mit Vorräten und sobald Robert und Seth Rückmeldung haben, laufen wir aus und steuern White Cap Bay an.«

»Aye, aye, Captain.«

Kapitel 5

Tripp konnte Hunter nicht ausstehen. Es war weniger ein direktes Fehlverhalten des Mannes, als viel mehr die Tatsache, dass er Scarlett nackt gesehen hatte, die ihm aufstieß.

Als sie ihn in Pirates Bay an Bord genommen hatten, hatte ihm der Mann noch leidgetan. Der Aufenthalt in den Zellen hatte ihm sichtlich zugesetzt. Doch dann hatte er auf der Fahrt hierher immer wieder gesehen, dass der Tätowierer Scarlett anstarrte. Er wusste, dass die beiden eine Vergangenheit verband und dass Scarlett natürlich schon vor ihm Männer gekannt hatte. Aber die Tatsache jeden Tag unter die Nase gerieben zu bekommen, war alles andere als lustig.

Wenn er Scarlett darauf ansprach, beharrte sie darauf, dass sie nur Freunde waren. Dass ihre Aufeinandertreffen rein sexueller Natur gewesen waren – als würde ihn das irgendwie beruhigen – und keinerlei Gefühle im Spiel gewesen waren. Von beiden Seiten.

Aber wenn er sich Hunter Black so ansah, glaubte er das keine Sekunde lang. Der Mann war düster und ruhig, trieb sich gern allein in den Schatten herum wie ein verdammter Vampir und beobachtete jeden von Scarletts Handgriffen. Er war nicht aufdringlich oder so, hielt während ihrer Unterhaltungen gebührenden Abstand und näherte sich auch keiner der anderen anwesenden Frauen, aber es juckte trotzdem unter Tripps Haut, als würden ihm tausend Ameisen über die Muskeln krabbeln.

Seine Freude darüber, dass Hunter die Pläne bezüglich seines Tattoostudios nun auf Eis legte und sich ihnen lieber für den Rest der Reise anschloss, hielt sich entsprechend in Grenzen.

Tripp hatte sich geschworen, Scarlett nicht zu bedrängen. Er wollte sich ihrem Tempo anpassen und die Beziehung auf ihr Bestreben hin voranbringen. Das Problem war nur, dass er schnell festgestellt hatte, dass Scarlett nie zuvor eine Beziehung gehabt hatte und den Unterschied zwischen ihrer Verbindung zu ihm und der zu Hunter nicht sah.

Er genoss ihre heftigen Aufeinandertreffen in ihrer Kajüte. Genoss, wie bereitwillig Scarlett sich ihm hingab, wie sensibel sie auf seine Berührungen reagierte. Er hatte noch nie eine Frau wie sie gehabt. Das Bett war der einzige Ort, an dem sie nicht um Dominanz kämpfte und sich stattdessen rückhaltlos unterwarf, sich und ihr Wohlergehen in seine Hände gab. Und er bemühte sich redlich, sie nicht zu enttäuschen. Aber es war nur Sex.

Sie bestellte ihn dafür in ihre Kabine, wo sie sich in den Laken wälzten, ehe sie ihn hinauswarf und unter Deck schlafen ließ. Er fühlte sich benutzt, was ganz sicher nicht der Begriff war, mit dem er sein Liebesleben bezeichnen wollte.

Er wusste, dass Scarlett das nicht absichtlich machte. Sie wusste es nicht besser und deshalb konnte er ihr keinen Vorwurf machen. Er hatte gehofft, dass sich ihre Einstellung von selbst ändern würde, wenn er nur hartnäckig genug dranblieb. Aber dann hatte er begriffen, dass Scarlett sich damit wohlfühlte, wie es jetzt war. Und dass es ewig so weitergehen würde, wenn er sie nicht doch etwas in die richtige Richtung drängte.

Und nachdem jetzt feststand, dass Hunter sie noch eine Weile lang begleiten würde, hatte er beschlossen, zu handeln.

»Was machst du denn da?« Scarlett saß an ihrem Schreibtisch, die Beine untergeschlagen, die Arme auf eine Seekarte gestützt, die sie gerade studierte. Sie sah aus, wie ein Kind, das unbedingt auf dem Erwachsenenstuhl sitzen wollte, aber noch nicht über die Tischkante sehen konnte. Es war so fernab ihres Charakters, dass Tripp beinahe gelächelt hätte. Wären da nicht die Verbände gewesen, die unter ihren Hemdsärmeln hervorblitzten. Der Anblick erinnerte ihn zu sehr daran, wie er nutzlos danebengestanden hatte, während man Scarlett vor seinen Augen gequält hatte, unfähig, sie zu retten. Wann immer er unter Deck in seiner Hängematte lag und die Augen auch nur für einen Moment schloss, hörte er ihre entsetzlichen Schreie, sah das Blut, das ihren ganzen Oberkörper bedeckt hatte. Ihr König hatte ihr das Hemd vom Leib geschnitten und sie nur ihrer Corsage zurückgelassen. Allein dafür hätte er ihm am liebsten die Augen ausgestochen. Da hätte es der tiefen Schnitte in ihren Armen und auf der Brust gar nicht bedurft. Die bleichen Narben, die ihre herrliche Bronzehaut nun zeichneten, würden ihn für immer an das erinnern, was ihr beinahe zugestoßen war. Wovor er sie nicht hatte bewahren können. Und er würde sich für immer schuldig fühlen.

»Ich ziehe ein.«

Scarlett öffnete den Mund und richtete sich auf, Fassungslosigkeit mischte sich mit Spott und Ärger zu einer giftigen

Mischung, die sich auch gleich in ihrem Tonfall niederschlug. »Wo? Im Reich der Toten? Da wirst du dich nämlich wiederfinden, wenn du auch nur eine Socke auf mein Bett legst.«

Tripp sah ihr direkt in die Augen, als er seinen Beutel auf die Matratze fallen ließ. Die hellblauen Tiefen verengten sich zu Schlitzen.

»Was soll das, Tripp?«

»Ich finde, wenn wir zusammen sind, sollten wir auch zusammen wohnen. Außerdem ist es unter Deck mittlerweile recht eng.«

Erkenntnis breitete sich auf ihren Zügen aus. »Weil dein und Hunters Ego nicht beide unten Platz haben?«

Tripp verschränkte die Arme vor der Brust. »Ich habe dir gesagt, wie ich zu seiner Anwesenheit stehe. Und doch erlaubst du ihm, an Bord zu bleiben.«

Scarlett seufzte, legte den Gradmesser beiseite und stand auf. »Wir haben doch schon darüber gesprochen. Da ist nichts zwischen Hunter und mir.« In ihrer Miene war nichts als Aufrichtigkeit, aber das besänftigte ihn kein Bisschen.

Tripp presste die Lippen zusammen. Manchmal glaubte er, Scarlett *wollte* ihn nicht verstehen. Dann wieder musste er sich ins Gedächtnis rufen, dass sie ihre Eltern früh verloren hatte, ehe sie sich an ihnen ein Vorbild hätte nehmen können. Und, dass sie mit über Sechsundzwanzig noch nie eine feste Beziehung gehabt hatte. Was nicht weiter schlimm war, aber zumindest erklärte, warum sie sich noch immer so verhielt, als wäre das zwischen ihnen nur eine kleine Affäre. Er beschloss, die Sache anders anzugehen.

»Stell dir mal vor, ich hätte dir von einer Frau erzählt, mit der ich ein Verhältnis hatte. Es war nichts Ernstes, nur Sex.« Zu seiner Genugtuung zuckte ein Muskel an ihrem Kiefer. »Und jetzt stell dir vor, ich würde sie mit aufs Schiff bringen und sagen, dass sie bleibt. Dass du mit ihr im

Mannschaftsquartier schlafen musst. Dass wir nur gute Freunde sind, die einander zufällig nackt gesehen haben. Wie fändest du das?«

Scarlett verschränkte nun ebenfalls die Arme. Wo sie zuvor noch verständnisvoll und bemüht ausgesehen hatte, saß jetzt eine harte Maske auf ihrem Gesicht. »Ich hätte kein Problem damit.«

Tripp schnaubte. »Ach, tatsächlich?«

»Ja. Wenn du mir versicherst, dass es nichts war und da auch nichts mehr ist.« Sie zuckte die Achseln in einer Geste der Herausforderung. Sie wollte, dass er es als genauso unbedenklich empfand wie sie, aber das würde nicht geschehen. »Warum sollte ich dir nicht vertrauen?«

»Es geht nicht um Vertrauen, Scarlett. Ich vertraue dir. Das Problem ist, dass Hunter und du intim miteinander wart. Das wird mich immer stören.«

»Das hört sich an, als wäre das dein Problem.« Sie zog eine dunkelrote Braue hoch.

»Ja«, stimmte er zu. »Und als verständige Partnerin wäre es nett von dir, auf meine Gefühle Rücksicht zu nehmen und Hunter hier zu lassen. Es ist ja nicht so, als würde ich von dir verlangen, ihn über Bord zu werfen. Wir sind in einer Stadt, wo er ein Zuhause hat.«

Jetzt trat sie einen Schritt vor. Ärger durchzuckte Tripp bei der verteidigenden Geste. Sie sah ihn an, als hätte er den Verstand verloren. »Sein Studio ist zerstört, Tripp. Um es wieder aufzubauen, fehlen ihm die Mittel. Er säße auf der Straße, noch ehe wir ausgelaufen wären.«

Tripp warf die Hände in die Luft. »Dann gib ihm meinen Wochenlohn zur Überbrückung, ist mir egal. Ich will, dass er geht. Er oder ich, Scarlett.« Das war das Falsche gewesen. Er wusste es in dem Moment, in dem das letzte Wort seinen Mund verließ.

Scarletts Miene verschloss sich endgültig. Da war nichts mehr von dem Ärger oder der Entrüstung. Was ihm entgegenstarrte, war Eiseskälte und Ungerührtheit. »Dann geh, Tripp.«

Es hätte nicht so schmerzen sollen, nicht so früh. Aber es fühlte sich an, als hätte Scarlett ihm die Luft aus den Lungen gerissen.

»Das meinst du nicht so«, sagte er mühsam.

»Doch. Ich meine es genau so.« Sie machte einen Schritt auf ihn zu. »Du verhältst dich wie ein Kind, Tripp. Ich gehöre dir nicht und du hast nicht zu bestimmen, wen ich auf meinem Schiff dulde und wen nicht. Wenn du damit nicht umgehen kannst, dann geh. Ich halte dich nicht auf. Aber du entscheidest hier nicht.«

Darum ging es also. »Ich will nicht entscheiden, Scarlett«, versicherte er ihr. »Ich will dir nicht deine Position streitig machen oder dir meinen Willen aufzwingen. Ich will, dass du begreifst, dass das zwischen uns etwas mehr erfordert als nur ein bisschen Sex.«

Sie zog die Brauen zusammen. »Du hast versprochen, mich nicht zu drängen.«

Tripp atmete tief durch in der Hoffnung, sich zu beruhigen. Obwohl er innerlich noch immer aufgewühlt war, gelang es ihm, seine Stimme ruhig zu halten. »Ich dränge dich auch nicht, ich-«

»Ach, und als was klassifizierst du dein Ultimatum dann, hm?«

»Als Verzweiflung«, gab er zurück, ihren zickigen Tonfall einfach ignorierend. Tripp wusste, dass Scarlett ihm nichts Böses wollte. Sie wollte sich schützen und schlug dabei um sich. »Ich sage dir, wie ich mich mit etwas fühle, und du ignorierst es einfach.«

Scarlett verdrehte die Augen zur Decke und stöhnte. »Bei allen Winden, Tripp, stell dich nicht so an. Hunter ist ein Freund. Du hast keinen Grund für irgendwelche Gefühle. Und überhaupt dachte ich immer, nur Frauen nehmen den eifersüchtigen Part in der Beziehung ein.«

Tripp biss die Zähne zusammen. »Ich tue das für dich, Scarlett. Weil du unfähig bist, dir deine eigenen Gefühle einzugestehen und ich dir zeigen will, dass sie völlig normal sind. Aber wenn du willst, kann ich meine Gefühle auch einfach nicht beachten.«

»Ja, das wäre toll«, keifte sie.

Er nickte, nahm seinen Beutel wieder auf und ging zur Tür.

»Wirst du das Schiff verlassen?«

Es kostete ihn mehr Anstrengung als gedacht, das Zittern in ihrer Stimme zu ignorieren, so kaum merklich es auch sein mochte. Er zwang spöttische Kälte in seine Worte, als er mit einem Schnauben sagte: »Mein Captain hat mir seit Ewigkeiten keine Heuer mehr bezahlt. Wovon sollte ich an Land leben?« Damit verließ er ihre Kajüte.

Kapitel 6

Roberts Offizier-Freund lehnte das Gesuch des ehemaligen Commodores ab. Aufgrund mangelnder Urlaubstage, behauptete er, aber Robert vermutete als Hintergrund eher die Sorge wachsenden Misstrauens innerhalb der Crew. Anscheinend war die Gerüchteküche nach Roberts Verschwinden vor einem Jahr nämlich schier übergekocht. Die halbe Stadt sprach von einer skandalösen Affäre und einer unehrenhaften Entlassung. Als würde den Klatschweibern nichts anderes einfallen. Scarlett war ein bisschen gekränkt darüber, dass niemand von ihrer Verwicklung in die Ereignisse zu wissen schien. Immerhin war sie dem Commodore gleich mehrfach entwischt und hatte ihm das eigene Schiff unter der Nase weggestohlen.

Nicht zu vergessen das Tidenhorn, das sich noch immer in Carters Besitz befand. Auf ihre Empörung darüber reagierte Robert nur mit einem Achselzucken und einem halbseitigen Grinsen, das wohl sagen sollte, dass er lieber einer falschen Affäre wegen Bekanntheit erlangte als einer Niederlage gegen sie. Also verbreitete Scarlett in der Stadt überall kleine Geschichten über ihre Abenteuer, aus denen sich die Klabautermänner schon selbst ein Bild zusammenschustern konnten.

Nach Eintreffen der Absage entschieden Robert und Scarlett, dass er in Port Lory zurückgelassen werden würde. Ohne seine Unterstützung würde aus den Soldaten so schnell nichts werden und Governor Worthington hatte ihm gestattet, mehr oder weniger illegal mit den Mannschaften zu arbeiten. Anscheinend wusste König Phillip noch nichts von Roberts Rückkehr und die mangelnde Eile des Gouverneurs, dieses Versäumnis wettzumachen, verriet genug über Roberts Stand beim König. Zu ihrer eigenen Überraschung sah Scarlett den Commodore nicht gern von Bord gehen, aber sie wusste, dass es keine andere Möglichkeit gab.

Als sie an der Reling stand, trat Seth auf sie zu. Der drahtige Mann hatte in den letzten Wochen an Gewicht verloren, sodass er beinahe aussah wie eine Angelrute. Das gebrochene Herz nach Lins Verrat war ihm deutlich anzusehen, aber Scarlett maß sich ausnahmsweise nicht an, sich einzumischen. Er würde damit zurechtkommen, weil er es musste. Und wie jede Frau wusste Scarlett, dass nach den Phasen der Verdrängung und der Trauer die Rachegelüste erwachen würden. Und dann wäre Cailin Geschichte.

»Ich habe Antwort von meinen Kontakten«, kam er auch gleich zur Sache und wedelte mit einem Blatt Papier unter ihrer Nase herum. »Sie haben die üblichen Kommunikationswege genutzt, um eine Nachricht durczuschleusen, aber scheinbar hat die Schwarze Gilde die Kanäle gekappt.«

»Was bedeutet das?« Sie war unendlich neugierig auf die Schwarze Gilde und hoffte, näheren Einblick in deren Machenschaften zu bekommen. Von dieser supergeheimen Geheimorganisation konnte sie sich vielleicht noch eine Scheibe abschneiden.

»Das geschieht manchmal, wenn Informationen nach außen getragen wurden. Bis der Verräter identifiziert wurde, werden alle Kontakte nach außen hin abgeriegelt und die Kommunikationswege gesperrt.«

Ihn so reden zu hören, war einfach seltsam, entschied Scarlett. Seth war doch der Möchtegern-Gefährliche unter ihnen. Der in der Grube nur halb so stark austeilen konnte und am liebsten hinterrücks mit seinen Messern zustach. Obwohl, wenn sie jetzt so darüber nachdachte, passte die Heimlichtuerei einer Gemeinschaft wie der Schwarzen Gilde zu ihm. Gerade, weil es ihm niemand zutraute.

»Was bedeutet das für unseren Plan?«, erkundigte sie sich, während Robert sein Gespräch mit Ada beendete und den Landungssteg hinablief. Der Beutel mit seinen wenigen Habseligkeiten, hauptsächlich neue Kleidung, baumelte über seiner Schulter und der dichte Herbstnebel legte sich wie eine Decke um seine Schultern, ehe er ihn gänzlich verschluckte. Sie vertraute ihm genug, um zu wissen, dass er Carter aufhalten wollte und alles dafür tun würde. Trotzdem nagte da ein kleines Gefühl an ihrem Brustkorb, das sie davor warnte, ihn und die Navy hier allein zurückzulassen.

Ihre Erste Offizierin blickte ihm einen Moment nach, ehe sie wieder an Bord kam, einen nachdenklichen Ausdruck im Gesicht.

»Ich habe noch andere Möglichkeiten, meinen Vater zu erreichen«, erklärte Seth. Er stützte die Unterarme neben ihr auf die feuchte Reling und blickte in den Nebel, der die Stadt verbarg. Nur vereinzelt schälten sich schwarze Umrisse von Hafengebäuden, Schiffen und Anlegern aus dem Dunst und verliehen dem Ganzen einen unheimlichen Anschein. »Aber dafür müssen wir nach Port Mullighan.«

»Fuck, du verarschst mich doch.« Ungläubig sah Scarlett ihn an.

Der Muskel an seinem Kiefer zuckte, als er auf seine verschränkten Hände hinabblickte. »Nein. Es ist der einzige Weg, jetzt zu ihm durchzukommen.«

Ein kleines, fast schon verzweifeltes Lachen entwich Scarlett und sie rieb sich mit der Hand über das Gesicht. Ihre Haut war kalt und glatt, keine Spur der üblichen Salzkruste. »Seth, wir haben bei unserer Flucht aus dem *Dark Shores* nicht nur Benny getötet. Einige der Zuschauer wurden niedergetrampelt und Ada und die anderen haben ein paar Widerspenstige abgestochen«, rief sie ihm in Erinnerung. »Die Stadtwache und die Navy suchen wahrscheinlich noch nach uns. Zumindest aber werden sie überall in der Stadt Fahndungsplakate ausgehängt haben. Wir werden nicht einmal einen Fuß auf den Anleger setzen können, ohne dass uns jemand erkennt.«

»Ich weiß, Scarlett.« Seths Miene war bitterernst. Die harten Linien, zu denen sein Gesicht nach Lins Verrat verkommen war, gruben sich noch tiefer in seine Haut. »Aber es ist der einzige Weg, meinen Vater zu erreichen.« Ein gefühlloses Lächeln verzog seine Lippen und Scarlett wünschte, sie hätte es nicht gesehen. »Wir können ihn natürlich auch einfach aus der Sache raushalten, das wäre mir recht.« Aber wie sie wusste er, dass das nicht mehr möglich war. Schließlich konnten sie nicht gerade mit Verbündeten um sich werfen.

»Also schön, wir machen es. Aber du hältst deine Anwesenheit dort so kurz wie möglich.« Seth neigte bestätigend den Kopf und ließ sie allein. »Bei allen Winden«, murmelte Scarlett und rieb sich erneut das Gesicht. Wenn das so weiterging, wäre sie bald um einige Hautschichten ärmer.

Sie stieß sich von der Reling ab und suchte Ada. Unter Deck wurde sie fündig, wo ihre Erste Offizierin gerade dabei war, Ulrik und Hannah dabei zu helfen, das Sicherungsnetz um die Ladung anzubringen.

Der Governor hatte ihnen am Morgen das Notizbuch schicken lassen, zusammen mit mehreren Kopien, die sie mitnehmen und verteilen sollten, um andere von ihrer Sache zu überzeugen. Er hatte sie außerdem mit ausreichend Proviant und Schwarzpulver versorgt, um mehrere Monate damit auszukommen.

Scarlett war ehrlich überrascht von seiner bereitwilligen Unterstützung und fragte sich mehr als einmal, ob es wohl eine Falle sein könnte, aber ihr wollte einfach nicht einfallen, wofür. Also nahm sie alles dankbar entgegen.

Als Ada sie bemerkte, ließ sie von dem Netz ab und kam zu ihr herüber.

»Ist alles bereit?«

»Aye, Captain. Wir können in See stechen.« Sie rieb sich mit dem Ärmelsaum den Schweiß von der Augenbraue. Ada strotzte nur so vor Tatendrang, seit sie die Pirates Bay verlassen hatten.

Zwischen ihnen herrschte eine gewisse Ruhe, seit Scarlett von Adas Qualen unter Carters Hand erfahren hatte. Es hatte ihrer Freundschaft zu gleichen Teilen einen neuerlichen Dämpfer versetzt und die stürmische Energie herausgenommen, sodass sie nun beinahe wie zwei Erwachsene miteinander umgehen konnten. Trotzdem spürte Scarlett, wie ihr Hass auf den Piratenkönig mit jedem Mal wuchs, das sie Ada ansah. Und der Hass auf sich selbst. Schließlich war all das direkt unter ihrer Nase geschehen, auch noch in der Nacht, als sie die größte Ehre ihres Lebens erhielt und Captain wurde.

Ada hatte ihr in der Tat nie davon erzählt, aber nicht, weil sie ihren Tod fürchtete. Nein. Sie hatte sich Scarlett nicht anvertraut, weil sie sicher gewesen war, dass diese ihre Geschichte als Lüge abtun würde. Und zu ihrer Schande musste Scarlett zugeben, dass das gar nicht unwahrscheinlich war.

Sie hatte ihrer Freundin großes Unrecht getan, sie dazu gezwungen, täglich ihre Ergebenheit vor Carter zu ertragen, wissend, dass er ein Monster war.

Nach Adas Offenbarung hatte Scarlett mit Aline gesprochen, eines der wenigen überlebenden Mitglieder ihrer alten Crew, die vor Laughing Bird Island mit der *Iron Lady* untergegangen war – Futter für den Kraken der Meerhexe. Aline war außerdem ihre Schiffsärztin, die nicht immer ganz mit irdischen Mitteln arbeitete. Im Kloster der Heiligen Magnolia gelernt, besaß Aline ein ausführliches Wissen über die magischen Heilmittel der Heiligen und ihre Gifte. Nur dem glücklichen Umstand, dass Carter nichts von Alines Vergangenheit wusste, war es zu verdanken, dass er sie nicht mit in seine perversen Experimente einbezogen, sondern sich stattdessen den Zauberer ins Boot geholt und so auf Cailins Magie zurückgegriffen hatte. Aline hatte ihre Vermutung bestätigt.

»Die Mädchen haben mich darum gebeten, dir nichts zu sagen«, hatte sie achselzuckend erklärt, als Scarlett zu wissen verlangt hatte, warum niemand auf ihrem eigenen verdammten Schiff ihr gesagt hatte, dass Carter sich, wann immer die *Iron Lady* in Pirates Bay anlegte, eines oder mehrere der weiblichen Crewmitglieder ins Bett geholt hatte. Längst nicht immer Freiwillige.

»Sie hatten Angst, Captain«, hatte Aline gesagt, die die Wunden der Betroffenen versorgt hatte, ohne dass Scarlett davon jemals etwas mitbekommen hätte. »Nicht nur vor deiner Reaktion und den Folgen, sondern auch vor Carter.«

Weil keine von ihnen geglaubt hatte, dass Scarlett sie vor ihrem *Onkel* beschützt hätte. Weil keine von ihnen geglaubt hatte, dass Scarlett ihren Worten vertraut hätte. Sie fühlte sich elend und dabei hatte sie gar kein Recht dazu.

Ihre eigene Crew hatte Teile von Carters Machenschaften vor ihr verborgen und sie immer wieder selbst durchlebt in der Angst, Scarlett verlassen und als Hafenhure enden zu müssen. Sie verdiente es nicht, sich deswegen schlecht fühlen zu dürfen. Scarlett verdiente gar nichts. Sie hatte Schande auf sich geladen und es war das erste Mal, dass dem nicht mit dem Säbel oder einer gut platzierten Pistolenkugel beizukommen war. Die meisten Betroffenen waren tot und würden ihr nie von der Tragweite von Carters Verbrechen berichten können. Aline und Klara waren glücklicherweise verschont geblieben. Erstere, weil sie das Schiff so gut wie nie verlassen hatte und Carter sich ihrer Existenz womöglich gar nicht bewusst war, Letztere, weil sie noch ein Kind war. Irgendwo zog wohl auch ein Psychopath wie Carter seine Grenzen.

Hannah und Ada waren die einzigen anderen verbliebenen weiblichen Crewmitglieder und sie wollten nicht näher darüber sprechen. Sie hegten aber auch keinen Groll gegen Scarlett und waren auf ihre Weise erleichtert, dass Carter nun endlich sein wahres Gesicht gezeigt hatte.

Wie es schien, hatten Hugo und Ulrik von den Vorkommnissen ebenfalls nichts mitbekommen, was Scarlett in gewisser Weise erleichterte. Nicht, dass es ihr Gewissen beruhigte, aber es bewies, dass ihre Leute große Anstrengungen unternommen hatten, das Geheimnis vor ihr zu bewahren, und sie nicht die Einzige gewesen war, der es entgangen war. Aber vielleicht zählten Hugo und Ulrik auch nicht. Schließlich waren sie Männer. Sie konnten sich glücklich schätzen, wenn sie ihre eigenen Schwänze fanden. Da war das Aufdecken von Geheimnissen grundsätzlich undenkbar.

»Gut«, sagte Scarlett jetzt und schob die Schuldgefühle und düsteren Gedanken beiseite. »Wir müssen nämlich einen Zwischenstopp einlegen.« Sie erzählte Ada von Seths Mitteilung, während sie die Stufen hinauf an Deck stiegen.

»Okay«, sagte Ada. »Ich lasse Tripp ein neues Namensschild anfertigen. Ich denke, die Ersatzsegel genügen, um die *Honoria* damit zu tarnen.«

Scarlett nickte knapp. »Hoffen wir mal, dass ihr alter Besitzer sie nicht zufällig im Hafen liegen sieht.«

Ada schnaubte. »Nachdem sich die Schiffsbauer in Tantuka ihrer angenommen haben, ist die *Honoria* kaum wiederzuerkennen.«

Das stimmte. Trotzdem würden sie eine gehörige Portion Glück brauchen, um lebend und an einem Stück aus Port Mullighan auszulaufen. Scarlett hoffte inständig, dass die Unterstützung der Schwarzen Gilde das Wert war.

»Lass den Anker lichten und die Segel setzen. Wir laufen aus.«

Kapitel 7

Die Stimmung an Bord war beinahe ekstatisch, als sich der Wind in der Leinwand fing und die *Honoria* aus dem Hafenbecken schob. Scarlett stand am Steuerrad, das Haar lose um ihre Schultern wehend, und reckte die Nase in die salzige Brise. Nach den Wochen an Land jauchzte ihr Herz beinahe vor Freude, wäre es nicht von dem Schatten ihres Streits mit Tripp bedeckt.

Der Bootsmann war nach ihrer Auseinandersetzung nicht mehr in ihre Kabine gekommen. Tatsächlich hatten sich ihre Wege generell kaum gekreuzt, obwohl er keine Anstrengungen zu unternehmen schien, sie zu meiden. Er war nur einfach dauernd beschäftigt, genau wie sie. Wie oft er sich bewusst

Zeit für sie hatte nehmen müssen, war ihr so gar nicht klar gewesen. Und wie sehr sie seine Blicke quer über Deck vermissen würde. Oder die Berührung seiner großen Hände. Oder ihre Unterhaltungen während der Mahlzeiten. Jetzt aß sie wieder allein in ihrer Kabine und es machte sie jedes Mal ein bisschen traurig. Aber sie war auch immer noch wütend auf ihn wegen seines Ultimatums und wartete darauf, dass er sich bei ihr entschuldigte. Sie würde keinesfalls diejenige sein, die auf ihn zutrat. Obwohl die Leichtigkeit, mit der er seine Gefühle für sie beiseitegelegt zu haben schien, sie verletzte.

Ihre Stimmung schwankte permanent zwischen dem Wunsch, ihm ins Gesicht zu schlagen, und dem Verlangen, sich bei ihm zu entschuldigen und zuzugeben, dass sie gar nicht wollte, dass er ging.

An Stelle ihrer abendlichen Treffen, war sie nun mit Hunter verabredet. Nicht in ihrer Kajüte, verstand sich, sondern an Deck, wo er ihre Tattoos neu stach. Er hatte sich in Port Lory mit den notwendigen Utensilien ausgestattet und übte nun an ihr und einigen anderen Crewmitgliedern seine Kunst aus.

Tripp hatte nichts dazu gesagt. Er hatte nicht einmal in ihre Richtung gesehen. Nicht, weil er sie ignorierte, aber insgeheim alles beobachtete, was sie tat. Nein. Weil es ihn schlicht nicht zu interessieren schien.

Scarlett hatte sogar mit dem Gedanken gespielt, Hunter in ihre Kabine zu holen. Nicht, weil sie mit ihm schlafen wollte, sondern einfach, um eine Reaktion von Tripp zu provozieren. Aber sie sträubte sich dagegen, Hunter so zu benutzen. Also wartete sie lieber ab, ob Tripps Verhalten sich von selbst verändern würde.

Ada schien die Spannungen zwischen ihnen zu bemerken, aber sie sagte nichts. Nicht einmal einen gemeinen Kommentar über die Sinnhaftigkeit von Scarletts früherer Regel, die

Liebschaften innerhalb der Crew untersagt hatte. Aber damit war es jetzt ohnehin vorbei. Man hätte blind sein müssen, um die sich anbahnende Sache zwischen Hugo und Amara nicht zu bemerken. Das Schiff war also losgesegelt und kein Verbot der Welt konnte es jetzt noch zurückrufen.

Scarlett wollte es auch gar nicht. Sie gönnte ihrer Crew die Freude, auch wenn ihre eigene nur von so kurzer Dauer gewesen war. Sie hatte eben noch nie ein gutes Händchen für Männer gehabt. Da konzentrierte sie sich doch lieber auf die vor ihnen liegende Aufgabe.

Der Plan sah vor, die Küstenlinie entlang nach Norden zu segeln. Die gleiche Route, die sie erst von einem halben Jahr zurückgelegt hatten, würde sie erneut durch den grünen Arm und an Tantuka vorbeiführen, doch dieses Mal würden sie noch weiter gen Norden segeln.

Prinzessin Mathilda war nicht häufig in ihrem Heimathafen anzutreffen. Sie verbrachte die meisten Tage des Jahres auf ihrem Schiff, der *Odins Ehr*, und segelte die Küste ihres Reiches auf und ab, wie eine Patrouille. Nicht, dass das White Cap nicht über eigene Krieger verfügt hätte, die diese Aufgabe hätten übernehmen können. Aber Mathilda war eine Schildmaid und sie ließ es sich nicht nehmen, diese Aufgabe selbst zu erfüllen. Wohl auch, weil sie der Enge ihres Langhauses in der Bay entkommen wollte, wo sich nicht weniger als acht Kinder um die Aufmerksamkeit der Eltern stritten. Wann immer Mathilda nach Hause zurückkehrte, war sie von einem Kinderschwarm umgeben, der sie anbetete und den Boden, auf dem sie lief.

Scarlett freute sich schon darauf, die Kriegerin wiederzusehen, und sie hoffte inständig, dass sie ihnen gegen Carter beistehen würde. Mathilda war eine Kraft, die nicht zu unterschätzen war. Scarlett hatte es immer genossen, die Wildheit ihrer Krieger im Kampf zu beobachten.

Wenn sie Glück hatten und sowohl Mathilda als auch die Schwarze Gilde eine Zusage erteilten, wären sie um einige Schiffe und erfahrene Mannschaften stärker. Wenn Kilian sich dann noch dazu überwand, seine Insel zu verlassen… Scarlett wollte es gar nicht verschreien, indem sie sich zu viele Hoffnungen machte, aber dann hätten sie vielleicht eine Chance gegen Carter. Vorausgesetzt, König Phillip sandte ihnen ebenfalls Unterstützung.

Und das hing wohl davon ab, wie überzeugend der Governor seine Argumente vorbrachte. Scarlett hatte einen Teil der Mannschaft dazu abgestellt, in Schichten das Meer im Auge zu behalten, hoffend und bangend, eine der Invictus aus Carters Schöpfung zu entdecken. Sie hatten Fischernetze und Taue bereitgelegt, um bestmöglich vorbereitet zu sein, sollte es so weit kommen.

Wenn sie an ihre Begegnung mit dem unförmigen, mit Klauen und Reißzähnen bewehrten Wesen zurückdachte, die sie und Sara vor Cobalt Island beinahe das Leben gekostet hätte, bezweifelte Scarlett, dass es ihnen gelingen würde, eine der Kreaturen zu fangen. Aber versuchen wollten sie es dennoch.

Dank des Notizbuchs des Königs hatten sie einige seiner Experimente nachverfolgen können, doch war noch immer unklar, in welchem Umfang sie geglückt waren. Vielleicht war Carter seinem Ziel, eine Armee aus Mischwesen zu erschaffen und damit die Weltmeere endgültig unter seine Kontrolle zu bringen, schon viel näher, als sie glaubten. Scarlett hoffte inständig, dass dem nicht so war.

Das war auch einer der Gründe, warum sie froh war, Port Lory endlich verlassen zu können. Im Hafen liegend hatte sie einfach nichts zu tun gehabt und war ihren rasenden, schuldbewussten Gedanken gnadenlos ausgesetzt gewesen.

Seit Tripps Ultimatum hatte sie nicht mehr richtig geschlafen und nachts die Decke angestarrt und sich vorgestellt, welch schreckliche Qualen ihr Vater durchlitten hatte, während sie hoch über ihm fröhlich gespielt und auf des Königs Schoß herumgetollt war. Carter musste krank sein, um sowas gewissenlos abzuziehen. Nachts schnitt er an seinem besten Freund herum und versuchte, aus ihm ein Monster zu machen, tagsüber spielte er mit dessen Tochter und versprach ihr seine baldige Rückkehr. Legte eine schützende Hand auf ihre Schulter, als sie in einem symbolischen Akt Asche in den Wind streute. Trocknete ihre Tränen, als sie ihren Vater betrauerte. Und später verfluchte dafür, dass er sie allein gelassen hatte.

Wenn sie sich all diese Ruchlosigkeit, die Gewissenlosigkeit vor Augen führte, fragte sie sich, ob sie Carter jemals wirklich gekannt hatte. Ob ihn irgendjemand je gekannt hatte.

Sie glaubte nicht, dass er schon immer derart perverse Vorhaben verfolgt hatte. Als Junge waren er und Scarletts Vater Wyatt während des Krieges Waisen geworden und hatten als Schiffsjungen auf einer Galeone angeheuert, die sie später mittels einer Meuterei an sich gebracht und eine Jolly Roger gehisst hatten. Jahre später war es den beiden gelungen, die umherstreifenden Piraten zur Reef Raiders-Flotte zu vereinen und unter die Oberherrschaft des Schädelthrons zu stellen, der, so sagte man, aus Meersalz und den Knochen ihrer Feinde entstanden war.

Andererseits hatte sie jahrelang unter seinem Dach gelebt und mit ihm gespeist, Zeit in seinem Arbeitszimmer verbracht und Pläne mit ihm geschmiedet. Und nie hätte sie sich träumen lassen, was sich während all dieser Zeit unter dem Ash Cliff abspielte. Sie wusste nicht mehr, was sie glauben sollte. Was Wahrheit war und was Lüge. Selbst während ihrer Verbannung hatte sie sich nicht so hilflos gefühlt, so verloren. Auf einen Schlag war sie ihres Glaubenssystems, ihrer Heimat und ihres Mentors beraubt worden.

Das Einzige, was sie noch bei Sinnen hielt, waren ihre Crew und ihr Bestreben, die Machenschaften des Königs zu vereiteln. Sie fand es immer wieder erstaunlich, wie schnell sie von absoluter Ergebenheit zu blendender Verachtung gewechselt war.

Zunächst hatte sie es für gesunden Menschenverstand und eine gewisse moralische Stabilität gehalten, aber mal ehrlich, sie war Pirat, da war es mit der Moral nicht allzu weit. Mittlerweile war sie sich sicher, dass sie unterbewusst schon länger etwas vermutet hatte. Nicht, dass Carter heimlich Menschen aufschnitt, um ihnen Tiere anzunähen, das nicht. Niemals das. Aber seit sie sein Büro mit einem ominösen Brief in der Hand und der Anweisung, ihn erst zu öffnen, wenn sie seinen toten Sohn in den Armen hielt, verlassen hatte, nagte etwas an ihr. Sie hatte versucht, es mit ihrem unerschütterlichen Glauben an Carter zu ersticken. Hatte über Adas Warnungen die Augen verdreht und sie als Hasstiraden abgestempelt. Aber sie glaubte, dass ihr innerliches Ringen und die Tatsache, dass sie Carters Befehl missachtet und den Brief geöffnet hatte, von ihrem eigenen Misstrauen zeugten. Und schließlich hatte ihrer aller Unglück genau damit begonnen.

Dankbarkeit erfüllte sie darüber, dass sich ihr Streben nach einem ehrenhaften Tod in der Kampfarena im *Dark Shores* nicht bezahlt gemacht hatte. Wer sollte Carter dann jetzt aufhalten?

Scarlett hatte also an einigen Enthüllungen zu knabbern, als sie die *Honoria* nach Nordwesten drehte. Vor ihnen lagen Wochen der relativen Untätigkeit – zumindest auf Seiten des Captains – und somit ausreichend Zeit, über alles nachzugrübeln. Großartig. Sie wünschte sich beinahe einen Sturm herbei, der sie ein wenig ablenken konnte.

Stattdessen war es Thomas, der die Abwechslung brachte.

Thomas hatte bis vor wenigen Monaten noch als Handlanger und Rausschmeißer in Bennys *Dark Shores* gearbeitet. Er hatte Scarlett einmal eine ordentliche Tracht Prügel verpasst, nachdem diese Benny verärgert hatte. Trotzdem war er oft gut zu ihr gewesen und, wie sich später rausgestellt hatte, war auch er nicht freiwillig in Bennys Diensten gewesen. Nachdem sein Vater Wettschulden bei Benny gemacht und die Sache damit hatte lösen wollen, sich selbst das Hirn wegzupusten, hatte Benny Thomas' jüngere Schwestern, Amara, Serena und Sara, die Schulden abarbeiten lassen. Um ihnen nahe zu sein, hatte sich Thomas ebenfalls anstellen lassen und fortan die Drecksarbeit erledigt. Seine letzte Amtshandlung war gewesen, einem Kämpfer in den Kopf zu schießen, weil der Bennys Befehl, Scarlett zu töten, verweigert hatte.

Konrad war ein Mann aus den Bergen gewesen, den eine überraschende Vorgeschichte mit Scarletts Vater verbunden hatte, und der lieber freiwillig in den Tod gegangen war, als ihr zu schaden. Daraufhin hatte Scarlett alle Nerven verloren und das *Dark Shores* mithilfe ihrer Crew dem Erdboden gleich gemacht. Manchmal spürte sie noch immer die unmenschliche Kraft in ihren Adern, die sie entgegen aller Naturgesetze dazu befähigt hatte, Benny die Kehle herauszureißen. Sie hatte Thomas und seine Schwestern in ihre Crew aufgenommen, zusammen mit den übrigen Kämpfern: Seth, Asher und Oskar. Was aus den anderen Angestellten der Kneipe geworden war, dem Barkeeper und der Magd, die immer Scarletts Chaos beseitigt hatte, wusste sie nicht. Ehrlich gesagt interessierte es sie aber auch nicht.

Wichtig war, dass Thomas und seine Schwestern in Sicherheit waren. Während er nämlich gut für sich selbst sorgen konnte, war er eine unglaubliche Glucke, was seine Schwestern betraf, und die Mädchen waren froh, in Scarlett und ihrer Crew eine neue Heimat gefunden zu haben, in der sie sich relativ frei und abseits von Thomas' ständiger Beobachtung bewegen konnten.

Wie es schien, taten sie das etwas zu gut. Thomas war groß, mit der Statur eines Kämpfers. Während seiner Zeit an Deck hatte er nicht nur noch mehr Muskeln aufgebaut, sondern auch einiges an Farbe dazugewonnen. Seine sandfarbenen Strähnen fielen ihm mittlerweile bis über die Ohren und wirkten wie Gold auf seiner bronzefarbenen Haut. Er trug die übliche Piratentracht: ein fadenscheiniges Leinenhemd, eine braune Leinenhose, die unten schon ausgefranst war, und einen Hut, den er alle paar Sekunden anhob, um sich durch die Haare zu streichen. Scarlett fand, ihm fehlte eigentlich nur noch ein Ohrring, dann wäre das Bild komplett.

Sie wusste, dass er unter Deck in seiner Seekiste noch ein Paar Stiefel, einen Mantel und ein Wehrgehänge aufbewahrte, aber wie die meisten anderen auch, verzichtete er an Deck darauf. Dafür war es einfach zu heiß, selbst jetzt, während der Herbst bereits Einzug hielt. An seinem Gürtel steckte lediglich ein Entermesser.

»Ich brauche deine Hilfe«, sagte er, als er die letzten Stufen zum Achterdeck raufsprang und zu ihr ans Steuerrad trat.

Bereits ahnend, worauf er hinauswollte, hob Scarlett nur auffordernd beide Brauen, darum bemüht, ihr Lächeln zu unterdrücken.

»Ich will, dass du die Sache zwischen Hugo und Amara beendest.«

Sie gab sich überrascht. »Warum das?«

»Er ist nicht gut für sie. Er ist grob und ein bisschen dämlich. Sie hat Besseres verdient, aber sie will nicht auf mich hören. Sie sagt, nur du kannst das entscheiden. Also.« Er deutete auf sie, eindeutig fordernd, dass sie entschied. Dabei verschränkte er die Arme vor der Brust und zog unbewusst eine Schnute wie ein motziges Kind.

Scarlett seufzte. »Ehrlich, Thomas. Ich bin da absolut nicht auf deiner Seite.«

Er riss die Augen auf. »Aber-«

»Amara ist erwachsen. Bei allen Winden, sie ist älter als ich. Du hast nicht über ihr Liebesleben zu bestimmen.«

Er öffnete den Mund, um zu widersprechen, aber Scarlett hob nur eine Hand, um ihn zu unterbrechen. »Ich verstehe deine Sorge, aber deine Schwestern können selbst entscheiden, mit wem sie zusammen sein wollen.«

Seine Augen verengten sich zu Schlitzen. »Schwester*n*? Was weißt du?«

Fuck. »Nichts. Sieh mal, Thomas, ich weiß, du willst deine Schwestern beschützen. Ich weiß, du willst, dass es ihnen gut geht und niemand sie verletzt – weder physisch noch psychisch. Ich weiß, ihr hattet eine schwere Kindheit und eine schwere Zeit bei Benny. Aber du musst begreifen, dass die Dinge jetzt anders stehen.« Sie seufzte bei seinem störrischen Blick. »Die Mädchen lieben dich. Du bist ihr Bruder. Sie brauchen aber auch eine andere Art von Liebe in ihrem Leben. Und wenn du ihnen das verwehrst oder versuchst, dich dazwischen zu stellen, wirst du sie nur unglücklich machen und von dir wegstoßen. Willst du das?«

»Nein, aber-«

»Siehst du?«, unterbrach Scarlett ihn erneut, ehe er fadenscheinige Argumente anbringen konnte, von denen sie beide wussten, dass sie nirgendwo hinführen würden. Als sie die Zerrissenheit in seiner Miene erkannte, legte sie ihm eine Hand auf die Schulter. Ihre frisch tätowierten Runen glänzten im Sonnenschein. »Hugo ist ein guter Mann und das weißt du auch. Er betet die Planken an, auf denen Amara läuft. Er ist still, aber nicht dumm. Und Amara ist es auch nicht. Sie weiß schon, wie sie mit ihm umzugehen hat, aye?«

Thomas' Schultern sackten ergeben herab. »Na schön. Aber wenn er es vergeigt, darf ich ihm eine reinhauen.«

Scarlett lachte. »Das müsst ihr wirklich unter euch ausmachen.«

Thomas ging und Scarlett zwinkerte Amara zu, die ihre Unterhaltung vom Hauptdeck aus mit Argusaugen beobachtet hatte. Die junge Frau nickte knapp, ein dankbares Lächeln auf den Lippen. Ihr Blick glitt hinüber zu Hugo, der gerade dabei war, Tripp beim Nachlackieren zur Hand zu gehen.

Scarlett hatte nicht gelogen. Ihr Steuermann war wirklich einer der guten Sorte und sie vertraute ihm Rückhaltlos im Umgang mit Amara. Sie und ihre Schwestern waren nicht nur als unbezahlte Arbeitskräfte von Benny missbraucht worden und sie brauchten nun verständige, starke, ruhige Männer an ihrer Seite. Weshalb Scarlett auch absolut nicht nachempfinden konnte, was zum Klabautermann Sara von Jon wollte. Aber vielleicht brauchten die beiden einander ja gegenseitig.

»Du solltest Kupplerin werden. Oder Heiratsvermittlerin«, schlug Ada vor, die eben auf der anderen Seite das Deck betrat und anscheinend alles mitangehört hatte.

»Danke, aber ich bin recht zufrieden mit meinem Berufszweig.«

»Tatsächlich? Warum siehst du dann dauernd so grimmig drein?« Ada lehnte sich mit verschränkten Armen neben ihr an den Steuerradaufbau und folgte ihrem Blick. »Ihr habt die Sache immer noch nicht geklärt, hm?«

Scarletts Augen waren wie von selbst von Hugo zu Tripp gewandert, verfolgten jede seiner sicheren, ruhigen Bewegungen. Sie versuchte, das Muskelspiel in seinem Rücken zu ignorieren, aber leider erinnerte sie der Anblick zu sehr daran, wie es sich unter ihren Handflächen anfühlte, wenn er auf ihr lag.

Sie zwang ihre Augen nach vorn. »Nein. Ich warte noch auf seine Entschuldigung.«

»Hast du schonmal überlegt, dass du dich bei ihm entschuldigen könntest?«

Sie warf ihrer angeblichen Freundin einen vernichtenden Blick zu. »Auf welcher Seite stehst du eigentlich?«

Ada zuckte die Achseln. »Ich meine ja nur. Du hast dich ziemlich arschig verhalten. Und die halbe Crew konnte euren Streit hören. Das war ganz schön demütigend für ihn.«

»*Ich* habe mich arschig verhalten?« Unglaube troff aus ihrer Stimme wie Tinte aus einem Oktopus. »Er wollte mich in typischer Männer-Manier dazu zwingen, Hunter von meinem Schiff zu werfen, nur weil er eifersüchtig ist.« Und nein, darüber war sie nicht hinweg. Ganz ehrlich, reichte ihm ihr Wort denn nicht, um seine Unsicherheit abzulegen?

»Es geht nicht nur darum und das weißt du genau. Er will, dass du seine Gefühle respektierst.«

»Gefühle, Gefühle. Redet denn heutzutage niemand mehr von was anderem?«, grummelte sie. Hauptsächlich deshalb, weil sie Ada recht geben musste.

Nach ihrem Streit hatte sie noch mehrfach darüber nachgedacht, ob sie tatsächlich so unberührt von der Anwesenheit einer von Tripps Verflossenen wäre, wie sie behauptet hatte. Und bei den meisten hätte sie wohl wirklich neutral reagiert. Aber allein der Gedanke, seine ehemalige Verlobte an Bord zu haben, brachte sie zur Weißglut. Tripp hatte ihr gestanden, dass er hatte heiraten wollen, ehe er der Marine beigetreten und alles den Bach heruntergegangen war. Nach seiner unehrenhaften Entlassung hatte sich seine Verlobte einem anderen zugewandt und ihn fallen lassen wie einen toten Fisch. Ihre Beziehung zu Hunter war zwar längst keiner vergleichbaren Natur entsprungen, aber sie konnte verstehen, dass Tripp der Gedanke nicht gefiel, dass der Tätowierer ihren Körper in und auswendig kannte. Zu wissen, dass eine Person eine sexuelle Vergangenheit hatte, und diese permanent unter die Nase gerieben zu bekommen, waren zwei völlig unterschiedliche Dinge.

Wenn das ihr einziges Problem gewesen wäre, hätten sie keins. Aber das war es nicht, was Scarlett so wütend machte. Nein, sie zürnte Tripp wegen seiner Anmaßung, ihr

Vorschriften machen zu wollen. Ihr ein Ultimatum zu stellen, statt gemeinsam eine Lösung zu suchen. Wenn sie durch ihre Ablehnung seinen Stolz verletzt hatte, war das eben so. Dieses Risiko war er bewusst eingegangen, als er mitsamt seiner Habe in ihrer Kabine aufgetaucht war und verlangt hatte, bei ihr zu wohnen. Als hätte er dazu ein Recht. Und natürlich hatte die Crew ihre Abweisung mitangehört. Bei allen Winden, an Bord eines Schiffes blieb so gut wie nichts geheim. Und zwei sich anschreiende Erwachsene erst recht nicht. War es wirklich ihre Schuld, dass er sich blamiert hatte? Nein. Im Gegenteil war sie auch deshalb wütend auf ihn. Er hatte sie ohne Zögern vor ihrer Mannschaft blamiert und bloßgestellt. Und jetzt schlugen sie sich auch noch auf seine Seite.

»Scarlett«, sagte Ada, ein wenig sanfter. »Ich will dir bestimmt nicht vorschreiben, was zu fühlen sollst. Wenn du Tripp nicht willst, dann ist das so. Aber ich glaube, dass das nicht das Problem ist, und ich will dir helfen, dein wahres Problem zu überkommen.«

»Warum?«, verlangte Scarlett höhnisch zu wissen. »Damit du dich nicht so schlecht fühlst, wenn du die Crew verlässt?« Im selben Moment als die Worte ihren Mund verließen, bereute sie sie schon. Sie rieb sich seufzend das Gesicht. Es war nicht gerecht, Ada in dieser Sache anzukeifen. »Tut mir leid. Ich weiß, du willst nur helfen.«

»Schon gut.« Ada klang tatsächlich, als würde ihr die Sache nichts ausmachen. »Ich will nur sagen: Aus meinen Erlebnissen in Port Mullighan weiß ich, wie sehr es schmerzen kann, eine geliebte Person mit jemand anders zu sehen. Ich kann Tripp verstehen, dass er sich deswegen schlecht fühlt. Und dass er dich bittet, auf ihn Rücksicht zu nehmen.« Ada sprach von der Zeit, in der sie sich in einen Autor verliebt hatte. Der, wie sich herausstellte, bereits verheiratet war und sie bei der Rückkehr seiner Frau aus dem Winteridyll einfach beiseitegestoßen hatte. Es hatte dazu geführt, dass Ada ihre gelegentlichen Affären überdachte und sich entschied, lieber auf die Suche nach der wahren Liebe zu gehen.

»Ich weiß, es fällt dir schwer, es zu sehen, aber Tripp versucht nicht, dir die Kontrolle wegzunehmen oder deine Position als Captain. Er möchte nur ein ebenbürtiger Teil in eurer Beziehung sein. Was ihm absolut zusteht. Du kannst weiterhin hier Captain sein, aber wenn nur ihr beide da seid, musst du die Führung auch mal abgeben.«

Scarlett ächzte. Sie wusste, dass Ada recht hatte. Sie wusste, dass sie es schon während ihres Streits mit Tripp eingesehen hatte. Aber sie konnte es einfach nicht. Und sie weigerte sich auch, einen Mann in ihr Leben zu lassen, der schon in der ersten Phase ihrer Beziehung Unterwerfung verlangte. Sie hatte geglaubt, in Tripp jemand geduldiges, verständnisvolles gefunden zu haben. Stattdessen hatte er bei der ersten Gelegenheit versucht, sich einen Platz an ihrer Seite zu schaffen, der es ihm ermöglichte, Forderungen zu stellen. Nein, das konnte Scarlett nicht akzeptieren.

Ihre Mutter hatte ihr beigebracht, sich nicht zu unterwerfen. Ihre eigene Herrin zu sein. Wie viele Jahre lang hatte sie sich selbst belogen und geglaubt, dieses Leben bereits zu führen? Stattdessen hatte sie erkennen müssen, dass sie ihre Treue einem Mann geschenkt hatte, der sie missbraucht hatte. Dass sie die ganze Zeit über unter jemandes Kontrolle gestanden und dieser sie hatte tanzen lassen wie eine Marionette. Nein, in ihrer Beziehung würde sie das nicht zulassen. Eher bliebe sie für immer allein.

Ada seufzte, offensichtlich vertraut genug mit Scarletts Miene, um ihrem Gedankengang zu folgen. »Denk darüber nach, Scarlett. In einer Beziehung geht es nicht darum, der Stärkere zu sein.«

Aye. Und Tripp sollte das endlich begreifen.

Kapitel 8

Sie waren nicht einmal einen Tag unterwegs, als der Herbst auch schon voller Enthusiasmus über sie hereinbrach. Die kalte Nässe war Tripp bis in die Knochen gedrungen und dämpfte nicht nur seine Laune. Wenigstens lenkte ihn sein körperliches Unwohlsein von seinen um eine gewisse rothaarige Kapitänin wirbelnden Gedanken ab.

Unter Deck war es beinahe schon gemütlich, wenn man davon absah, dass es nach Füßen, Schweiß und stickiger Luft roch. Es war trocken und warm, wenn man wie er eine Hängematte weiter entfernt von der Luke zum Hauptdeck ergattert hatte. Die Matrosen hatten sich Kerzenstummel zusammengesucht und auf Kisten und Fässern platziert, um auch nach Schichtende noch Würfeln und Karten spielen zu können.

Als Tripp die letzten Stufen hinabsprang und dabei Regentropfen auf den Planken verteilte, hatte sich der größte Teil der Crew bereits unter ihren Schlafstätten versammelt. Alle, die nicht für die Nacht an Deck eingeteilt waren. Ehrlich, Tripp beneidete die Frauen und Männer nicht, die die dunklen Stunden in Nieselregen und peitschendem Wind verbringen mussten.

Sich am frühen Abend in die noch nicht vollständig getrockneten Kleider zu zwängen, während die Kameraden in die wohlige Wärme eintauchten und die Hängematten herunterließen, war keine angenehme Erfahrung. Als Bootsmann hatte er sie nur eine Handvoll Male machen müssen, aber er erinnerte sich an jedes einzelne davon im Detail.

Er duckte sich unter den Hängematten hindurch, die noch aufgerollt waren, damit Platz für die abendlichen Aktivitäten blieb, bis er zu seiner Schlafstatt gelangte. Er klappte die Truhe auf, in deren Deckel er seine Initialen geschnitzt hatte, und holte sein Wechselhemd heraus. Dann begann er, sich die nassen Kleider vom Leib zu schälen, während um ihn herum Kameraden gedämpfte Gespräche führten und sich freie Plätze auf Kisten, Kissen und Decken suchten, um noch ein wenig Zeit mit ihren Freunden zu verbringen, ehe es Zeit für die Nachtruhe war.

Als Quartiermeister hatte Seth die Oberaufsicht über die Crew und teilte nicht nur die Schichten ein, sondern bestimmte auch, wann es Zeit für die Koje war. Der ehemalige Grubenschläger und Sohn eines der gefährlichsten Männer des Kontinents, machte seine Sache erstaunlich gut und hatte sich seine Stellung innerhalb der Crew redlich verdient. Er war nicht unter den Kameraden, sondern hielt sich wahrscheinlich im Krähennest auf, wo er sich damit quälte, Lins Verhalten durchschauen zu wollen.

Tripp hängte seine tropfenden Kleider über die Leinen, mit denen seine Hängematte befestigt war, und hoffte vergeblich, dass sie bis zum Morgen trocknen würden. Die Stiefel stellte er neben seine Seekiste und streifte das zweite Hemd über, das eigentlich nur für Notfälle gedacht war. Eine Ersatzhose besaß er nicht, aber in Anbetracht der Tatsache, dass sowohl weibliche als auch männliche Kameraden in Unterwäsche herumhockten, war das kein großes Problem.

Er wollte sich gerade einen Platz zwischen Oskar und Hannah suchen, um am Würfelspiel teilzunehmen, als er Hunter bemerkte. Der Tätowierer lehnte mit gekreuzten Beinen an einem Pfosten und verfolgte mit mildem Interesse ein Kartenspiel zwischen Klara, Ulrik und drei weiteren Matrosen, die Hosenknöpfe anstelle von Münzen als Einsatz verwendeten.

Tripp konnte die Miene des Tätowierers nicht entziffern und vielleicht war das auch mit ein Grund dafür, dass er ihn nicht leiden konnte. Abgesehen vom Offensichtlichen, natürlich. Er gestand es sich nicht gern ein, aber Tripp war eifersüchtig. Das ätzende Gefühl brannte sich wie ein Gift durch seine Adern, wann immer er Hunter und Scarlett miteinander sah. Dabei spielte es keine Rolle, dass der andere Mann weder in ihrer Kabine gewesen noch näher an sie herangetreten war, als es sich gehörte. Wenn man die Stunden, die er mit seiner Nadel und dem Hammer über Scarletts Hände gebeugt verbracht hatte, ausließ. Ganz objektiv betrachtet wusste Tripp, dass seine Abscheu grundlos war, aber er kam einfach nicht dagegen an. Das Wissen, dass dieser Mann Scarlett nackt gesehen, ihre intimsten Körperstellen berührt und ihr Lust bereitet hatte, schnürte ihm die Brust zusammen und verlockte dazu, Hunter Black den Schädel zu spalten.

Aber Tripp war zu stolz, um diesem Verlangen nachzugeben. Sein Streitgespräch mit Scarlett war in der Crew ein offenes Geheimnis, aber niemand sprach über seine Blamage. Niemand sah ihn mitleidig oder gar höhnisch an. Nicht einmal

Hunter. Und entgegen dessen, was er Scarlett als Grund genannt hatte, war es genau das, was ihn zum Bleiben bewegt hatte. Anders als die Mannschaften, in denen er zuvor gedient hatte, sei es bei der Navy oder als Söldner an Bord einer Handelsgaleere, war die Crew der *Honoria* seine neue Familie. Es spielte keine Rolle, dass sie nicht alles über ihn wussten. Sie wussten genug. Es spielte keine Rolle, dass er sie noch nicht mal ein Jahr lang kannte. Es war lange genug, um zu wissen, dass er an ihrer Seite leben und arbeiten wollte und sich glücklich schätzen würde, mit ihnen zu sterben.

Und deshalb hatte er beschlossen, die Sache mit Hunter nicht weiter zu verfolgen. Scarlett hatte ihre Entscheidung getroffen. Jetzt wartete er darauf, dass sie wieder zu Sinnen kam und ihren Stolz beiseitelegte, ihre Angst, verletzt zu werden.

Tripp ging hinüber zu Thomas, der am Rand der Gruppe mit seiner Schwester Sara in ein Brettspiel vertieft war. In all seinen Jahren auf See hatte Tripp es noch nie mit einer Crew zu tun gehabt, die so versessen auf Gemeinschaftsspiele war, wie diese. Sie hatten eine ganze Seekiste voll Kartendecks, Würfelbecher, Puzzle, Brett- und Geschicklichkeitsspiele. Von denen keines mehr vollständig war.

Scarlett hatte sie anschaffen lassen, wohl in der Hoffnung, die Crew unter Deck bei Laune zu halten. Jon hatte Tripp mehrfach seines hypothetischen Wochenlohns beraubt, indem er ihn beim Poker gnadenlos besiegte. Seitdem machte er einen Bogen um den Dieb, wann immer der zu den Karten griff.

Ada hatte ihm erklärt, dass die Spiele den Zusammenhalt der Crew fördern sollten. Sie meinte, es diene dazu, sie in den Nächten und an windstillen Tagen, während der langen Sommergewitter und endlosen Stunden im Hafen ein Band knüpfen zu lassen. Und wenn er sich so unter Deck umsah, schien das wunderbar zu funktionieren.

Der Kerzenschein tauchte alles in ein heimeliges Licht. Kissen und Decken polsterten die Planken und Kisten, an denen seine Kameraden lehnten. Es roch nach warmem Holz und Regen – wenn man den Gestank hart arbeitender Männer und Frauen verdrängte. Es gab noch einige Beutel mit frisch gebackenen Keksen aus Port Lory, die Scarlett zusammen mit einer Riesenladung Puddingschnecken gestiftet hatte. Wahrscheinlich waren sie gestohlen, denn die Kapitänin besaß nicht mehr Münzen als sie, aber Tripp war jetzt Pirat und als solcher kümmerte es ihn nicht mehr. Moral war an Bord der *Honoria* eine im Graubereich befindliche Angelegenheit. Stolz und Ehre waren die Devise, nach der gehandelt wurde.

Seth hatte zwei große gusseiserne Kannen voll dampfenden Tees bereitgestellt, der ihnen die klammen Knochen wärmen sollte. Mit einem vollen Becher in der Hand ließ sich Tripp auf das teils aufgeriebene Kissen neben Thomas fallen und beschloss, seinem Seelenheil was Gutes zu tun und Hunters Anwesenheit in die hinterste Ecke seines Unterbewusstseins zu verbannen wie eine unliebsame Erinnerung. Er konnte sich dort ja mit Tripps Hoffnungen auf eine aufrichtige Beziehung zu Scarlett vergnügen.

»Hey«, grüßte Thomas, ohne vom Spielbrett aufzusehen. Sara nickte Tripp stumm zu. Die Schüchternere der Zwillinge war ihm deutlich lieber als ihre aufgeweckte Schwester. Sara war außerdem eine schrecklich kompetitive Spielerin, die eine Niederlage nur schwer wegstecken konnte. Weshalb sie oft so lange übte, bis sie jedes Crewmitglied im Schlaf besiegen konnte. Nur Thomas machte ihr dabei Konkurrenz und es war immer unterhaltsam, den Geschwistern beim Spiel zuzusehen. Hauptsächlich deshalb, weil sie dazu neigten, sich gegenseitig bis aufs Blut zu reizen. Es war die einzige Situation, in der man einen Blick auf Saras Persönlichkeit erhaschen konnte.

»Wenn du noch länger überlegst, sitzt dir bald ein Skelett gegenüber«, neckte sie ihren Bruder mit einem demonstrativen Gähnen, das ihn aus der Fassung bringen sollte.

»Keine Sorge«, erwiderte der ungerührt, »bei der Anzahl Kekse, die du dir in der letzten Stunde reingezogen hast, dauert es Jahre, bis all das Fett vermodert ist. Ich habe also Zeit.«

Sara riss den Mund auf, das Gesicht eine Maske der Empörung. »Wenigstens habe ich mir nicht alle Hirnzellen rausprügeln lassen.«

»Nein, du hattest von Geburt an keine.«

»Es braucht einen Idioten, um einen Idioten zu erkennen.«

»Hast du dich gerade selbst als Idiot bezeichnet?«, fragte Thomas mit hochgezogener Braue. Während seine Schwester mit roten Wangen nach einer Erwiderung suchte, beugte er sich vor und machte einen Zug.

Tripp lehnte sich mit dem Rücken gegen die Bordwand, nippte an seinem Tee und genoss die Entspannung, die das geschwisterliche Necken in ihm erzeugte, einmal mehr froh, Einzelkind zu sein.

Während er den gedämpften Stimmen seiner Kameraden lauschte, dem Klappern von Würfeln in Lederbechern, dem Rascheln von Karten und Klacken von Spielfiguren, wanderten seine Gedanken unbeabsichtigt zu Scarlett.

Wie so oft, wenn er hier unten saß und in der Kameradschaft seiner Crew schwelgte, fragte sich Tripp, ob Scarlett wohl einsam war. Oben in ihrer Kajüte zu sein, brachte zwar einen auf einem Schiff unnachahmlichen Grad an Privatsphäre mit sich, aber es führte auch schnell zu Isolation. Er erinnerte sich an die wenigen Abende, an denen Scarlett sich am Vorderdeck zu ihnen gesellt hatte, den Blick in die Sterne gerichtet, den zotigen Liedern lauschend, die die Matrosen zum Besten gaben. Sie hatte entspannt gewirkt, losgelöst von ihrer Verantwortung und dem Druck, der auf ihr lastete.

Ähnliches hatte er beobachtet, wann immer sie in ihrem Bett aufeinandergetroffen waren. Wenn sie ihre Gelüste übernehmen ließ, ihm ihren Körper anvertraute und die wirbelnden Gedanken verbannte. Nur für eine Weile. Dann waren ihre blauen Augen stets so klar und hell gewesen, ganz anders als die umwölkten Iriden, die er gewohnt war. Der Zustand hatte nicht lang angehalten. Vielleicht, weil sie Tripp jedes Mal einfach aus der Kabine gejagt hatte, ohne sich auch nur einen Moment der Ruhe zu gönnen. Statt seine Nähe zu suchen, sich in seinen Armen zu vergraben, war sie ganz geschäftsmäßig vorgegangen. Er hatte keine einzige Nacht in ihrem Bett verbracht, hatte sich stets wie eine heimliche Affäre in seine Hängematte schleichen müssen. Vielleicht hätte ihm da schon klar sein sollen, dass das mit ihnen keine Zukunft hatte. Aber wenn er ehrlich war, dann hatte er gehofft, dass es sich irgendwann ändern würde. Dass, wenn er ihr nur lange genug bewies, dass er bleiben würde, sie ihn irgendwann auch dabehalten wollen würde. Schlussendlich aber hatte sie ihm gesagt, er solle die Crew verlassen.

Gut, es war nicht seine beste Leistung gewesen, ihr ein Ultimatum zu stellen. Je länger er darüber nachdachte, desto dämlicher kam ihm sein Verhalten vor. Aber jetzt gab es kein Zurück mehr und er war zu stur, um den ersten Schritt zu tun. Er war immer noch davon überzeugt, ein Recht auf ihre Rücksicht seine Gefühle betreffend zu haben. Dass sie ihn so offensichtlich unter Hunter stellte, war ihm ein Dorn im Auge. Manchmal glaubte er, dass es besser so war. Immerhin hatte er es schnell erkannt, statt Jahre darauf zu verschwenden, sich mit ihr vertraut zu machen, nur um dann festzustellen, dass sie ihren Stolz und ihre Unabhängigkeit über ihn stellte.

Leider waren die Momente, in denen er sich davon überzeugen konnte, rar. Viel öfter ertappte er sich dabei, wie er Verständnis für sie aufbrachte. Immerhin war Scarlett an einem ruchlosen Ort aufgewachsen. Die Pirates Bay war schon für einen Erwachsenen kein gutes Pflaster, aber als Kind, das noch dazu früh beide Eltern verloren hatte? Das Zeit seines Lebens versucht hatte, die Beste zu sein, den König zufriedenzustellen. Sie war jung Kapitänin geworden, mit all der

Verantwortung, die mit dem Amt einherging. Sie hatte Dinge gesehen, von denen andere nicht einmal träumen konnten, er eingeschlossen. Sie hatte sich immer nur auf sich und ihre eigene Stärke verlassen können. Und jetzt hatte sie auch noch erfahren, dass man sie ihr ganzes Leben lang angelogen und auf grausame Art und Weise hintergangen hatte. Ihm jetzt zu erlauben, einen permanenten Platz in ihrem Leben einzunehmen, war nicht leicht, das sah er ein. Was schmerzte war nur, dass sie fest daran zu glauben schien, er wollte ihr ihren hart erkämpften Platz wegnehmen, sich über sie stellen, sie unterdrücken. Dabei lag Tripp nichts ferner.

Er war glücklich mit seiner Stellung als Bootsmann und froh darüber, weder Entscheidungen treffen noch Verantwortung tragen zu müssen. Scarlett war dafür viel besser geeignet als er, der er Zeit seines Lebens ein Eigenbrötler gewesen war. Wäre er Captain, sie stünden ganz allein gegen die Reef Raiders. Aber Scarlett hatte mit ihrer stolzen, starken, offenen, furchtlosen Art nicht nur unter den Piraten Freunde. Wenn sie diesen Kampf gewannen, dann einzig und allein ihretwegen. Dass sie ernsthaft zu glauben schien, dass er ihr das abspenstig machen wollte, traf ihn wie eine Bleikugel in den Magen.

Jemand ließ sich neben ihn auf einen Schemel fallen und besprenkelte ihn dabei mit eisigen Tropfen.

»Entschuldige«, seufzte Oskar und strich sich das tropfnasse Haar aus der Stirn.

Tripp reichte dem Nordmann seinen Becher Tee. Das Gebräu war für ihn lediglich Ablenkung von seinem weiterhin starken Verlangen nach Rum, während es den anderen Mann aufzuwärmen vermochte.

Dankbar nahm der an und stürzte die Flüssigkeit hinab. Er hustete gegen die Hitze an. »Eine Warnung wär nett gewesen, Arschloch.«

»Aye, aber weitaus weniger unterhaltsam.« Er grinste den Nordmann an. Er wusste nicht viel über Oskar, abgesehen davon, dass er einer der Kämpfer im *Dark Shores* gewesen und dort sein Auge verloren hatte. Aber er hatte sich während ihrer gemeinsamen Zeit an Bord als verlässlicher Kamerad erwiesen und als einer der besten Krieger, denen Tripp je begegnet war.

»Was wird gespielt?«, erkundigte sich der rothaarige Mann und musterte Thomas und Sara. Letztere errötete leicht, als ihre Blicke sich kreuzten.

Tripp zuckte die Achseln. »Es ist mehr ein Wortgefecht als alles andere.«

Oskar brummte. »Also alles wie immer.«

»Aye.« Tripp musterte Oskars tropfenden Kriegerzopf. »Hat Ada dich wieder gequält?«

Er seufzte und wrang seinen Hemdsaum aus wie einen Waschlappen. »Was denkst du?«

Tripp schnaubte belustigt. »Was war es diesmal?«

»Ich sollte die Ersatztaue nach Größe sortieren und neu aufrollen.« Oskar verdrehte das Auge. Wie Tripp auch wusste er, dass Ada einen Fimmel dafür hatte, sämtliche Taue, Seile und Schnüre an Bord fein säuberlich aufzurollen und zu sortieren, um immer genau zu wissen, wo was lag. Den Nordmann im strömenden Regen an Deck zu halten, nur um eine perfekt aufgeräumte Seekiste neu zu sortieren, war einfach nur noch Schikane. Nachdem Tripp Ada auf eine dreiwöchige Seereise begleitet hatte, um ihren Kameraden Asher in einem Hafen abzusetzen, sodass er sich um seinen Blutschwur und dessen brutale Folgen kümmern konnte, kannte er ihren Ersten Maat gut genug, um zu wissen, dass sie sich einen Spaß daraus machte, Oskar zu triezen.

Er klopfte ihm auf den Rücken. »Du hast mein Beileid, Mann.«

Er brummte nur unwillig, als wollte er sagen: »Davon kann ich mir auch nichts kaufen, Arschloch.«

Thomas blickte über seine Schulter zu ihnen, während er die Würfel schüttelte. »Wie lange brauchen wir nach Port Mullighan?«

Manchmal vergaß Tripp, dass Thomas und die anderen Kämpfer aus dem *Dark Shores* vor ihrer Aufnahme in Scarletts Crew nicht einen Fuß auf ein Schiffsdeck gesetzt hatten. Sie lernten schnell, genau wie Thomas' Schwestern, und standen den meisten anderen Matrosen in den alltäglichen Aufgaben mittlerweile in nichts mehr nach.

»Ungefähr drei Wochen«, antwortete Tripp. »Je nachdem, wie sehr uns die Winde gewogen sind. Im Herbst kann es entlang der Küste zu Stürmen kommen, die uns von Norden aus entgegenwehen und die Reise verzögern.«

»Und von dort zum Nordcap?«

»Da kommen einige Faktoren zusammen. Wenn wir den Grünen Arm erreichen, hat der Winter oben im Norden schon begonnen. Entsprechend ändert sich der Wasserpegel im Arm, wenn die Küstenregionen im Eis eingeschlossen werden. Das beeinträchtigt die Strömungen und kann uns einen oder mehr Tage kosten. Es gab auch schon Winter, die das ganze Cap haben gefrieren lassen. Meterdickes Packeis. Es gab kein Durchkommen.«

Sara hob den Kopf. »Warst du schonmal dort?«

Tripp nickte. »Während meiner Ausbildung. Es ist ein beeindruckendes Bild, wenn man die Meerenge hinter sich lässt und sich das Cap und die Bay vor einem ausbreiten. Massive Bergformationen, schneebedeckt, die Spitzen in den Wolken verborgen.« Er deutete die Landschaft mit einem Arm an, als würde er die Bergformationen in die Luft malen. »Alles ist schwarz und weiß und während der Wintermonate wird es nie richtig hell.«

»Klingt deprimierend«, fand Serena, die ein Stück weiter in ihrer Hängematte saß, die Beine baumeln ließ und in einem zerfledderten Buch blätterte, das, wie Tripp wusste, sie sich aus Scarletts Sammlung geborgt hatte. Zweifellos eine stürmische Romanze mit einem männlichen Hauptcharakter, der alles für seine Liebste tun und alles akzeptieren würde, was sie wollte, so zerstörerisch oder kurzsichtig es auch sein mochte. So waren die Männer eben, die von Frauen geschrieben waren. Vielleicht stammte Scarletts unrealistische Vorstellung einer Beziehung schlicht daher.

»Pass auf, wie du von meiner Heimat sprichst«, warnte Oskar neckisch. Als er zwinkerte, verdrehte Serena die Augen.

Tripp überging den Einwurf. »Nein, das ist es nicht. Es ist das Beeindruckendste, was ich jemals gesehen habe. Im Norden glaubt man an zwei Götter. Die Göttin des Tages und den Gott der Nacht. Die beiden begegnen sich nur an zwei Tagen im Jahr für einen flüchtigen Augenblick, wenn die lange Nacht den langen Tag ablöst, also der Sommer in den Winter übergeht. Die Clans begehen während dieser Tage ein heiliges Fest und am Himmel tanzen bunte Lichter, die die Vereinigung der Götter symbolisieren. Es ist ein Spektakel, wie wir es bei uns nicht kennen.«

Oskar grinste breit. »Sag bloß, du hast an den Feierlichkeiten teilgenommen.«

Tripp spürte, wie ihm das Blut in die Wangen stieg. Bei dem Anblick lachte Oskar laut und klopfte ihm auf den Rücken.

»Was geschieht denn dann?«, erkundigte sich Serena, einen Finger zwischen die Seiten des zugeklappten Buchs geklemmt. Neugierde glänzte in ihren Augen. Das Mädchen brachte es zustande, alles neue Wissen aufzusaugen wie ein Schwamm und stellte unendlich viele Fragen. Was auch der Grund war, warum Tripp ihren Zwilling lieber hatte. Doch selbst Sara hing jetzt aufmerksam an seinen Lippen, das Spiel völlig vergessen.

»Ja, Tripp, sag ihnen, was bei den Festen passiert«, spottete Oskar, der seine diebische Freude über Tripps Unbehagen nicht verbergen konnte.

Er öffnete den Mund, um den Mädchen von den zügellosen Orgien zu erzählen, in die sich die Clans in vom Weihrauch berauschtem Zustand stürzten, als vom Hauptdeck aus Schreie zu ihnen drangen und die Alarmglocke zu läuten begann.

Kapitel 9

Nur mit der linken Hand am Ruder, wehrte Scarlett mit der rechten die Fangarme des Invictus ab. Ihr Säbel schnitt durch rotes Fleisch und entlockte dem menschlichen Gesicht wutverzerrte Schreie, während der Oktopus-Körper weiter auf sie eindrang.

Regen und Blut machten die Planken und den Säbelgriff glitschig, Salzwasser tropfte von der Kreatur und spritzte umher, wann immer sie sich bewegte. Wie ein Derwisch wirbelte das Biest über Deck, zertrümmerte Teile der Reling und des Steuerradaufbaus und wurde von Scarletts erbitterter Gegenwehr nur noch angestachelt.

Seth war schon auf halbem Weg den Mast hinab, als sich eine weitere Kreatur an Deck zog, direkt zu Adas Füßen. Während keiner von ihnen die Ankunft der ersten Bestie bemerkt hatte, war die Offizierin dieses Mal bereit und feuerte eine einzelne Pistolenkugel direkt in den Kopf der Kreatur. Das Wesen glitt regungslos zurück ins Meer, während das Tentakelmonster vor Scarlett einen schrillen Schrei ausstieß und neuerlich auf sie eindrang.

Es war, als warf sich ein halbes Dutzend Gegner zugleich auf sie. Sie bediente sich jeden fiesen Tricks, den sie je gelernt hatte, schnitt Fangarme entzwei, stach in glibberige Tentakel und zertrennte menschliches Gewebe. Rotbraunes Blut bedeckte die Planken zusammen mit einer dunkelblauen Flüssigkeit, die an Scarletts Stiefeln klebte wie Teer.

Etwas davon spritzte ihr in die Augen, als sie eine Attacke auf ihr Gesicht abwehrte. Es brannte wie Hölle und nur dem strömenden Regen war es zu verdanken, dass sie die Lider zumindest teilweise öffnen und den nächsten Angriff abwehren konnte. Am Hauptdeck erklang die Alarmglocke. Den Winden sei Dank.

»Du widerliches Dreckvieh«, knurrte Scarlett, als sie ihren Stiefel aus der Umklammerung eines Tentakels befreite und zugleich mit dem Säbel zustieß. Der Stahl durchbohrte die Stirn der Kreatur genau zwischen den Augen. Der zerstückelte Körper zuckte, als sie die Klinge zurückzog, dann sackte das Vieh leblos zusammen.

Sie rieb sich mit dem Unterarm über die Augen und blinzelte zum Schiffsdeck, wo gerade Matrosen aus der Luke strömten, die Waffen im Anschlag.

Keiner von ihnen hatte die sich nähernden Kreaturen bemerkt, bis das Tentakelding direkt unter ihnen gewesen war, sich mit seinen Saugnäpfen an Bord gezogen hatte. Weder Seth aus dem Krähennest noch Klara von ihrem Posten am

Bug aus hatten im dunklen, sturmgepeitschten Wasser auch nur einen Schemen ausgemacht.

Einer der Matrosen war von Tentakeln umwickelt erstickt, doch seine Gegenwehr hatte ihre Aufmerksamkeit erregt und ihnen die Zeit verschafft, nach den Waffen zu greifen. Jetzt stürzten sich die Matrosen auf die Ungeheuer an Deck und trotz deren körperlichen Überlegenheit unter Wasser und ihrem menschlichen Verstand, hatten sie keine Chance gegen die mit Säbeln und Pistolen bewaffneten Seeleute.

Von ihrem Posten am Steuerrad zur Untätigkeit verdammt, sah Scarlett dabei zu, wie Tripp einem Invictus den Schädel mit einer Bootsaxt spaltete und dann einen Schuss auf ein weiteres abfeuerte, das Hannah zu nahegekommen war.

Sie wollte ihnen zurufen, zumindest eines lebendig zu fangen, als die Bestien den Rückzug antraten und ihre Gefallenen mit sich nahmen. Hastig wirbelte Scarlett zu dem Tentakelmonster herum, doch zu spät. Das Ding wurde an seinen langen Gliedmaßen von Bord gezerrt und versank in den Fluten. Zweifellos hatte Carter seinen Kreaturen befohlen, keine Beweise zu hinterlassen, die sie möglichen Verbündeten hätten präsentieren können.

Scarlett fluchte böse, rammte den Säbel zurück in ihren Gürtel und wandte sich dem Geschehen am Hauptdeck zu, wo ihre Matrosen bereits die Waffen verstauten und ihre Wunden begutachteten. Aline war unter ihnen und versorgte einen Mann mit einem klaffenden Biss am Unterarm. Der Kampf war kurz und heftig gewesen und hatte drei Leben gefordert und einigen Schaden am Schiff angerichtet. Aber sie hatten die Invictus abgewehrt.

»Wir müssen uns darauf einstellen, dass sie es wieder versuchen werden«, sagte sie wenig später zu Ada, als sie sich in ihrer Kajüte die tropfenden Kleider vom Leib schälte. »Vergrößere die Wachmannschaften über Nacht. Ich will, dass an jeder verdammten Seite des Schiffs Männer postiert sind, deren einzige Aufgabe darin besteht, nach den Biestern Ausschau zu halten.«

»Aye, Captain.«

Scarlett zog sich das Hemd über den Kopf und warf es über die Stuhllehne. Es landete mit einem nassen Klatschen. »Beim nächsten Mal versuchen wir, wenigstens eine Leiche an Bord zu behalten, die wir dem König zeigen können. Aber unsere Priorität ist, unsere Leute am Leben zu halten. Ich denke, sie werden es erst wieder morgen Nacht versuchen, wenn der Herbstregen ihre Bewegungen verbirgt.«

»Wir sollten morgen eine Falle errichten. Vielleicht können wir so eins fangen«, schlug Ada vor. Ihre sogfältig vorbereiteten Netze und Seile hatten ihnen in dem Chaos kein Stück genutzt.

Scarlett nickte, stützte die Hände auf der Stuhllehne ab und ließ den Kopf hängen. Sie war erschöpft, kalt, nass und durchgefroren. Ihre Arme schmerzten, aber nirgends quoll Blut hervor. Vereinzelte rote Tropfen fielen von einem Schnitt auf ihrem Wangenknochen zu Boden, aber es war nur eine oberflächliche Wunde, die nicht einmal eine Narbe zurücklassen würde. Als sie den Kopf hob, wartete Adas Blick schon. »Hast du einen von ihnen erkannt?«, fragte sie mit belegter Stimme.

Ada hob die Schultern und ließ sie mit einem Seufzen wieder fallen. Seit sie die Kabine betreten hatte, hatte sie die Hand nicht vom Säbel genommen. Zu sehr saß ihr die Überraschung noch in den Knochen. »Nicht wirklich. Ich glaube, ich habe einen oder zwei von ihnen schonmal im *Schwarzen Anker* gesehen. Aber ich bin nicht sicher.«

Scarlett nickte, auf der Unterlippe kauend.

Ada tat einen Schritt auf sie zu, Vorahnung im Blick. »Du denkst doch nicht-« Ihre violetten Augen suchten Scarletts Gesicht ab. »Du denkst doch nicht, er hat Menschen von außerhalb der Flotte genommen.«

Aber genau das war es, was sie vermutete. Denn warum sollte Carter seine eigene Flotte immer weiter dezimieren? Ja, durch gekaperte Schiffe gab es manchmal Nachschub und früher hatte die Flotte regelmäßig Befreiungsaktionen durchgeführt wie die, durch die Hugo in Scarletts Crew gekommen war. Aber das war mit den Jahren immer weniger geworden. Und dann hatte Carter die hundert Marinesoldaten einfach erschießen lassen, die Scarlett von Laughing Bird Island mitgebracht hatte.

»Ich denke, Miles hatte die Anweisung, die von ihm aufgebrachten Mannschaften direkt ins Labor zu bringen, statt sie dem König offiziell vorzuführen.« Immerhin hatte die Viper stets damit geprahlt, wie viele Schiffe sie aufgebracht hatten. Doch Scarlett hatte nie Mannschaften zu Gesicht bekommen. Sie war davon ausgegangen, dass Miles die Männer direkt vor Ort getötet hatte. So wie er es bei den zwei Mannschaften getan hatte, die er dann in Beibooten auf dem Meer hatte treiben lassen, wo die Marine sie fand. Der Commodore hatte Scarlett damals als Geisel auf seinem Schiff gehalten, mehrere Tage vor Laughing Bird Island. Er hatte die Nachricht über den Fund per Brief erhalten und Scarlett dafür mitverantwortlich gemacht. Ihr war sofort klar gewesen, dass Miles dahintergesteckt haben musste. Jetzt fragte sie sich, ob tatsächlich alle Soldaten in diesen Booten gelegen hatten, oder ob der Rest den Experimenten des Königs zum Opfer gefallen war.

Ada schauderte. Abscheu verzog ihre Oberlippe, bis das Weiß ihrer Zähne sichtbar wurde. »Ich hoffe, dieses kleine Arschloch ist in seinem Käfig verhungert.«

Aye. »Aber nicht, ehe die Krähen ihren Anteil hatten.« Tripp hatte ihnen erzählt, wie Oskar, Thomas und er am Eingang zu Carters Haus auf Miles gestoßen und mit ihm und seinen Leuten kurzen Prozess gemacht hatten. Und wie die Viper gesungen hatte, ehe Tripp ihn in den Käfig über der Eingangstür verfrachtet und die Schlüssel weggeworfen hatte.

Es war nicht so, dass Scarlett den vermeintlichen Tod von Miles bedauert hätte. Viel mehr bedauerte sie, dass er nicht von ihrer Hand gestorben war. Aber es ging eben nicht jeder Wunsch in Erfüllung. Und dass die Krähen ihm bei lebendigem Leib die Augen auspickten, war einer ihrer liebsten Tagträume. Sie hoffte wirklich, dass ihn, dank der Explosion am Ash Cliff und der Flucht des Königs und seiner Crew, niemand rechtzeitig gefunden hatte. Dann wäre er jetzt tot und sie hätte ein wenig Genugtuung.

»Wir besprechen den Rest morgen. Geh und teil die Wachen ein, dann versuch, eine Mütze Schlaf zu kriegen.«

Ada schauderte. »Nach dem, was ich eben gesehen habe, glaube ich nicht, dass auch nur einer heute Nacht schläft.«

Und damit behielt sie zumindest in Scarletts Fall leider recht. Sie wälzte sich pausenlos in den Laken, die Gedanken ruhelos in ihrem Kopf. Innerlich erstellte sie Listen an Aufgaben und Problemen, die vor ihnen Lagen, Lücken in der Planung, die es zu beheben galt. An einem Punkt stand sie sogar auf und schrieb die Gedanken nieder, doch sie wollten trotzdem nicht aus ihrem Gehirn verschwinden. Wenn sie ehrlich war, wünschte sie sich, Tripp möge ihr Gesellschaft leisten und sie mit seinem herrlichen Körper auf andere Art entspannen. Sie war sich sicher, dass sie dann problemlos würde schlafen können. Doch leider tat sein Mund ja noch andere Dinge, als ihr Lust zu bereiten. Beispielsweise Ultimaten stellen. Also verdrängte sie auch diesen Gedanken und machte sich stattdessen selbst ans Werk.

Die Erleichterung war kurz und heftig und absolut nicht ausreichend, um wirklich hilfreich zu sein. Also warf sie sich aufs Neue herum, bis sie in den frühen Morgenstunden entschied, dass sie ebenso gut einfach aufstehen und sich nützlich machen konnte.

Auch in der folgenden Nacht tat keiner an Bord ein Auge zu. Ihre Matrosen hatten sich an Deck verschanzt und erwarteten den Angriff der Invictus. Doch sie ließen sich nicht blicken. Auch die darauffolgenden drei Nächte blieb es verdächtig ruhig. Statt sich zu entspannen, wurde Scarlett mit jeder ereignislosen Stunde wachsamer. Das änderte sich nicht, bis sie Port Mullighan erreichten.

Kapitel 10

Ja, gut, vielleicht war sie einfach nur verdammt neugierig. Aber wer wäre das nicht?

Sie hatte Seth nicht allein an Land gehen lassen wollen, aber er hatte darauf bestanden, sich in der Stadt von ihr zu trennen.

»Mein Kontakt ist sehr sensibel, wenn es um Personen geht, die er nicht kennt«, hatte er gesagt, eine Hand auf ihrer Schulter, das Gesicht zu einer ernsten Maske verhärtet. »Mach dir keine Sorgen um mich. Ich liefere die Nachricht ab und gehe direkt zurück zum Schiff. Niemand wird mich bemerken, niemand wird mich aufhalten.« Er hatte das mit einer solchen Überzeugung in der Stimme gesagt, dass sie ihm geglaubt hatte. Ihre Wege hatten sich also getrennt und Scarlett war nichts anderes übriggeblieben, als zumindest mal einen Blick zu riskieren.

Das *Dark Shores* stand noch und wurde unter demselben Namen geführt. Der stickige Dunst im Gastraum weckte sofort Dutzende Erinnerungen an ihre Zeit als Kämpferin. Ungezählte Zigaretten, die ihren Hals verklebt hatten. Schmerzhafte Verletzungen vom Training und den Kämpfen. Blut, Schweiß, Muskelkater. Und über allem der verwaschene Filter des Alkoholpegels, der zu dieser Zeit nie nachgelassen hatte.

Die Anfeuerungsrufe der wenigen anwesenden Zuschauer richteten sich an die beiden Amateurkämpfer, die gerade für Unterhaltung sorgten, indem sie sich im Ring gegenseitig die Fresse polierten. Früher hätte sie alles für den Schmerz und das Vergessen getan. Und jetzt, wo es tatsächlich etwas zu vergessen gab, verstand sie sich selbst nicht mehr. Wie hatte sie je auf die Idee kommen können, in dieser Grube ihr Leben zu lassen wäre eine grandiose Sache?

»Was willst du trinken?«

Die jungenhafte Stimme lenkte ihre Aufmerksamkeit auf den Barkeeper. Seine Pickel waren Narben gewichen, ansonsten sah Karl noch genauso aus wie vor einem Jahr, als er Isadora, Scarletts Tarnung im *Dark Shores*, angehimmelt und seinen Wochenlohn für ihre Drinks ausgegeben hatte. Er schien sie nicht zu erkennen, aber seine Ohren liefen rot an, als sich ihre Blicke trafen.

»Nichts«, sagte sie kühl, während sie sich abwandte und den Raum nach anderen bekannten Gesichtern absuchte. Seltsamerweise erwartete ein Teil von ihr, Bennys dickes, von Locken umrahmtes Gesicht zu sehen, dabei hatte sie ihm bei ihrer letzten Begegnung mit bloßer Hand die Kehle herausgerissen, etwas, das Alines Meinung nach überhaupt nicht hätte möglich sein sollen.

Stattdessen erblickte sie ein anderes bekanntes Gesicht. Sie trug keine Schürze mehr und hatte das lange Haar zu einer vornehmen, strengen Frisur aufgesteckt. Ihre Hände steckten in den tiefen Taschen eines schwarzen Mantels und sie beobachtete als Einzige nicht den Kampf, sondern die Zuschauer. Polly.

»Ist sie die Chefin hier?«, fragte sie mit leicht verstellter Stimme.

»Hm? Achso, ja«, lautete Karls Antwort, offensichtlich überrascht davon, angesprochen zu werden. »Unser alter Boss ist letztes Jahr umgebracht worden. Da hat sie den Laden übernommen.«

»Von welchem Geld?« Scarlett wandte den Blick nicht von Pollys veränderter Gestalt ab. Das Mädchen war noch jung im Vergleich zu den Anwesenden, aber sie strahlte die gewohnte Härte aus und in ihrem Blick stand deutlich, dass sie sich zu wehren wusste. Sie hatte alles im Griff.

»Eine Kämpferin, Isadora«, Karl stockte kurz. »Sie hat ihr einen Haufen Gold hinterlassen. Damit hat sie das *Dark Shores* wieder aufgebaut.«

»Hm«, machte Scarlett ungerührt. In Wahrheit war sie beeindruckt. Sie hatte den Sack Gold nicht absichtlich in ihrem Zimmer zurückgelassen, als sie zusammen mit Oskar, Seth und Asher abgezogen war, aber das Mädchen hatte stets hinter ihr aufgeräumt. Jetzt zu sehen, dass sie die Schläue besessen hatte, sich den Namen des Etablissements zu Nutze zu machen und es unter ihrer Leitung weiterzuführen, beeindruckte Scarlett und sie gönnte es ihr. Obwohl sie das Gold selbst gut gebrauchen könnte.

»Gibt es neue Kämpfer?«

Karl schwieg kurz, als wöge er ab, wie viele Informationen er rausgeben durfte. Bei diesen Berechnungen war er jedoch schon immer eine Niete gewesen und so redete er einfach weiter. »Ja, sie hat einige unserer alten Kämpfer ersetzen müssen.

Jetzt haben wir hier jeden Tag und jeden Abend Kämpfe und der Laden ist voll.«

»Hm.« Pollys Aufmerksamkeit wurde von einem Mann erregt, der Scarlett vage vertraut vorkam, aber sie wusste nicht mehr, woher sie diesen gepflegten Schnauzer kannte. »Sei so gut und besorg mir ein Blatt Papier und einen Stift«, forderte sie Karl auf, der sogleich davoneilte und wenig später mit dem Geforderten zurückkehrte.

Als Scarlett den Brief schwungvoll unterzeichnete und in den Umschlag steckte, sagte sie: »Sorg dafür, dass deine Chefin ihn bekommt.«

»Ja, Miss.«

Scarlett sah noch einmal zu Polly hinüber, die ihr Gespräch beendet hatte und sie nun anstarrte. Ein schiefes Grinsen breitete sich auf Scarletts Lippen aus und sie zwinkerte der ehemaligen Dienstmagd zu, dann wandte sie sich ab und verließ das *Dark Shores*. Sie würde nie wieder hierher zurückkehren.

Als sie Seth und Oskar später am Tag erzählte, was sie dort gesehen hatte, staunten sie nicht schlecht. Oskar rief mehrfach: »Niemals! Polly? Niemals!«, während Seth nur verständig nickte, als hätte er nie etwas anderes erwartet.

»Sie war schon immer ein schlaues Ding«, fand er und da konnte Scarlett ihm nur zustimmen.

Auf die Frage hin, ob er alles erledigt hatte, bejahte Seth.

»Mein Kontaktmann sagte, es würde einige Wochen dauern, die Nachricht durchzustellen. Und dann nochmal so lange, um die Antwort zu erhalten.«

Also war die Sache entschieden. Sie würden in den Norden segeln, hoffentlich Mathilda von ihrer Sache überzeugen, und dann zurückkehren, um Seths Antwort abzuholen.

Scarlett war zu gleichen Teilen erleichtert, als sie den Hafen ohne Zwischenfälle verließen, und nervös, weil es sie wieder in unmittelbare Gefahr von Seiten der unheimlichen Kreaturen brachte, über die Carter zu Hauf zu verfügen schien.

Es kam zu drei weiteren Zwischenfällen, als sie sich die Küste entlang nach Norden bewegten. Die Angriffe waren koordiniert, schnell und präzise, konnten aber jedes Mal ohne Verluste abgewehrt werden. Doch genau wie beim ersten Mal achteten die Invictus penibel darauf, keinen ihrer Gefallenen oder Verletzten zurückzulassen. Einmal gelang es Ada und Tripp sogar, eine Kreatur mit einem Netz einzufangen, doch sie wurde befreit, ehe der Angriff abgebrochen wurde. Und so hatten sie noch immer keinen Beweis für König Phillip, als sie aus dem Grünen Arm in den White Ocean gespült wurden.

Kurz hatte Scarlett mit dem Gedanken gespielt, in Tantuka Halt zu machen, aber Tripp hatte die gröbsten Schäden am Schiff selbst behoben und sie hatten keine Zeit zu verlieren. Mittlerweile trug der Herbstwind die ersten Anzeichen des Winters mit sich. Die kalte Luft hatte einen eisigen Beigeschmack, der sich in den frühen Morgenstunden auf Scarletts Zunge legte.

Sie liebte die Kälte und die unvergleichliche, frische Reinheit, die sie mit sich brachte. Glücklicherweise hatte der Winter aber noch nicht vollständig Einzug gehalten, denn die White Cap war in den späten Monaten von dicken Eisschollen umgeben, häufig auch gänzlich zugefroren, was sie vor ein großes Problem gestellt hätte.

So konnten sie die Landzunge umrunden, hinter der sich halbmondförmig die White Cap Bay ausbreitete.

Das atemberaubende Panorama zwang jeden an Bord innezuhalten, um es zu bewundern. Zu ihrer Linken wogte dunkel und schaumgekrönt der White Ocean, erstreckte sich ungehemmt bis zum Horizont, wo der weiße Himmel auf das schwarze Wasser traf. Zu ihrer Rechten lag die Bucht mit ihrem breiten, flachen Strand und vereinzelten Anlegern.

Dahinter standen in chaotischer Manier die Langhäuser und Bauernhütten, in deren Zentrum das Haus des Tarns stand, groß und länger als die übrigen, mit aufwändigen Drachenkopfverzierungen an den Giebeln. Und dahinter türmten sich die White Horn Mountains auf. Spitz und steil reckten sich die schwarzen Felsen in den Himmel, kratzten an den Wolken und glitzerten schneebedeckt im fahlen Licht. Scarlett fand immer, dass sie ein Spiegelbild des White Ocean waren. Doch nachdem sie vor einigen Jahren mit Mathilda ins Gebirge gestiegen war und gesehen hatte, was dort hauste, blieb sie lieber beim feuchten Element.

Das trübdunkle Licht des Winters legte eine Dämmerstimmung über die Welt, dabei war es gerade erst Mittag. Das Dorf brummte vor Betriebsamkeit. In der Luft lagen die Rufe der Nordleute, das Blöken von Schafen und der Geruch brennenden Holzes. Aus den Schornsteinen der Häuser drang Rauch und tanzte im leichten Wind. Hier oben im Norden war der eisige Unterton, den er mit sich brachte, noch schärfer zu spüren, peinigte Scarletts Wangen und kroch wie eiskalte Finger unter den Kragen ihres Mantels. Weißer Dampf quoll über ihre Lippen, erinnerte sie an die gute alte Zeit, als sie noch geraucht hatte.

Ihre Ankunft blieb nicht unbemerkt. Ein Horn wurde geblasen, während sich am Strand schon die Kinder einfanden und fröhlich winkten. Ihre Rufe schollen über das Wasser und zauberten ein Lächeln auf Scarletts Lippen.

Sie steuerte einen der Anleger am Rande des Dorfes an. Die Nordvölker bauten Langboote, die einfach auf den Strand fahren konnten, weshalb die hölzernen Stege nur für Besucher und Händler aus dem Ausland errichtet worden waren. Und von denen verirrten sich nicht viele bis ganz hier herauf.

Obwohl die White Cap Bay eigentlich der Mittelpunkt der Nordlande war, weil der Tarn hier lebte und regierte, spielte sich doch der Großteil des Handels an der südlichen Grenze ab, die auch im Winter noch zu erreichen war. Von dort aus wurde über Land weitertransportiert, sodass die Hauptstadt des Nordreiches kaum mehr blieb als ein Dorf voll Bauern und Viehhirten.

Scarlett liebte es. Besonders nach den Ereignissen im Ash Cliff sehnte sie sich nach ein wenig Ruhe und Freiraum, Dinge, die es an Bord nicht zu finden gab.

Als sie über den Landungssteg gingen, wurden sie am Strand bereits von einer Menschentraube erwartet. Ganz vorn stand Thorid, Mathildas Vater. Der Tarn rieb sich die blutigen Hände mit einem Tuch sauber und schenkte ihr ein strahlendes Lächeln.

»Scarlett, mein Mädchen, wie schön, dich zu sehen.« Er empfing sie mit einer Bärenumarmung, in die sie sich einfach hineinfallen ließ. Thorid war ein großer Mann mit einem Oberkörper wie ein Fass und dicken, starken Beinen. Trotz seines voranschreitenden Alters verfügte er noch immer über die Bärenkräfte, die ihm seinen Beinamen *Bärentatze* eingetragen hatten. Sein Gesicht war unter einem dichten, blondgrauen Bart verborgen, der ihm bis auf die Brust reichte. Nur seine geröteten Wangenknochen blitzen hervor, ehe der dichte Schopf ihm auch schon in die Augen fiel. Thorid trug einen traditionellen Kriegerzopf mit einer Unmenge silberner Ringe darin.

Als Scarletts Gesicht in die Felle an seinem Hals gedrückt wurde, atmete sie tief den Geruch kristallklarer Luft, Feuer und gebratenen Fleischs ein. Sie drückte den Tarn fest, ehe sie sich zurückzog und zu ihm hinauflächelte. Während sie Carter immer verehrt hatte, war Thorid für sie wie ein echter Vaterersatz gewesen. Mit ein Grund, warum sie so wenig Zeit hier oben verbrachte. Sie wollte ihren Vater nicht ersetzen und dieser liebevolle Mann vor ihr lud dazu ein.

Sein breites Lächeln war echt und brachte seine blauen Augen zum Strahlen. Sie erinnerten Scarlett so sehr an

Mathilda, dass sich ihr Herz zusammenzog und sie einen kurzen Blick auf die Menge hinter ihm warf.

»Sie ist nicht hier, aber wir erwarten sie jeden Tag zurück. Lass dich ansehen, Kind, du bist ja ganz dünn.« Seine großen Hände auf ihren Schultern schüttelten sie. »Ich kann deine Knochen klappern hören.«

Scarlett verdrehte die Augen und kniff in seinen Bauch. »Ich kann ja einfach was von dir nehmen.«

Thorid lachte und schlug sich mit der flachen Hand auf seinen Bauch. »Nichts da, das brauche ich alles für den Winter.«

»Lass dir nichts einreden, Schätzchen, im Sommer sieht er genauso aus.« Frya schob ihren Mann beiseite, um Scarlett ihrerseits in die Arme zu schließen. Sie war eine große, stämmige Frau, die anpacken konnte. Ihr Gesicht war ein Ebenbild ihrer ältesten Tochter, doch da endeten die Gemeinsamkeiten auch schon. Mathilda schlug mehr nach ihrem Vater, was vielleicht mit ein Grund dafür war, dass ihre Mutter sie so sehr liebte.

Ihre Wangen wurden zusammengequetscht, als Frya ihr beide Hände ans Gesicht legte, und sie eingehend musterte. Ihren stechend grünen Augen entging nichts. Bei ihrem Zungenschnalzen wich Thorid einen Schritt zurück und Scarlett unterdrückte nur mühsam ein Zusammenzucken. »Aber er hat recht. Du musst was essen, Mädchen. Gut, dass wir gerade geschlachtet haben. Kommt.«

Frya legte Scarlett einen Arm um die Schultern und führte sie an den neugierigen Leuten vorbei zum Langhaus des Tarns. Allenthalben wurde Scarlett mit einem Lächeln begrüßt und einige bekannte Gesichter in der Menge winkten ihr zu, ehe sie sich wieder an die Arbeit machten.

Sand ging in reifüberzogenes Gras über, das unter Scarletts Stiefeln knirschte, als sie den Pfad entlang gingen. Fryas

Hand drückte ihre Schulter und Scarlett hätte am liebsten geweint.

»Wir wärmen euch erst einmal auf«, sagte die Clanführerin und lächelte auf sie herab, Besorgnis in den Zügen. »Und dann erzählst du mir, was diese Schatten in deine Augen gemalt hat.«

Scarlett schluckte. So sehr sie sich auf Mathilda und ihre Familie gefreut hatte, so wenig wollte sie von den Ereignissen in der Pirates Bay sprechen. Aber wenn sie Mathildas Unterstützung wollte, dann musste sie ihr alles offenbaren. Also nickte sie und wollte sich gerade nach Fryas anderen Kindern erkundigen, als hinter ihnen ein Ruf erklang.

»Was ist denn das?«

Sie drehten sich zu Thorid um, der Oskar am Arm gepackt hatte und begutachtete wie ein besonders schönes Schaf. Oskar schaute auch genauso drein. Rosa Flecken zierten seine Wangen und die stammten ganz sicher nicht vom kalten Wind.

»Scarlett«, rief Thorid aufgebracht und wandte sich nach ihr um. »Wo hast du den denn her? Der gehört doch in den Norden.«

Sie kicherte. »Ich hab ihn am Straßenrand gefunden. An seinen Welpenaugen konnte ich einfach nicht vorbeigehen.«

Oskar warf ihr einen finsteren Blick zu, den sie mit einem Luftkuss erwiderte.

Thorid brummte, hielt Oskar auf Armeslänge von sich und musterte ihn. »Schöne Muskeln, Junge, aber was hast du denn da an?« Er zupfte an Oskars Leinenhemd. »So laufen doch nur die Südländer rum.«

Frya seufzte, nahm Scarletts Hand und setzte ihren Weg fort. »Nach neun Kindern sollte man meinen, er wäre endlich erwachsen geworden.« Aber sie sagte es in so liebevollem Ton, dass Scarlett lächeln musste.

»Er wird nie erwachsen.«

Frya grinste. »Ja, da hast du wahrscheinlich recht.« Sie stieß die Tür zum Langhaus auf und führte Scarlett und ihre Crew in die düstere Wärme. Der Hauptraum des Hauses diente für Versammlungen und Feste aller Art, weshalb in der Mitte eine große Feuerstelle glomm und tiefe Schatten an die Wände warf. Alles war aus Holz gefertigt, was dem Haus seinen besonderen Duft und die wohlige Dunkelheit verlieh. Jahrhundertealte traditionelle Baukunst verhinderte, dass Wind und Wetter hereindrangen und so war es in dem mit Stroh ausgelegten Raum mollig warm.

An der hinteren Seite des Raums gab es zwei Throne, auf denen der Tarn und seine Gemahlin bei wichtigen Anlässen saßen. Ansonsten waren überall entlang der Wände Tische und Bänke verteilt, auf denen wohl das ganze Dorf Platz fand.

Frya lotste sie sogleich zum Feuer und ließ sie auf den Fellen davor Platz nehmen, während sie nach heißem Met schickte.

Serena seufzte hörbar, als sie die Hände in Richtung der Flammen ausstreckte und die gerötete Haut wieder ihre normale Farbe annahm. Hätten sie auch nur ein paar Goldmünzen gehabt, Scarlett hätte ihre ganze Crew mit passender Winterkleidung ausgestattet. So konnte sie nur hoffen, dass Frya ihnen für die Dauer ihres Aufenthalts hier aushelfen konnte.

Ihr Blick traf auf Tripps, der sie aufmerksam musterte. Dunkle Schatten und feine Linien umgaben seine Augen, so als hätte er seit langer Zeit nicht mehr richtig geschlafen. Ihr Herz zog sich zusammen, als er den forschenden Blick von ihr abwandte und auf Thomas' Frage antwortete. Die beiden Männer schienen sich mit jedem Tag besser zu verstehen. Was Scarlett ihnen auch gönnte. Gleichzeitig wünschte sie sich, Tripp würde endlich über seinen Schatten springen und sich entschuldigen.

Eine Bewegung über seiner Schulter erregte ihre Aufmerksamkeit und sie erhaschte einen Blick auf dicke, blonde

Zöpfe, ehe sie hinter dem Türrahmen verschwanden. Mathildas jüngere Geschwister konnten sich sicherlich nicht mehr daran erinnern, wie sie sie in den Armen gehalten hatte. Aber die älteren konnten sich vielleicht noch an eine wilde, junge, rothaarige Piratin erinnern, die sie mit Holzschwertern durchs Dorf gejagt hatte.

»Ich habe ihnen gesagt, sie sollen mit ihrem Angriff auf dich warten«, sagte Frya zwinkernd, als sie sich neben ihr auf dem Boden niederließ.

Scarlett nahm den dampfenden Becher mit einem Schmunzeln entgegen. »Ach, ist schon in Ordnung.«

»Wir erwarten Tilda jeden Moment zurück«, bestätigte Frya die Aussage ihres Mannes und strich Scarlett dabei eine verirrte Haarsträhne hinters Ohr. »Möchtest du auf sie warten, bevor du uns erzählst, was los ist?«

Auf ihrer Unterlippe kauend wägte Scarlett das Für und Wider ab und kam zu dem Schluss, dass es im Grunde keine Rolle spielte. Also erzählte sie ihnen alles, was sich seit jenem ersten, verhängnisvollen Auftrag zugetragen hatte. Thorid stand mit verschränkten Armen auf der anderen Seite des Herdfeuers, ausnahmsweise ernst. Seine steinerne Miene wurde mit jedem Detail ihrer Erzählung düsterer, bis es aussah, als braute sich direkt vor ihren Augen eine Gewitterfront zusammen. Doch so gefühlsbetont Thorid normalerweise auch war, wenn er wütend wurde, schärften sich sein Geist und seine Instinkte und er wurde ganz still und bewies, warum er der Tarn war.

Fryas Hand ergriff ihre, als Scarlett von Carters schrecklichem Verrat an ihrem Vater erzählte. Und dann wechselte sie einen bedeutsamen Blick mit ihrem Mann.

»Du willst Mathilda um Unterstützung bitten, nicht wahr?«, fragte Thorid düster. »Deshalb bist du hier.«

Schuldgefühle drückten Scarletts Blick nieder, als sie nickte. Doch die beiden hatten verdient, zumindest angesehen zu werden. Und so sah sie in Fryas Gesicht, als sie leise sagte: »Bitte glaubt mir, wenn es einen anderen Weg gäbe, würde ich ihn nehmen.« Die Verzweiflung war deutlich aus ihrer Stimme zu hören, als sie sich Thorid zuwandte. »Aber mir bleibt keine andere Wahl, als sie zu fragen. Ich brauche so viel Unterstützung wie möglich und Tilda ist eine der wenigen fähigen Kapitäne, denen ich vertrauen kann.«

Fryas Finger drückten ihre. »Keine Sorge, mein liebes Mädchen. Wir verstehen deine Situation.« Sie nickte ihrem Mann zu, der die Geste grimmig erwiderte. »Wir sind beide zu alt, um dich zu begleiten. Aber ich bin mir sicher, dass Mathilda dir beistehen wird.«

Das hoffte Scarlett von ganzem Herzen.

Fryas Blick wanderte von ihr zum Rest ihrer Crew, die genauso erschöpft aussahen, wie sie sich fühlte. Entschlossenheit breitete sich auf den Zügen der Nordfrau aus und sie tätschelte Scarletts Wange. »Ich werde euch ein deftiges Abendessen kochen lassen. Ihr schlaft hier bei uns im Haus. Nein, keine Widerrede, auf dem Schiff ist es einfach zu kalt in den Fetzen, die ihr Kleider nennt. Richtet euch im Schlafsaal ein. Und…«, sie stockte, musterte Scarlett mit einem vielsagenden Blick, »sucht die Quellen auf, um euch zu waschen.«

»Gute Idee«, stimmte Thorid zu, packte Oskar am Kragen und zerrte ihn auf die Beine. Überrascht ließ der große Kämpfer sich Richtung Ausgang schubsen. »Ich werde mir diesen hier mal kurz ausleihen.«

»Lass ihn an einem Stück, aye?«

»Ich verspreche nichts, Mädel.« Aber in Thorids blauen Augen tanzte ein schelmisches Funkeln.

Scarlett wollte jetzt wirklich nicht mit Oskar tauschen. Auf seinen flehentlichen Schulterblick hin winkte sie nur. Dann führte sie den Rest der Mannschaft in den Schlafsaal.

Als sie zum ersten Mal hier gewesen war, hatte sie den Raum nur kurz gesehen, aber nie hier geschlafen, weil Ada und sie es sich in Mathildas Bett gemütlich gemacht hatten. Aber er hatte ihr damals schon gut gefallen. Vielleicht, weil die unbequemen, engen Schlafstätten auf dem strohgepolsterten Boden sie an die Mannschaftsquartiere an Deck erinnerten. Jetzt wirkte die dunkle, gemütliche Atmosphäre beruhigend auf ihre vom Erzählen gereizten Nerven. Auch hier gab es eine Feuerstelle, aber längst nicht so groß wie das Herdfeuer der Familie im Hauptsaal, das nie verlosch. Im Norden war es Brauch, dass die ganze Familie in einem Langhaus zusammenwohnte und sich einen Schlafraum teilten. Doch nach dem fünften Geschwisterchen hatte Mathilda sich vehement für ein eigenes Zimmer ausgesprochen, das sie jetzt kaum noch nutzte. Danach hatten ihre Eltern das Langhaus erweitern und Schlafquartiere für jedes Kind und für sie selbst angebaut. Zugegeben, die jüngeren Mädchen teilten sich einen Raum und die Jungen einen zweiten, aber so war es des nachts doch schon merklich ruhiger, wenn man Mathilda glauben durfte. Und dem Tarn und seiner Frau war die Privatsphäre offensichtlich gut bekommen, wenn die später entstandenen weiteren Kinder darüber Aufschluss gaben. Aus diesem Grund war der Schlafsaal des Hauses jedenfalls meistens leer und Gästen vorbehalten.

Scarlett wies ihre Leute an, sich eine Bettrolle auszusuchen und ihr dann zu folgen.

Die White Cap Bay verfügte über einen Fluss, der das Hafenbecken mit frischem Wasser speiste, das aus den Bergen herabfloss. Türkis und eiskalt sprang es über schwarzes Gestein und blaues Eis, bis es sich in einem herrlichen Strom ins Meer ergoss. Wenn die Sonne es im Sommer durch die Wolkendecke schaffte, war es ein atemberaubendes Spektakel, das Scarlett nicht müde wurde, zu sehen. Jetzt, in den ersten Vorboten des Winters, war der Fluss wie eine spiegelnde Oberfläche, grau und aufgewühlt, glitt unter der vereinzelt schon über seine Ufer ragenden Schneedecke dahin. Bald würde er gänzlich überfroren sein, aber es gab einen Grund, warum das lebenspendende Süßwasser nie gänzlich vereiste.

Am Fuße der Berge, dort, wo das Gestein auf die östliche Seite des Dorfes traf, verschwand der Fluss im Erdboden. Ein mit Türen und Treppen bestückter Zugang führte hinab in eine Grotte mit Wasserbecken, wo das stetig strömende Nass von unterirdischen Mineralquellen gespeist und erhitzt wurde. Die ersten Siedler, die hier vor Urzeiten ihre Heimat errichteten, hatten die Quellen entdeckt und dafür gesorgt, dass sie nicht nur nutzbar wurden, sondern beinahe so luxuriös wie die Bäder in Port Helena.

Es gab steinerne Alkoven, mit Fellen ausgelegten Liegen, von wo aus man dem steten Tropfen der Stalaktiten lauschen konnte, Fässer mit grobkörnigem Salz, mit dem man sich die Haut abreiben konnte, Bürsten und Schwämme, um den gröbsten Dreck loszuwerden, und unzählige Seifen, die die Frauen im Dorf selbst herstellten. Durch die aufsteigenden Dämpfe war die Luft schwer und nass, Moos wuchs an den Wänden und dichtes Grün hing von der Decke. Hier konnte man für einen kurzen Moment vergessen, dass man sich hoch oben im eiskalten Norden aufhielt.

Allenthalben seufzten Scarletts Männer, streiften sich die kalten Kleider vom Leib und sprangen in die schimmernden, grünen, orangenen, lilafarbenen und blauen Becken. Die Minerale färbten das Flusswasser und obwohl es in seichtem Plätschern weiter durch die Becken floss, nahm es ihre nährende Wirkung auf und gab sie an die Badenden weiter. Die Quellen der White Cap Bay waren sogar auf dem Kontinent bekannt, aber niemand der feinen Gesellschaft würde sich in die Gegenwart der Rohlinge aus dem Norden begeben, nicht einmal für angeblich verjüngendes Wasser. Den Winden sei Dank.

Unter den Matrosen gab es keinerlei Zurückhaltung. Wer über Wochen hinweg mit dem anderen Geschlecht das

Quartier geteilt hatte, hatte alles gesehen, gehört und gerochen. Also türmten sich bald Kleiderhäufchen am Beckenrand, gleich neben dem aufgeschichteten Naturstein, der dem Ganzen den Anschein einer künstlich angelegten Badeanstalt verlieh und allenthalben von Fellen bedeckt war, sodass man sich bequem hinten anlehnen konnte.

Thomas' Schwestern hatten eines der hinteren, kleineren Becken für sich beansprucht. Vielleicht hatte Thomas, die Glucke, sie aber auch dorthin gedrängt, denn ein halbhoher Steinvorsprung verbarg größtenteils den Blick auf die Frauen, die auch schon dazu übergingen, sich gegenseitig das Haar einzuseifen, ein Luxus, den jede Seefrau zu schätzen wusste.

»Kommst du?«, fragte Ada, die schon ihre Stiefel abstreifte.

»Nein, ich frage Frya erst, ob sie ein paar frische Kleider für uns entbehren können. Und einige Felle.« Die meisten ihrer Leute waren zwar in Besitz eines zweiten Hemds, aber Hosen waren teuer. Und obwohl May sie mit den Resten ihrer vergangenen Kollektion ausgestattet hatte, reichte es hinten und vorne nicht.

»Okay.«

Auf dem Weg zurück begegnete sie Oskar und Thorid, die den Pfad zu den Quellen hinaufstiegen und in ein ernstes Gespräch verwickelt zu sein schienen. Ausgerechnet diese beiden Männer so zu sehen, weckte in Scarlett das Bedürfnis, ein Ticket für die große Lotterie von Belverre zu kaufen, denn plötzlich schien das Unmögliche möglich.

Sie nickte den beiden nur knapp zu und setzte ihren Weg dann fort. Es war nicht so, dass sie Ada angelogen hatte. Aber Frya war nicht die einzige Person, nach der sie suchte.

»Der große, gutaussehende mit dem Zopf? Der ist bei Helga und Igor. Sagte, er braucht Holz für euer Schiff.« Frya stapelte Umhänge und Wollkleider auf Scarletts Arme, bis sie die große Frau kaum noch sehen konnte. »Da ist was zwischen euch, hm? Ich habe es gleich gespürt.«

»Da *war* was, bis er sich wie ein Dummkopf verhalten hat.«

Frya lachte. »Ach, mein Mädchen, wenn du wüsstest, wie oft sich mein Thorid wie ein Dummkopf verhält.«

»Das hier ist leider was anderes. Danke, Frya.«

»Ich lasse ihn zu den Quellen bringen«, versprach ihr die Frau des Tarns augenzwinkernd und scheuchte sie zurück in die Kälte.

Als Scarlett in das Bad zurückkehrte, waren die meisten schon fertig und in Begriff, in ihre feuchten, schmutzigen Kleider zu schlüpfen.

»Hier, sucht euch was Passendes. Und dann geht und fragt nach den Waschzubern.« Sie schnappte den Mantel unter Oskars Nase weg und sah ihn eindringlich an. »Macht den Leuten hier nicht mehr Arbeit als nötig. Fragt nach den Zubern, wascht eure Sachen und dann treffen wir uns zum Abendessen im Langhaus, aye?«

»Aye, aye, Captain«, erscholl es. Zufrieden drückte Scarlett dem rothaarigen Nordmann das Fell vor die Brust und klopfte ihm auf die Schulter.

»Sag, wenn du darüber reden möchtest.«

Oskar nickte stumm, schenkte ihr aber ein kleines, dankbares Lächeln.

Als auch der Letzte endlich verschwunden war, schälte sich Scarlett aus ihrem Mantel, legte ihn mitsamt Hut, Stiefeln und Wehrgehänge auf einen Stein und begann, die Schnürung ihrer Corsage zu lösen.

Sie war gerade dabei, sich das Hemd über den Kopf zu ziehen, als am Eingang Schritte erklangen. Als sie herumwirbelte, den Kopf halb im Hemd verheddert, den Bauch schon freigelegt, stand Tripp im Eingang. Die Tür fiel hinter ihm ins Schloss. Verdammt.

Er musterte sie, dann blickte er sich in der Grotte um. »Wo sind die anderen?«

»Schon fertig.« Und ihn hatte sie ganz vergessen. Fuck.

»Soll ich später wiederkommen?«, fragte er. Man hätte es für eine rücksichtsvolle Geste halten können, wäre da nicht die spöttisch gehobene Braue gewesen.

Scarlett schnaubte. »Nein, warum denn?«, und zog sich das Hemd über den Kopf.

Kapitel 11

Tripp unterdrückte einen Fluch, als Scarletts nackte Brüste zum Vorschein kamen. Die Hexe wusste genau, was sie da tat. Allein ihr Anblick trocknete seinen Mund aus und verlangte, seine Hände über ihre Sahnekaramellhaut gleiten zu lassen. Im Licht der Quellen und vereinzelten Öllampen schimmerten die Narben auf ihren Armen und dem Dekolleté silbrig und verliehen ihr einen außerweltlichen Glanz. Tripp bewunderte sie dafür, dass sie keinerlei Anstalten machte, die Erinnerung an Carters Misshandlung zu verdecken. Während andere sich ihrer Narben geschämt hätte, trug sie sie mit Stolz und einem frechen Grinsen.

»Warum, sie sind doch hübsch«, hatte sie geantwortet, als er sie danach gefragt hatte. Damals hatten sie in ihrem Bett gelegen, schweißbedeckt und außer Atem, und er war die Linien mit der Fingerspitze nachgefahren. »Stell dir nur mal vor, er hätte eine Penisarmee geschnitzt. *Das* wär mir peinlich gewesen.«

Aber er wusste, dass sie log. Denn sie trug auch die dicke, ausgefranste Narbe an ihrem Oberschenkel ohne Scham und verbarg nicht die Schnitte, die Aline an ihren Händen hatte setzen müssen, um die mehrfach gebrochenen und schief zusammengewachsenen Gelenke zu richten.

Als besagte Hände sich jetzt an ihren Hosenknöpfen zu schaffen machten, wandte er den Blick ab. Dieses Spiel konnten auch zwei spielen.

Er zog sich eilig die klammen Kleider aus und stieg in ein strahlend türkisfarbenes Becken, von dem Dampf aufstieg. Als Scarlett endlich völlig nackt dastand und sich zu ihm umdrehte, saß er auf einer steinernen Bank am Beckenrand und hatten die Arme rechts und links von sich auf den Steinen ausgebreitet. Seine Knie durchstießen die Wasseroberfläche. Scarletts Blick verfing sich an der bedeckten Stelle dazwischen und wanderte dann zu seiner Brust.

»Gesellst du dich zu mir?«

Scarletts Blick schnappte zu seinem und sie schnaubte verächtlich, ehe sie sich abwandte und auf das ominös aussehende, orangene Becken zusteuerte.

Aber er wusste genau, wie er sie motivieren konnte. »Was denn, Red? Angst?«

Sie verharrte mitten in der Bewegung, einen ihrer zarten Füße halb vom Boden gehoben, die Muskeln ihrer Wade traten hervor, verhärteten sich, als sie die Hände zu Fäusten ballte und ihren ganzen Körper anspannte. Den Kopf wie ein Stier vor dem Angriff zwischen die Schultern gezogen, drehte sie sich zu ihm um.

»Was hast du gesagt?«

Er verbarg sein Grinsen hinter der Hand, mit der er sich den Bart rieb. »Ob du Angst hast, habe ich gefragt.«

Ihre Sirenenaugen wurden zu schmalen Schlitzen, als sie ihn verächtlich musterte. »Glaubst du ernsthaft, diese billige Taktik würde funktionieren?«, fragte sie giftig, am ganzen Leib bebend. Es kostete ihn Mühe, ihrem Blick standzuhalten, statt weiter nach unten zu sehen.

»Ja.«

Ihre Augen wurden zu Saphiren, die unter ihren schweren Lidern böse funkelten. Sie murmelte etwas Unverständliches. Dann stieg sie zu ihm ins Becken.

Jetzt verbarg er sein Grinsen nicht mehr.

»Glaub nicht, du wärst mir deswegen irgendwie überlegen«, beschied sie ihm. »Du kennst meine Schwachstellen«, gab sie zu und ihre roten Lippen verzogen sich zu einem fiesen Lächeln. »Aber ich kenne auch deine.«

Und damit begann die Folter.

Scarlett tauchte unter und warf das dunkle Haar zurück, als sie wieder auftauchte. Dann griff sie nach einem Stück Seife und begann, sich langsam, mit lasziven Bewegungen einzuseifen. Überall dort wo der cremefarbene Schaum ihre Haut berührte, wollte Tripps Zunge entlanggleiten und sie zum seufzen bringen. Stattdessen musste er von seinem Platz aus zusehen, wie sie ihre Vorführung abzog. Sie übertrieb maßlos, das wusste er. Niemand musste seinen Kopf so in den Nacken werfen, um sich das Haar zurückzustreichen. Niemand spreizte die Finger über den langen zarten Hals und ließ sie hinabgleiten in das Tal zwischen ihren Brüsten. Niemand brauchte so lang, um sich Arme und Bauch einzuseifen, ehe diese kleinen, vernarbten Hände über ihre Brüste glitten. Und kein verdammter Niemand stöhnte dabei unter halb geöffneten Lidern, die blauen Augen allein auf ihn fixiert.

Tripp musste sich an den rauen Steinen hinter ihm festklammern, um sich nicht auf sie zu stürzen und diesen roten Mund zu erobern, ganz gleich, was bisweilen daraus hervorbrach. All die angestaute Wut und Frustration, die sich in den vergangenen Wochen aufgebaut hatte, brachte nun sein Blut zum Brodeln. Und die kleine Hexe wusste das genau.

Ein Lächeln zog Scarletts Mundwinkel nach oben. Dann tauchte sie unter und wusch sich den Schaum mit derselben nervenzehrenden Sorgfalt ab. Erst, als ganz sicher keine einzige Seifenblase mehr übrig war, stand sie auf und kam zu ihm herüber.

Alles an ihm versteifte sich – wirklich alles – als sie durch das Wasser watete. Die türkisfarbene Flüssigkeit reichte ihr gerade so bis an die Hüften. Bei jedem Schritt schwappte es ihren Bauch hinauf, küsste ihren Nabel, nur um dann zurückzufallen und ihn einen kurzen Blick auf das erhaschen zu lassen, was ihn am meisten lockte. Ein Kloß saß in seiner Kehle, der verhinderte, dass irgendetwas Schlaues aus seinem Mund kam. Aber sein Hirn war ohnehin leer.

In Scarletts Augen blitzte der Schalk, als sie seinen Zustand in sich aufnahm, die weißen Knöchel, mit denen er sich an die Steine klammerte, die flachen Atemzüge, die seine Brust hoben und senkten.

Sie hielt das Seifenstück hoch und verkündete mit ihrer rauchigen Stimme: »Du bist dran.«

Bei allen Göttern.

Er wollte verneinen, sich abwenden. Jede Zelle seines Körpers wusste, wohin das hier führen würde, wenn er Scarletts Berührung zuließe. Aber es hieße auch, sich geschlagen zu geben. Und das konnte er wirklich nicht tun. Also starrte er bloß in ihr Gesicht, als sie die seifigen Hände auf seine Brust senkte.

So entging ihm der Moment nicht, in dem sie begriff, dass sie einen Fehler gemacht hatte. Ihre blauen Augen schossen zu seinen, die Reue darin überdeutlich. Als er nichts sagte, biss sie die Zähne zusammen und machte sich ans Werk. Und wenn Scarlett Rogers etwas anfing, dann brachte sie es auch zu ende. Sorgfältig.

Mit langsamen, kreisenden Bewegungen wusch sie seinen Oberkörper, seinen Bauch und seine Schultern, widmete sich seinen Armen und dem Rücken mit der gleichen Geduld und zupfte den Lederriemen aus seinem Haarknoten, sodass die braunen Strähnen auf seine Schultern fielen.

»Dreh dich um«, sagte sie leise und rau, mied seinen Blick, als würde es ihn daran hindern, den schnellen Puls an ihrem Hals zu sehen oder die Frequenz, mit der sie Atem holte. Er gehorchte, rutschte von der Bank und blieb auf den Knien, damit sie leichter herankam. Er schloss die Augen, als ihre Finger über seine Kopfhaut strichen, die Seife einmassierten und dann sanft wieder auswuschen. Niemand, der die laute, teils grobe Kapitänin sah, würde vermuten, dass sie zu solcher Sanftheit fähig war. Und Tripp genoss den Moment in vollen Zügen, wissend, dass dies hier keine Widergutmachung war, keine Entschuldigung. Was auch immer in diesem Bad geschah, änderte nichts an ihrem Streit. Vielleicht verschlimmerte es ihn sogar. Aber er fand nicht die Kraft in sich, jetzt etwas deswegen zu unternehmen. Nicht, wenn er sich seit Wochen nach ihr verzehrt hatte.

»Steh auf«, sagte sie in sein Ohr. Ihre Brust streifte neckisch seine Schultern und zauberte eine Gänsehaut an genau die Stelle.

Überrascht warf er einen Blick über die Schulter und begegnete ihrer herausfordernden Miene. Sein Herzschlag beschleunigte sich noch mehr. Wenn sie so weiter machte, würde er bald tot im Becken schwimmen. Aber vielleicht war auch genau das ihre Absicht, denn als er aufstand und das Wasser ihm nur noch bis Mitte der Oberschenkel reichte, glitten ihre Hände über seinen Hintern und zwickten die weiche Haut, ehe sie seine Beine und den Teil des Rückens wusch, der vorher unter Wasser verborgen gewesen war.

Als sie ihn umdrehen hieß und er ohne Zögern gehorchte, sah er sie schlucken. Und tat es ihr gleich. Denn seine steife

Erektion war genau auf Höhe ihres Gesichts. Sie so vor sich knien zu sehen, ließ gänzlich alles Blut aus seinen Gliedern zu diesem einen fließen. Sein Kopf war leer, alle Sinne auf die atemberaubende Frau vor ihm konzentriert, die sich mit einer leichten Röte auf den Wangen daran machte, auch den Rest von ihm zu säubern.

Ihre Daumen strichen über das V an seinen Hüften. Ihre Lippen öffneten sich und entließen einen zittrigen Atemzug. Dann fanden ihre Augen seine und als ihre freche Zunge vorschnellte, um ihn zu necken, vergaß er alle Zurückhaltung.

Kapitel 12

Tripps Hände gruben sich in ihr Haar, so fest, dass es beinahe schmerzte. Das Ding in ihrer Brust schlug hart und schnell, voller Vorfreude, als es sein leises Stöhnen vernahm. Scarlett musste an sich halten, vor Wonne nicht die Augen zu verdrehen, als sie endlich wieder seinen Geschmack auf der Zunge hatte.

Es war, als wäre nichts zwischen ihnen vorgefallen und zugleich, als ob sie ihn nie zuvor berührt hätte. Sie wusste, dass dies hier nichts änderte. Und genau deshalb beschloss sie, es in vollen Zügen zu genießen.

Tripp flüsterte ihren Namen, als sie ihn ganz in den Mund nahm und ihre Zunge über die Unterseite gleiten ließ. Dann saugte sie fest, genau wie er es mochte, und seine Fingerspitzen gruben sich in ihre Kopfhaut.

Wasser plätscherte um sie her, als sie den Rhythmus beschleunigte und ihre Hände über seinen Bauch gleiten ließ. Die ganze Zeit über behielt sie sein Gesicht im Blick, obwohl sie vor Genuss am liebsten selbst die Augen geschlossen hätte. Aber zu sehen, wie Tripp die eiserne Kontrolle entglitt, war ein Vergnügen für sich. Seine nassen Haarsträhnen klebten auf seinem Schlüsselbein und den Schultern, als er den Kopf zurückwarf. Bei allen Winden, sie hatte die Art vermisst, wie er ein tiefes Stöhnen mit ihrem Namen mischte, bis es der schönste Laut wurde, den sie je vernommen hatte.

Sie nahm ihn noch tiefer in sich auf, bis ihre Nase seinen Bauch berührte und sie seinen unvergleichlichen Duft einatmen konnte.

Tripp fluchte, packte ihr Haar und zog sie von sich. Ein protestierender Laut kam über ihre Lippen, der sofort erstickt wurde, als er seinen Mund auf ihren presste und seine Zunge in sie eindrang.

Scarlett seufzte in seinen Mund, hob die Arme und legte sie um seine Schultern, um ihn näher an sich zu ziehen. Er ging ohne Zögern darauf ein, legte einen Arm um ihre Taille und hob sie aus dem Wasser. Wie von selbst schlangen sich ihre Beine um seine Hüften und als er sich wieder auf die steinerne Bank sinken ließ, diesmal mit ihr auf seinem Schoß, drückte das Zeugnis seiner Erregung an ihren Bauch.

Sie rieb ihre nasse Haut an seiner. Seine großen Hände packten ihre Pobacken und zogen sie noch enger an ihn, während sein Mund ihren verließ, um ihren Hals hinabzustreichen.

»Verdammt, Red«, knurrte er an ihrer Haut. Seine Zunge schnellte vor und leckte eine brennende Spur von der Kuhle an ihrem Hals bis hinauf zu ihrem Kiefer.

Unwillkürlich lehnte sie sich zurück, drückte ihren Unterleib und ihre Brust fester an ihn, den Kopf in den Nacken gelegt.

Er kam ihrer stummen Aufforderung nach und griff eine ihrer Brüste, während er die andere mit seiner Zunge neckte. Die zweite Hand lag noch immer auf ihrem Hintern und wiegte sie in Wellenbewegungen gegen seine Erektion, bis sie Sterne zu sehen glaubte.

Ihr heiseres Stöhnen hallte von der Höhlendecke wider und mischte sich mit dem erotischen Klang des Wassers, das auf ihre Haut schwappte.

»Fuck, wenn du wüsstest, wie oft ich mir das hier ausgemalt habe während all der Nächte in meiner Hängematte«, murmelte Tripp gegen ihre Haut, strich noch einmal mit der Zunge über ihre Brust und biss in die zarte Seite.

Scarlett zischte, vergrub die Hände in seinem Haar und zog ihn von sich, nur um ihre Lippen ganz nah vor seine zu bringen. Ihr Blick ertrank beinahe in den grünen Tiefen seiner Augen, die von einem fiebrigen Glanz erfüllt waren. »Du hättest es jederzeit haben können. Dazu wäre nur eine klitzekleine Entschuldigung nötig gewesen.«

Er kniff fest in ihren Nippel und entlockte ihr einen überraschten Laut, dann legte er die Hand um ihr Kinn. Gleichzeitig verstärkte er den Druck auf ihren unteren Rücken, sodass sie flach an ihn gepresst wurde. Ihre Knie schabten über den rauen Stein, ihre brennende Mitte über seine Erektion.

»Dann entschuldige dich doch«, raunte er. Sie war völlig hilflos gegen seinen harten Griff, konnte nur zurückstarren in diese glühenden Augen, mit genau derselben Sturheit.

Tripp schnalzte mit der Zunge. »Wie du willst.«

Erst glaubte sie, er würde sie von sich stoßen. Stattdessen entließ er ihr Kinn nur, um sie anzuheben und mit einer fließenden Bewegung auf seinen Schwanz zu senken.

Scarletts Fingernägel krallten sich in seine Schulter, als er einen kleinen Schrei aus ihr lockte und sie vollständig erfüllte. Ihre inneren Muskeln schlossen sich fest um ihn und ihre pochende Mitte schien gegen ihn zu schmelzen. Ein Wunder, dass sie ihn nicht versengte. Sie fühlte sich, als spülte glühende Lava durch ihr Zentrum.

Tripps Kiefer war angespannt, obwohl er sich sichtlich Mühe gab, unbeeindruckt zu wirken. Aber das Brennen in seinem Blick verriet ihn, mehr noch als seine Finger, die sich schmerzhaft in ihren Hintern gruben und sich selbst daran zu hindern versuchten, sie auf ihm zu bewegen.

»Vielleicht muss ich dir dann den richtigen Anreiz liefern.«

Und bei allen Winden, das tat er. Seine kräftigen Armen hoben sie auf seinem Schoß auf und ab, während seine Hüften ihr entgegenstießen. Scarlett konnte nichts weiter tun, als sich an seinen Schultern festklammern, die Hände in den Haaren in seinem Nacken vergraben und ihre Ekstase gen Decke zu schreien.

Als sich seine Hand um ihre Kehle schloss und sie nach hinten lehnte, blieb ihr keine andere Wahl, als sich an seinem Handgelenk festzuhalten und sich ihm gänzlich anzuvertrauen. Und als seine andere Hand nach vorn glitt und sein Daumen über ihre pochende Mitte strich, war es um sie geschehen.

Wie eine Welle glühender Lava spülte ihr Orgasmus über sie hinweg, explodierte in ihrer Mitte und breitete sich in ihre Glieder aus, bis sie unter Tripps Händen erbebte und ihre Schenkel sich zitternd um seine Hüfte schlossen.

»Sehr gut, Red, zeig mir, wie sehr du mich willst«, raunte Tripp, beschleunigte seine Stöße und die Kreise, die er auf ihrer pulsierenden Mitte malte, und leitete sogleich die zweite Welle der Erlösung ein.

Eine Träne rollte aus Scarletts Augenwinkel und fiel in die türkisen Wasser um sie herum. Dann wurde sie nach vorn gezerrt, die Hand an ihrer Mitte verschwand und grub sich einmal mehr in ihren Hintern, während die an ihrer Kehle fester zudrückte, sie vor Tripps Gesicht gefangen hielt, sodass sie seinem Blick nicht zu entkommen vermochte.

Sein Atem strich über ihre Wangen, ging beinahe so schnell wie ihrer, während er immer wieder in sie eindrang. »Vergiss das nicht, Red.«

»Niemals«, hauchte sie und meinte es so. »Tripp.«

Ein tiefes Stöhnen löste sich aus seiner Brust, als er sie gegen sich presste und sich in ihr ergoss. Er vergrub das Gesicht an ihrem Hals, entließ sie aus seinem unnachgiebigen Griff und schlang beide Arme um sie.

Scarletts Herz wurde schwer und dieses Mal war es keine Träne der Erlösung, die über ihre Wange rollte. Sie umschloss Tripps Hals und Kopf mit ihren Armen, drückte ihn noch enger an sich und speicherte diesen Moment in ihrem Kopf ab. Die wohlige Wärme in ihrem Innern, das sanfte Lecken des Wassers an ihrer Haut, Tripps vertrauter, harter Körper unter ihr, sein Duft, der sie umhüllte wie eine Decke.

Seine Lippen strichen über ihr Schlüsselbein. »Das ändert nichts, Scarlett.«

Sie schloss die Augen. Natürlich nicht. Das hatte sie doch gewusst. Warum also schmerzte es so sehr, diese Worte zu hören?

»Nein«, sagte sie, die Stimme kalt und viel zu laut. Sie zerschnitt den Schleier der Illusion und brachte sie zurück in die Wirklichkeit. Wo Tripp ihr ein Ultimatum gestellt und sich dann einfach von ihr abgewandt hatte. So einfach vielleicht nicht, wenn sie seinen Worten glauben durfte, aber es hatte nicht gereicht, um eine Entschuldigung auszusprechen. »Das ändert gar nichts.« Sie stieg von seinem Schoß, versuchte, das Leeregefühl zu ignorieren, das er in ihr hinterließ, und wandte ihm den Rücken zu, ohne noch einmal seinem Blick zu begegnen. Sie wusste, was er in ihrem sehen würde, und war nicht stark genug, es zu verbergen.

Stattdessen tat sie so, als machte es ihr nichts aus, dass er sie ohne ein weiteres Wort oder eine Abschiedsberührung verließ. Erst, als sich die Tür hinter ihm schloss, gestattete sie sich, am Beckenrand zusammenzusacken und den Tränen freien Lauf zu lassen.

Kapitel 13

Beim Abendessen herrschte eine fröhliche Stimmung, die Scarlett versuchte, das drückende Gefühl in sich verdrängen zu lassen. Sie lachte über Thorids Witze, zupfte allenthalben an Ilvys kleinen Zöpfen, um das Mädchen zu ärgern, trank heißen Met und tauschte wilde Geschichten mit Thorids Kriegern aus. Es war eine chaotische, laute Angelegenheit, die ihr Herz normalerweise hätte anschwellen lassen. Aber nicht heute.

Sie spürte die besorgten Blicke, die Ada ihr von der Seite zuwarf, wo sie als Bollwerk zwischen ihr und Tripp fungierte. Scarlett ignorierte sie und schürte ihr Misstrauen dadurch zweifellos nur noch mehr.

»Alles in Ordnung?«, fragte sie sie später am Abend leise, als sie in ihre Bettrollen kletterten.

»Nein.« Aber sie wollte nicht darüber reden, also drehte sie sich mit dem Gesicht zur Wand und tat so, als würde sie schlafen. In Wahrheit aber tat sie die ganze Nacht kein Auge zu.

Deshalb war sie auch als einzige wach und auf den Beinen, als eine Stunde vor Sonnenaufgang ein Langboot an Land gezogen wurde und eine gewisse blonde Kriegerin von Bord sprang.

Nasser Sand stob nach allen Seiten, als Mathildas dicke Stiefel den Boden berührten. Sie trug gefütterte Hosen und ein Wollhemd, das von einem dicken weißen Tigerfell verdeckt wurde. Drei schwere Gürtel und ein Schwertgurt hielten es über Taille und Brust zusammen. Über ihre Schulter blitzten der beschlagene Rand ihres blauen Schilds und der Griff ihrer Doppelkopfaxt, der mit traditionellem Leder in den Farben ihrer Blutlinie umwickelt war: blau, grau und weiß.

Wie immer hielt Mathilda den Kopf leicht in den Nacken gelegt, als sie auf Scarlett zu stapfte. Ihre dicken blonden Haare waren zu unzähligen Zöpfen geflochten, durchmischt von dichten Locken und mit einem Haarband aus der Stirn gehalten. Silberne Spangen, Ringe und Klammern schmückten die Haarpracht und klimperten, als Mathilda Scarlett in eine feste Umarmung zog.

»Hätte nicht gedacht, dich hier zu sehen, Piratin«, sagte sie, als sie sich voneinander lösten, und knuffte Scarlett in die Schulter. »Hättest ruhig mal schreiben können.«

»Wozu, du bist ja doch nie hier.«

Mathilda grinste breit. »Stimmt. Komm, ich habe Hunger wie ein Bär und will was essen, bevor die kleinen Räuber wach sind. Dann kannst du mir auch gleich erzählen, womit du meine Hilfe brauchst.«

Mathilda hörte aufmerksam zu, als Scarlett ihr über einer Schüssel voll deftigen Haferbreis mit Schweinefleisch alles erzählte. Wie ihr Vater hatte auch Mathilda sogleich eine ernste Miene aufgesetzt, die Augenbrauen fest zusammengezogen. Sie unterbrach Scarlett kein einziges Mal und nahm alle Informationen mit einem Nicken auf.

Erst, als Scarlett endete, legte sie den Löffel beiseite und stützte die Arme auf den Tisch. »Das ist ganz schön krank, Scarlett.«

Sie schnaubte. »Glaub mir, das weiß ich.«

Mathildas verstörend hellblaue Augen musterten sie eindringlich und erinnerten sie dabei unangenehm an türkises Wasser, das gegen ihre erhitzte Haut schwappte.

»Wie willst du gegen ihn vorgehen?«

Scarlett lehnte sich zurück und malte mit der Fingerspitze das Muster des Holzes nach. »Ich werde so viele Verbündete um mich scharen wie möglich, ehe er einen Angriff plant. Ob wir dann vorbereitet sein werden, weiß ich nicht.«

»Denkst du, es wird gelingen?«

»Das muss ich«, gab sie zu. »Alles andere ist keine Option.«

Mathilda nickte verstehend. »Was, wenn dieser König Phillip keine Unterstützung schickt?«

Sie lehnte sie vor, um sich die Stirn zu reiben. »Dann sind wir am Arsch.«

»Und wenn ich dir nicht beistehe?«

»Dann erstrecht.« Sie hob den Blick, wollte, dass die Kriegerin die Aufrichtigkeit darin sah. »Aber ich will dich nicht zwingen, Tilda, indem ich dir ein schlechtes Gewissen mache. Ich bin hier, weil ich Hilfe brauche und du meine Freundin bist. Aber ich habe auch vollstes Verständnis, wenn du ablehnst.«

Mathilda musterte sie stumm. Scarlett meinte jedes ihrer Worte ernst. Sie brauchte Mathilda. Aber wenn die Prinzessin ihre Hilfe verweigerte, würde sie das akzeptieren und einen anderen Weg finden.

Mathilda öffnete den Mund, doch da erklang ein Kriegsschrei und drei wilde Bestien stürzten sich von der Seite auf sie, rissen sie von der Bank und erdrückten sie beinahe unter ihrer Liebe und Verehrung. Sogleich gesellten sich vier weitere Blondschöpfe hinzu und Mathilda war unter dem Haufen nicht mehr zu sehen.

»Tildi«, rief Marta, die jüngste Schwester und küsste Mathildas Wange, während Ioso sie zutextete und ihr von seinen und Yvars Abenteuern am Fluss erzählte, wo sie angeblich ein ganzes Rudel Wölfe abgewehrt hatten.

»Du lügst ja«, schalt die kleine Avar und schlug Ioso mit ihrem Teddybären auf den Kopf.

»He«, rief der und rieb sich die Stelle, als wäre es ein Ziegelstein gewesen und kein mit Schaffell gestopftes Kuscheltier. »Du Blödkuh.«

Die älteste Schwester, Ilvy, und ihr älterer Bruder Mattis sahen ihren Geschwistern mit gerümpften Nasen dabei zu, wie sie Mathilda bequatschten und tätschelten und von ihr getätschelt werden wollten, als wären sie selbst schon viel zu alt und erwachsen dafür. Dabei war ihnen der Neid ins Gesicht geschrieben.

Mathilda gelang es, die kleinen Äffchen abzuschütteln und auf die Beine zu kommen, wo sie Ilvy fest in die Arme schloss und Mattis in den Schwitzkasten nahm, um seine blonden Locken zu verwuscheln, während die anderen Geschwister sich wie wilde Hunde auf ihre Beine stürzten und alle einen Teil von ihr abhaben wollten.

Über ihre strahlenden Gesichter hinweg sah Mathilda Scarlett an. »Ich helfe dir«, sagte sie über den Lärm hinweg. Eine Hand lag auf Yvars Kopf und Scarlett verstand. Mathilda half ihr, weil sie Freundinnen waren. Und, weil sie Carters

Kreaturen vernichten wollte, ehe sie bis in den White Ocean und in Reichweite ihrer Familie gelangten.

Scarlett nickte dankbar, erleichtert, zumindest eine mächtige Verbündete an ihrer Seite zu wissen.

In diesem Moment kamen Oskar und Tripp herein, dicht gefolgt von Frya, auf deren Arm das kleinste Geschwisterchen hockte und verschlafen den Kopf an ihrer Schulter barg. Igor war erst ein Jahr alt und seine liebste Beschäftigung war es, an Fryas Zöpfen zu spielen.

Sie schenkte ihrer Kinderschar ein so liebevolles Lächeln, dass es Scarletts Brust zerquetschte. Ein riskanter Blick zu Tripp zeigte ihr, dass er sie bereits ansah. Ob er sich wohl Kinder wünschte? Darüber hatten sie nie gesprochen. Sie wusste nicht einmal, ob er heiraten wollte, nachdem seine letzte Verlobte ihn so schmählich verlassen hatte. Bei allen Winden, worüber hatten sie überhaupt je gesprochen? Eigentlich war zwischen ihnen alles immer recht körperlich gewesen. Gut, sie wusste einige Sachen über seine Vergangenheit und er vieles über ihre. Aber ihre Zukunft? Ihre Wünsche und Träume hatten sie nie geteilt. Und das war ihretwegen der Fall, denn sie hatte darauf bestanden, dass er nach dem Sex ihre Kabine verließ. Sie hatte sich nicht gestattet, in seinen Armen Frieden und Ruhe zu finden, aus Angst, es könnte ihr wieder genommen werden.

Mit einem Kloß im Hals wandte sie den Blick ab, als Frya in die Hände klatschte. »Los, ihr Faulpelze, der Tisch deckt sich doch nicht von selbst.« Sie scheuchte ihre Kinder in die Küche, wo sie dem spärlichen Personal zur Hilfe gingen. Im Vorbeigehen legte sie Mathilda eine Hand an die Wange und drückte ihr einen Kuss auf die Schläfe. Die Kriegerin lächelte, aber ihr Blick wich nicht von Oskar, der mit hochrotem Schädel dastand und sie angaffte.

»Wer ist das?«, erkundigte sie sich bei Scarlett, laut genug, dass jeder sie hören konnte.

»Oskar«, sagte sie und winkte ihren verlegenen Matrosen heran. Der strich sich doch tatsächlich die Kleider glatt. Als hätte er Scarlett während ihrer Trainingskämpfe nie ins Gesicht gefurzt. »Ich habe ihn in einem illegalen Kampflokal in Port Mullighan kennengelernt.«

Mathilda hob eine Braue. »Wie bist du denn dahin gekommen?«, richtete sie das Wort direkt an Oskar.

Der nahm die Farbe von roter Beete an und quetschte hervor: »Das Leben.«

»Bei allen Winden«, stöhnte Scarlett. »Ich würde mich ja für dich schämen, alter Freund, aber ich glaube, das tust du schon selbst.«

»Aye«, ächzte Oskar. Er sah aus, als bekäme er nicht genug Luft. »Ich bin nur… Ich-«

Mathilda verlor die Geduld. »Aha.« Damit wandte sie sich ab und nahm ihre Schüssel, um den letzten Rest Brei herauszukratzen. »Sag Bescheid, wenn du was Richtiges rausbringst, hm?«

Oskar sackte in sich zusammen wie ein angestochener Hefeteig und sah ihr mit Dackelblick hinterher. »Sie ist eine Göttin«, hauchte er.

Scarlett schnaubte. »Sieh nochmal genau hin, Mann. Dein eines Auge hat wohl nicht alles gesehen.«

»Doch«, war er überzeugt. »Sie ist perfekt.«

Sie überließ ihn seinem Irrglauben und machte sich daran, Frya und ihren Kindern zu helfen.

Als Thorid zum Frühstück zu ihnen stieß, pflückte er Mathilda von der Bank und hob sie in seine Arme, als wäre sie ein kleines Kind. Niemand durfte das, aber von ihrem Papa ließ sie es sich gern gefallen und küsste seine bärtige Wange.

»Na, meine Kriegerin, was gibt es Neues aus dem Norden?«, fragte er und setzte sie neben sich auf die Bank, ehe er sich am reich gedeckten Tisch bediente.

Mathilda seufzte. »Ach, nicht viel. Es ist langweilig geworden, seit sich die Bergvölker nicht mehr hinabwagen.« Genau. Als wären die ständigen Gemetzel zwischen den beiden sich sehr ähnelnden Völker nur zu ihrer Unterhaltung gedacht gewesen. Scarlett linste zu Oskar hinüber, gespannt, ob er nun sah, was sie meinte, aber er wirkte nur weiterhin verzaubert. Dass seine Prinzessin reichlich blutrünstig war, schien ihn nicht im mindesten zu stören. »Deshalb habe ich auch beschlossen, Scarlett zu helfen.«

»Ah«, machte Thorid und nickte stolz. »Ja, das habe ich mir gedacht.«

»Allerdings«, und damit richtete sie sich auch an Scarlett, »ist das Eis dieses Jahr schon weit vorgedrungen. Wir konnten nicht weiter als bis nach Tulid segeln, ehe wir kehrtmachen mussten.« Damit bezog sie sich auf ein Dorf etwa eine Woche nördlich von hier. »Wir sollten also bald aufbrechen, ehe der Winter uns hier festsetzt.«

Scarlett nickte. »Ich möchte ohnehin nicht länger als nötig aus Carters Hoheitsgewässern fortbleiben und riskieren, dass er während unserer Abwesenheit einen Vorstoß unternimmt.« Die Soldaten in Port Lory hätten ihm nichts entgegenzusetzen und Scarlett war sich sicher, dass er die Hafenstadt zuerst anvisieren würde, immerhin lag sie der Pirates Bay am nächsten und verfügte über die meisten Marineschiffe.

»Bis morgen früh sind alle Vorbereitungen getroffen«, entschied Mathilda. »Reicht euch das?«

Ada nickte Scarlett auf deren unausgesprochene Frage hin zu. »Aye, das reicht uns.«

Während Mathildas Männer ihr Schiff neu beluden und die Mannschaft der *Honoria* sich bereit machte, erneut aufzubrechen, verbrachte Scarlett den Tag an Land und half Frya bei ihren täglichen Aufgaben.

Sie genoss es, Zeit mit der ruhigen Frau zu verbringen und sich von ihr zeigen zu lassen, wie man Körbe flocht, Früchte einlegte und Fisch salzte, damit er über den Winter eingelagert werden konnte. Danach verarbeitete sie eine Unmenge an Schafswolle zu Schnur, sodass daraus Kleider und Decken gefertigt werden konnte. Ihre Hände brannten nach nur einer Stunde am Spinnrad und sie hielt inne, um Fryas Kinder beim Spielen zu beobachten.

Nur den jüngsten war es erlaubt, tagsüber im Haus zu bleiben. Die anderen waren mit Thorid auf der Jagd oder halfen im Dorf, wo sie konnten. Scarlett bewunderte die Leichtigkeit, mit der Frya diesen Riesenhaufen an brüllenden, rennenden Kleinkindern ertrug. Avar hatte Ioso schon vier Mal gekniffen und ihn so zum Weinen gebracht, aber Frya war die Ruhe selbst, während Scarletts eigene Ohren klingelten.

»Wolltest du schon immer Kinder?«, erkundigte sie sich, und massierte sich die schmerzenden Finger.

Frya blickte auf und zupfte dadurch den Zopf aus Ygors Händen, mit dem der gerade gespielt hatte. »Ach, weißt du, bei uns ist es völlig normal, früh Kinder zu bekommen. Und viele. Es ist sogar sehr wichtig, weil die Winter hier oben nicht leicht sind. Thorid und ich haben Glück, dass wir noch keines unserer Kleinen verloren haben.« Sie drückte dem kleinen Ygor einen Kuss auf den Scheitel. Er gluckste zufrieden. »Es war also nie eine Frage des Wollens. Aber ich bin glücklich so, wie es ist. Und als Frau des Tarns sehe ich es in meiner Verantwortung, so viele Kinder zu gebären wie möglich. Andere können es sich nicht leisten, so viele zu ernähren. Da wäre es doch eine Verschwendung, all den Reichtum nicht auszunutzen, oder was meinst du?«

Scarlett nickte. Obwohl man die Lebensweise des Tarns als einfach bezeichnen konnte, war doch nicht abzustreiten, dass Thorids Schatzkammer gefüllt war. Jedes Schiff, das auf Beutezug ging, hatte dem Tarn einen Anteil an seiner Beute abzugeben. Das war Gesetz. Thorid nahm nur, was unbedingt nötig war und er gab es nicht für sich selbst aus, sondern baute seinen Männern neue Schiffe und half aus, wo es gebraucht wurde. Deshalb liebten sie ihn und seine Familie. So wie Frya hatte sie es noch nie betrachtet. »Heißt das, du wirst noch mehr Kinder bekommen?«

Frya lachte. »Wenn die Götter mir gewogen sind. Aber ich werde leider nicht jünger. Vielleicht ist Ygor unser letzter kleiner Segen.«

Scarlett hoffte, dass es nicht so war. Noch viel mehr Kinder hätten es verdient, Frya und Thorid als Eltern zu haben.

»Warum fragst du? Überlegst du selbst, Mutter zu werden? Etwa mit dem hübschen Dunkelhaarigen?«

Scarlett wich dem neugierigen, freudigen Funkeln in Fryas Augen aus. »Nein. Es ist nur… In der Höhle am Ash Cliff ist etwas passiert, das mir Angst macht.«

Frya runzelte die Stirn, entzog Ygor sein Spielzeug und setzte den Kleinen auf dem Boden ab, wo er sogleich zu seinen Geschwistern krabbelte. »Und was ist das?«

Vielleicht hätte Scarlett mit ihrer eigenen Mutter darüber gesprochen, wenn sie noch am Leben wäre. Aber Frya kam dem wohl am nächsten und sie vertraute ihr. »Diese angebliche Schwester der Meerhexe hat ihre Magie an mir gewirkt«, gestand sie dann. »Carter sagte, es ermögliche eine Empfängnis durch eine seiner Kreaturen. Dass mein Körper nun… dafür ausgestattet wäre.«

Frya hob das Kinn. »Und nun fürchtest du, was auch immer die Götter dir schenken mögen, wäre von dieser Magie beeinflusst.«

»Aye.« Scarletts Stimme war kaum mehr als ein Flüstern. »Ich habe nie zuvor darüber nachgedacht, ob ich überhaupt Kinder will. Es gab keinen Mann, mit dem ich das gewollt hätte, und mein Leben ist gefährlich. An Bord eines Piratenschiffs ist kein Platz für ein Kind. Aber jetzt scheint mir die Wahl genommen zu sein und es-« Sie verschluckte sich an den ungeweinten Tränen.

Frya zog sie in ihre Arme, wo Scarlett das Gesicht an ihrer Schulter barg und leise Tränen vergoss. Frya strich ihr sanft übers Haar und murmelte beruhigende Worte.

Erst, als Scarletts Schultern nicht mehr bebten, löste sie sich von ihr und strich ihr die letzten Tränenspuren von den Wangen. »Komm, mein Kind, ich weiß, wen wir fragen können.«

Kapitel 14

Er hatte nicht lauschen wollen. Wirklich nicht. Aber als er gerade auf dem Weg in den Lagerraum gewesen war, um dort
etwas für Thorid zu holen, hatte Tripp ihre Stimme gehört und
war an der angelehnten Tür stehengeblieben. Und was er gehört hatte, hatte ihm das Blut in den Adern gefrieren lassen.

Dass Scarlett fürchtete, die Hexe hätte ihren Körper…
Nein, darauf wäre er nie gekommen. Plötzlich fühlte er sich
wie ein Riesenarschloch, weil er nicht einen Gedanken daran
verschwendet hatte. Carters Betrug, das ja. Vielleicht sogar
Humphreys unfreiwilliges Schuldgeständnis. Als hätte das
nicht bereits ausgereicht. Und die Narben auf ihrem Körper.
Nein, sie hatten sie auch noch von innen heraus verändert, dafür gesorgt, dass Scarlett ihren eigenen Körper fürchtete. Und
sich vielleicht das verwehrte, was für die meisten Menschen
das größte Glück war.

»Komm, mein Kind, ich weiß, wen wir fragen können«, sagte da Frya und er zog sich eilig zurück, um auf keinen Fall erwischt zu werden. In Gedanken versunken fand er den Weg nach draußen, wo Thorid mit Oskar wartete.

»Wo ist es?«

»Was?«, verwirrt blickte Tripp auf.

Thorid hob eine Braue. »Das Beil, Junge.«

»Achso.« Ja, richtig, deswegen war er überhaupt ins Haus gegangen. »Ähm, ich konnte es nicht finden.«

Thorid schnaubte. »Wahrscheinlich hat eins der Kinder es wieder verlegt. Lass mich mal nachsehen.«

»Alles in Ordnung?«, erkundigte sich Oskar, als der ältere Mann im Haus verschwunden war. Der rothaarige Krieger schien selbst nicht ganz bei sich zu sein, sein Blick war nachdenklich verschleiert. Was auch immer er mit Thorid am Vortag besprochen hatte, musste ihn mitgenommen haben.

Er hätte gern verneint, aber Oskar war nicht die Person, mit der er über das Gehörte sprechen konnte. Eigentlich war das niemand, außer Scarlett selbst und die wollte ganz sicher nicht mit ihm reden. Kurz überlegte er, Ada aufzusuchen, aber das erschien ihm nicht gerecht. Immerhin waren die beiden Freundinnen und ihre langsam wieder wachsende Nähe brauchte ihn nicht, der Ada in ein Geheimnis einweihte, über das sie nicht mit Scarlett reden konnte, ohne sich und ihn zu verraten. Nein, es musste mit dieser Sache wohl oder übel allein klarkommen. Und dabei war es ja auch gar nicht an ihm, sich irgendwie zu beschweren. Scarlett war es, die litt. Nicht er.

»Ja«, sagte er deshalb. »Alles bestens. Ich sehe mal nach dem Schiff.«

»Mhm«, machte Oskar und bewies damit, dass er tatsächlich nicht ganz auf der Höhe war.

An Bord war es überraschend ruhig. Wahrscheinlich versuchten die meisten Matrosen noch eine Mütze voll Schlaf auf den überraschend bequemen Bettrollen im Langhaus zu kriegen. Vielleicht stromerten sie aber auch durchs Dorf und gingen den Leuten bei ihrer täglichen Arbeit zur Hand. Er meinte, Ada etwas über Freunde besuchen sagen gehört zu haben. Außer ihr waren zwar nicht mehr viele Mitglieder der alten Crew übrig, aber wer wusste schon, ob die anderen nicht auch schonmal hier gewesen und nun zu Besuch bei alten Bekannten waren.

Tripp hieß die Einsamkeit willkommen, als er seine Werkzeuge zusammensuchte und durch den Berg an Holzstücken wühlte, den er von einem Mann namens Igor bekommen hatte. Thorid hatte ihn an den Schreiner verwiesen, der mit seiner Frau in der Nähe des westlichen Dorfrandes lebte, wo kleine Schösslinge darauf hinwiesen, dass neue Bäume gepflanzt worden waren, während im Wald dahinter kahle Stellen auf die Materialquelle des Schreiners und Schiffsbauers schließen ließen. Er hatte Tripp Latten und Holzreste zur Verfügung gestellt, die er selbst nicht mehr brauchte – ohne Bezahlung. Tripp reichten die teils spärlichen Stücke, um die Reparaturen an Deck in Angriff zu nehmen.

Durch die Attacke der Oktopus-Kreatur waren große Teile der Reling in Mitleidenschaft gezogen worden, aber am meisten Sorge bereitete ihm die beschädigte Umfassung des Ruderaufbaus, die Scarlett und Hugo während eines Angriffs schützen sollte. Als Steuermann waren sie während einer Attacke besonders angreifbar, weil sie sich nicht frei über Deck bewegen konnten, ohne sie alle dem Meer zu überantworten. Er beschloss also, dort mit der Arbeit zu beginnen.

Der Herbst legte sich als kalter, nasser Mantel um seine Schultern und erschwerte die Arbeit mit den Werkzeugen. Gleichzeitig war Tripp froh darüber, dass ihm nicht dauernd die Sonne auf den Schädel brannte und ihm Kopfschmerzen bescherte. Das stete Hämmern brachte seine Nerven zur Ruhe, die Vibration des Holzes unter seiner Hand dimmte die

Lautstärke seiner Gedanken, bis da nichts mehr war als seine Arbeit. Und sein wachsendes Verständnis für Scarlett.

Ja, ihre Rücksichtslosigkeit hatte ihn verletzt. Ja, er verstand, dass es ihr schwerfiel, die Kontrolle abzugeben, besonders jetzt nach Carters Verrat. Dass sie sich von niemandem mehr würde regieren lassen. Dennoch erschien es ihm ungerecht, dass sie dieses Verhalten auch ihm gegenüber an den Tag legte, der er nur geduldig und verständnisvoll gewesen war. Der er an ihrer Seite gestanden und sie verteidigt hatte.

Und dieses Gefühl blieb. Aber er begriff auch, dass noch viel mehr dahintersteckte als ihre missbrauchte Treue. Dass sie an jenem Tag unter dem Ash Cliff weit mehr verletzt worden war, als er bislang geglaubt hatte.

Kinder. Nein, darüber hatte er sich nie Gedanken gemacht. Nicht seit Pearl, mit der er sich ein Leben hatte vorstellen können. Natürlich war er immer davon ausgegangen, irgendwann einmal Frau und Kinder zu haben, aber ernstlich durchdacht hatte er es nicht. Während ihrer kurzen gemeinsamen Zeit hatte Scarlett sich von Aline Kräuter zur Verhütung geben lassen und Tripp hatte sich nichts weiter gedacht. Während sie Angst davor gehabt hatte, vielleicht ein Monster zu gebären. Er war ein ignorantes Arschloch.

Und dennoch. Dennoch fand ein Teil von ihm, dass sie mit ihm darüber hätte sprechen können, statt ihn wie eine Affäre zu benutzen. Wenn sie sich vor einer solchen Zukunft fürchtete, sollte sie das doch mit dem Mann besprechen, der verkündet hatte, Teil dieser Zukunft sein zu wollen. Er verlangte nicht, dass sie sich ihm sofort und vollends anvertraute. Er verstand, dass Scarlett eine verschlossene Frau war, die sich lange Zeit nur auf sich selbst verlassen konnte und immer wieder betrogen worden war. Aber dass sie sich ihm so gar nicht mitteilte… Es wollte ihm einfach nicht in den Kopf. Hatte er sich ihr Vertrauen denn nicht verdient?

Ein Geräusch hinter ihm riss ihn aus seinen Gedanken. Mit der Bootsaxt im Anschlag wirbelte er herum. Und stand Hunter gegenüber.

Der Tätowierer hatte die Hände in den Hosentaschen vergraben, sodass sein grauweißer Fellmantel leicht offenstand und seine Lederweste und die schwarzen Leinenkleider darunter offenbarte. Zusammen mit dem erschreckend lebensecht wirkenden Tattoo eines Drachen mit goldenen Schuppen, das mitten auf seinem Hals prangte.

Tripp richtete sich aus seiner Kampfhaltung auf und lockerte den Griff um die Axt, blieb aber trotzdem wachsam. Ein schneller Blick an Deck zeigte ihm, dass sie allein waren.

Hunter war seine Reaktion nicht entgangen. Ein träges Lächeln verzog seinen Mund, aber es war nicht die Art, die einem eine Gänsehaut über den Rücken jagte. Es war auch nicht so schmierig wie das von Miles. Hunter war kräftig gebaut mit definierten Muskeln, die sicher einmal dicker gewesen waren, vor seiner Zeit in Carters Kerker. Aber Tripp wusste, dass er kein Krieger war. Hunter brauchte seine Hände, um seiner Arbeit nachzugehen. Die Muskeln, die er zur Schau stellte, waren hauptsächlich genau dafür: um Frauen zu beeindrucken. Wie wahrscheinlich auch die Hauptzahl seiner Tattoos. Aber aus ihren morgendlichen Trainings wusste er auch, dass er sich zu wehren wusste, wenn es notwendig sein sollte. Tripp würde ihn dennoch mit links besiegen, sollte der Tätowierer es draufanlegen.

Als hätte er seine Gedanken gelesen, sagte Hunter: »Keine Sorge, Bootsmann, ich bin nicht zum Kämpfen hier.«

Tripp hob das Kinn. »Und warum dann?«

»Wegen Scarlett«, sagte er, als wäre das offensichtlich. Und das war es ja auch. »Ich verstehe dich, Tripp. Wenn ich eine Frau hätte, würde es mir auch nicht gefallen, mit einem ihrer verflossenen Liebhaber auf einer Scheißnussschale übers Meer zu schippern. Dabei spielt es keine Rolle, dass da nie Gefühle zwischen uns waren.«

Tripp erwiderte nichts. Was gab es da auch schon zu sagen? Hunter hatte recht. Punkt.

»Und glaub mir, hätte ich eine andere Wahl, ich würde es ihr und dir ersparen. Aber ich werde nicht zurückstehen, während ihr Carter jagt«, sagte er grimmig. »Er hat meinen Bruder bedroht und mich ein Jahr lang in einer dreckigen Zelle verrotten lassen. Wir haben alle eine Rechnung mit ihm offen und ich werde nicht tatenlos dabei zusehen, wie ihr eure Rache nehmt. Wenn das alles hier vorbei ist, verschwinde ich mit Kusshand von diesem Dreckskahn. Aber bis dahin«, er trat näher, bis er Tripp direkt in die Augen sehen konnte. Das bodenlose Schwarz war beunruhigend. Es war nicht so tot wie Carters Augen, die Tripp immer an einen Hai erinnerten. Viel mehr schien es, als lauerte darin etwas, das schon seit langer Zeit aus der Welt hätte verbannt sein sollen. »Bis dahin musst du mit mir klarkommen, Bootsmann.«

»Habe ich dir das Gefühl gegeben, das könnte ich nicht?«, fragte Tripp mit erhobener Braue, dem der belehrsame Tonfall seines Gegenübers nicht gefiel.

Hunter schnaubte. »Wer eine Frau wie Scarlett wegen einer Eifersüchtelei gehen lässt, ist ein Schwachkopf. Vielleicht hast du mich deine Abneigung nicht direkt spüren lassen, aber lass dir von jemandem, der Scarlett schon sehr viel länger kennt, gesagt sein: Sie wartet nicht ewig. Also spring über deinen Schatten und gib ihr eine Entschuldigung, die sie in deinen Augen nicht verdient.«

Tripp erwiderte nichts, gönnte Hunter nicht einmal ein Wimpernzucken als Antwort und wartete nur, bis der Tätowierer sich abwandte und ging, den kahlrasierten Schädel schüttelnd.

Vielleicht hätte Tripp seinen Vorschlag in Erwägung gezogen, wäre da nicht eine Kleinigkeit: Alles, was Hunter

Black jemals von Captain Scarlett Rogers gehabt hatte, war ihr Körper. Und Tripp wollte so viel mehr.

Kapitel 15

Die Höhle war riesig. Mindestens drei Mal so groß wie die Versammlungshalle, in der Carter die Piraten immer zusammengerufen hatte. Und auch viel offener. In dem Sinne, als dass der Wind unerbittlich hereindrang und man hier nicht wirklich vor dem Wetter geschützt war. Der Eingang erstreckte sich bis hinauf zur Höhlendecke, sodass es eher eine tiefe Aushöhlung in der Felswand war, denn eine richtige Höhle. Es erinnerte in gewisser Weise an eine aufgebrochene Eierschale. Der Fels war gänzlich unbehauen, bis auf den großen Steinquader, der etwas erhöht stand und in den allerhand Zeichen und Muster gemeißelt waren. Darauf lagen die Knochen von Raben, Schlangen und der Schädel eines Fuchses.

Altes Blut klebte in den Rillen der Schriftzeichen und Bildnisse.

Mit dem Glauben der nordischen Völker konfrontiert zu werden, war nie ein Vergnügen. Es war eine der blutigsten Götterverehrungen überhaupt und beinhaltete an den hohen Feiertagen sogar Menschenopfer. Während andernorts Sklaven dafür herhalten mussten, beispielsweise in Karaidaj, empfanden die Nordmänner und -frauen die Opferungen als große Ehre und nicht selten meldeten sich große Krieger oder angesehene Clanmitglieder freiwillig. Wie man es als Ehre empfinden konnte, sich unter dem gruseligen Gesang der Priesterinnen die Kehle aufschlitzen zu lassen, um den Altar mit seinem Herzblut zu tränken, war Scarlett ein großes Rätsel, aber die nordischen Völker glaubten an einen Einzug ins Reich ihres obersten Gottes, wo es Speis und Trank im Überfluss gab und die großen Krieger an einem Tisch beisammensaßen und Geschichten austauschten. Ein kleiner Teil von ihr bewunderte den festen Glauben dieser Menschen und sie konnte sich nur deshalb damit anfreunden, weil hier niemand unfreiwillig in den Tod ging. Ein gewaltsamer Opfertod erzürnte die Götter, so glaubte man hier. Es sei denn, es handelte sich um einen Verräter und damit um einen Racheakt.

Scarlett überlief trotzdem ein Schauer, als sie an dem Altar vorbei gingen und in einen von Fackelschein erhellten Tunnel traten, der noch tiefer in den Berg führte. Das konnte nicht gut ausgehen. Nichts, was sie in einen Tunnel geführt hatte, war jemals gutgegangen.

Womit sie nicht gerechnet hatte, war der plötzliche Ausbruch kalten Schweißes auf ihrer Haut und dem Rasen ihres Herzens. Ihre Beine wollten sie nicht weiter in die schummerige Dunkelheit tragen und plötzlich erschien ihr der Gang entsetzlich eng. Sie passte selbst kaum hindurch, der Stein drang auf sie ein, drückte von allen Seiten zugleich auf sie nieder, quetschte ihre Schultern ein und raubte ihr den Atem. Gleich würde sie steckenbleiben, gleich-

»Beruhige dich, mein Kind.« Fryas Hand lag an ihrer Wange, als Scarlett sich aus dem eisigen Griff der Angst freiblinzelte. »Wir sind gleich hindurch. Atme.« Sie holte laut Luft und stieß sie vernehmlich wieder aus.

Scarlett folgte dem vorgegebenen Rhythmus und kämpfte dabei gegen den schmerzhaften Druck auf ihrer Brust an. Ihre ganze Konzentration galt der großen Frau vor ihr, die sich mit Leichtigkeit durch den Tunnel bewegte und Scarlett mit jedem Schritt bewies, dass ihr Verstand ihr einen Streich spielte. Dass die Wände nicht wirklich näherkamen und sie zu zermalmen drohten.

Und dann gelangten sie in eine Höhle, die ganz offensichtlich die Heimstatt der Priesterin war.

Die Vettel trug nichts weiter als Lumpen und ging so gebeugt, als laste das ganze Gewicht des Berges auf ihren Schultern. Ihre Augen waren blind, ihre Nägel lang und vergilbt wie alte Pergamentseiten. Ihre Zähne kaum mehr als braune Stümpfe, als sie Frya und Scarlett mit einem Lächeln begrüßte.

Die Clanführerin fiel auf die Knie und murmelte eine ehrerbietige Begrüßung, die Scarlett nachahmte. Die Worte waren fremd auf ihrer Zunge, aber die Priesterin schien sie dennoch anzuerkennen. Hier zählte wahrscheinlich einfach der Wille.

»Welches Anliegen führt euch zu mir?«, krächzte die Vettel. Scarlett verstand sie kaum, obwohl sie die Sprache der Nordlande beherrschte, und so übersetzte Frya die Worte für sie.

»Diese junge Frau hier wurde von heidnischer Magie berührt. Kannst du feststellen, welcher Schaden angerichtet wurde?«

Als die milchigen Augen der Vettel zu Scarlett herübersahen – obwohl sie ja nicht wirklich sahen, oder? –, fand sie die Entscheidung, herzukommen, plötzlich übereilt getroffen. Aber jetzt zu gehen, wäre einer Beleidigung gleichgekommen und hätte Frya als ihren Bürgen beschämt. Also verharrte sie, als die Priesterin auf sie zukam und ihr die Hand an die Stirn legte.

Sie brummte, dann übersetzte Frya ihre Worte: »Ich spüre einen Nachhall dessen, was dich berührte.«

»Heißt das, es ist noch in mir?«, fragte Scarlett.

Die Alte fummelte an den unzähligen Ketten an ihrem Hals, die allesamt aus Knochen zu bestehen schienen, und holte einen Rabenschädel hervor, mit dem sie vor Scarletts Gesicht herumwedelte und dabei kehlige Laute ausstieß.

Etwas verunsichert sah Scarlett zu Frya, die ihr aufmunternd zunickte. Alles klar, soweit noch im normalen Bereich. Plötzlich schrie die Alte auf und Scarlett glaubte, die Magie hätte sie verletzt, doch dann begriff sie, dass es Teil des Gesangs war. Ihr Herzschlag normalisierte sich.

Langsam begannen ihre Knie zu schmerzen, doch die Priesterin war noch immer nicht fertig und Scarlett wagte nicht, sie zu unterbrechen, um nach ein bisschen Beine-Vertreten zu fragen. Also verharrte sie auf dem harten Steinboden, bis die Alte fertig war. Entgegen aller Erwartung geschah nichts in der Stille, die folgte. Die Priesterin sagte etwas und Scarlett hoffte inständig, dass sie nicht nach einem Blutopfer verlangte, als Frya sagte: »Sie kann es nicht entfernen. Sie sagt, in dir schlummert ein Funken Magie, der nicht dir gehört. Nur der Träger dieser Magie kann ihn entfernen.«

»Also die Hexe, die ihn eingepflanzt hat?«

»Genau.«

Na großartig. Dann brauchte Scarlett sie ja nur nett zu fragen. Vielleicht entsann sich Cailin ja all der schönen Jahre, die sie zusammen verbracht hatten, und tat ihr den Gefallen.

Unwahrscheinlich. »Und wenn sie tot wäre, würde das die Magie lösen?«

Frya übersetzte. »Nein. Er würde für immer in dir fortbestehen.«

Na großartig. »Was geschieht dann?«

»Das kann sie nicht sagen. Vielleicht schlummert er harmlos in dir, bis dein Leben endet. Vielleicht beginnt er, dich zu verzehren.«

Ein schrecklicher Gedanke fasste in Scarlett Fuß. »Denkst du, sie könnte ihn kontrollieren?«

Sorge zeichnete Fryas Züge, als die Vettel sagte: »Das wäre möglich.«

Scarletts Mund trocknete aus. Das alles hier wuchs ihr so dermaßen über den Kopf, dass sie am liebsten einfach hinschmeißen und es den Erwachsenen überlassen würde. Aber sie war jetzt erwachsen und schlimmer noch: sie war die Einzige, die alles Wissen hatte, um Carter vielleicht aufhalten zu können. Verfluchte Scheiße.

»Okay, sag ihr, ich danke ihr für ihre Hilfe«, bat sie und erhob sich, obwohl sie lieber nicht gewusst hätte, was da in ihr schlummerte.

»Es tut mir leid, mein Kind«, sagte Frya auf ihrem Weg zurück zum Dorf.

»Ist schon gut. Wir gehen ohnehin davon aus, dass Cailin noch lebt. Vielleicht kriege ich sie irgendwie dazu, das Ding wieder rauszuholen.« Eher nicht. Und diese eine Hoffnung starb wohl tatsächlich zuerst.

Allerdings… Ein Gedanke nahm in ihrem Kopf Gestalt an, der ihr noch vor wenigen Wochen als schwachsinnig erschienen wäre, ihr Herz jetzt aber schneller schlagen ließ.

Am Dorfrand verabschiedete sie sich von Frya und machte sich auf die Suche nach Jon. Der Dieb hatte sich nahtlos in ihre Crew eingegliedert und half aus, wo er konnte. Sie traf ihn beim Ausbessern eines Hühnergeheges an. Geschickt besserte er die Löcher im Draht aus, sodass der Fuchs es nicht mehr ganz so leicht haben würde, sich das Flattervieh zu krallen.

»Kann ich dich kurz sprechen?«

Jon blickte auf. Seine Wangen waren jetzt mehr ausgefüllt als noch in Port Lory und in seine Augen war etwas von dem alten Funkeln zurückgekehrt. Trotzdem ertappte sie ihn noch manches Mal dabei, wie er zusammenzuckte oder sich duckte, wenn jemand laut rief. Jetzt richtete er sich auf und wischte die Hände an seiner Hose ab. »Klar, was gibt es?«

Sie trug ihm ihre Idee vor. Seine Miene wechselte von neugierig zu skeptisch, doch am Ende nickte er. »Das könnte funktionieren. Aber ich würde mich nicht darauf versteifen.«

»Naja, wer hegt einen größeren Groll als sie, oder?«

Er zuckte die Achseln. »Schon, aber sie zu finden… Wir können es versuchen. Aber es könnte sich als Zeitverschwendung herausstellen.«

Wenn er wüsste, was sie eben erfahren hatte, würde er das sicher anders sehen. Aber Scarlett gedachte nicht, auch nur einem ihrer Crewmitglieder zu verraten, dass in ihr ein verdammter Magiefunken der verdammten Cailin steckte, der sich zu einem verdammten Problem auswachsen könnte. Oder nicht. Das blieb abzuwarten.

Auch wenn Jon nicht unbedingt überzeugt war, tat er die Idee doch nicht als unmöglich ab und das gab Scarlett die Hoffnung, die sie brauchte, um weiterzumachen.

Dann würden sie von Port Lory aus eben einen kleinen Ausflug machen.

Kapitel 16

Dank der kräftigen Spätherbstwinde gingen sie schon drei Wochen später in Port Mullighan vor Anker. Tripp musste zugeben, dass ihn die Prinzessin aus dem Norden und ihre Mannschaft überrascht hatten. Er hatte dem flachen, breiten Langboot nicht zugetraut, die weite Entfernung unbeschadet zurückzulegen, doch es war gelungen.

Allerdings erregte das ungewöhnliche Schiff einiges Aufsehen, als es im Hafenbecken vor Anker gingen. Die Menschen in Port Mullighan mochten sich meistenteils um ihren eigenen Kram kümmern und sich lieber unter der Aufmerksamkeit ihres Gouverneurs wegducken, aber ein solches Schiff weckte dann doch ihre Neugier.

Das Tuscheln wehte über den Anleger, als Händler, Hafenarbeiter und Dienstboten stehen blieben, um das Langboot zu betrachten. Außer dem ein oder anderen gut betuchten Händler war vermutlich noch keiner von ihnen weit genug im Norden gewesen, um den Schiffen der White Cap Clans zu begegnen. Die Prinzessin schien sich aus der Neugier weiter nichts zu machen und ließ ihre Leute am Anleger festmachen.

Die großen, fellgekleideten Nordmänner entfachten einen weiteren Sturm aufgeregten Geflüsters.

»Das ist nicht gut«, meinte Ada neben ihm und beobachtete das Spektakel. Nicht wenige Schaulustige beäugten jetzt auch die *Honoria*, die gemeinsam mit dem seltsamen Schiff in die Hafenanlage gekommen war.

Er gab ein zustimmendes Brummen von sich und sah hinüber zum einzigen anderen Schiff, das diesen Namen verdient hatte. Die *Sea Sporn*. Ein Schiff der königlichen Marine. Demnach befanden sich mindestens einhundert Soldaten in der Stadt. »Wir sollten nicht zu lange bleiben.«

Glücklicherweise war das auch nicht nötig, denn sie waren nur hier, um hoffentlich eine Antwort von Seths Vater abzuholen. Der Quartiermeister war also gleich von Bord geschlichen und hatte sich zu seinem Kontaktmann begeben.

Tripp wollte sich nicht allzu viele Hoffnungen machen, zumal er nicht ganz sicher war, ob ein Eingreifen der Schwarzen Gilde ihnen überhaupt zum Vorteil gereichen würde. Ein schneller Blick zu der auf und ab tigernden Scarlett machte deutlich, dass er mit dieser Unsicherheit nicht allein war.

Sie mussten tatsächlich nicht lange warten. Die Menge hatte sich weitestgehend zerstreut, als Seth sich hindurchschlängelte und eilig an Bord kletterte. Scarlett empfing ihn mit einem ungeduldigen »Und?«.

»Er hat um ein Treffen gebeten«, keuchte Seth, der sich offensichtlich beeilt hatte, herzukommen. »In drei Tagen in Rivers Creek.«

Scarlett runzelte die Stirn. »Wo liegt das?«

»Drei Tagesritte landeinwärts. Mit einem guten Pferd.«
Daher also die Eile.

»Das kostet viel Zeit.« Sie schürzte die Lippen und sah…
zu Jon hinüber? Was hatte er verpasst? Scarlett hatte den ehemaligen Dieb bisher nicht mehr beachtet als die anderen
Crewmitglieder. Und jetzt tauschten sie einvernehmliche Blicke? Gegen seinen Willen flammte Eifersucht in ihm auf.

»Bei den sieben Höllen«, murmelte jemand neben ihm und
Hunter schüttelte den Kopf, als er sich zu ihm umdrehte. Als
wäre Tripp ein hoffnungsloser Fall. Er zeigte ihm den Finger.

»Wir teilen uns auf«, sagte Scarlett da und riss Tripp aus
seiner chaotischen Gefühlswelt. War sie es nicht gewesen, die
darauf bestanden hatte, dass sie alle zusammenblieben? Dass
niemand in Port Lory zurückblieb und beispielsweise ein Tat-
toostudio neueröffnete?

»Tripp?« Überrascht, dass sie das Wort direkt an ihn richtete, sah er auf. »Du gehst mit Seth und mimst den Kapitän.
Du kennst unsere Pläne und ich-«, sie stockte kurz, »ich vertraue dir.«

Tripp gaffte sie an, unfähig, seine Kinnlade vom Boden
aufzukratzen.

»Thomas begleitet euch. Wir anderen segeln nach Sunset
Island und wir treffen uns in Port Lory wieder.«

»Und was mache ich?«, erkundigte sich Mathilda, die gerade über die Laufplanke an Bord stieg. Sie wirkte so hoheits-
voll und gleichzeitig bereit für den Kampf, dass Tripp beinahe
seinen imaginären Hut vor ihr gezogen hätte. Aber er konnte
die Prinzessin nicht ausstehen. Sie war entsetzlich selbstge-
fällig und eingebildet. Und von der Sorte brauchte er wirklich
nicht zwei Frauen in seinem Leben.

»Du segelst voraus nach Port Lory und siehst dort nach
dem rechten«, entschied Scarlett.

Mathilda schüttelte den Kopf. »Ne. Hör mal, Scar, für euch
mag es ja schön sein, wochenlang auf dem Meer

rumzuschippern, aber meinen Leuten und mir ist langweilig.«
Sie untermalte die Aussage mit einem ausdrücklichen Augenrollen.

Scarlett musterte das vergleichsweise kleine Schiff der
Nordländer. »Das verstehe ich, aber ehrlich gesagt weiß ich
nicht-«

»Ihr könntet uns eine dieser Kreaturen fangen«, unterbrach
Ada sie. Die Erste Offizierin grinste Mathilda herausfordernd
an. »Das scheint mir genau der richtige Zeitvertreib für dich
zu sein.«

Die Prinzessin legte den Kopf schräg wie ein Raubvogel.
Ihre blauen Gletscheraugen zuckten. Dann breitete sich ein
am Wahnsinn kratzendes Lächeln auf ihrem Gesicht aus.
»Gute Idee. Das machen wir.«

»Wie wollt ihr sie anlocken?«, fragte Oskar, dem diese
Aufgabe für seine Prinzessin nicht zu gefallen schien.

Die Kriegerprinzessin bedachte ihn mit einem herablas-
senden Blick. »Das wird schon nicht so schwer sein. Bei all
dem Verstand, den Carter ihnen einzupflanzen versucht hat,
sind sie doch kaum mehr als blutrünstige Bestien, wie es sehe.
Und so können sie auch angelockt werden.«

Oskar trat einen Schritt vor. »Aber das ist gefährlich und
Euer Schiff-«

»Bietest du dich gerade als Blutopfer für die Jagd an?«,
fragte die Prinzessin gelangweilt und betrachtete ihre Fingernägel. »Denn das ist alles, was ich von deinem Geschwafel
verstehe.«

Oskar sah aus, als hätte er gern noch viel mehr gesagt.
Aber manchmal funktionierte sein Hirn eben doch und so
klappte er den Mund vernehmlich zu.

»Warum musst du nach Sunset Island?«, stellte Tripp die
ohnehin viel wichtigere Frage.

Scarlett bedachte ihn mit einem Blick, der eindeutig sagte:
»Das geht dich nichts an.«

An Seth gewandt sagte sie: »Besorgt euch Pferde und macht euch auf den Weg. Wir können es uns nicht leisten, noch mehr Zeit-«

Ein Tumult am Anleger unterbrach sie. Tripp meinte, ihr genervtes Seufzen zu hören, aber darum konnte er sich jetzt nicht kümmern, denn eine Horde eindeutig kampferprobter Männer stürmte auf den Steg, die *Honoria* im Visier.

»Freunde von dir?«, fragte die Prinzessin mit einem spöttischen Seitenblick auf Scarlett.

»Nein, ich- Fuck.« Scarlett starrte auf eine Frau, die den Anleger betreten hatte und mit verschränkten Armen zusah, wie die Männer auf die *Honoria* zustürmten. »Verfickte Polly.« Scarlett klatschte in die Hände. »Okay, Leute, alle von Bord, die von Bord müssen, wir legen ab.« Sofort brach geschäftiges Treiben aus.

»Was denn, du willst weglaufen?«, fragte Mathilda entgeistert.

Scarlett zuckte die Achseln. »Ich habe keine Zeit für so einen Scheiß. Polly hat klar gemacht, dass wir nicht auf die Unterstützung der Kämpfer aus dem *Dark Shores* zählen können. Wenn du sie fertig machen willst, lass dich nicht aufhalten.« Damit schnappte sie sich ein Gewehr und positionierte sich an der Reling, die Waffe im Anschlag. Ein deutliches Zeichen für jeden, sich dem Schiff nicht zu nähern. Und tatsächlich stoppte der Andrang am Landesteg. Die Kämpfer kamen schlitternd zum Stehen und starrten mit wutverzerrten Mienen herauf. Was auch immer diese Polly ihnen erzählt hatte, es entsprach sicher nicht der Wahrheit.

»Tu dir keinen Zwang an, Tilda«, rief Scarlett und zwinkerte der Prinzessin zu. »Und jetzt verschwinde von meinem Schiff.«

Die Schildmaid lachte und sprang die Planke hinab, ihren Leuten einen Befehl zurufend.

Scarlett nickte Oskar zu, der eindeutig mit sich haderte und dann erleichtert hinterdrein eilte.

Seth packte Tripps Arm und zog ihn mit sich. »Komm, wir müssen von hier verschwinden.«

Unnötig, noch einmal unter Deck zu gehen und seine Habseligkeiten zusammenzupacken. Außer Gold brauchten sie auf dieser Reise nichts und davon befand sich leider nicht eine Münze in ihrem Besitz.

Also folgte er Seth und Thomas. Die Kämpfer des *Dark Shores* erkannten ihre alten Kameraden und machten ihnen den Weg frei, die wütenden Gesichter auf Scarlett fokussiert, die ihnen frech entgegen grinste.

Tripp drehte sich noch einmal zu ihr um. Ihre Blicke begegneten sich und für den Bruchteil einer Sekunde schien es, als wollte sie etwas sagen. Dann verhärteten sich ihre Züge. Sie drehte sich um und brüllte einen Befehl über Deck. Die Wildheit ihres Seins vor aller Augen entblößt, die Waffe im Anschlag. Sie blickte noch einmal zu ihm. Nickte knapp. *Ich vertraue dir.*

Dann drehte Tripp sich um und eilte Seth hinterher.

Obwohl nicht hier aufgewachsen, kannte der Quartiermeister sich gut in Port Mullighan aus, während Tripp sich nur dunkel an die aufgequollene Tür einer Hafenkneipe erinnerte, in der ihn sein früherer Boss bei jedem Halt hier abgeliefert hatte.

Tripp hatte immer geglaubt, in Seth stecke nicht mehr als ein Junge, der auf Abwege geraten war und sich jetzt irgendwie durchs Leben schlug. Jetzt lernte er eine Seite an ihm kennen, die bislang verborgen gewesen war. Nur vereinzelte Fetzen davon hatten hier und da unter seiner Fassade hervorgeblitzt, seit sie von Lins Verrat erfahren hatten. Doch jetzt entfaltete sich vor seinen Augen eine Version von Seth, der er ohne Zögern die Zugehörigkeit zur Schwarzen Gilde abkaufen konnte.

Er lotste sie im Eilschritt durch die Stadt, wich Patrouillen und vereinzelten Posten aus, die auf Geheiß des Gouverneurs die Straßen bewachten.

Dann hieß er sie am Stadtrand im Schatten eines riesigen Buschs warten und kam mit drei Pferden zurück, die ganz sicher nicht gekauft waren.

Tripp entschied, keine Fragen zu stellen, sondern hievte sich in den Sattel, dankbar, dass seine Ausbildung bei der Marine auch das Reiten umfasst hatte. Thomas hatte nicht so viel Glück. Er hing wie ein nasser Sack auf dem Rücken des armen Tiers und klammerte sich mit aller Kraft am Leder fest.

»Keine Sorge, halt dich einfach fest, er wird uns folgen«, versicherte Tripp ihm, griff aber trotzdem vorsichtshalber die Zügel und lotste den Wallach hinter sich her aus der Stadt.

Der Randbezirk wurde von baufälligen Häusern und zugemüllten Vorgärten bestimmt. Hinter einem halb zugewucherten Rosenspalier erhaschte Tripp einen Blick auf eine ausgezehrte junge Frau in einem abgenutzten Kleid und Schürze, auf deren Hüfte ein weinendes Kind saß und die dabei war, Wäsche aufzuhängen, die schon bessere Tage gesehen hatte.

»Governor Williams kümmert sich nicht gut um die Stadt«, stellte er leise fest, als er sich unter einem herabhängenden Fensterladen hinwegduckte.

Thomas schnaubte, jetzt schon etwas entspannter, nachdem er gemerkt hatte, dass das Pferd ihn nicht gleich abwarf. »Das ist noch gar nichts. Du müsstest die Stadt mal im Winter sehen.«

»Oder im Frühjahr«, ergänzte Seth von vorn, halb im Sattel umgedreht. »Wenn der Schnee schmilzt und die ganzen erfrorenen Bettler zum Vorschein kommen.«

»Das ist nicht euer Ernst.«

»Oh, doch«, bestätigte Thomas mit einem grimmigen Nicken. »Der Governor kommt seinen Verpflichtungen nur nach, wenn es ihm passt. Weshalb ich auch zu einhundert

Prozent sicher bin, dass er uns nicht gegen Carter beistehen wird, es sei denn, er erhält einen direkten Befehl des Königs.«

»Er ist manchmal ins *Dark Shores* gekommen, wenn wir gekämpft haben.« Seth schüttelte sich. »Ein ekelhafter Kerl. Hat Polly begrabscht, dabei war sie kaum mehr als ein Kind. Und beim Kartenspiel betrogen. Als hätte er das Geld nötig.«

Tripp verstand. Solche Männer hatte er zu genüge während seiner Zeit bei der Marine getroffen. Irgendwelche Hochwohlgeborenen, die glaubten, ihr Blut gäbe ihnen das Recht, über die Welt zu herrschen, solange der König nicht genau hinsah. Es war einer der Gründe, warum Tripp sich geweigert hatte, einen Sechsjährigen der Strafe für Diebstahl zu unterziehen, der nur für seine Schwester etwas zu essen hatte auftreiben wollen. Er hatte den Jungen laufen lassen und war dafür unehrenhaft aus der Armee entlassen worden. Es kümmerte ihn nicht. An diesem Tag hatte er begriffen, dass die Navy nicht die erhabene Hand der Gerechtigkeit war, als die sie sich selbst pries.

Thomas gab nur ein Grunzen von sich.

»Kennst du den Weg nach Rivers Creek?«, erkundigte sich Tripp.

Seth nickte, wobei sich seine Schultern verspannten, als überkäme ihn eine unliebsame Erinnerung. »Ich bin dort geboren.«

Kapitel 17

Der schwarze Sand der Sunset Bay knirschte unter Scarletts Stiefeln, halb gefroren über Nacht. Der Winter hatte nun endlich Einzug gehalten und Scarlett war dankbar für die dicken Mäntel, die sie aus dem Norden mitgebracht hatten. Um diese Jahreszeit war die Südsee zwar weit entfernt davon, zuzufrieren, aber das Fischerdorf, das die Insel dominierte, lag trotzdem da wie ausgestorben. Vielleicht lag das auch einfach nur an der Tageszeit. Kurz vor Mittag waren die Fischerboote längst außer Sicht und abgesehen davon gab es kaum nennenswerte Berufszweige auf Sunset Island. Wer nicht auf See war, hütete zuhause Herd und Kinder.

»Lasst es uns hinter uns bringen«, murrte Scarlett, wenig erfreut darüber, schon wieder hier zu sein. Aber sie hatte eine Mission und davon würde sie sich nicht abbringen lassen. Schließlich schlummerte in ihr ein verdammter Magiefunken. Und solange sie ihn nicht aus Versehen in den Nachttopf schiss, blieben ihr wenig Möglichkeiten, ihn herauszuholen.

Jon übernahm die Führung und weckte damit Erinnerung an ihren letzten Besuch auf der Insel. Damals hatten sie sich noch nicht allzu gut gekannt und noch weniger vertraut. Die Suche nach dem Tidenhorn hatte sie hergeführt. Bei allen Winden, es fühlte sich an, als lägen Jahrzehnte dazwischen.

Dieses Mal kam ihr der Weg den Berg hinauf noch anstrengender vor, aber das lag vielleicht einfach am Schlafmangel. Ausgestattet mit Alines Würfelquallen-Extrakt, das im Dunkeln leuchtete, wenn man es schüttelte, hätten sie natürlich auch die unterirdischen Geheimgänge nehmen können, die sie beim letzten Mal zur Flucht genutzt hatten, aber leider war der Weg vom einstürzenden Tempel blockiert worden. Was genau sie sich erhoffte, in den wahrscheinlich völlig zerstörten Ruinen zu finden, gab ihr selbst Rätsel auf, wenn sie ehrlich war. Aber das war eben die Hoffnung. Unerklärbar und manchmal nicht ganz richtig im Kopf.

»Bei den Titten der Meerhexe, jedes Mal, wenn ich mich umdrehe, erwarte ich Lin hinter mir zu sehen.« Ada schüttelte sich. »Das ist verdammt unheimlich.«

Im Stillen gab Scarlett ihr recht. Es fühlte sich so an, als hätte Lin hier sein müssen. Schließlich waren Ulrik, Jon, Ada und sie ja auch wieder hier. Es kam ihr irgendwie falsch vor. Und auch ein wenig so, als wäre Lin gestorben. Aber das war sie ja auch. Zumindest für sie. Laut sagte sie deshalb nur: »Behalt deine abergläubischen Gedanken mal hübsch für dich.«

»Was hat das mit Aberglauben zu tun?«, fragte Ada verwirrt. »Wenn du glaubst, über sie zu reden, würde sie herlocken, dann bist ja wohl du die Abergläubische.«

»Du fängst doch davon an.«

»Ist ja gar nicht wahr.«

»Verfluchte Scheiße«, murmelte Ulrik, aber sie beide ignorierten ihn.

»Wir sind da.« Das erregte nun doch ihre Aufmerksamkeit und tatsächlich. Sie standen oben auf der Hügelkuppe, die die Senke umgab, in der früher der Tempel gestanden hatte. Mit Betonung auf *hatte*, denn alles, was von ihm jetzt noch übrig war, war ein Haufen alter Steine.

»Wie sollen wir da was finden?«, stöhnte Ada, eine Hand an einen Baum gestützt, als würden Scarletts Hoffnungen sie ermüden. Dabei wusste sie noch gar nicht, was auf dem Spiel stand. Bisher hatte Scarlett das nur Jon erzählt und auch bei ihm wichtige Details ausgelassen. Es gab keinen Grund, ihre Crew zu beunruhigen, wenn sie das Problem beseitigen konnte, bevor es wuchs. Allerdings sah es momentan tatsächlich nicht danach aus.

Jon seufzte. »Ich hatte gehofft, ein paar Schriften finden zu können oder wenigstens in Stein gemeißelte Überlieferungen.« Er rieb sich den Nacken, wo wahrscheinlich auch bei ihm trotz der niedrigen Temperaturen Schweißperlen standen. Er hatte ihnen erklärt, dass der Dschungel hier nur wegen des schlafenden Vulkans existierte, denn das Klima auf Sunset Island glich so ziemlich dem auf dem Rest des Kontinents, mit deutlichen Temperaturschwankungen zwischen den Jahreszeiten. Aber durch die vom Boden ausgehende Hitze, konnten die Pflanzen und Tiere hier dennoch überdauern.

»Warum muss die tentakelige Kuh denn auch immer alles gleich einstürzen lassen?«, echauffierte sich Ada und stampfte mit dem Fuß auf wie ein wütendes Kleinkind.

Scarlett ignorierte sie und wandte sich an Jon. »Wenn nicht hier, wo würdest du als nächstes suchen?«

Jons nachdenklicher Blick glitt über die Ruinen. Zwischen den umgestürzten Säulen herumzustochern, würde sie zu keinem Ergebnis bringen. Aber Jon Smith war nicht umsonst Meisterdieb gewesen, darauf spezialisiert, seltene, magische Gegenstände aufzutreiben.

Als er zu ihr aufsah, war sein Gesicht von Entschlossenheit gezeichnet und in seinen Augen glänzte eine Aufregung, die sie an den alten Jon erinnerte. Bevor er Carter in die Arme gesprungen war. »Ich würde zum einzigen anderen Ort gehen, den wir zweifelsfrei mit ihr in Verbindung bringen können.«

Erkenntnis dämmerte. »Laughing Bird Island.«

Es knackte, als der Ast brach, an dem Ada gespielt hatte, und sie aus dem Gleichgewicht brachte. Mit großen Augen sah sie sie an.

»Verdammte Scheiße«, murmelte Ulrik.

~

»Shit, fuck, sorry.« Scarlett fing sich gerade noch so, als ihr Stiefel sie ins Stolpern brachte, indem er an etwas hängen blieb, das nach einem Menschen aussah. Aber es war schwer zu sagen. So, wie er zusammengesackt an der Hauswand hockte, die Beine weit von sich gestreckt, das Kinn auf die Brust gesunken. Scarletts rüde Berührung schien ihn nicht einmal aus seinem trunkenen Schlaf geweckt zu haben.

Sie musterte die fettigen, langen Haare und die vollgekotzte Vorderseite seines Hemds und bedauerte die arme Frau, die zuhause auf ihn wartete. Aber vielleicht wartete sie auch gar nicht mehr.

Als der Mann nicht reagierte, stupste sie ihn noch einmal mit der Stiefelspitze an.

»Komm schon, Scar, wir haben keine Zeit zu verlieren«, rief Ada von der nächsten Hausecke, wo ihre Kameraden stehengeblieben waren und ungeduldig warteten.

Und das stimmte auch. Immerhin würden Tripp und die anderen schon bald in Port Lory eintreffen und sie wollte nicht zu lange warten. Überall in den Küstenregionen erzählte man sich bereits von seltsamen Ungeheuern, die Fischer und Händler gesichtet haben sollten. Die Zahl der auf See Verschollen stieg immens in die Höhe, während sie hier herumtrödelte. Aber etwas an dem Mann kam ihr so bekannt vor…

Sie ging in die Hocke und stupste ihn an der Schulter, vorsichtig darauf bedacht, nicht mit seiner Kotze in Berührung zu kommen. Den Winden sei Dank, hatte der Frost verhindert, dass das Hemd zu stinken anfing. Noch. »He, lebst du noch?«

Er atmete, aber das musste ja nichts heißen. Naja. »He.« Sie pikste ihn noch einmal und dieses Mal rollte sein Kopf zur Seite und entblößte ein stoppeliges Kinn und eine geschwollene, rote Nase.

»Da laus mich doch-« Scarlett sprang zurück. »Verfluchte Scheiße. Walter?«

Der Mann regte sich, murmelte etwas, wachte aber nicht auf. Er war viel zu betrunken. Aber die Narbe an seiner Wange hatte ihn verraten. Eigentlich waren es drei. Kurze, tiefe Striemen, gerissen von Scarletts eigenen Ringen, als sie ihm am Tag nach ihrem achtzehnten Geburtstag die Fresse poliert hatte.

»Fuck«, sie rieb sich die Hand an der Hose ab, als könnte sie seine Berührung so abwaschen. Genau aus diesem Grund hatte sie nie wieder nach Sunset Bay zurückkehren wollen. Die Begegnung mit diesem Mann hatte sie gefürchtet. Und nun sah sie, dass es völlig grundlos gewesen war.

Walter sah scheiße aus. Und das war noch freundlich ausgedrückt. Er war nicht viel älter als sie, aber die Trinkerei und sein jämmerlicher Zustand ließen ihn wie einen Greis erscheinen. Die energische Selbstsicherheit, die sie damals in seinen Bann geschlagen hatte, war verschwunden und hatte nur eine Alkoholfahne und Durchfall zurückgelassen. Gut, letzteres war nicht bewiesen, aber die olfaktorischen Hinweise waren bestechend.

Beinahe schon mitleidig blickte sie auf die traurige Gestalt zu ihren Füßen. »Was ist nur aus die geworden, Walter?« Einst einer der geschicktesten Fischer. Jetzt… »Und was ist aus mir geworden?«, fügte sie mit einem kleinen Lachen an. Was war nur aus ihr geworden, dass sie wegen dieses einen, jämmerlichen, lächerlichen Mannes nicht den Mut aufbrachte, Tripp zu vertrauen? Dass sie fürchtete, er könnte so sein wie er. Es war ungerecht, Tripp das zu unterstellen. Ungerecht und falsch und kleingeistig. Bei allen Winden, sie war so kleingeistig.

Nur weil andere sie verraten hatten, hieß das nicht, dass Tripp keine Chance verdiente. Schließlich stieß sie Ada auch nicht aus ihrem Leben, weil Lin sich als verräterische Schlampe entpuppt hatte, aye? Aye. Er verdiente besseres. Und sie auch. Walter war der beste Beweis dafür, dass sie das noch nie über sich selbst gedacht hatte. Aber sie verdiente einen Mann wie Tripp. Der treu und gefühlvoll war und sie behandelte wie die verdammte Prinzessin auf der Erbse. Er hätte sie mit Links jederzeit übertrumpfen und sich auf ihren Platz schwingen können. Gut, vielleicht nicht ganz so einfach, aber er hätte sie definitiv in einem Kampf besiegt. Er hätte ihr alles wegnehmen können, woran sie sich nach Carters Verrat noch klammerte. So wenig das auch sein mochte. Aber er hatte nichts dergleichen getan. Er hatte ihr seine Vertrauenswürdigkeit mehr als einmal bewiesen. Und sie hatte es ihm schlecht zurückgezahlt.

»Schönes Leben noch, Arschloch«, sagte sie zu Walter. In diesem Moment, als sie die enge Straße hinabstapfte, den Fellmantel hinter sich im Wind flatternd, entschied sie, dass es Zeit war, Tripp zu vertrauen.

Kapitel 18

Das einzige Gasthaus in Rivers Creek war kaum mehr als eine Scheune. Es hatte nicht einmal einen richtigen Namen. Auf dem wettergegerbten Schild über der Tür stand einfach nur »Gasthaus« in so krummen Lettern, dass der Wirt es sicher selbst geschrieben hatte.

Es gab auch keinen Stall, weshalb Tripp und die anderen ihre Pferde an einen Pfosten banden und hofften, sie später wiederzusehen.

Ihm entging die Anspannung nicht, die seit dem Morgen über Seths Schultern lag wie eine peinigende Decke. Sie war noch schlimmer geworden, als sie vor zehn Minuten das Dorfeingangsschild passiert hatten, das sie darüber informierte, dass sie nun in Rivers Creek, der Heimat der besten

Kürbissuppe des Kontinents, waren. Das schien aber auch alles zu sein, was der Ort zu bieten hatte.

Außer windschiefer Hütten und vereinzelter Gehöfte, waren da nur schlammige Straßen, im Hinterhof angebundenes Vieh und alternde Dorfschönheiten, die sich wahrscheinlich schon jetzt das Maul über die Fremden zerrissen.

Selbst, als er hinter Seth die Stufen zum Gasthaus hinaufstieg, spürte er ihre neugierigen Blicke. Trotz des diesigen Wetters und der kalten Luft, war das Dorf auf den Beinen und ging dem Tagwerk nach. Schweine wurden über die Straße gescheucht, Hühner gefüttert, Wäsche aufgehangen. Es war das Sinnbild des Dorfidylls und es jagte Tripp kalte Schauer über den Rücken. Zu sehr erinnerte es ihn an seine Heimat, den Ort, den er für immer hinter sich gelassen hatte.

Das Innere des Gasthauses sah nicht viel einladender aus, als die Fassade vermuten ließ. Der große Raum war leer, bis auf einige fleckige Tische und eine Theke, hinter der eine Handvoll ominöser Getränkeflaschen standen, die so staubig waren, dass Tripp kurzer Hand beschloss, keinen Durst zu haben.

»Lasst die Finger vom Essen«, flüsterte Seth ihnen über die Schulter zu. Als hätte er dem Schild am Ortseingang auch nur eine Sekunde lang geglaubt.

Tripp verkniff sich ein Ächzen, als er Seth durch den Raum folgte. Die Tage im Sattel machten ihm zu schaffen. Es war ewig her, dass er so lange und so hart geritten war. Thomas ging es noch schlechter. Er hatte matschige Flecken an den Knien von den unzähligen Malen, die er beim Absteigen hingefallen war. Tripp konnte es nachempfinden. Die schwachen Knie und aufgeriebenen Oberschenkel erinnerten ihn daran, warum er auf einem Schiff zuhause war.

Seth zeigte weder Anzeichen von Müdigkeit noch von schmerzenden Eiern, als er sich im Gastraum umblickte. »Ist er schon da?« Die Worte richteten sich an den abgemagerten

Schankwirt, der gerade so über die Theke blicken konnte und auf einem Stück Tabak herumkaute. Vorn auf seiner Schürze prangte ein langer, dunkelbrauner Striemen, wo er beim Ausspucken wohl mal ausgerutscht war.

Der Alte deutete stumm in die hintere Ecke des Gastraums, strich sich das graue Haar aus der Stirn und widmete sich wieder seinem Nichtstun. Anscheinend war es nicht unüblich, dass sich ein hochrangiges Mitglied der Schwarzen Gilde hier aufhielt. Aber wenn Seth hier aufgewachsen war, überraschte das auch wenig.

»Haltet einfach den Mund und überlasst das Reden mir.«

»Gern«, brummte Tripp, als der einzige besetzte Tisch ins Sichtfeld kam.

Thomas gab nur ein Stöhnen von sich, wie eine schwangere Kuh hinter ihnen her watschelnd.

Tripp bezweifelte, dass er in einem Handgemenge mit den drei Wachen des Gildenmitglieds eine große Hilfe sein würde. Die Kerle sahen aus, als verstünden sie keinen Spaß, und waren sogar noch breiter gebaut als Oskar. Ihre grimmigen Mienen verrieten nichts.

Zwei waren in einigem Abstand zum Tisch postiert, einer stand direkt davor und versperrte ihnen den Weg. Er war mittleren Alters, hatte eine dicke Narbe, die sein linkes Auge bedeckte und wohl für den weißen Streifen in seiner Iris verantwortlich war. Er hatte auch eine am Hals und unzählige an seinen Händen, von denen eine entspannt auf seinem Schwertknauf ruhte. Er trug schwarze, praktische Kleidung, eng geschnürt und über der Brust von zwei Waffengurten gekreuzt. Er sah aus, als könnte er mit den Messern darin umgehen.

Der Mann hielt sie mit erhobener Hand auf. »Ich muss euch auf Waffen durchsuchen.«

Seth starrte ihn unbeeindruckt an. »Spar dir die Mühe, Anton, ich habe welche.« Damit wollte er sich an dem Mann vorbeidrängen, doch der packte seinen Arm und zog ihn zurück. An seinem Kiefer zuckte ein Muskel, ansonsten sah er völlig ungerührt aus. »Alle Waffen da auf den Tisch.« Er nickte in Richtung eines nahestehenden Möbels.

Seth verengte die Augen zu Schlitzen und hob das Kinn, um der Größe des anderen zu begegnen. »Du-«

»Lass gut sein, Anton. Oder glaubst du, mein eigener Sohn würde mich töten wollen?«

Der Wächter ließ Seth nicht einen Moment aus den Augen, als er erwiderte. »Darf ich Euch an Eure anderen beiden Söhne erinnern, Herr?«

Ein Schnauben. »Ja, aber das ist Seth, von ihm haben wir nichts zu befürchten, nicht wahr, mein Junge?« Seths Schultern spannten sich an, aber er sagte nichts, erwiderte nur das Starren des Wächters. »Na, los, Anton, lass ihn durch.«

Eindeutig widerwillig gehorchte der Wächter und machte den Weg frei zu dem Tisch, an dem Seths Vater saß und… Kürbissuppe aß.

Der Wächter murmelte Seth etwas zu, das Tripp nicht verstand, aber er spürte den Blick des Mannes auf sich ruhen, als er vortrat.

»Setzt euch doch.« Seths Vater deutete mit seinem Löffel auf die drei Stühle, die ihm gegenüberstanden. Seth wählte den linken, während Thomas rechts Platz nahm. Als angeblicher Captain war es nur angemessen, dass Tripp seinem Verhandlungspartner direkt gegenübersaß. Ihm stellten sich die Nackenhaare auf, als er sich setzte.

Seths Vater kratzte die Schale geräuschvoll leer, nahm sich Zeit, jeden noch so kleinen Rest Suppe herauszuholen. Tripp war nicht beeindruckt. Derlei Taktiken, das Gegenüber zu verunsichern, hatten gezogen, als er noch ein Junge gewesen war. Jetzt streckte er nur die Beine von sich, faltete die Hände im Schoß und ertrug das Schaben und Kratzen auf Holz.

Seine Begleiter schienen genauso wenig davon beeindruckt zu sein. Thomas saß mit weit gespreizten Beinen entspannt da. Musste ja niemand wissen, dass seine Oberschenkel zu sehr brannten, um sie zusammenzubringen. Er hatte die Arme vor der Brust verschränkt und trug einen gelangweilten Ausdruck zur Schau. Nur seine Augen verrieten, dass er alles ganz genau beobachtete und jedes Detail aufnahm. Als Rausschmeißer im *Dark Shores* hatte er gelernt, die Stimmung im Raum zu lesen und genau im richtigen Moment einzugreifen. Tripp verließ sich darauf, dass er ihnen den Rücken deckte, während Seth und er mit dem Gildenmitglied sprachen.

Der schien sich endlich dazu herabzulassen, seine Mahlzeit zu beenden. Als er die Schale beiseitestellte und aufblickte, erkannte Tripp sofort die Ähnlichkeit zu Seth. Sie waren einander wie aus dem Gesicht geschnitten, der eine nur etwas gealtert. Der andere mit einem abweisenden Gesichtsausdruck.

»Mich wundert, dass du noch lebst, Sohn.«

Seth hob einen Mundwinkel. »Enttäuscht?«

»Ganz und gar nicht. Bist du jetzt bereit, dich der Gilde anzuschließen?«

»Nein.«

»Bedauerlich.« Sein kühler Blick richtete sich auf Tripp. »Ihr seht nicht aus, wie ich mir Scarlett Rogers vorgestellt habe.«

Shit. Also war ihre kleine Scharade bereits aufgeflogen.

»War der werte Captain sich zu fein, selbst zu erscheinen?«

Seth öffnete den Mund, aber Tripp kam ihm zuvor: »Das hat Euch nicht zu interessieren.« Eine Augenbraue wanderte nach oben, während Thomas ihm unter dem Tisch einen Tritt versetzte. »Wir sind nicht hier, um Euch Honig ums Maul zu schmieren. Euer Wunsch nach einem privaten Treffen hat uns genug Zeit gekostet. Zeit, die der Captain gerade darauf verwendet, uns für die größte Seeschlacht vorzubereiten, die die neun Weltmeere seit langem gesehen haben. Ihr dürft also mit mir Vorlieb nehmen und mir Eure Antwort mitteilen.« Schuhsohlen schabten auf Holz. Thomas griff nach seinem Entermesser, zog es jedoch nicht, wartete ab.

Tripp hatte hoch gepokert und das Herz schlug hart in seiner Brust, aber es war ein Versuch wert. Männer wie Seths Vater würden sich nie jemandem anschließen, den sie für schwach hielten. Außerdem war er zu gut informiert, als dass sie ihn hätten hinters Licht führen können. Dass Seth diesen Vorschlag trotzdem gemacht hatte, sprach dafür, dass er Scarlett beschützen wollte. Denn wenn die Gilde die Kapitänin tot sehen wollte, wäre dieser Ort und dieses Treffen dafür genau das richtige gewesen. Zum ersten Mal seit drei Tagen war Tripp froh, sie nicht bei sich zu haben.

»Große Worte von einem Mann, der unehrenhaft entlassen und zuletzt sturzbetrunken bei der Vernachlässigung seiner Pflicht gesichtet wurde.« Seths Vater lehnte sich vor. Seine lange Nase warf Schatten auf sein Gesicht, die ihn wie einen Adler erscheinen ließen. Als Tripp seinen Blick nur stumm erwiderte, grinste er und streckte die Hand aus. »Daimon Frost.«

Tripp ergriff die dargebotene Hand, hielt sich aber gar nicht damit auf, seinen Namen zu sagen. Der Mann vor ihm schien genug über ihn zu wissen.

»Also. Stimmt es, was meine Spione mir berichten? Bastelt der Piratenkönig tatsächlich an seinen eigenen Leuten rum?«

Tripp nickte.

Bartstoppeln gaben ein kratzendes Geräusch von sich als Daimon sich über das Kinn strich. »Ich stelle mir vor, dass es reichlich schwer ist, Verbündete zu finden, ohne einen Beweis anbringen zu können.«

»Er sagt die Wahrheit«, sagte Seth kalt.

»Das weiß ich, Junge. Ich frage mich nur, wie ihr genug Verbündete gegen Carter auf eure Seiten ziehen wollt. Nicht jeder wird eure Geschichte glauben.

»Das soll nicht Eure Sorge sein«, übernahm Tripp wieder das Gespräch. Er hatte das unbestimmte Gefühl, dass Daimon Frost nicht hier war, weil Seth ihn darum gebeten hatte. Viel mehr schien es, als schöbe jedes von Seths Worten die Wahrscheinlichkeit ihres Erfolgs weiter in die Ferne.

Daimon lachte. »Nicht meine Sorge, wie?« Er lehnte sich vor, jetzt ganz ernst. »Ich soll meine Leute in einem Kampf riskieren, bei dem ihr so gut wie keine Erfolgschancen habt. Und da habt Ihr die Dreistigkeit, mir den Mund zu verbieten?«

»Ich verbiete Euch gar nichts«, gab Tripp zurück, die Stimme nicht minder kalt. »Doch in diesem Kampf werden wir ganz sicher nicht siegen, wenn ein halbes Dutzend starrköpfiger Anführer ihren Senf hinzugeben. Scarlett führt das Kommando.«

Bei der vertrauten Anrede zuckte Daimons Mundwinkel, aber er ging darüber hinweg, indem er sich in seine Lehne zurückfallen ließ und die Arme vor der Brust verschränkte. Obwohl vor ihm ein reicher Mann saß, der keinen Finger mehr krumm machen musste, um zu bekommen, wonach ihn verlangte, wies Daimons Körper keine Spuren von Bequemlichkeit auf. Wo die Gouverneure dem Wein und reichem Essen im Übermaß zusprachen, war Seths Vater noch immer agil und schlank. Er bräuchte den Personenschutz nicht, sollte es zu einer körperlichen Auseinandersetzung kommen. An seinem linken Zeigefinger glänzte ein goldener Siegelring. Was hineingraviert war, konnte Tripp von seinem Platz aus aber nicht erkennen. »Ich soll Euch also glauben, dass mein Sohn mich nach Jahren des Schweigens endlich kontaktiert, weil Ihr die Situation unter Kontrolle habt, ja?«

Tripp hob eine Schulter. »Glaubt, was immer Ihr wollt. Tatsache ist, dass wir gegen Carter eine Armee aufstellen müssen, die König Phillip nicht beisteuern will. Tatsache ist, dass gegen eine Flotte wie die Reef Raiders nur diejenigen eine Chance haben, die sich selbst auf der dunklen Seite des Gesetzes befinden. Tatsache ist«, hier hob er eine Braue, »dass es der Schwarzen Gilde nicht gefallen wird, sollte Carter gewinnen. Schickt Eure Schiffe, Daimon. Wir erledigen den Rest.«

Das Gildenmitglied schien sich seine Worte durch den Kopf gehen zu lassen. So genau konnte man das aber nicht sagen, denn die von feinen Falten gezeichneten Züge zeigten keinerlei Regung. Vor ihm saß ein Spieler, der schon seit Jahren taktierte. Und nun forderte er ihn auf, die Zügel lockerzulassen. Das konnte einem Mann wie Daimon nicht gefallen. Aber es stimmte. Zu viele Kapitäne verdarben den Kurs. Und Scarlett würde sich niemandem unterordnen. Sie spielten ein gefährliches Spiel und für vorsichtiges Herumschleichen fehlte ihnen die Zeit.

»Ich habe eine Bedingung.«

Natürlich. »Die da wäre?«

»Flora.«

»Wer-?«

»Was ist mit ihr?« Seth saß mit einem Mal kerzengerade auf seinem Stuhl, die Hände um die Lehnen geklammert und tiefe Sorge im Blick.

»Meine Tochter«, sagte Daimon in Tripps Richtung, »ist, nun, man könnte sagen, ein wenig auf Abwege geraten. Sie hat ihren untreuen Ehemann getötet und sitz nun im Tower.«

»Was?!« Seth fluchte lästerlich, was nicht verwunderlich war, immerhin galt der Tower als das einbruchsicherste Gefängnis des Kontinents. Er befand sich auf einer Insel inmitten eines Sees und war faktisch ein Turm mit einer einzelnen Eingangstür, die scharf bewacht wurde. Hinein kam man leicht, heraus nur in einem Leichensack. Wie es schien hatte nicht einmal die Gilde ausreichend Kontakte, um jemanden herauszuholen.

Verwirrt fragte Tripp: »Was hat das mit uns zu tun?«

»Im Gegenzug für meine Hilfe und die Unterstützung der Gilde, fordere ich ihre Freilassung.«

Tripp riss die Augen auf. »Darauf haben wir keinen Einfluss.«

Daimon schnalzte mit der Zunge. »Dann sorgt dafür, dass ihr ihn kriegt, Junge. Aber keine Sorge, ich schicke euch nicht gänzlich unvorbereitet los.« Er schob seinen Stuhl zurück und bedeutete ihnen, ihm zu folgen. »Kommt, ich will euch etwas zeigen.«

Ein Wachposten fiel zwischen ihnen und dem Gildenmitglied in Schritt, die anderen bewachten ihre Rücken. In diesem Moment war der Einzige, der wirklich in Gefahr schwebte, allerdings Frost Junior. Tripp konnte nicht glauben, dass er ihnen diese Allianz allen Ernstes vorgeschlagen hatte. Sie konnten die Bedingung nicht erfüllen, ganz gleich, wie viele Männer Daimon im Gegenzug schickte. Bei den Göttern, Scarlett würde ihn häuten.

Seths Vater führte sie zu einem Hinterzimmer des Gastraums. Wahrscheinlich gehörte ihm nicht nur diese Kaschemme, sondern das halbe Dorf, wenn nicht das ganze. Kein Wunder, dass er sich hier mit ihnen hatte treffen wollen. Sie waren geradewegs in sein Hoheitsgebiet marschiert und sie würden es nur wieder verlassen, wenn er es wollte. Was Tripps Misstrauen Seths Entscheidung gegenüber noch mehr schürte.

Aber er beschloss, erst einmal abzuwarten, und Frost Senior zu folgen, der nun eine Lampe entzündete und den Raum in helles Licht tauchte. Und das, was sich in einem gläsernen Ungetüm von Kiste befand.

»Bei den Titten der Meerhexe«, entfuhr es Thomas, der eindeutig zu viel Zeit mit Ada verbrachte.

Aber ausnahmsweise konnte Tripp ihm nur zustimmen. Sprachlos starrte er auf Daimons Geschenk.

»Ich habe mir erlaubt, eurer kleinen Mission etwas auf die Sprünge zu helfen«, sagte der nun und klopfte mit zwei Fingerknöcheln gegen das Glas. Der Invictus, der in dem Wassertank schwamm, zeigte seine spitzen Zähne. Über Wochen hatten sie versucht, eines der Viecher zu fangen, waren jedoch gescheitert. Und hier stand Daimon und präsentierte es ihnen auf dem Serviertablett. Der Gilde war das schier Unmögliche gelungen und damit hatten sie den Kampf gegen Carter und die Piratenflotte gerade um einen großen Schritt zu ihren Gunsten beeinflusst. Und Daimon hatte Tripps Verhandlungsposition mit einem Schlag nichtig gemacht. »Ich lasse das Ding zu Phillip schicken. Wenn du mir hier und jetzt versprichst, dass du meine Tochter aus dem Gefängnis holst.«

Tripps fassungsloser Blick glitt von der Bestie zu Daimon. »Abgemacht«, kam es über seine Lippen, ehe er sich aufhalten konnte. Daimon Frost grinste zufrieden.

Ein Handschlag besiegelte sein Schicksal.

Kapitel 19

Scarlett hätte nicht gedacht, dass sie noch einmal hierher zurückkehren würde. Hier, wo alles begonnen hatte. Wenn man
es genau nahm, hatte alles natürlich schon viel früher angefangen, aber hier hatte Scarlett zum ersten Mal gemerkt, dass
etwas nicht stimmte.

So viele langjährige Freunde waren hier gestorben. Und
ihr geliebtes Schiff... Sich vorzustellen, dass die *Iron Lady*
irgendwo unter ihnen verrottete, trieb Scarlett die Tränen in
die Augen. Und wieder hörte sie die Stimme ihres Vaters: Ein
guter Captain geht mit seinem Schiff unter.

»Ich verstehe immer noch nicht, was du hier zu finden
hoffst.« Ada lehnte neben ihr an der Reling, so wie sie es

schon hunderte Male zuvor getan hatten. Sie hatte sich den Fellmantel eng um die Schultern gewickelt und die Nase im Kragen vergraben. Obwohl sie so weit südlich waren, war der Winterwind beißend kalt und trug einige Schneeflocken heran. Die sonst so kristallklare Südsee war zu einem grauen Ozean verkommen, der nicht dazu einlud, sich zu nähern.

»Die Insel ist weg. Was soll hier schon noch passieren? Außer, dass wir Carters Patrouillen über den Weg laufen.«

Aye, diese Gefahr bestand allemal. Immerhin hatte Carter hier nach Meerjungfrauen suchen lassen. Obwohl Scarlett sich nun, da sie von Cailin wussten, fragte, ob ihn nicht vielleicht die gleiche Suche hergeführt hatte, wie sie.

»Ich denke, wir könnten hier ein paar Verbündete finden.« Was auch stimmte. Immerhin mussten die Kreaturen der Meerhexe ziemlich angepisst sein darüber, dass sie im Wasser Konkurrenz bekamen. Vielleicht waren sie aber auch angepisst darüber, dass Scarlett ihre Insel versenkt hatte. Die Chancen standen also semi-gut.

»Und wie genau willst du dich mit ihnen unterhalten? Soweit wir wissen, können die Meerjungfrauen nur ihre unheimlichen Lieder singen und dich in die Tiefe locken.«

»Aye, deshalb wirst du das hier auch an die Crew verteilen.« Sie hielt Ada einen Beutel hin. »Ohrstöpsel aus Wolle.« Sie hatte dafür ihre gefütterten Handschuhe aufschneiden müssen, die sie aus dem Norden mitgebracht hatte. Aber das war es wert, wenn dafür keiner ihrer Leute liebeskrank ins Meer hüpfte.

Ada spinkste in den Beutel und fischte eines der kegelförmigen Hütchen heraus. Sie zwirbelte es zwischen Daumen und Zeigefinger. »Und du glaubst, das funktioniert?«

»Wollen wir es hoffen.«

Das schien ihr zu genügen, denn sie ließ den Ohrstöpsel wieder in den Beutel gleiten und steckte ihn ein. »Was ist mit dem Kraken?«

Tja, das war eine ganz andere Geschichte. Scarlett hatte den Platz des Tidenhorns in Carters Sammlung seltsamer, teils magischer Dinge verwaist vorgefunden, als sie zuletzt in seiner privaten Schatzkammer gewesen war. Sie vermutete also, dass die Patrouillen, die hierhergeschickt worden waren, das Horn mit an Bord hatten, denn wie sonst hätten sie sich gegen den Kraken verteidigen sollen?

»Das sehen wir, wenn es so weit ist.« Scarlett wandte sich vom grauen Ozean ab und stieg die Stufen hinab aufs Hauptdeck. Ada folgte ihr. »Ist das Beiboot bereit?«

»Aye, Captain. Aber-«

Scarlett brachte sie mit erhobener Hand zum Schweigen. Lass gut sein, Ada. Ich kenne deine Meinung zu meinem Vorhaben, aber ich werde die Crew nicht mehr in Gefahr bringen als unbedingt nötig.«

Ada schürzte die Lippen, als hielte sie die Worte nur mit grober Gewalt zurück. Dann nickte sie. »Na schön. Aber versprich mir, dass du vorsichtig bist.«

Soweit möglich. Das sprach sie zwar nicht aus, aber Scarlett hörte die Worte trotzdem. »Keine Sorge. Ich habe noch ein paar Rechnungen offen, die erst bezahlt werden müssen, ehe ich der See anheimfalle.«

Allen voran Carter, dicht gefolgt von Humphrey und seiner falschen Freundschaft.

»Na gut. Hier, nimm das mit. Nur für alle Fälle.« Ada drückte Scarlett ihre Pistole in die Hand, ungeachtet ihres eigenen Schießeisens, das an ihrem Gürtel hing, frisch gesäubert und geölt, eine Kugel im Lauf.

Scarlett erkannte die Sorge in Adas Augen, also nahm sie die Waffe ohne Widerrede entgegen und schob sie in ihren Gürtel. »Danke. Pass gut auf mein Schiff auf. Und beim kleinsten Anzeichen von Gefahr setzt du Segel, klar?«

»Klar.«

»Gut. Und verteil die Ohrstöpsel.« Damit kletterte Scarlett von Bord und sprang ins Beiboot. Dieses Mal würde sie ganz allein in Richtung Insel rudern. Zumindest in Richtung der Stelle, wo die Insel versunken war.

»Dann hoffen wir mal, dass mich niemand frisst«, murmelte sie, als sie nach den Rudern griff und sich in die Riemen legte.

Eigentlich war sie davon ausgegangen, sofort von irgendwas attackiert zu werden. Stattdessen dümpelte sie den halben Tag auf den Wellen herum, bibbernd in ihrem Fellmantel, die Finger um den Pistolengriff taub.

Minuten wurden zu Stunden. Der Wind frischte auf und trieb sie immer weiter weg von der *Honoria*, die bald ihre Lampen entzündete. Um sich warm zu halten, ruderte Scarlett immer wieder ein kleines Stück, wenn die Wellen sie zu sehr abgetrieben hatten. Ab einem Punkt begann sie sogar, gegen die Langeweile anzusummen, in der Hoffnung, so vielleicht die Meerjungfrauen auf sich aufmerksam zu machen. Aber ihr schiefer Gesang schien sie nicht zu beeindrucken.

Als sich der Horizont schwarz färbte, ließ Ada die rote Flagge hissen. Das verabredete Zeichen, dass sie sie holen kommen würden. Scarlett winkte drei Mal mit dem Hut und verneinte so. Von Bord schien eine Aura an Missbilligung zu ihr herüberzuwehen, doch sie wusste, dass Ada sich nur sorgte. Als es stockdunkel war, wünschte sich Scarlett eine Zigarette herbei. Und etwas zu lesen. Aber eine Lampe würden sie nur nachtblind machen und ihr langsam schlagendes Herz hätte ohnehin verhindert, dass sie genug entspannen konnte, um in eine Geschichte einzutauchen. Sie erlebte hier gerade ihre eigene, ganz persönliche Horrorstory. Das schwarze Wasser um sie her blieb ruhig, wiegte sie in Sicherheit, doch allenthalben meinte sie, das Rumoren des Kraken zu hören. Die tanzenden Lichter der *Honoria* dienten ihr als Orientierung und Erleichterung zugleich, dass ihre Crew noch lebendig war. Obwohl sie selbst auf Ohrstöpsel verzichtet hatte, konnte sie doch keinen Laut vom Schiff zu sich dringen hören. Der Wind blies jedes Wort von ihr fort und so waren nur das Plätschern der See gegen die Bootswand, und das Knarren der Ruder in ihren Halterungen zu vernehmen.

Sie begann, zu zählen. Bis hundert und zurück. Dann legte sie den Kopf in den Nacken und suchte nach Sternbildern, doch der winterliche Wolkenhimmel verbarg zu viele glitzernde Augen. Dann nahm sie ihr Summen wieder auf und flüsterte das Lied der *Hafenhure*, einer ihrer liebsten Kneipen.

Mit Voranschreiten der Nacht wurde die Kälte so klirrend, dass sie sich die Brust reiben musste, um warm zu bleiben, trotz des Fellmantels. Ihre Beine wippten im Takt der Wellen.

Irgendwann schreckte sie aus dem Schlaf, klamm und von Eiskristallen bedeckt. Dumm, dumm, schalt sie sich. Sie wusste es besser, als bei einer solchen Kälte einzuschlafen. Zumal sie sich von der *Honoria* entfernt hatte, wie sie feststellte, als sie sich auf ihrer Ruderbank aufsetzte.

Blasses Morgenlicht erhellte den östlichen Horizont, während der Rest der Welt noch immer im Schatten lag. Die *Honoria* lag zu ihrer Linken viel zu weit entfernt.

Seufzend griff Scarlett nach den Paddeln und justierte ihre Position auf der Bank, dann lehnte sie sich zurück und holte aus, um-

Sie erstarrte.

Blickte in zwei große, goldene Augen, die zu leuchten schienen wie die einer Katze.

»Fuck«, zischte Scarlett, deren Herz beinahe stehengeblieben war.

Blasse, schlanke Arme ruhten auf der Reling am Bug, ein spitzes Kinn darauf gebettet, Rosenlippen zu einem lieblichen Lächeln verzogen. Weiße Haut schimmerte im schwindenden Mondlicht, goldene Locken wiegten sich im seichten Wind.

Scarlett hatte das Gesicht schon einmal gesehen. Während ihres letzten Aufenthalts in der Höhle, als sie den Schatz geborgen hatten. Es war in diesem schwarzen Tümpel erschienen, kurz bevor die Insel zu beben begonnen hatte.

»Trink das, Scarlett Rogers«, sagte eine liebliche Stimme und blasse Finger streckten ihr eine Phiole hin. »Und dann komm, meine Herrin will mit dir sprechen.«

Vielleicht war es ihr Zauber. Vielleicht auch die Sanftheit in ihrer Miene, die Scarlett nach dem Fläschchen greifen ließ. Fest stand, dass sie die Flüssigkeit getrunken hatte, noch ehe die Meerjungfrau ganz zu Ende gesprochen hatte. Dann griffen zarte, entsetzlich starke Hände nach ihren Armen und zogen sie über Bord. Als das eisige Wasser über ihr zusammenschlug, ergriffen Panik und Todesangst von ihr Besitz, aber Scarlett konnte sich nicht wehren, als die Meerjungfrau ihr scheußliches Grinsen zeigte und sie hinab in die Tiefe zog.

Kapitel 20

»Du wusstest das von deiner Schwester, oder?«

Seth hatte genug Anstand, beschämt auszusehen. Aber in seinen Augen stand die Wahrheit deutlich geschrieben: Er würde es wieder tun.

»Du wolltest unsere Lage und Scarlett dafür ausnutzen, deine kriminelle Schwester aus dem Gefängnis zu holen«, warf Tripp ihm weiter vor und hätte ihm am liebsten eins übergezogen, aber Seth ritt ein gutes Stück vor ihm. Wahrscheinlich genau deshalb.

Thomas blieb wenig überraschend stumm. Er überlegte vermutlich gerade, ob er in Seths Position anders gehandelt hätte, und Tripp konnte sich lebhaft ausmalen, zu welchem Ergebnis er kam.

Aber Tripp hatte weder Schwestern noch Familie, nur Scarlett und sie würde er beschützen. Abgesehen davon, dass er erst vor wenigen Stunden einem der gefährlichsten Männer der Welt sein Wort gegeben hatte.

Wenigstens war nun ein Invictus auf dem Weg zu König Phillip, was ihn hoffentlich davon überzeugen würde, seine Truppen zu schicken. Die Armada war nach dem langjährigen Krieg gegen Begrantien und der Blockade des Grünen Arms zwar etwas ausgedünnt, aber ihnen käme jede Hilfe recht.

Was nach Carter kam, darum würde Tripp sich dann kümmern. Zuerst mussten sie den langen Ritt nach Port Lory hinter sich bringen, wo Scarlett und Mathilda hoffentlich schon auf sie warteten. Zusammen mit einer bestens ausgebildeten Flotte. Hust.

»Was willst du hören, Tripp?«, entgegnete Seth jetzt. »Ja, ich wusste es. Wenn ein Mitglied der Schwarzen Gilde gefangengenommen wird, werden alle benachrichtigt. Ich wusste, dass die Gilde nichts ausrichten kann, aber ich kenne auch Scarlett. Ich weiß, wenn es jemand schaffen kann, dann sie. Und sie ist wahnsinnig genug, es zu versuchen.«

»Eben«, knurrte Tripp. »Sie wird es versuchen. Und dabei vielleicht umkommen, ist dir das klar? Hast du daran auch nur eine Sekunde gedacht?«

Seths Schultern wanderten nach oben, als suchte er Schutz vor der Wucht von Tripps Worten. »Sie ist meine Schwester, Tripp«, sagte er dennoch leise. »Sie ist das einzige Mitglied meiner Familie, das es verdient hat, gerettet zu werden.«

Tripp schnaubte. »Sie hat einen Mann getötet.«

»Er war untreu.«

»Und?«

Seth wirbelte im Sattel herum. »Und dir mag das ja egal sein, aber mir nicht. Du verstehst das doch, oder, Thomas?« Der dritte im Bunde blieb still. »Egal. Ich habe getan, was ich tun musste, Tripp. Scarlett wird das schon schaffen.

180

Außerdem, tu nicht so, als könnten wir auf die Hilfe der Gilde verzichten. Unsere Streitkraft ist ein Witz im Vergleich zu Carters erfahrener Flotte. Von seinen Kreaturen mal ganz zu schweigen.«

Damit hatte er definitiv recht. Trotzdem. »Es geht um die Art und Weise, Seth. Hast du schon einmal daran gedacht, dass Scarlett dir ihre Hilfe sofort zugesichert hätte, wenn du sie einfach gefragt hättest? Stattdessen hast du mich gezwungen, über ihren Kopf hinweg zu entscheiden.« Und das war es, was ihn am meisten ärgerte. Sie hatte ihm vertraut. Jetzt konnte er nur hoffen, dass sie sich nicht betrogen fühlte. Oder schlimmer noch: bevormundet.

Das schien nun auch Seth klar zu werden, denn er warf ihm einen beschämten Blick zu. »Es tut mir leid, Tripp. Ich wusste mir nicht anders zu helfen.«

Wenn er doch nur eine Kupfermünze bekäme für jedes Mal, dass er das hörte. Die Menschen neigten dazu, sich selbst zu sehr zu bemitleiden, um einen Weg aus ihrer Situation zu finden, der niemanden verletzte. Das war es, was er an Scarlett am meisten bewunderte. Wenn sie sich selbst bemitleidete, dann zog sie niemanden sonst mit hinein. Sie dachte immer an alle anderen und brachte sich lieber selbst in Gefahr. Sie fand einen Weg, wo niemand sonst einen sah.

Tripp schwieg. Es hatte keinen Zweck, sich jetzt darüber aufzuregen. Das Schiff hatte den Hafen verlassen, jetzt gab es keine Umkehr mehr. Sein Handschlag hatte Daimon Frost die Zusicherung gegeben, dass sie seine Tochter befreien würden. Aber zuerst mussten sie den Krieg überleben.

Nein, zuerst musste er den Höllenritt nach Port Lory überleben.

Da ihnen nicht nur das Gold fehlte, auf einem Schiff zu reisen, sondern im Hafen von Port Mullighan noch immer nach drei Pferdedieben gesucht wurde, hatten sie sich entschieden, den Weg über Land auf sich zu nehmen.

Thomas war noch weniger begeistert als Tripp, aber er beschwerte sich nicht, als sie durch unzählige Küstendörfer und Kleinstädte ritten. Sie kürzten die Strecke so weit ab wie möglich und machten erst Halt, wenn es zu dunkel wurde und das Weiterreiten zu riskant. Sie konnten ihre Tiere nicht an ein Schlagloch oder eine Wurzel verlieren, sonst würden sie ewig bis nach Port Lory brauchen. Und Tripp fühlte sich ohnehin schon, als hätten sie sich durch das Treffen mit Daimon eine gewaltige Verzögerung aufgehalst. Dabei waren seit ihrer Trennung von der Crew erst wenige Tage vergangen und er wusste, dass Scarlett Wochen bis nach Sunset Island und zurück brauchen würde.

Noch immer fühlte er sich unwohl dabei, von ihr getrennt zu sein. Selbst wenn sie nicht miteinander sprachen, wollte er sie doch in Sichtweite haben. Dass sie ihm nicht mitgeteilt hatte, warum sie nach Sunset Island musste, wurmte ihn zusätzlich. Ja, er war keiner ihrer engsten Vertrauten mehr, aber er fühlte sich trotzdem ausgeschlossen. Und obwohl er nicht eifersüchtig auf Jon war – zumindest nicht so wie auf Hunter –, wurmte es ihn doch, dass der ehemalige Dieb Bescheid wusste und er nicht. Dabei beunruhigte es ihn noch immer, dass Scarlett sich Sorgen wegen Cailins Magie machte. Dass sie glaubte, die Hexe könnte etwas an ihr unwiderruflich verändert haben. Am liebsten hätte er sie in die Arme geschlossen.

Stattdessen saß er abends am Feuer und hielt die erste Wache, während seine Kameraden mit knurrenden Mägen unter die Satteldecken krochen und hofften, in der Nacht nicht zu erfrieren, ehe sie am Morgen mit steifen Gliedern auf die Pferderücken kletterten und ihren Weg fortsetzten.

Sie aßen nicht viel in diesen Tagen, stibitzten sich hier und da Kleinigkeiten aus den Dörfern und verlegten sich ansonsten auf die Jagd – die meistenteils erfolglos blieb und allerhöchstens in abgemagerten Hasen gipfelte. Der Winter war zu niemandem freundlich.

Und vielleicht hätte Tripp nicht so überrascht sein sollen, als er sich eines Abends über das Feuer hinweg einem glänzenden Paar Augen gegenübersah.

Er sprang mit einem Warnruf auf die Beine und hatte seinen Säbel gezogen, noch ehe das Tier vollständig aus dem Gebüsch gepirscht war.

Thomas und Seth flankierten ihn nur einen Herzschlag später, der Schlaf vom Adrenalin vertrieben. Seth hatte die Hand um seine Pistole geschlossen, aber noch nicht abgedrückt, denn-

»Ein Sandpanther?«

Sah ganz danach aus. Obwohl keiner von ihnen jemals in der karaidachischen Wüste gewesen war, erkannte doch jeder auf dem Kontinent dieses Tier, denn es zierte das Wappen des karaidachischen Fürstenhauses.

Sandpanther waren in der Wüste zuhause und deshalb besonders widerstandsfähig. Sie konnten tagelang ohne Wasser überleben und sich mit ihrem hellbraunen Fell derart gut im Sand verstecken, dass nicht einmal erfahrene Wüstenreisende sie entdeckten, ehe es zu spät war. Doch damit ging auch einher, dass die Tiere Wärme zum Überleben brauchten. Und es war Tripps Wissen nach noch nie vorgekommen, dass sich eine der Katzen so weit nach Norden gewagt hatte. Vor allem nicht im Winter.

Der Feuerschein spiegelte sich in den grüngoldenen Raubkatzenaugen, als sich das Tier aus dem Unterholz schälte. Weiche Pfoten dämpften jeden Schritt auf dem gefrorenen Boden. Dicke Muskeln spielten unter dem kurzen Fell, als die Wildkatze gänzlich ins Licht trat und bei Berührung mit der Wärme des Feuers kurz wohlig zu schaudern schien. Sie taxierte Tripp über die Flammen hinweg. Obwohl das Tier so groß war wie die heimischen Wölfe und den Pferden damit

Konkurrenz machen konnte, wich Tripp nicht zurück. Etwas an der Katze ließ ihn innehalten, genau wie Seth.

»Warum sollte sich ein Wüstentier bis hierher verirren?«. Flüsterte Thomas, der den Säbel gar nicht erst gezogen hatte.

»Und warum ausgerechnet *hierher*?«, fügte Tripp an. An ihr Feuer. In ihr Lager. Sie hatten nicht einmal Essen, das das Tier hätte anlocken können. Ein schneller Blick über die Schulter verriet Tripp, dass ihre Pferde ruhig dastanden und an ein paar Grashalmen zupften. Keine Spur von Angst in den dunklen Augen.

Er wandte sich wieder der Katze zu. »Ash?«

Seth schnaubte. »Du glaubst diesen Unfug doch nicht ernsthaft.« Seine Pistole zielte genau zwischen die Augen des Tiers, aber er drückte nicht ab.

Doch. Tripp glaubte den Unfug. Den großen Häuser in Karaidaj wurde nachgesagt, über gottgegebene Fähigkeiten zu verfügen. Genauer gesagt: sich in die Wappentiere ihrer Familien verwandeln zu können. Angeblich hatte sich diese Fähigkeit über die Generationen ausgewaschen, als das Blut der Häuser vermischt wurde. Doch es gab Legenden über besonders starke Nachfahren, die noch immer über die Fähigkeit des Gestaltwandelns verfügten. Und Tripp hatte mehr als einmal gesehen, wie sich Ashers Augenfarbe vor Wut verändert hatte.

»Nimm die Waffe runter, Seth«, befahl er.

»Tripp-«

»Nimm sie runter.«

Seth gehorchte.

Die Katze legte den Kopf schräg und mauzte wie ein viel kleinerer Abkömmling der Rasse. Dann schüttelte sie sich und einen Lidschlag später stand Asher vor ihnen. Seine Nacktheit vom Feuer verdeckt.

»Bei allen sieben Höllen«, fluchte Seth.

»Dachte ich mir doch, dass ich euch drei Schwachköpfe gewittert habe«, erwiderte Asher trocken. »Was macht ihr hier?«

Tripp setzte zu einer Erklärung an, aber Seth kam ihm zuvor. »Nein, nein, nein. Wir wollen hier jetzt mal nicht über die Tatsache hinweggehen, dass du gerade noch eine verdammte Katze warst. Besser noch: ein Sandpanther. Wann wolltest du uns sagen, dass du zum Fürstenhaus gehörst, hm?«

Mit hochgezogenen Brauen drehte sich Tripp nach ihm um. »Das sagt ja wohl der Richtige.«

»Wie meinst du das?« Tripp war nie aufgefallen, wie katzenhaft Ashers Bewegungen waren. Ob es verstärkt wurde, wenn er sich länger in der anderen Gestalt aufhielt?

»Wie sich herausstellte, ist unser kleiner Freund hier der Sohn von Daimon Frost, einem Oberhaupt der Schwarzen Gilde.«

Asher zog beide Brauen hoch. »Ich wusste schon immer, dass mit dir was faul ist, Kleiner.«

»Tu doch nicht so«, schnaubte Seth.

»Du hast dich einfach zu mühelos durchgewieselt«, fuhr Asher fort. »Die Gilde, hm? Passt zu dir.«

»Was soll denn das heißen?«, brauste Seth auf und machte einen Schritt auf Asher zu.

Thomas hielt ihn zurück und hob auch eine abwehrende Hand in Ashers Richtung. »Wie wäre es, wenn du dir erstmal was anziehst, bevor ihr euch umbringt? Du musst frieren.«

»Aye, und stell uns deine Freundin vor.«

Asher versteifte sich und warf einen Blick über die Schulter. Aber da war nichts zu sehen. Misstrauisch wandte er sich an Tripp. »Woher weißt du, dass ich nicht allein bin?«

Er zuckte die Achseln. »Instinkt.« Das und ihm war die abschirmende Haltung des Wüstenkriegers nicht entgangen. Oder das Paar Augen, das kurz aufgeleuchtet hatte, vom Feuerschein erhellt.

»Komm raus, Kitara.«

Tripp fand den Namen passend für die schlanke Raubkatze, die aus dem Gehölz trat. Anders als Asher hatte sie geflecktes Fell, das im Schattenspiel perfekt tarnte. Ihre Pfoten waren dicht von Pelz bewachsen und entblößten lange, schwarze Krallen, die einem erwachsenen Mann mit einem Hieb die Kehle aufreißen konnten. Sie hatte die Lefzen gehoben und zeigte ihre gelben Reißzähne, als sie knurrte. Ihre Augen waren von einem intensiven gelb, das Tripp an Butterblumen erinnerte. Auch in ihnen schimmerte das Grün.

»Das ist Kitara«, sagte Asher, nahm das Wechselhemd von Thomas entgegen und schlüpfte in die Leinenhose, die Seth ihm ins Gesicht warf und aus Tripps Beutel stammte. Sie war dem großen Krieger deutlich zu kurz, aber besser als nichts.

»Gibt's auch noch ein paar mehr Infos?«, fragte Seth, die knurrende Katze misstrauisch beäugend.

»Ihr könnt ihr vertrauen.«

»Großartig, wow, danke, ich fühle mich ihr gleich viel näher.« Seht verdrehte die Augen.

Asher knurrte ihn an, seine weißen Zähne blitzen in seinem dunklen Gesicht auf. »Du sollst dich ihr gar nicht näher fühlen, Arschloch.«

Aha, daher wehte der Wind also. »Wir können dir im nächsten Dorf ein paar passende Klamotten besorgen. Und dir auch, wenn du möchtest«, richtete er den letzten Satz an Kitara.

Ihre Schnurrhaare zuckten.

»Das wird nicht nötig sein«, sagte Asher und zuckte nicht mit der Wimper, als die Katze ihn böse anknurrte. »Sie hält sich ohnehin lieber in dieser Gestalt auf. Und ich brauche auch nichts. Erzählt, warum seid ihr hier?«

Tripp wünschte seinen Hosen stumm Lebewohl und setzte sich wieder ans Feuer, wo er den schneidenden Wind zu vergessen hoffte, als er Asher erzählte, was während seiner Abwesenheit vorgefallen war.

Asher stieß einen karaidachischen Fluch aus, den Kitara mit einem Mauzen unterstützte. Sie hatte sich um den Wüstenkrieger herum drapiert, wo er am Feuer saß, und ihren großen Kopf auf seinen Schoß gelegt. Abwesend kraulte Asher die flaumige Stelle hinter ihrem Ohr. »Wir waren gerade auf dem Weg zur Küste, als ich eure Fährte gerochen habe. Ich nehme an, ihr reist nach Port Lory?«

Tripp nickte. »Wir treffen uns dort mit dem, was wir an Streitmacht zusammentrommeln konnten, während Seths Vater seine Kapitäne kontaktiert. Wir treffen vielleicht ein paar Tage vor ihnen ein.«

Asher nickte nachdenklich.

»Was ist mit deinem Blutschwur?«, fragte Tripp vorsichtig. Asher hatte im vergangenen Sommer schrecklich unter den Folgen eines nicht eingehaltenen Eids gelitten, der ihn dazu verpflichtete, seinen Gegner zu töten oder selbst von den Geistern seiner Ahnen in den Wahnsinn getrieben zu werden. Dass er jetzt so entspannt bei ihnen saß, verriet genug, dass Tripp sich keine Sorgen machte. Zuletzt hatte der Mann versucht, ihn zu erdrosseln, völlig unter dem Einfluss böser Geister. Er hatte Scarlett davon nichts erzählt, damit sie sich keine Sorgen machte, aber das Ereignis hatte ihn doch erschreckt. Man wachte nicht alle Tage zu dem erdrückenden Gewicht eines sieben Fuß großen Wüstenkriegers auf, der einem auf der Brust hockte und versuchte, die Luftröhre zu zerquetschen.

»Alles erledigt. Das Arschloch ist tot.« Das war alles. Keine Erklärung, wie er den Grauen Wolf aufgespürt und zur Strecke gebracht hatte, nachdem sie ihm beim Wettstreit vor Cobalt Island flüchtig begegnet waren und er unwissentlich Ashers Blutschwur ausgelöst hatte. Keine Erklärung, wie und wo er auf Kitara getroffen war. Tripp hakte nicht weiter nach. Er mochte es, dass Asher so privat blieb.

»Das heißt, wir können voll auf dich zählen, ja?«

Asher nickte. »Nicht nur das.« Und dann erzählte er ihnen eine unglaubliche Geschichte.

Kapitel 21

Es war wie in einem Traum. Aber nicht wie in einem guten, sondern eher wie in einem, in dem man die ganze Zeit über Angst hat, aber nicht erwachen kann.

Das Wasser drückte von allen Seiten gegen sie, eiskalt und drängend. Die Hand um ihren Ellbogen drückte so fest zu, dass es sicher blaue Flecken hinterlassen würde. Aber sie konnte atmen. Und das allein war schon Wunder genug. Oder viel eher: Magie.

Die Meerjungfrau zerrte sie hinter sich her, ihre mächtige Schwanzflosse kräftiger als jeder einzelne von Scarletts Schwimmzügen es gewesen wäre. Das Wasser strömte an ihnen vorüber, als sie sie immer weiter in die Tiefe zog. Etwas verhinderte, dass Scarlett sich zur Wehr setzte, obwohl sie spürte, dass sie in Gefahr war. Es war, als wären ihre Glieder zu schwer, um sie zu bewegen. Ihre Augen wurden vom Wasser zugedrückt, sodass sie nicht mehr erkennen konnte als kurzes Aufblitzen von schwarz, wann immer sie ihre Lider kurz heben konnte. Und jeden Moment erwartete sie den tödlichen Kuss der Meerjungfrau.

Stattdessen wurden sie langsamer und Scarlett meinte, eine Melodie zu vernehmen, doch sie war zu flüchtig, als dass sie sie hätte greifen können.

Vorsichtig öffnete sie die Lider, fest damit rechnend, sich gleich einer Horde hungriger Meerjungfrauen gegenüber zu sehen.

Stattdessen stand sie auf dem Deck eines Schiffes. *Ihres* Schiffes. Diese Planken hätte sie überall wiedererkannt, so vermodert und bewuchert sie auch sein mochten. Wäre sie nicht längst von Salzwasser umgeben gewesen, ihre Tränen hätten einen Ozean füllen können.

Skelette waren mit der Takelage verflochten wie morbides Dekor. Scarlett erkannte keines der weißen Gesichter. Und es waren bei weitem nicht genug, als dass dies ihre vollständige Crew hätte sein können.

Als sie sich umblickte, erkannte sie, dass Teile des Decks fehlten und vorn im Bug ein riesiges Loch klaffte. Die roten Segel hingen in Fetzen herab und schienen in der Strömung zu flattern.

Der Hauptmast fehlte beinahe vollständig. Nur ein abgebrochener Stumpf war zurückgeblieben. Aus dem Gitter über dem Unterdeck drangen Luftbläschen nach oben und strebten der weit entfernten Oberfläche entgegen.

»Seht Ihr, was mit jenen geschieht, die sich an meinem Besitz vergreifen, Captain Rogers?«

Scarlett wollte herumwirbeln, doch im Wasser treibend war es eher ein gemächliches Umdrehen. An ihrem Arm hing noch immer die blonde Meerjungfrau, jetzt in ihrer vollen Pracht zu sehen. Ihre Schuppen hatten die Farbe frisch vergossenen Blutes. Sie bedeckten nicht nur ihren Fischschwanz mit den zarten Flossen, sondern erstreckten sich ihren Bauch hinauf bis über die üppigen Brüste. Ihre blonden Locken trieben elegant um sie herum, geschmückt mit blassen Perlen und Muscheln.

Sie erwiderte Scarletts forschenden Blick mit einem Zähneblecken und einem Ruck an ihrem Ellbogen, der sie vollends umdrehte.

Sofort war klar, wem sie gegenüberstand. »Ich habe mir Euch immer als glitschiges Tentakelmonster vorgestellt«, platzte sie heraus und wunderte sich im selben Moment, dass sie unter Wasser nicht nur hören, sondern auch sprechen konnte. Das übertraf irgendwie noch ihre Fähigkeit, zu atmen und den zweifellos großen Druck hier unten zu überleben. In der Phiole musste ein Zaubertrank oder etwas in der Art gewesen sein.

Die Meerhexe hob eine elegante schwarze Braue. »Was du nicht sagst.«

Stattdessen fand sie sich einer wunderschönen, jungen Frau gegenüber, die wie eine Königin auf einer Seekiste voll Gold saß. Nein, kein Scheiß. Der Deckel der Kiste stand offen und heraus quollen Gold und Geschmeide, über die die Meerhexe ihren schwarzen Schwanz mit den goldenen Flossen drapiert hatte. Die zarte Membran wiegte sich im Strom, zusammen mit ihrem langen, schwarzen Haar. Ihre Haut war so weiß wie eine Perle und hatte einen leichten, rosablauen Schimmer, wann immer sie sich bewegte.

»Ihr seid viel schöner als Eure Schwester.«

Die Meerhexe gab sich gleichgültig. Aber keine Frau war von Komplimenten unberührt. Vor allem nicht, wenn sie so offensichtlich ernst gemeint waren.

»Du bist der Schlampe also begegnet.«

Scarlett hob beide Brauen und einen Mundwinkel. »Aye. Die Liebe scheint in Eurer Familie ja freigiebig vergeben zu werden.«

Die Meerhexe ging nicht darauf ein. »Du trägst einen Samen ihrer Magie in dir, Scarlett Rogers.«

Scarlett zuckte zusammen. »Können wir es nicht so nennen, bitte?«

»Hat sie dich geschickt?« Das blaue Schimmern auf ihren hohen Wangenknochen schien sich zu verstärken.

»Habt Ihr den Kraken nur deshalb geschickt? Brauchtet Ihr einen neuen Lagerraum für Eure Schätze?« Scarlett sah sich bedeutsam an Deck der *Iron Lady* um.

»Hast du es denn nicht verdient, nachdem du meine Insel versenkt hast?«

»Spielen wir dieses Fragenspiel noch lange? So ganz ohne Antworten hat es doch keinen Sinn, oder?« Scarlett musterte ihre Fingernägel, als gäbe es da irgendwas Spannendes zu sehen. Überraschenderweise waren sie völlig sauber.

»Ich weiß alles, was ich wissen muss, um dich zu vernichten.«

»Hm. Und wer tötet dann Carter, bevor du ein echtes Problem an der Backe hast?«

Die Meerhexe lachte. »Eure irdischen Probleme kümmern mich nicht.«

»Ach nein? Auch dann nicht, wenn sie sich bald auf die neun Weltmeere erstrecken werden?«

Der Blick aus den weißen Augen der Meerhexe zuckte zu ihr. »Nichts, was dein kleiner König tut, kann mir gefährlich werden.«

Scarlett schnaubte. »Wenn du so viel weißt, warum fragst du dann nach der Magie in meinem Innern?«

Die Meerhexe legte den Kopf schräg. »Weil mir nicht einleuchten will, warum meine Schwester einen Teil ihrer *gebannten* Magie an dich abtreten sollte.«

Scarlett lächelte selbstzufrieden. »Also weißt du ja doch nicht alles. Lass mich dir ein Geheimnis verraten: deine Schwester ist frei. Dem Zauberer ist es gelungen, den Bann um ihre Magie zu lösen und nun helfen sie Carter dabei, eine Armee aus Meeresungeheuern zu erschaffen.«

Ein kleines Zucken am unteren Augenlid verriet sie.

»Du wusstest es nicht. Vielleicht können wir einander also doch helfen.«

»Wobei helfen?«, keifte die Meerhexe. An den Seiten ihres Halses klappten Kämme aus wie bei einer wütenden Schlange und sie fauchte.

Scarlett hob abwehrend beide Hände, wobei sie die Meerjungfrau von ihrem Ellbogen schüttelte. »Lasst uns noch einmal von vorn beginnen«, schlug sie vor. »Ich bin Captain Scarlett Rogers. Vor eineinhalb Jahren erhielt ich von meinem König den Auftrag, Euren Schatz zu stehlen.«

»Es war nicht mein Schatz«, unterbrach die Meerhexe.

Aus dem Konzept gebracht, blinzelte Scarlett. »Was?«

Offensichtlich angetan davon, dass Scarlett etwas nicht wusste, sie aber schon, lehnte sich die Hexe zurück. »Der Schatz gehörte den Meerjungfrauen, die in diesen Gewässern leben. Sie haben ihn gesammelt und gehortet.«

»Aber in allen Legenden heißt es-«

Die Meerhexe brachte sie mit einem Augenrollen zum Schweigen. »Weil die Menschen ja auch immer so gut Bescheid wissen. Deine Spezies hat noch nie verstanden, dass es mehr Schätze gibt als das seltene Metall, das ihr in euren Bergen findet.«

»So viel habe ich auch begriffen«, sagte Scarlett und nickte. »Der Schatz, von dem Carter sprach, waren die Meerjungfrauen. Eure Kreaturen.«

Die Meerhexe nickte. »Der Kraken hat das Meervolk beschützt, weiter nichts. Dafür musste er sterben.«

»Sterben? Der Kraken ist tot? Ich meine, mein Beileid.«
Schnell senkte sie den Blick, obwohl sie nichts als Erleichterung darüber verspürte, dass ihre Crew vor dem Riesenbiest in Sicherheit war. Nur wie war es Carters Leuten gelungen, die Bestie zur Strecke zu bringen? Angeblich war dieses Kunststück nicht einmal einer ganzen Armada gelungen. Das Vieh war tausende Jahre alt gewesen. Soweit die Geschichten.

»Ja, mein Wächter ist tot. Und nicht nur das. Sie haben die Königin entführt.«

Etwas regte sich ganz hinten in Scarletts Erinnerungen, aber sie kam nicht darauf. »Deshalb waren die Patrouillenschiffe hier?«

»Sag du es mir.« Die Hexe schlang ihre langen, von goldenen Fingernägeln und Schwimmhäuten gezierten Finger um einen schwarzen Dreizack, den Scarlett jetzt erst bemerkte. Das Ding steckte in den Planken zu Füßen – nein, zu Schwanz – der Hexe. Und sah brutal aus. Aus schwarzen Eisen gefertigt, angefressen von Salz und Wasser und bedeckt von grünen Algen, sah es dennoch aus, als könnte es einiges an Zerstörung anrichten. Ob die Hexe damit wohl ihre Magie wirkte? Aber dies war nicht der Moment, danach zu fragen.

»Wartet, eins nach dem anderen. Also, ich sollte den Schatz holen, aye? Dann, eine Weile später, befahl mein König mir, den Zauberer Falko von einer Insel zu holen und nach Pirates Bay zu bringen. Ich sehe, Ihr kennt den Mann.«

Dem unbändigen Hass in den Augen der Hexe nach zu schließen. »Er war es, der meine Schwester korrumpierte, ihr einredete, einen Anspruch auf meinen Thron zu haben.«

Scarlett nickte, obwohl sie gar nichts verstand. Sie hatte geglaubt, Cailin und Falko hätten sich in Pirates Bay auf Wirken Carters zum ersten Mal getroffen. »Sie kannten sich.«

»Kennen? Der Junge ist eines Tages in den Hof meiner Eltern spaziert und hat meiner Schwester den Kopf verdreht.«

»Wie lang genau ist das her?«

Die Hexe winkte ab. »Vierhundert, vielleicht fünfhundert Jahre.«

Ach, das war ja quasi vorgestern. Fuck. Okay. Anscheinend war der Alte tatsächlich nicht bloß ein Quacksalber gewesen, sondern hatte über Magie verfügt, die seinen Alterungsprozess eindämmte. Beinahe schon lustig, dass ein einfaches Messer am Ende ausreichte, sein langes Dasein zu beenden. »Als er getötet wurde, schien Cailin nicht unbedingt enttäuscht«, erinnerte sie sich zurück.

Die Meerhexe schnaubte. »Das wundert mich nicht. Immerhin ist es seine Schuld, dass Vater Cailins Magie bannte und ihren Thron lieber mir gab. Eine Gottestochter, die sich von einem Sterblichen beeinflussen lässt?« Die Verachtung war ihr deutlich anzuhören.

Dieser Teil von Carters Erzählung schien also zu stimmen. Die Hexe füllte immer mehr Lücken in Scarletts Übersicht aus. »Der Zauberer war verflucht, als wir ihn an Bord nahmen. Er schien vom Pech verfolgt.« Es war eine Aussage, aber Scarletts Stimme implizierte die Frage.

Die Meerhexe nickte, wobei das goldene Diadem auf ihrem Kopf funkelte. »Ich habe ihn verflucht. Anders als Vater habe ich in ihm den Schuldigen erkannt. Er sollte sich meiner Schwester nie wieder nähern können.«

»Aber er war kein einfacher Sterblicher, nicht wahr? Denn es gelang ihm, den Bann zu brechen, der auf Cailins Magie lag.«

Die Meerhexe nickte. »Er besaß eigene Magie. Aber sie war längst nicht so stark ausgeprägt wie bei uns und an einen Talisman gebunden. Ohne ihn konnte er sie nicht wirken. Cailin war deshalb so fasziniert von ihm, weil es ihm gelungen war, sein Wissen und Können weiter auszubauen, als es je einem Sterblichen vor ihm geglückt ist. Dennoch war seine Magie ein billiger Abklatsch unserer eigenen.«

Und mit Billigkopien gab sie sich nicht zufrieden, das sah Scarlett an all den Schätzen, mit denen sie sich umgab. Die *Iron Lady* eingeschlossen. »Er hat den Bann auf ihrer Magie also gebrochen und sie konnte eines von Carters größten Problemen lösen.« Sie erzählte der Meerhexe von Carters Invictus und der Unfähigkeit derselben, sich zu vermehren.

»Natürlich ist das unmöglich«, fauchte sie. »Seine Kreaturen sind widernatürliche Missgeburten, die nie existieren dürften. Nur die Götter und jene, die von ihnen abstammen, sind in der Lage, wahrhaft neues Leben zu schaffen. Cailin hat sich dem Abschaum angeschlossen. Wie üblich.« Die Meerhexe seufzte zutiefst enttäuscht und rieb sich die Stirn. Dann fügte sie an: »Ist das der Grund, warum du ihre Magie in dir trägst? Sie hat dich verändert, damit du für diese Kreaturen empfänglich wirst?«

Scarlett nickte. Seltsamerweise war es ihr peinlich, dabei konnte sie ja gar nichts dafür. »Kannst du es rückgängig machen?«

Die Meerhexe ignorierte sie. »So will sie es also schaffen. Mit einer Armee dieser unnatürlichen Dinger meinen Thron erobern.« Sie schnaubte. »Sie war schon immer neidisch auf meine Schöpfungen. Nun hat sie also einen Weg gefunden, sich selbst welche zu kreieren. Trotz ihres Unvermögens. Aber das wird sie nicht weit bringen.«

Scarlett beschloss, später auf ihr Anliegen zurückzukommen. »Ich denke, das ist der Grund, warum sie die Königin der Meerjungfrauen entführt haben. Sie rechnen sicher damit, dass Rettungsaktionen gestartet werden, bei denen weitere Meerjungfrauen gefangen genommen werden können, um sie dann mit den Kreaturen zu paaren. Um die Chancen auf Erfolg noch mehr zu erhöhen.« Sie sah hinüber zu der Blondine, die noch immer schräg hinter ihr wartete. »Ich hoffe, ihr habt niemanden losgeschickt.«

Röte bedeckte ihre Wangen, aber sie schüttelte den Kopf. »Mein Volk bezieht seine Kraft aus der Energie der Königin«, erklärte sie. »Deshalb können wir uns nicht zu weit von ihr entfernen, ohne den Tod zu riskieren.«

Scarlett runzelte die Stirn. Hatte Jon das gemeint, als er Scarlett berichtet hatte, Carter wollte die Königin als Lockmittel nutzen? »Warum seid ihr dann noch hier?«, fragte sie.

»Die Tochter der Königin, Prinzessin Lorietta, ist bereits volljährig und verfügt über große Kraft. Ihrer Magie allein ist es zu verdanken, dass wir noch leben. Dennoch wollen wir unsere Königin befreien.«

»Wir werden sie retten«, versprach die Hexe ihrer Untergebenen.

»Ja, was das angeht«, mischte Scarlett sich ein. »Wie wäre es, wenn wir uns zusammentun? Wir kämpfen gegen die Piraten, ihr gegen die Kreaturen unter Wasser. Und wenn Carter und Cailin tot sind, befreien wir eure Königin.«

»Warum sollte ich der Sache nicht ein für alle Mal ein Ende bereiten?«, erkundigte sich die Hexe und strich dabei liebevoll über ihren Dreizack.

»Wenn Ihr das könnt, tut Euch keinen Zwang an. Würde mir viel Mühe ersparen.«

»Das wäre ein Kinderspiel für mich«, höhnte die Hexe. »Anders als ihr Sterblichen, habe ich echte Kräfte.«

»Eure Gnaden?« Die Stimme der Meerjungfrau war unendlich liebreizend. Viel zarter als die ihrer Schöpferin, die im Vergleich zu zischen schien. »Darf ich etwas sagen?«

»Bitte, Violetta.«

Wow, was ein Name.

»Die Sterbliche hat vielleicht recht, Herrin. Vielleicht wäre eine Zusammenarbeit tatsächlich ratsam. Als wir uns der Kreaturen erwehrten, die unsere Königin entführten, waren sie überraschend stark. Kaum zehn von uns kamen gegen einen der ihren an. Und während Ihr über unvergleichliche

Magie verfügt, werdet Ihr diese sicherlich im Kampf gegen Eure Schwester einsetzen. Zeit genug für die Bestien, Euch hinterrücks und feige, wie sie sind, anzugreifen. Wären die Menschen da nicht die perfekte Ablenkung?«

»Ich benötige keine Ablenkung«, keifte die Hexe.

Violetta verneigte sich, zuckte aber nicht zurück. »Natürlich nicht, Herrin. Aber wir werden sie benötigen, um Euch den Rücken zu stärken gegen die Kreaturen. Denn wir sind längst nicht so stark wie Ihr.«

Die Meerhexe schien sich dieses Argument durch den Kopf gehen zu lassen, während Scarlett Violetta für ihre Schläue bewunderte. Trotz des Namens.

»Nun gut«, entschied die Meerhexe dann. Die Erleichterung, die sich in Scarlett ausbreitete, war namenlos. »Wir werden euch im Kampf unterstützen.« Sie beugte sich vor, auf ihren Dreizack gestützt. »Aber Cailin gehört mir.«

»Mit dem größten Vergnügen, Euer Gnaden.«

~

»Ihre Gnaden kann manchmal etwas… ungestüm sein«, sagte Violetta, als sie Scarlett zurück an die Meeresoberfläche brachte. Während sie dabei zusah, wie Scarlett sich abmühte, ins Beiboot zu klettern, ließ die Meerjungfrau ihr herrliches Haar im Wasser treiben. Wann immer Scarlett sie ansah, verspürte sie den dringenden Wunsch, sich zurück in die Wellen zu werfen und bei der Meerjungfrau zu bleiben. Also wandte sie den Blick ab und konzentrierte sich darauf, ins Trockene zu kommen.

Der Tag war schon vorangeschritten, aber nicht so weit, dass die Besatzung der *Honoria* sich um sie gesorgt hatte. Zumindest waren sie nicht nähergekommen.

»Aber ich versichere dir, dass unsere Truppen euch unter Wasser unterstützen werden.« Grimmige Entschlossenheit machte ihr Gesicht sogar noch schöner. »Wir werden alles tun, um unsere Königin zurückzuholen.«

Scarlett fand es noch immer reichlich verwirrend, dass die Meerhexe, obwohl äußerlich eine Meerjungfrau, keineswegs die Königin der Meerjungfrauen war. Violetta hatte ihr auf dem Rückweg erklärt, dass die Königin die allererste erschaffene Meerjungfrau war, aus deren Blutlinie alle anderen entsprungen waren. Interessanterweise brauchten Meerjungfrauen nämlich gar keine Männer, um sich fortzupflanzen. Sie führten, wenn ihnen danach war, eine Eigenbefruchtung durch und gebaren ein Kind ganz aus sich selbst. Mit den Menschenmännern, die sie hier und da von den Schiffen stahlen, vertrieben sie sich nur die Langeweile.

»Du warst im Tümpel, damals, als ich auf der Insel war und den Schatz gehoben habe«, keuchte Scarlett, fiel über die Reling und schlug sich das Kinn an der Ruderbank, aber sie hatte es endlich geschafft. Hoffentlich hatte das niemand von der *Honoria* aus mitbekommen.

Violettas Züge verfinsterten sich. »Ja, allerdings. Ich erinnere mich noch genau an dich, Diebin.« Sie zischte und zeigte Scarlett dabei ihre zugegeben beeindruckenden Zähne. »Aber meine Königin zählt für mich mehr als die Rache an euch Räubern. Außerdem haben wir ja jetzt dein Schiff, also sind wir quitt.«

»Aye«, knurrte Scarlett, sich das Wasser aus den Augen wischend. »Wir sind quitt.« Und ganz ehrlich: Wer konnte sich ein besseres Schicksal für sein gesunkenes Schiff wünschen, denn als Schatzkammer der Meerjungfrauen und Gelegenheitsthronsaal der Meerhexe? Hallo?!

»Außerdem bin ich beeindruckt von dir, Captain Rogers«, sagte die Meerjungfrau mit ihrer seltsamen kindlichen Art. Scarlett konnte sie nicht recht einordnen. Einerseits wirkte sie so jugendlich, andererseits so rachsüchtig und blutrünstig, dass es selbst Scarlett die Fußnägel kräuselte.

»Warum das?« Scarlett spuckte den ekeligen Geschmack des Zaubergebräus über die Reling und wischte sich die Nase am Hemdsärmel ab. Ihren schönen Mantel hatte sie irgendwo im Meer verloren, aber egal. Was zählte war, dass sie die Unterstützung bekamen, die sie so dringend brauchten. Apropos.

»Na, weil du die erste Kapitänin bist, die ich sehe. Sonst sind hier nur Kapitäne aufgetaucht und die waren wirklich langweilig. Keiner von ihnen hat es am Kraken vorbei an Land geschafft.« Sie setzte eine ernste Miene auf. »Aber ich muss das Gold, das ihr uns gestohlen habt, trotzdem zurücknehmen, wenn wir die Pirates Bay eingenommen haben.«

»Ähm, das geht in Ordnung.« Von dem Schatz waren wahrscheinlich ohnehin nur noch Kupferlinge übrig. »Was ich noch fragen wollte: Glaubst du, die Meerhexe kann diesen Magiesamen entfernen, den Cailin in mich eingesetzt hat?«

Violetta verzog das Gesicht. »Sie hat deine Frage nicht beantwortet, weil sie nur ungern zugibt, wenn sie etwas nicht kann.«

Scarlett seufzte und strich sich das nasse Haar aus der Stirn. »In Ordnung. Danke. Wie bleiben wir in Kontakt?«

Violetta schenkte Scarlett ein Lächeln, das ihr die Kehle zudrückte. »Wir werden wissen, wann ihr aufbrecht und uns anschließen.«

»Okay«, Scarlett nickte. Damit konnte man arbeiten. Wenigstens kein Teil der Armee, die verpflegt und bezahlt werden musste. Mit einer Gegenwehr von Unterwasser rechnete Carter mit Sicherheit nicht.

»Grüß die Silberhaarige von mir«, Violetta zwinkerte, dann war sie verschwunden. Scarlett blickte über die Reling, aber von ihr fehlte jede Spur.

Am liebsten hätte sie die *Honoria* via Zeichen zu sich gerufen, aber sie brauchte ein paar Minuten, um das Erlebte zu verarbeiten. Es fühlte sich noch immer wie ein Traum an und sie war sich noch nicht sicher, ob sie schon wieder erwacht war.

Kapitel 22

»Rauchsäule voraus.«

Scarlett drehte sich nach dem Fingerzeig des Ausgucks um und entdeckte eine dichte, graue Wolke am Horizont, die sich in den Himmel schraubte. Aufgrund des diesigen Wetters war sie kaum auszumachen, aber Scarlett meinte, rote Flammen erkennen zu können.

Sie beeilten sich, aber schon aus der Ferne wurde deutlich, dass sie trotzdem zu spät kamen. Raubfische wühlten das Wasser auf, schnappten sich die Toten und zogen sie mit sich. Es gab keine Überlebenden. Das Schiff war unter den Flammen bereits in Einzelteile zerfallen, die nun langsam sanken und das Feuer ertränkten.

»Könnte ein Unfall gewesen sein«, sagte Jon, der sich über die Reling beugte.

Ada und Scarlett wechselten einen Blick. »Sieh dir die Raubfische mal genauer an, Jonny-Boy.«

Jon zuckte zurück.

»Kannst du eine Flagge sehen?«

»Nein«, sagte Scarlett. Von dem Schiff war nicht einmal mehr die Farbe zu erkennen. Geschweige denn ein Name oder eine Flagge.

»Denkt ihr, es waren die Reef Raiders? Oder nur Carters Kreaturen?« Jon sah mit einer Abscheu hinab, die Scarlett teilte. Sie war Piratin, ja, aber einen heimtückischen, feigen Angriff von unter Wasser, ohne jede Vorwarnung?

»Wer es auch war, wir sind zu spät.« Scarlett wandte sich von der Reling ab. »Lasst uns verschwinden, bevor die Bestien ihr Mittagessen beendet haben.«

Die Worte auszusprechen, bereitete ihr Übelkeit. Von Haien gefressen werden? Okay. Von ehemaligen Kameraden mit unnatürlichen Operationen? Nein, danke. Galt das dann noch als Kannibalismus oder gehörten die Invictus schon zu einer gesonderten Art? Zeitverschwendung, darüber nachzudenken, wenn sie sie ohnehin dem Meeresgrund gleichmachen würde.

»Schick Aline in meine Kajüte«, sagte sie Ada, als sie das Deck überquerte.

Ada machte auf dem Absatz kehrt, aber sie schickte Aline nicht einfach nur, nein, sie trat hinter der Schiffsärztin in die Kabine und schloss die Tür. Scarlett seufzte. Nun gut, dann war dies eben der Augenblick.

»Captain?« Alines Gesichtsausdruck war wie immer seltsam neutral.

»Setzt euch«, sagte Scarlett und deutete auf die Sessel im hinteren Bereich der Kabine.

»Uh oh«, machte Ada, während sie hinüber ging und Scarlett eine Flasche Rum aus ihrem Barschrank holte.

Sie zog ihren Stuhl heran und setzte sich zwischen die beiden Frauen. Dann schenkte sie jeder einen Fingerbreit Rum ein.

»Wenn ich gleich noch irgendwas schnippeln soll, dann ist das keine gute Idee, Captain.« Aline beäugte den Rum.

»Du sollst gar nichts… schnippeln«, Scarlett schüttelte sich. »Ich brauche nur eine Beratung.«

Aline zuckte die Achseln. »Okay.«

Ada starrte Scarlett an, als wollte sie ihr die nächsten Worte aus der Kehle rupfen. Stattdessen trank sie.

Ihre Augen wurden schon beinahe komisch groß, als Scarlett ihnen von der Magie erzählte, die ihren Unterleib vergiftete und von niemand anders als Cailin selbst entfernt werden konnte.

»Und deshalb«, schloss sie, »halte ich es für den sichersten Weg, eine Empfängnis dauerhaft zu verhindern. Meine Vermutung ist, dass die Magie dadurch ebenfalls verlöschen würde.«

»Du meinst, dich selbst sterilisieren?«, rief Ada entsetzt.

Scarlett nickte.

»Es gibt Kräuter, die das besorgen können«, meinte Aline. »Aber es ist extrem schmerzhaft. Und nicht reversibel. Du könntest niemals Kinder haben.«

»Das ist mir bewusst.«

»Scarlett«, Ada beugte sich vor. »Das kannst du nicht machen.«

Sie verstand die Besorgnis ihrer Freundin, aber- »Wenn es der einzige Weg ist, die Empfängnis eines Monster-Babys zu verhindern, kann ich das sehr wohl.«

»Was ist mit Tripp?«

Wut verkrampfte die Finger um Scarletts Glas, bis es knackte. »Was soll mit ihm sein, Ada?«

Ihre Offizierin blickte zu der teilnahmslosen Aline und zurück. »Findest du nicht, er sollte da ein Wort mitzureden haben?«

»Falls es dir nicht aufgefallen ist, wir sind nicht verheiratet, Ada. Wir sind nicht einmal zusammen.«

»Aber das ist doch nur vorübergehend.«

Scarlett zog die Brauen zusammen. »Wer sagt das?«

»Na, alle.«

Sie seufzte und ließ sich gegen die Lehne ihres Stuhls fallen. »Freut mich, dass mein Leben für Unterhaltung unter Deck gesorgt hat, aber das hier ist meine ganz persönliche Entscheidung, Ada. Du bist nicht hier, um deine Meinung darüber zu äußern. Ich wollte dir nur mitteilen, was Sache ist. Eigentlich wollte ich dir gar nichts sagen, aber du hast dich ja selbst eingeladen. Deshalb halt jetzt den Mund, bevor ich dir eine verpasse.« Der Drang danach war definitiv da. »Also Aline, was meinst du?«

Die Ärztin rieb sich das Kinn. »Die Prozedur ist definitiv möglich, Captain, aber sie ist sehr gefährlich. Du könntest dabei sterben. Und in Anbetracht der Tatsache, dass wir uns nicht sicher sein können, dass die Magie dadurch verlischt, halte ich sie für zu riskant.«

»Aber würde es ihre Wirkung nichtig machen, wenn da nichts mehr wäre, das eine Empfängnis ermöglicht?«

»Du sagtest doch, die Priesterin wäre davon überzeugt gewesen, dass Cailin die Magie so oder so anzapfen könnte«, warf Ada ein und fing sich einen bösen Blick von Scarlett, der sie zum Verstummen brachte. Ihr Mund klappte mit einem Klacken zu, aber sie hatte recht.

Scarlett nahm den Hut vom Kopf und pfefferte ihn auf den Schreibtisch, ehe sie das Kopftuch abnahm und sich mit beiden Händen die Haarwurzeln massierte. »Aber es könnte die Wahrscheinlichkeit reduzieren.«

»Der Preis ist zu hoch, Scarlett«, mischte sich Ada ein, ehe Aline etwas sagen konnte. Sie lehnte sich vor und stellte das leere Glas auf den Tisch, dann sah sie Scarlett ernst in die Augen. »Ich verstehe, warum du das tust, Scar, wirklich. Es muss beängstigend sein zu wissen, dass da etwas in einem schlummert. Aber bevor du dich und deine Zukunft für immer der Möglichkeit beraubst, sollten wir alles andere versuchen, meinst du nicht? Vielleicht können wir Cailin dazu bringen, es rückgängig zu machen.«

Natürlich wünschte Scarlett sich das. Aber die Vorstellung, Cailin könnte die Magie in ihr auf irgendeine Art und Weise nutzen, machte Scarlett krank.

»Vielleicht gibt es noch eine andere Möglichkeit«, überlegte Aline laut. »Wenn wir die Magie nicht entfernen können, ist es vielleicht möglich, sie zu unterdrücken.«

»Du meinst so, wie Cailins Magie durch einen Bann unterdrückt wurde?«, fragte Scarlett und beugte sich interessiert vor, die Ellbogen auf die Knie gestützt.

Aline nickte. »In etwa.«

»Aber von uns verfügt keiner über Magie. Ist die denn nicht notwendig, um so einen Bann auszulegen?«

»Nicht unbedingt. So wie es Kräuter gibt, die die Empfängnis verhüten, gibt es auch welche, die Magie einschränken. Sie wird dadurch nicht verschwinden, aber ihre Wirkung wäre abgeschwächt, vielleicht sogar völlig unterdrückt.«

Scarlett horchte auf. »Und wie kommen wir an diese Kräuter?«

»Das ist die Krux. Ich erinnere mich nicht mehr genau, welche es waren. Aber ich weiß, dass sie sehr alt und dementsprechend selten sind.« Scarletts Hoffnung schwand. »Ich werde mich umhören, sobald wir in Port Lory sind. Ich finde sie.« Letzteres war ein Versprechen an Scarlett, das diese mit einem schwachen Lächeln annahm.

»Du musst es Tripp sagen«, beschwor Ada sie, als die beiden Frauen ihre Kabine verließen.

Und ja, vielleicht sollte sie das. Denn wenn sie ehrlich war, dann hatte auch sie immer damit gerechnet, dass sie wieder zusammenfinden würden. Aber was, wenn Tripp das nicht so sah? Hatte sie ihn zu weit von sich gestoßen? War er womöglich schon dabei, sich anderweitig umzusehen.

Scarlett ächzte, als sie sich in ihren Sessel fallen ließ und aus dem kleinen Bullauge blickte. Der Tag neigte sich bereits dem Ende entgegen und es trennten sie noch drei weitere Nächte von Port Lory. Nächte, die sie damit zubrachte, sich zu fragen, ob sie einen gewaltigen Fehler begangen hatte. Und wie sie Tripp davon überzeugen konnte, es noch einmal mit ihr zu versuchen.

Kapitel 23

Port Lory war geschäftiger als zur Ballsaison. Die Straßen und Märkte waren gefüllt mit Soldaten, der Hafen schien aus allen Nähten zu platzen und die Gasthäuser waren von Fremden ausgebucht.

Tripp führte sein Pferd am Zügel durch die wuselnden Massen zum Gasthaus, wo Seth ihnen am Morgen Zimmer ergattert hatte. Es lag etwas abseits und war heruntergekommener als die Schenken im Stadtinnern, aber dadurch auch deutlich billiger. Asher hatte ihnen einige Münzen geborgt, um zumindest den Anschein zu erwecken, als könnten sie die Zimmer über einen längeren Zeitraum hinweg zahlen, dabei waren ihre Taschen so leer wie ihre Mägen.

Sie hatten den Rest der Strecke nach Port Lory in Rekordzeit hinter sich gebracht, die Wüstenkatzen als Kundschafter immer voraus.

Jetzt versuchte Seth, einen Käufer für die gestohlenen Pferde zu finden, um ein paar Münzen zusammenzukratzen, während Thomas in den Hafen gegangen war, um Ausschau nach der *Honoria* zu halten. Oder besser gesagt: nach seinen Schwestern.

Tripp übergab dem Burschen am Gasthaus die Zügel und trug ihm auf, das müde Tier gut zu versorgen. Dann machte er sich auf den Weg zum Markt, um Kleidung für Asher und Kitara zu kaufen. Zwei riesige Wildkatzen würden im Gedränge der Straßen nur auffallen. Also warteten die beiden auf den Einbruch der Nacht und würden dann zu ihnen stoßen.

Tripp erledigte seine Einkäufe und ließ dabei auf das Gasthaus anschreiben. Dann stieg er den Hügel hinauf zum Anwesen des Gouverneurs. Seth erwartete ihn bereits, lässig an der Grundstücksmauer lehnend, einen Fuß hinten abgestützt. Eine junge Frau stand vor ihm, ihre kastanienbraunen Locken lagen auf ihrem zartrosa Kleid und über der Schulter trug sie eine lederne Tasche. Als Seth ihn über ihre Schulter hinweg zu sich winkte, drehte sie sich um.

Sie war ein kleines Ding mit spitzem Gesicht und riesigen Augen, die Tripp nun erfreut anfunkelten. »Ihr müsst Master Tripp sein.«

Er zog die Brauen zusammen, durchforstete sein Gehirn nach einer Beschreibung von ihr, aber da war nichts.

»Ich bin May«, half sie ihm auf die Sprünge, eine Hand aufs Herz gelegt. Aber das sagte ihm leider auch nichts.

»Wer?«

Enttäuschung dimmte das Glitzern in ihren Augen. »Ich arbeite für Scarlett. Eigentlich sind wir eher sowas wie Freundinnen.«

Wie war man denn *sowas wie Freundinnen?* Tripp entschied, dass er es nicht wissen musste.

Sein Blick glitt über ihre Schulter zu Seth, dessen Wangen einen verdächtigen rosa Schimmer aufwiesen. »Bist du das Pferd losgeworden?«

»Aye. Der Käufer kommt heute Nachmittag zum Gasthaus und schaut sich die anderen beiden an.«

Tripp nickte. »Thomas?«

»Noch nicht da. Ah, da kommt er.«

»Keine Spur von der *Honoria.* Hey, Maysie, wie geht's?«

Ein beklemmendes Gefühl machte sich in Tripp breit. Sofort wurde sein Kopf von schrecklichen Bildern geflutet. Scarlett und die anderen hätten bereits hier warten sollen, sofern nichts dazwischengekommen war. Tripp schüttelte den Gedanken ab.

Die junge Frau strahlte Thomas an. »Hallo Thomas. Wo hast du denn deine Schwestern gelassen?«

Tripp achtete gar nicht auf sie, sondern trat stattdessen ans Tor. Auf sein Klopfen hin öffnete ein Wachsoldat die kleine Klappe an der Mannpforte. »Ja?«

»Ich möchte den Governor sprechen.«

Der Mann schnaubte. »Und ich möchte die Kaiserin zur Frau. Schätze, wir gehen beide leer aus.« Er machte Anstalten, das Guckloch zu schließen.

»Sagt ihm, ich habe wichtige Informationen von Scarlett Rogers.«

Der Soldat zögerte. Ein graues Auge musterte Tripps Aufzug, dann die Begleiter hinter ihm. »Was sind das für Informationen?«

Tripp schnaubte nur und zog eine Braue hoch. »Für wie dumm haltet Ihr mich?«

Der Soldat zog es vor, auf diese Frage nicht zu antworten. »Ich gebe die Nachricht weiter. Wartet hier.«

Tripp verdrehte die Augen.

Es dauerte nicht lang, da rasselte ein Schlüssel im Schloss und die Mannpforte öffnete sich. Der Soldat dahinter war dünn und gerade groß genug, dass er durch das Guckloch sehen konnte. Er trug die zugeknöpfte Uniform der Navy und eine dieser peinlichen Perücken, die, wie Tripp nur zu genau wusste, entsetzlich juckten. »Der Governor erwartet euch.«

Thomas verabschiedete sich von Maysie und folgte ihnen die Einfahrt hinauf zum Eingangsportal. Oberhalb der vier breiten Stufen erwartete sie ein Butler in schwarzem Anzug mit weißem Halstuch.

Er führte sie durch die breiten Flure des Herrenhauses, ohne auch nur einen missbilligenden Blick auf ihre schmutzige Erscheinung zu werfen. Das übernahm die Dienerin, die eben dabei war, den Teppich zu reinigen.

»Governor Worthington, Eure Gäste.« Der Butler hielt ihnen die Tür zu einem Raum auf, der augenscheinlich das Büro des Gouverneurs war. Mit leisem Klicken schloss sich die Tür hinter ihnen.

Tripp hatte dem Gouverneur noch nicht gegenübergestanden. Er war nicht lange genug Mitglied der Marine gewesen, um die hochrangigen Adeligen zu treffen. Er hatte einen bequemen, in seine Rolle hineingeborenen Mann mittleren Alters erwartet. Und den bekam er auch.

Statt trüber, gelangweilter Augen, blickte ihm jedoch ein gestochen scharfes Paar zwischen Schlupflidern und Tränensäcken entgegen.

»Wer seid Ihr?«

»Tripp. Ich bin Bootsmann auf der *Honoria*. Das sind Seth, der Quartiermeister, und Thomas.«

Der Gouverneur nickte ihnen zu. Ihm war nichts vom üblichen überheblichen Getue der Oberschicht anzumerken. »Ihr habt neue Informationen? Mir war nicht bewusst, dass die *Honoria* schon zurück ist.«

»Ist sie nicht, Sir. Wir mussten uns aufteilen, um weitere Verbündete von unserer Sache zu überzeugen.« Dass es sich bei diesen Verbündeten um die Schwarze Gilde handelt, musste der gute Governor ja nicht wissen. Tripp war gut genug mit den Vorgängen vertraut, um keine Hoffnungen darauf zu verschwenden, dass Worthington ihnen bei der Befreiung von Daimon Frosts Tochter half. »Einem von ihnen ist es gelungen, eine Bestie zu fangen. Sie befindet sich bereits auf dem Weg in die Hauptstadt.«

Das Gesicht des Gouverneurs leuchtete auf. »Das sind hervorragende Neuigkeiten. Kurz nach eurer Abreise erhielt ich nämlich die Nachricht, dass seine Majestät keinen Grund zur Handlung sähe.« Er seufzte und rieb sich die Schläfe, als litte er unter Kopfschmerzen. Dann deutete er auf die freien Stühle vor seinem Tisch. »Bitte, setzt euch. Kann ich euch etwas zu trinken anbieten?«

»Nein, danke«, lehnte Tripp ab, der sich lebhaft vorstellen konnte, dass dem Governor nicht nach Tee zumute war. »Könnt Ihr uns auf den neuesten Stand bringen, während wir auf die *Honoria* warten?« Er bemühte sich, eine würdevolle Haltung einzunehmen, aber sein Hintern tat weh und er hatte einen üblen Muskelkater im unteren Rücken, weshalb dieses Vorhaben leider misslang.

»Natürlich. Wie gesagt, erhielt ich gleich nach eurer Abreise ein Schreiben des Königs. Während ihn das Tagebuch nicht überzeugen konnte, sicherten mir die Gouverneure Paulson und Richards ihre Unterstützung zu. Leider war es ihnen nicht möglich, mehr als ein Schiff zu entsenden. Wie ich Captain Rogers bereits mitteilte, sind auch mir bis zu einem gewissen Grad die Hände gebunden. Allerdings hat Master Whittaker mit den Rekruten phänomenale Arbeit geleistet. Das bedeutet, wir verfügen jetzt über acht Marineschiffe, die *Honoria* und was auch immer ihr noch für Verbündete ins Boot geholt habt.«

Eine klare Aufforderung, also sagte Tripp: »Prinzessin Mathilda hat sich uns mit ihrer Mannschaft angeschlossen. Außerdem werden sich noch sieben weitere Schiffe zu uns gesellen.« Der Governor nickte. »Habt Ihr bereits Nachricht von Kilian Silvereye erhalten?« Tripp wusste, dass Scarlett dem Seelord einen Brief geschickt hatte, noch ehe sie nach Norden aufgebrochen waren.

»Noch nicht«, sagte der Gouverneur zu seiner Enttäuschung. »Aber meine Spione berichten, dass er die Băreninsel vollständig abgeriegelt hat. Nicht ein einziges Schiff hat den Hafen angelaufen oder verlassen.«

Was typisch war. Die Băreninsel hielt sich in einhundert Prozent der Fälle aus den Verwicklungen des Kontinents heraus und mischte sich auch nicht in die Angelegenheiten der Piraten ein. In gewisser Hinsicht waren sie neutrales Gebiet. Trotzdem hatte er nach Silvereyes Auftauchen beim Wettstreit vor Cobalt Island und seiner Warnung an Scarlett gehofft, der Seelord würde sich doch einmischen. Er galt als der beste Kapitän der neun Weltmeere. Ungeschlagen. Außer von Scarlett, die ihn in einem Wettsegeln um die Băreninsel besiegt hatte, noch bevor Tripp ihr zum ersten Mal begegnet war. War es diese Schmach, die den Seelord davon abhielt, ihnen jetzt beizustehen? Aber Scarlett hatte ihn als Freund bezeichnet.

»Nun, weder die Prinzessin aus dem Norden noch eure Kapitänin haben sich bislang hier eingefunden«, stellte der Gouverneur fest.

»Wir rechnen jeden Tag mit ihnen«, versicherte Tripp ihm, obwohl ihm selbst unwohl war.

»Gut. Ich frage mich nämlich, wie lange der Piratenkönig noch die Füße stillhalten wird.«

Kapitel 24

»Links um«, brüllte Scarlett.

Die ganze Einheit Navy Soldaten folgte dem Befehl, ehe sich die Verwirrung breitmachte und sie jegliche Haltung verloren.

Der ehemalige Commodore Whittaker drehte sich um. »Ihr seid zurück«, stellte er fest und hob eine Braue. »Und bringt meine Rekruten durcheinander.«

Ada neben ihr winkte den Soldaten zu und verteilte Luftküsschen, die in einigen puterroten Gesichtern landeten.

»Nicht mein Problem, wenn du sie so schlecht ausbildest«, sagte Scarlett.

Robert verdrehte die Augen. »Du siehst müde aus. Aber ich hörte, deine Mission war erfolgreich.«

Scarlett horchte auf. »Dann sind Tripp und die anderen schon zurück?«

»Mhm, vorgestern eingetroffen. Sie wohnen im *Blinder Passagier*.«

Mit eiserner Selbstbeherrschung hielt Scarlett sich davon ab, gleich loszulaufen und Seth nach seinem Vater auszuquetschen. Stattdessen musterte sie die Kadetten. »Wie läuft's mit denen?«

Robert strich sich das Haar aus der Stirn, eine Hand in die Hüfte gestützt. Scarlett fiel auf, dass er nicht seine übliche Uniform trug, sondern weiterhin in den Leinenkleidern herumlief, die die Crew nach seiner Befreiung aus den Schwarzwasserzellen für ihn zusammengesucht hatte. Sein blondes Haar fiel ihm nun schon bis über die Ohren.

»Es geht voran. Sie werden keine Elitesoldaten, bis die Schlacht losgeht, aber zumindest können wir jetzt sicher sein, dass sie das Schiff auch treffen, auf das sie zielen.«

»Das ist doch schonmal was. Davon gibt's in der Navy nicht viele.«

Robert verdrehte die Augen. Leiser sagte er: »Wir haben insgesamt trotzdem nur acht Schiffe, Rogers. Zwei der anderen Gouverneure haben je eins hergeschickt, aber von den übrigen gab es nicht einmal eine Antwort. Der König weigert sich, die Notwendigkeit unseres Vorhabens anzuerkennen.« Seine blauen Augen forschten in ihren. »Wir stehen Carter allein gegenüber.«

Scarlett richtete sich auf. »Wir sind nicht allein, Commodore. Und da ist eine Sache, die Carter noch nie begriffen hat: Ein guter Captain mit einer eingespielten Mannschaft kann mehr bewirken als zehn Schiffe. Wir werden das schaffen.« Sie mussten. Ansonsten würden sie die Welt seinem wahnsinnigen Geist überlassen und das konnte Scarlett nicht verantworten. Zuversichtlicher, als sie sich fühlte, lächelte sie ihn an und drückte seine Schulter.

Er durchschaute ihre kleine Scharade, aber als ehemaliger Kapitän wusste er, dass nichts schwerer wog als die Überzeugung der Mannschaft. Also nickte er entschieden.

»Außerdem haben wir jetzt die Meerjungfrauen auf unserer Seite«, fügte Scarlett an und wandte sich vom vor Erstaunen aufgerissenen Gesicht des Commodores ab, ohne auch nur eine seiner Fragen zu beantworten. »Jetzt lasst eine Dame doch erst einmal ankommen, Herr Commodore. Also wirklich«, schalt sie ihn über die Schulter hinweg.

Ada lachte und folgte ihr, während der Commodore noch immer seine Kinnlade vom Boden aufzusammeln versuchte.

»Geh und kümmere dich darum, dass alles erledigt wird«, befahl Scarlett, warf sich ihren Beutel über die Schulter und sah Ada an. »Ich gehe zum *Blinder Passagier* und höre mal nach, was unsere drei Idioten erreichen konnten. Außerdem will Thomas die Glucke bestimmt sofort nach den Mädels sehen, also sag Amara, sie soll Hugo aus ihrer Hängematte scheuchen.«

»Aye, Captain.« Ada grinste. »Und du versöhn dich mit deinem Bootsmann, damit der Ärmste auch mal wieder was zum Nageln hat.«

Scarlett verdrehte die Augen. »Hast du die Sexwitze von Oskar?«

»Woher weißt du das?«

»Instinkt«, sagte sie trocken. Und mit einem besorgten Blick zur Hafeneinfahrt fügte sie hinzu: »Schick einen Boten zu mir, sobald Mathilda eintrifft.«

Ada salutierte schwungvoll und machte sich davon, während Scarlett den Weg zum *Blinder Passagier* einschlug.

Das Gasthaus war eine heruntergekommene Kaschemme, deren schmierige Fenster allein davon abrieten, in die Betten zu steigen. Der teuer gekleidete Mann, der davor stand und einen Fuchshengst begutachtete, warf ab und an angewiderte Blicke hinüber.

»Wo sagtet Ihr, stammt er her?«

»Er war ein Brautgeschenk meines Schwiegervaters«, sagte Tripp von der Stalltür aus, wo er mit verschränkten Armen am Rahmen lehnte. »Aber mit so einem feinen Ding kann ich nichts anfangen. Ich brauche einen richtigen Ackergaul.«

»Verstehe«, sagte der Mann und strich über die Flanke des Tiers.

»Ihr wollt ihn verkaufen?«

Tripps Kopf ruckte in ihre Richtung, als er ihre Stimme erkannte. Seine Augen begannen zu leuchten, mehr ließ er sich nicht anmerken, während er sie ausgiebig musterte. Von außen musste es aussehen als prüfte er die Ware, aber Scarlett wusste, dass er sie nach Verletzungen absuchte. »Ja. Einhundert Goldmünzen.«

»Ein Prachthengst, das sehe ich gleich.« Scarlett strich dem Tier über die weichen Nüstern. Sie hielt nicht viel von den Vierbeinern, Schiffe waren ihr deutlich lieber. »Aus der Halvagen-Blutlinie, nicht wahr?«

»Genau«, sagte Tripp, sich das Grinsen verkneifend, als der Mann plötzlich begeistert auf das Pferd blickte.

»Das erkennt man an den schmalen Fesseln«, erklärte Scarlett ihm. »Ich nehme ihn«, verkündete sie dann und griff in ihre Tasche. »Ich suche schon lange nach einem Deckhengst und der hier ist ideal, um meine Zucht voranzutreiben.« Sie tätschelte dem Pferd die Schulter. Es schnaubte auf ihren Mantel wie um zu sagen: »Was erzählst du da für einen Scheiß, aber ruhig her mit den Mädels.«

»Nehmt Ihr auch eine Anzahlung?«, fragte sie Tripp dann und setzte eine bedauernde Miene auf. »Ich habe nicht genug Münzen dabei.« Ein verführerisches Lächeln stahl sich auf ihre Lippen und sie schlenderte zu ihm rüber, um mit einem Zeigefinger seinen Kiefer entlangzufahren. »Ich könnte natürlich auch anders bezahlen«, raunte sie, drückte sich an ihn, sodass ihre Brüste gegen seine Unterarme gepresst wurden.

Er ließ den Blick an ihr herabgleiten, dabei wurde ihr Körper von dem Mantel verborgen. Ein träges Grinsen verzog seinen Mund. Gerade, als er ihn öffnen wollte, sagte der Mann: »Hier, ich habe das Gold.«

Ein Geldbeutel flog in Tripps Hand, den er nur fing, indem er Scarletts Hüfte packte und sie beiseite drehte, sonst hätte das Ding sie sicher am Kopf getroffen. Der Mann griff nach den Zügeln. »Es war mir eine Freude.« Mit einem triumphierenden Blick auf Scarlett, marschierte er davon.

Tripps Brust bebte vor Lachen. »Halvagen?«

Scarlett zuckte die Achseln und sah zu ihm auf. »Könnte doch sein.«

»Ist das nicht ein Dorf am White Cap?«

»Vielleicht.«

Sie grinsten sich an, doch die Leichtigkeit verflog, als Scarlett sich der Situation bewusst wurde. Eilig rückte sie von Tripp ab. Der Schatten, der sich über seine Züge legte, sah beinahe aus wie… Enttäuschung.

Sie räusperte sich und zog ihren Mantel zu, wo er über ihrer Brust aufgeklafft war.

»Ihr seid also zurück«, stellte Tripp fest, während er den Münzbeutel in seiner Tasche unterbrachte.

»Ja.« Einfallsreich.

»Und, habt ihr die Sache klären können?«

»Was?«

»Die Sache, derentwegen ihr nach Sunset Island gesegelt seid«, verdeutlichte er mit einem Blick, der sich nach ihrem Geisteszustand zu erkundigen schien.

»Ähm, ja. Gewissermaßen.« Sie sah auf ihre Stiefelspitzen hinab, von denen Schlamm und Schneewasser tropfte. Dann deutete sie über die Schulter zum Haus. »Wir sollten vielleicht reingehen, ich will wissen, was das Treffen mit Seths Vater ergeben hat.«

Und da war noch so vieles mehr zu bereden, wozu ihr einfach die Eier fehlten. So vieles, was sie Tripp sagen wollte. Was sie ihn fragen wollte. Es war lächerlich, aber die Angst vor seiner Zurückweisung hielt ihren Mund besser geschlossen als jeder Maulkorb. Es war zum Haare raufen.

»Halte dich fern vom Fischeintopf«, erwiderte Tripp nur, als er ihr die Tür aufhielt und sie in die siffige Gaststube führte.

Die Tische und Stühle sahen in Ordnung aus, doch die rußigen Wände waren mit allerhand Tand behangen. Falsche Seekarten, Gemälde von Schiffen, alte Instrumente und Fahndungsplakate längst verstorbener Legenden. Ein wappenförmiges Brett präsentierte einen Fischkopf, unter dem auf einem Messingschild *Barscher Barsch* stand. Bei allen Winden. Von der Decke hingen ausrangierte Fischernetze und Angelhaken. Um einen Pfeiler wand sich ein Tau und über der Theke hing ein Steuerrad, an dem offensichtlich jemand seine Messerwurfkünste geübt hatte.

Der Wirt hatte einen Anker auf der rechten Schulter tätowiert und eine verwaschene Meerjungfrau auf dem linken Unterarm. Wie sollte es auch anders sein? Sein Ohrläppchen zierte ein Ohrring, der aussah, als wäre er aus Kupfer. Kluger Mann, aber, ah, er hatte aus seinen Fehlern gelernt. Als er ihnen das Gesicht zuwandte, sah Scarlett den Riss in seinem anderen Ohrläppchen, wo sicher einmal ein goldener Ring gesessen hatte, so wie es bei Piraten eigentlich Brauch war. Sie stand also einem waschechten Fan gegenüber.

»Huren sind auf den Zimmern nicht erlaubt«, sagte er anstelle einer Begrüßung.

»Wow, okay, dann muss ich meine Verabredung für heute Abend wohl absagen«, scherzte Scarlett. »Ich nehme einen Rum und eine Schale von deinem Fischeintopf. Er zahlt.« Sie nickte in Tripps Richtung und suchte sich einen Tisch. Als sie an der Treppe ins Obergeschoss vorbeikam, brüllte sie: »Thomas!« aus voller Kehle.

Es dauerte keine Minute, da stolperte ebender auch schon die Treppe hinunter, die Schnalle seines Waffengurts erst halb geschlossen. Auf der untersten Stufe erstarrte er, als er sie bemerkte.

»Scarlett?«

Sie legte den Kopf schräg und zählte stumm an den Fingern ab. Bei drei kam Bewegung in Thomas. Er klopfte ihr auf dem Weg zur Tür auf den Rücken. »Schön, dich zu sehen, Mann.« Dann eilte er hinaus.

»Drei Sekunden.« Scarlett winkte Tripp mit ihren drei Fingern zu. »Drei. Sein Beiname wird definitiv Glucke.«

Sie ließ sich auf einen Stuhl fallen und legte die Füße auf einem zweiten ab. Ihre Fingernägel gaben klackende Geräusche von sich, als sie damit auf die Tischplatte trommelte. »Also, dann erzähl mal.«

Die nächste Stunde verbrachten sie damit, sich gegenseitig auf den neuesten Stand zu bringen. Der Rum war wässerig und zeigte leider nicht die gewünschte Wirkung. Der Fischeintopf war gruselig. Allein die Schale war so schmutzig, dass sich Scarlett nicht gewundert hätte, wenn sie zotige Witze erzählt hätte. Aber sie ließ sich nichts anmerken und lauschte Tripp und seinen Schilderungen.

»Daimon Frost, hm? Cooler Name. Und, ist er so furchteinflößend?«

Tripp nickte. »Ihr würdet euch gut verstehen.«

Aye. Der Mann war ein Macher, das musste Scarlett ihm schon zugestehen. Dass seine Leute einen der Invictus gefangen hatten und er über die Mittel verfügte, es sogar lebendig in die Hauptstadt direkt vor König Phillips Monarchenarsch zu transportieren, kam ihnen sehr gelegen. Obwohl Scarlett bezweifelte, dass es noch einen Unterschied machen würde.

»Jetzt du«, sagte Tripp, als er seine Erzählungen damit beendet hatte, dass Asher in einer verdammten Katzengestalt und in Begleitung in seinem Lager erschienen war. Das war ja wohl der Cliffhänger des Jahrhunderts. Aber er ließ sich nicht dazu erweichen, fortzufahren.

Also ließ sie ihr eigenes Pulverfass hochgehen: »Ich habe die Meerhexe getroffen.«

Kapitel 25

Mit wachsendem Unglauben lauschte Tripp der wahnwitzigen Geschichte, die Scarlett ihm auftischte. Er wollte ihr glauben, nein wirklich. Aber die Meerhexe? Das erschien ihm einfach zu abwegig.

»Naja, und dann hat Violetta gesagt, sie würde-«

»Hast du getrunken?«, unterbrach er sie.

»Ähm, was?«

»Oder vielleicht was geraucht?«, schlug er vor. »Hat dir jemand eine seltsame Zigarette angedreht? Fühlst du dich irgendwie anders?«

Scarlett sah ihn fassungslos an, dann verschränkte sie die Arme vor der Brust und ließ sich gegen die Stuhllehne fallen. »Ja, ich fühle mich anders.«

»Okay, wie hat es ausgesehen und wie viel-«

»Ich fühle mich beleidigt, Tripp.« Mit zornfunkelnden Augen lehnte sie sich vor, ihre Unterarme streiften die Tischkante. »Glaubst du ernsthaft, ich erzähle dir eine Scheißgeschichte?«

Tripp klappte den Mund zu. »Naja, Scarlett. Ich meine, nimm es mir nicht übel, aber… die Meerhexe? Wirklich?« Ihre Miene wurde noch finsterer. »Ich glaube dir ja, dass du denkst, du hättest eine Meerjungfrau gesehen, die dich unter Wasser gezogen hat. Aber das könnte doch auch nur ein Traum gewesen sein. Du hast selbst gesagt, es war kalt und du warst durstig. Vielleicht-«

»Es war kein beschissener Traum, Tripp.« Sie sprang auf und starrte anklagend auf ihn herab. »Ich fass es nicht, dass du mir das unterstellst. Du hast mir doch immer geglaubt.«

Er wich ihrem Blick aus. »Das stimmt«, gab er zu. »Aber hör mal, die Meerhexe?«

Sie biss die Zähne zusammen und er sah, wie sich ihre Hände zu Fäusten ballten. Dann stieß sie die Luft aus. »Schön, ich gestehe dir zu, dass es vielleicht ein wenig abwegig klingt.« Sie stieß ein verzweifeltes Lachen aus. »Noch vor einem Jahr hätte ich mir selbst nicht geglaubt. Aber jetzt haben wir doch wirklich genug Beweise dafür gesammelt, dass es Magie gibt, oder nicht?« Sie zählte an den Fingern ab: »Die untoten Mönche auf Sunset Island – ja, da warst du nicht dabei, aber ich habe genug Zeugen –, der Kraken, die Meerjungfrauen, Cailin und ihre Scheißzauberei, der Zauberer und sein verfluchtes Pech. Verdammt, vor meinen Augen ist eine ganze verkackte Insel untergegangen als hätte man bei einer Wanne den Stöpsel gezogen. Ich denke, das sind genug Beweise dafür, dass es Magie gibt.« Sie lehnte sich vor und stützte die Arme vor ihm auf den Tisch. Ihr Atem streifte seine Wange und er sah ihr an, wie unbedingt sie wollte, dass er ihr glaubte. »Tripp, ich lüge nicht. Und ich habe auch nichts genommen. Ich weiß, es klingt verrückt. Aber ich habe sie getroffen. Und sie haben mir ihre Hilfe zugesichert.«

Er betrachtete den schnellen Puls an ihrem Hals und die wild pumpende Brust direkt vor seinen Augen, die es wirklich schwer machte, sich zu konzentrieren. Dann hob er den Blick und befeuchtete seine Unterlippe, bereit, ein Geheimnis zu offenbaren, indem er fragte: »Konnte sie dir wegen Cailins Magie helfen?«

Scarlett zuckte zurück als hätte er sie geschlagen. Misstrauen verdunkelte ihren Blick. »Woher weißt du davon?«

Tripp deutete mit dem Kinn auf ihren verwaisten Stuhl und sagte erst etwas, als sie wieder saß und der Wirt sich seinen Aufgaben zuwandte, statt sie zu beobachten. »Es war nicht mit Absicht, die Tür war angelehnt und da habe ich dich und Frya zufällig reden hören.«

Erkenntnis entlockte ihr ein Nicken. »Verstehe.«

Er beugte sich über den Tisch und griff nach ihrer Hand, von dem Wunsch getrieben, dass sie ihm glaubte. »Hör zu, es tut mir leid. Es war ein Zufall, wirklich. Und ich habe nichts gesagt, weil es nicht mein Geheimnis war, und es stand mir nicht zu, dich damit zu konfrontieren. Ich hatte«, er stockte und strich sich das Haar aus der Stirn, wo es sich aus dem Knoten an seinem Hinterkopf gelöst hatte. »Fuck, ich hatte einfach gehofft, du würdest von dir aus zu mir kommen.«

Die blauen Saphire ihrer Augen wurden feucht, als Scarlett schluckte und auf ihre verschlungenen Hände blickte. »Ich wollte es dir sagen«, flüsterte sie dann. »So viele Male, Tripp. Aber ich hatte Angst, du würdest-«

»Ich würde was?« Er drückte ihre Hand.

Scarlett hob den Kopf. »Ich dachte, du würdest mich als beschmutzt sehen.«

»Was?« Fassungslosigkeit ergriff von ihm Besitz. Wie konnte sie das nur denken? Was hatte er getan, dass sie eine solche Reaktion von ihm erwartete? Er entließ ihre Hand, um stattdessen ihr Kinn zu greifen, damit sie ihm in die Augen sehen musste, sich nicht mehr verstecken konnte. »Was geschehen ist, ist doch nicht deine Schuld. Und ich würde dich nie als… als befleckt ansehen. Allein, dass du das glaubst, zeigt mir, wie sehr das männliche Geschlecht an dir versagt hat. Aber glaube mir«, er verstärkte seinen Griff, wischte mit dem Daumen die einzelne Träne fort, die über ihre Wange rollte, »nichts an dir könnte mich abstoßen, Scarlett. Bei den Göttern, du bist die wahrscheinlich am wenigsten reine Person, die ich kenne. Du bist eine verdammte Piratin.« Sie stieß ein kleines, schnaubendes Lachen aus, das er mit einem Grinsen erwiderte, ehe er eindringlich fortfuhr: »Und trotzdem gehört dir mein Herz, Red.«

Sie starrte ihn aus großen, blauen Augen an. Tripp bezweifelte, dass er Scarlett jemals sprachlos erlebt hatte. Ihre roten Lippen öffneten sich und er wollte nichts sehnlicher, als seine darauf pressen und die Worte, die sie in Begriff war zu sagen, darin einsperren, damit sie diesen Moment nicht zerstören würden. Aber sie platzte heraus: »Es tut mir leid.«

Jetzt war es Tripp, der überrascht war. »Was?«

»Es tut mir leid. Ich hätte auf deine Gefühle Hunter bezüglich Rücksicht nehmen sollen. Darauf hast du jedes Recht. Und vor allem, weil zwischen uns nichts mehr ist, hätte ich dich an erste Stelle stellen müssen. Und es tut mir leid, dass ich das nicht erkannt habe.«

Sie griff nach seiner Hand an ihrem Kinn und nahm sie zwischen ihre beiden. »Ich habe Angst, weißt du? Angst, dass du irgendwann einfach verschwinden wirst und dann mein Herz mit dir nimmst.« Sie schniefte. »Und überhaupt ist mir das alles viel zu kitschig und emotionsgeladen, das macht mich ganz kirre. Und ich hätte es gehasst, wenn eine von deinen Ex-Freundinnen auf meinem Schiff gewesen wäre, nur, um das klarzustellen.« Den letzten Satz presste sie geradezu zwischen ihren Zähnen heraus, als könnte sie die Wut, die sie bei dieser Vorstellung überkam, nur mühsam zurückhalten.

Tripp grinste, obwohl sich alles in ihm gerade zusammenzog und er sich fühlte, als wäre er winzig klein im Vergleich zu der Bedeutsamkeit dieses Augenblicks. »Das weiß ich doch.«

Scarlett stieß einen zittrigen Atemzug aus und rang sich ein kleines Lächeln ab, aber ihn konnte sie damit nicht täuschen. Er sah ihre Angst ganz deutlich.

»Ich tue mich auch schwer mit Gefühlen, okay? Ich war lange Zeit allein und das letzte Mal, als ich mich jemandem geöffnet habe, hat mich das später bereuen lassen. Aber gerade, weil wir uns in dem Punkt so ähnlich sind, kann es funktionieren.«

»Aber du sprichst so offen darüber. Wie kann es dir dann schwerfallen?«

Er schnaubte. »Genau das fällt mir ja schwer, Red. Früher habe ich meine Gefühle immer für mich behalten. Aber jetzt, mit dir«, er drückte ihre Hand, »will ich es richtig machen.«

Sie nickte. »Ich will es auch richtig machen.«

Es war, als würde in seiner Brust eine Kerze aufleuchten. Gleißend hell und warm und schmeichelnd erhellte sie sein Inneres dort, wo so viele Jahre lang nur Leere gewesen war. Bis sie gekommen war. Captain Scarlett Rogers. Die ihn aus seinem tiefsten Loch geholt und seinem Leben wieder einen Sinn gegeben hatte.

»Oh, bei allen Winden«, keuchte Scarlett plötzlich, ließ ihn los und schlug sich die Hände vor den Mund.

Sofort war Tripp auf den Beinen und an ihrer Seite. »Was? Was ist los, Scarlett.«

»Der Fischeintopf«, stöhnte sie, stieß ihn beiseite und rannte zur Hintertür, wo sie sich lautstark in die Gosse erbrach.

Kapitel 26

Scarlett erwachte mit einem Ruck. Sie hatte das Messer gezogen und saß aufrecht im Bett, noch ehe sie den Schlaf ganz weggeblinzelt hatte.

Aber es war kein Angreifer in Sicht. Das Zimmer war leer. Abgesehen von Tripp, der neben ihr auf dem Bauch lag, Arme und Kopf in seinem Kissen vergraben. Sie hörte seinen schweren Atem und konnte sich ein Lächeln nicht verkneifen.

Sie waren in sein Zimmer hinaufgestiegen, damit Scarlett sich die Überreste ihrer Mahlzeit abwaschen konnte. Dann hatte Tripp sie mit gerösteten Brotscheiben und Wasser versorgt, bis sich ihr Magen wieder beruhigte. Dabei hatte er sehr selbstzufrieden mit sich ausgesehen. Nur das »Ich hab's dir doch gesagt« verkniff er sich.

Sie hatten sich auf sein Bett gesetzt und Scarlett hatte absichtlich ein wenig auf die Laken gekrümelt. Eigentlich war sie davon ausgegangen, dass es zur Sache gehen würde. Stattdessen hatten sie bis tief in die Nacht geredet, alte Erinnerungen und Abenteuer ausgetauscht und sich den Bauch gehalten vor Lachen.

Irgendwann waren sie dann eingeschlafen. Aber das konnte nicht länger als ein oder zwei Stunden her sein, denn es war noch immer dunkel vor dem verschmierten Fenster. Etwas hatte sie geweckt.

Sie stieg vorsichtig über Tripp hinweg und kletterte aus dem Bett. Bis auf ihre Stiefel und den Mantel war sie noch immer vollständig angezogen, als sie die Tür öffnete und in den Gang hinauslinste. Aber da war niemand. Kein Gast, der zu später Stunde die Stufen hinauftorkelte. Kein Gastwirt, der die Lampen löschte. Auf leisen Sohlen schlich sie zur Treppe und blickte hinab zum Hauptraum. Alles war dunkel und verlassen.

Sie setzte einen Fuß auf die oberste Stufe. Das Holz knarrte leise. Dann hörte sie es. Es war ganz leise, zu weit entfernt, um die Distanz klar zu überbrücken.

Scarlett drehte sich um und rannte zurück zu Tripps Zimmer. Dabei hämmerte sie gegen Seths Tür.

»Wach auf«, rief sie laut genug, dass Tripp sofort aufrecht im Bett saß. »Die *Honoria* läutet Alarm«, stieß sie hervor, bereits in ihrem ersten Stiefel.

Tripp sprang aus dem Bett und zerrte sich sein Hemd über den Kopf, während Scarlett sich bereits Waffengurt und Mantel überwarf. »Wir treffen uns am Hafen«, rief sie Tripp zu und war schon zur Tür hinaus.

Sobald sie auf die Straße trat, war das Glockenläuten viel deutlicher zu hören, hallte in den nebelumwaberten Straßen wider wie ein unheimlicher Ruf.

In einem Fenster links von ihr wurde eine Lampe entzündet. Sie ganz offensichtlich nicht die Einzige, die aus dem Schlaf gerissen worden war.

Dafür war außer ihr aber niemand unterwegs, um zu sehen, was los war. Das höchste der Gefühle waren neugierige Köpfe, die aus Fenstern und Türen gestreckt wurden.

Aber Scarlett wollte sie auch gar nicht auf der Straße, wo sie ihr nur den Weg versperrt hätten, als sie zum Hafen rannte. Sie konnte sich bildhaft vorstellen, warum ihre Crew die Alarmglocke läutete.

An der nächsten Straßenecke holten Tripp und Seth sie ein, beide mit verbissenen Gesichtern. Ihre Stiefelsohlen schlugen hart auf das Kopfsteinpflaster und erzeugten einen lauten Widerhall von den Häuserwänden ringsum, ehe sie in den Hafen gespuckt wurden.

Im selben Augenblick donnerte eine Kanonenkugel und krachte in die Kaimauer. Steine stoben nach allen Seiten, trafen Matrosen an Kopf und Körper und bedeckten die Hafenanlage.

»Feuer erwidern«, brüllte Robert links von ihr und winkte einige Soldaten zu den Geschützbatterien, die aus genau drei Kanonen bestanden und nicht viel nützen würden, denn ihr Schussfeld wurde von den eigenen Schiffen verdeckt.

Scarlett sprang auf ein Fass und verschaffte sich einen kleinen Überblick. Weiter draußen, knapp außerhalb des Hafenbeckens, ankerte ein Schiff und feuerte Kanonenschuss um Kanonenschuss ab. Sie wusste sofort, um welchen Dreimaster es sich handelte. Carter machte keine halben Sachen und ein Angriff der *Pirates Revenge* würde den größten Eindruck und den größten Schaden anrichten. Obwohl alt war sein Schiff das am besten gerüstete der Flotte, seit Gales *King's Pride* gesunken war.

Sie konnte im Schein der Mündungsfeuer dunkle Gestalten an Deck umherhuschen sehen, mehr jedoch nicht.

Von ihren eigenen Schiffen kam keine Gegenwehr. Eingekeilt zwischen den Kameraden, hätten sie erst vom Dock losmachen und wenden müssen. Ein Manöver, das sie das Leben gekostet hätte.

Eine Galeone gab ein knarzendes Ächzen von sich und begann bereits zu sinken. Die Wasser waren aufgewühlt von Flossen, splitterndem Holz und Wrackteilen. Blutiger Schaum schlug gegen die Kaimauer.

Scarlett zog ihre Pistole aus dem Gürtel und schoss einer von Carters Kreaturen in den Kopf, die gerade versuchte, einen wild strampelnden Matrosen ins Hafenbecken zu zerren. Der Mann trat die Kreatur von sich weg und krabbelte Rückwärts.

Unter Wasser war den Invictus niemand gewachsen, aber an Land bewegten sie sich so unkoordiniert wie Fische.

»Bleibt vom Wasser weg«, brüllte Scarlett, sprang von ihrem Fass und eilte in Richtung der *Honoria*. Ihre Leute waren an Bord und wenn sie eines von den Attacken der Biester auf hoher See gelernt hatte, dann, dass das der verflucht gefährlichste Ort war.

»Versucht, die Überlebenden an Land zu holen«, rief sie Tripp und Seth zu und deutete auf die sinkende Galeone, auf der verzweifelte Matrosen nach Hilfe schrien. Die Geräusche gingen im allgemeinen Lärm unter.

Kanonen donnerten, Pistolen knallten, Säbel schlugen klirrend aufeinander. Menschen brüllten Warnrufe und Schmerzensschreie. Wasser spritzte und rauschte, wenn eine Kanonenkugel ihr Ziel verfehlte. Feuer fauchte, wo sie getroffen hatten.

»Nicht das Pulvermagazin«, betete Scarlett leise vor sich hin, während sie den Kai entlang auf die *Honoria* zu rannte und dabei Schuss um Schuss abgab. Keiner der feindlichen Matrosen hatte die *Pirates Revenge* verlassen. Sie überließen die Drecksarbeit ihren abartigen Handlangern, die daran auch noch Freude hatten.

Sie lief an mehr als einem halb zerfressenen Kadaver vorüber und feuerte Kugel um Kugel in die Köpfe der Kreaturen, die sich an dem Fleisch bedienten. Schreckverzerrte Gesichter starrten unbewegt zu ihr hinauf, als sie über zwei Leichen sprang und endlich das Holz des Anlegers unter ihren Stiefeln pochte.

Ein Schuss krachte. Das unverkennbare Zischen des Mündungsfeuers und Pfeifen der Kanonenkugel jagten Scarlett einen Schauer über den Rücken. Doch als sie an Bord kletterte, erkannte sie, dass Ada und Ulrik nun endlich das Feuer erwiderten. Der Kanonier hatte die kleine, relativ leichte Backbordkanone auf den Heckaufbau geschleppt und auf die *Revenge* ausgerichtet. Sie verfügten nicht über so viel Reichweite wie die Kanonen des anderen Schiffes, aber es genügte, um hektische Betriebsamkeit auszulösen.

Umgeben von Qualm drehte sich Ada nach ihr um, das Gesicht von Konzentration und Entschlossenheit gezeichnet. Sie erwiderte Scarletts Nicken knapp. Sie würde ihnen den Rücken decken.

Scarlett wandte sich dem Geschehen an Deck zu.

Die Steuerbordkanone war nutzlos, die Gefahr, das nebenliegende Schiff zu treffen, einfach zu groß. Aber mit Klingen würden sie der Kreaturen nicht Herr werden.

Es krachte, Holz splitterte und Matrosen sprangen aus dem Weg, als der Hauptmast brach.

»Lin«, brüllte Scarlett entsetzt, ehe ihr einfiel, dass ihre Späherin fort war. An ihrer Stelle sprang nun ein anderer Matrose aus dem Krähennest ins Wasser.

»Gebt ihm Feuerschutz«, befahl Scarlett mit eiskalten Lippen und rannte zur Reling. Doch es war bereits zu spät. Der Matrose schwamm panisch auf den Anleger zu und wurde im nächsten Moment unter Wasser gezerrt. Als er das nächste Mal auftauchte, fehlte sein Kopf.

»Bei allen Göttern«, fluchte Klara neben ihr, doch als Scarlett sich umdrehte, beobachtete das ehemalige Schiffsmädchen nicht das Geschehen im Wasser. Ihr Blick war auf die Hafenanlage fixiert, wo zwei riesige Raubkatzen dabei waren, eine fischschwänzige Kreatur zu zerfetzen.

Asher.

Erleichtert, dass ihre Leute an Land Unterstützung erhalten hatten, wandte sie sich wieder dem Wasser zu. Der Mond spiegelte sich auf der schwarzen Oberfläche, doch im Osten brach bereits der Tag an. Ein brennendes Schiff erhellte die Szenerie und erleichterte es Scarlett, die Kreaturen im Wasser auszumachen.

Sie waren schlau, das musste sie zugeben. Tauchten blitzschnell aus den Fluten auf, um Menschen ins Wasser zu zerren oder über Bord gegangene Matrosen zu schnappen, ehe sie wieder verschwanden.

»Hol die Gewehre«, befahl sie Klara, den Blick nicht vom tosenden Wasser gelöst. Als der nächste Kopf auftauchte, feuerte sie. »Wir knallen die Mistviecher ab.«

»Aye, Captain.«

Es dauerte nicht lang, da waren rings um die Reling Matrosen mit Gewehren stationiert, die auf alles schossen, was sich im Wasser bewegte. Eine Geschützmannschaft unterstützte Ulrik und Ada am Heck und richtete einigen Schaden an, obwohl die meisten Kugeln im Wasser landeten.

Ein Blick zum Kai zeigte Scarlett, dass die meisten Matrosen von den Schiffen geflohen waren und sich nun ebenfalls mit Pistolen daran machten, die Kreaturen auszuschalten, die ihre Kameraden auf dem Gewissen hatten, während die

Stadtbewohner Eimerketten bildeten und die Brände unter Kontrolle brachten. Ein Schiff wurde losgeschlagen und trieb wie eine brennende Fackel ins Hafenbecken hinaus, wo es zischend und stöhnend versank.

Das Wasser war eine einzige aufgewühlte, schäumende Masse. Kugeln schlugen ein wie ein Hagelsturm. Holz und Taue schwammen auf den blutigen Wellen, umklammerten tote Körper von Matrosen und Invictus. Flossen durchschlugen hier und da die Oberfläche, zeugten von dem Schrecken, der unter Wasser lauerte. Aber die Kreaturen schienen sich langsam zurückzuziehen. Ihre menschlichen Gehirne verstanden, dass es hier keinen Sieg zu holen gab.

Scarlett grinste triumphierend und legte auf einen in einem Netz gefangenen Haischwanz an, der wild zappelte. Da prallte etwas von hinten gegen sie. Der Schuss löste sich und verschwand in der Nacht, während Scarlett auf die Planken krachte. Ihr Ellbogen flammte schmerzhaft auf, doch das Stöhnen kam nicht von ihr.

Als Scarlett sich unter dem Gewicht umdrehte, das auf ihren Beinen lag, erkannte sie Klara, die mit einer blutigen Platzwunde an der Schläfe auf dem Holz lag, das Gesicht schmerzverzerrt.

Ein Enterhaken steckte in ihrem Oberschenkel und zerrte sie gegen die Reling. Klara schrie auf. Dann war die Kreatur über ihr und hob ein Beil vom Boden auf. Aber Scarlett war schneller. Die drückte ab. Der Hahn klickte. Ihr Magazin war leer.

Im Bruchteil einer Sekunde warf Scarlett die Pistole beiseite und stürzte sich mit bloßen Händen auf das Ungeheuer, das ihrem Schiffsmädchen den Schädel spalten wollte. Sie krachte gegen seine Brust und stieß es mit ihrem Körpergewicht einen Schritt zurück. Das Ding hatte Beine und Arme, aber an seinem Hals befanden sich Kiemen und seine Finger waren von Schwimmhäuten verbunden. Dennoch schien etwas mit ihm nicht zu stimmen. Als Scarlett seine Haut berührte, gab sie unter ihren Fingern nach wie ein nasser Schwamm und es stank bestialisch nach Verwesung. Das Ding stolperte gegen die Reling, fing sich jedoch schnell wieder und hieb nun mit dem Beil nach ihr.

Scarlett wich der Klinge aus und zog ihr Entermesser aus dem Gürtel. Sie stieß zu und schlitzte dem Ungeheuer den Bauch vom Nabel bis zur Kehle auf. Stinkende Innereien ergossen sich auf die Planken und brachten Scarletts Augen zum Tränen. Doch das Ding war tot und das allein zählte.

Sie wirbelte zu Klara herum, die keuchend und stöhnend an der Reling lehnte, viel zu angreifbar. Und viel zu blass. Ihr Blut bildete bereits eine Pfütze um sie herum.

Scarlett warf das Messer beiseite und zerrte sich den Gürtel vom Leib, als sie neben Klara auf die Knie fiel.

»T-tut mir leid, Captain«, flüsterte die.

»Halt die Klappe«, sagte Scarlett, aber es kam erstickt heraus, kein bisschen wie ein Befehl.

Sie schlang ihren Gürtel oberhalb des Enterhakens um Klaras Oberschenkel und zog ihn so fest sie konnte zu. Das Mädchen schrie auf und schlug um sich, traf Scarlett am Kopf, aber sie kümmerte sich nicht darum. »Aline«, brüllte sie nur immer wieder und knotete den Gürtel fest, dann riss sie ein Stück aus ihrem Hemd und presste es gegen Klaras Schläfe. Das Mädchen war, den Winden sei Dank, ohnmächtig geworden.

Aline kam nicht.

Während die Schüsse um sie her langsam verstummten und sich die Morgenröte über den Horizont schob und all den Schrecken beleuchtete, der sich hier zugetragen hatte, rief Scarlett nur weiter ihren Namen und presste Klaras Wunden zusammen in der Hoffnung, sie am Leben zu halten. Doch die Farbe wich weiter aus ihren Wangen und die Pfütze um sie her wurde immer größer.

Und dann erlosch Klaras Puls.

Wie betäubt starrte Scarlett auf die schreckliche Wunde. Der Enterhaken hatte Haut und Muskeln zwei Mal durchschlagen. Es sah aus, wie ein Fisch an der Angel. Dann sah sie in Klaras Gesicht, das so friedlich aussah inmitten all des Schreckens. *Tut mir leid, Captain.*

»Mir tut es leid, Klara.« Sie strich dem Mädchen über die Wange. Dann zwang sie sich dazu, aufzustehen und sich um den Rest ihrer Mannschaft zu kümmern.

Sie entdeckte Aline sofort, die über einer der Zwillinge kniete und hochkonzentriert arbeitete. Ihre Bewegungen waren schnell und kontrolliert. Thomas kniete neben ihr, die Augen voll verzweifelter Tränen. Er zitterte am ganzen Leib in dem Versuch, sich zusammenzureißen. Auf seinem Schoß schluchzte Serena hemmungslos und klammerte sich an seine Schultern. Hinter ihnen stand Amara in Hugos Umarmung. Ihr Gesicht war unbewegt, ihre Augen trocken. Aber Scarlett sah die Kälte darin und den Hass.

Der Rest der Mannschaft schien mehr oder weniger unversehrt. Sie alle hatten innegehalten und beobachteten Alines Bemühungen. Niemand sagte ein Wort.

Scarlett stellte sich hinter Thomas und legte ihm eine Hand auf die bebende Schulter. Saras Unterleib war aufgerissen. Ihre Atemzüge unregelmäßig und flach. Aline arbeitete mit blutigen Händen, doch Scarlett wusste, dass sie es nur noch für Thomas und seine Schwestern tat. Sara war tot, ihr Körper hatte es nur noch nicht begriffen.

Und so warteten sie. In stummem Mitgefühl standen sie da und warteten auf Saras Tod. Als es schließlich so weit war, zerriss Serenas entsetzlicher Schrei Scarletts Herz. Das Mädchen machte sich von Thomas los und warf sich über den leblosen Leib ihres Zwillings. Ungeachtet des Bluts, das sie bedeckte.

Aline ließ sich auf die Fersen zurückfallen und wischte sich den Schweiß von der Stirn.

Thomas wurde unter Scarletts Hand ganz steif, als er seine Schwester weinen hörte, dann sackte er gegen Scarletts Beine. Alle Kraft schien ihn verlassen zu haben. Und sie wusste, dass er sich die Schuld an Saras Tod gab. Seine Trauer schüttelte seinen Körper und als sich ein Schluchzen aus seiner Kehle kämpfte, schloss Scarlett einen Moment die Augen, um sich zu sammeln. Ihr Herz brach für ihren Freund und für seine Schwestern. Für Serena, die ihre zweite Hälfte verloren hatte. Und für Amara, die stocksteif in Hugos Armen stand.

Aber sie war Captain. Sie durfte sich nicht von der Trauer übermannen lassen. Es gab Dinge zu regeln.

Also zwang sie ihre Lider wieder auf. Sie drückte Thomas' Schulter. »Bring Serena hier weg, Thomas. Wir kümmern uns um alles. Aber sie braucht dich jetzt.«

Es dauerte ein paar Sekunden, bis ihre Worte den Schleier der Trauer zu durchdringen schienen. Dann nickte Thomas, rappelte sich auf und wischte seine Tränen fort, ehe er Serena an den Schultern fasste. Sie wehrte sich gegen ihn, aber Thomas zog sie in seine Arme und hob sie hoch, wo sie das Gesicht an seinem Hals verbarg und ihre Hände in sein Hemd krallte. Er nickte Scarlett zu. Die Leere in seinem Blick war unerträglich. Es war ihm anzusehen, wie sehr er sich zwingen musste, einen Schritt vor den anderen zu setzen, als er Serena in Scarletts Kajüte trug. Der einzige Ort an Bord, wo sie ein wenig ungestört waren.

Scarletts Blick traf Alines. »Klara?«, fragte die Schiffsärztin, die noch immer neben Sara kniete, die blutigen Hände im Schoß.

Scarlett schüttelte den Kopf. Zum ersten Mal seit sie Aline kannte, wirkte diese erschüttert. Sie schloss für einen Moment die Augen, dann nickte sie, straffte die Schultern und kam auf die Beine. »Bringt die Verletzten in mein

Behandlungszimmer. Ich werde mich dort um sie kümmern«, sagte sie dann mit ihrer üblichen unbewegten Stimme.

Scarlett gab Ulrik ein Zeichen, sich darum zu kümmern. Dann wandte sie sich an Hannah. »Sammelt die Toten ein und bringt sie zum Bug. Wir halten eine Seebestattung ab, wenn hier alles geregelt ist.«

Hannah nickte und sammelte drei unversehrte Matrosen ein, um sich der Aufgabe anzunehmen.

Scarlett blickte zu Hugo. Der stumme Riese senkte das Kinn und gab ihr zu verstehen, dass er sich um Amara und Saras Leichnam kümmern würde. Sie nickte dankbar.

»Ada, ich will, dass du- Ada?« Scarlett sah sich um. Sie hatte geglaubt, ihre Erste Offizierin hinter sich stehen zu haben, doch da war niemand. »Hat jemand Ada gesehen?«, rief sie, die Panik in ihrer Stimme offensichtlich, aber sie konnte sie nicht zurückhalten. Lag ihre Freundin irgendwo an Deck und verblutete? Sie sah sich nach Achtern um, wo sie vorhin noch gestanden hatte. Doch Hannah war die einzige dort.

»Ulrik, wo ist Ada?« Sie packte den Kanonier an der Schulter, der gerade einem humpelnden Matrosen die Stufen hinaufhalf.

»Ich weiß nicht, Captain«, sagte er mit einem entschuldigenden Achselzucken.

»Durchsucht das Schiff«, rief sie ihrer Crew zu und machte sich selbst daran, jeden Zentimeter der *Honoria* zu durchkämmen.

Ohne Erfolg.

Ada blieb verschwunden.

Kapitel 27

Tripp spuckte rußgeschwärzten Schleim aus und rieb sich die juckende Nase am Hemdsärmel trocken. Die Luft war schwer vom Rauch und seine Schultern schmerzten von den vielen Wassereimern, die er auf die brennenden Gebäude und Schiffe gekippt hatte. Letztere waren nicht mehr zu retten, aber sie hatten zumindest verhindert, dass das Feuer auf das gesamte Hafenviertel übergriff.

Jetzt legte sich das Chaos langsam und es war Zeit genug, innezuhalten und das gesamte Ausmaß der Zerstörung zu sehen. Und es war ein verdammtes Massaker.

Eine Lagerhalle und ein Wohnhaus waren komplett abgebrannt. Einige andere Gebäude, darunter auch die Hafenverwaltung, waren von Kanonenkugeln beschädigt. Überall schwelten noch kleinere Feuer, die aber schnell mit blutigem Hafenwasser gelöscht wurden.

Die Bewohner des Hafenviertels hatten mit überraschender Schnelligkeit gehandelt und das Schlimmste verhindert.

Auf den ersten Metern der gepflasterten Promenade lagen Trümmerteile und Leichen – Mensch wie Invictus. Die Steine waren glitschig vom Blut und dem beeindruckenden Gemetzel, das Asher und Kitara angerichtet hatten.

Ersterer war wieder in seiner menschlichen Form und hatte sogar irgendwo eine Hose aufgetrieben, sodass er jetzt helfen konnte, nach Überlebenden zu suchen. Kitara nutzte die feine Nase ihrer Tiergestalt und schnüffelte in den Trümmern herum in der Hoffnung, noch jemand Lebendiges zu finden.

Andere waren damit beschäftigt, mit Harpunen die letzten noch zuckenden Seemonster zu erledigen. Von denen trieben auch nicht wenige im Hafenbecken, zur Strecke gebracht von Scarlett und den anderen Schützen der *Honoria*. Es waren kleine Siege, aber sie wogen die Verluste in keiner Weise auf.

Als Tripp die Schreie von Bord der *Honoria* hörte, schloss er für einen Moment die Augen. Sie hatten heute mehr verloren als ein paar Schiffe. Und deren Verlust war schon schwer zu verkraften. Wenn er sich die aufgerissenen, leeren Augen der unzähligen Toten ansah, überkam ihn ein Gefühl der Hilflosigkeit und Verzweiflung. Wie sollten sie jetzt noch gegen Carter bestehen? Die Hälfte ihrer Verbündeten lag stark beschädigt oder im Sinken begriffen im Hafenbecken. Die *Honoria* selbst hatte immensen Schaden abbekommen und noch wusste niemand, was die Kreaturen des Piratenkönigs unter der Wasseroberfläche angerichtet hatten.

Seth kam mit grimmiger Miene die Laufplanke der *Honoria* herab. Sein Gesicht war ebenso ruß- und blutverschmiert wie Tripps und er hielt sich die Seite dort, wo eine Kreatur ihn mit dem Schwanz erwischt hatte. Es floss kein Blut, aber Seth meinte, mindestens eine Rippe wäre gebrochen. Nur seiner Erfahrung als Grubenkämpfer war es zu verdanken, dass er noch stand. Abgehärtet von unzähligen Kämpfen. Er hatte sich eine Bandage gebastelt und einfach weitergearbeitet. Jetzt stand ihm Schweiß auf der Oberlippe, aber Tripp hütete sich davor, ihn zur Ruhe zu gemahnen. Beim letzten Mal hatte ihm das eine heftige Kopfnuss eingebracht. Und zwei Mittelfinger.

»Sara ist tot«, sagte er jetzt. Die Endgültigkeit in seiner Stimme schnürte Tripp die Kehle zu. Thomas und seine Schwestern schossen ihm durch den Kopf, die unbändige Trauer, die sie gerade verspüren mussten, während Tripp nur erleichtert war, dass Seth nicht Scarletts Namen genannt hatte. Er schämte sich und konnte doch nicht anders.

»Klara ebenfalls«, fuhr Seth fort. »Einige andere sind verletzt, aber niemand so schwer, dass Aline nichts ausrichten kann. Allerdings-« Er stockte.

»Was?« War doch etwas mit Scarlett? War sie verwundet? In Lebensgefahr?

»Es ist Ada. Sie ist verschwunden.«

Automatisch wanderte Tripps Blick über die im Hafenbecken treibenden Leichen, die von der Strömung an der Kaimauer gesammelt wurden. Keine von ihnen hatte silberweißes Haar.

Seth folgte seinem Blick. »Sie haben überall gesucht. Scarlett glaubt, dass Ada entführt wurde.«

Oder unter Wasser gezerrt und gefressen. Aber das sagte Tripp nicht. Er hoffte für Scarlett – und für Ada –, dass ihre Vermutung stimmte.

»Wie geht es ihr?«

Seth verstand sofort, wen er meinte und zuckte die Achseln. »Sie ist Scarlett.« Als würde das alles erklären.

Und in gewisser Weise tat es das auch. Denn es bedeutete, dass sie verbissen weitermachte, ihre Trauer und Verzweiflung unter Wut und Taten vergrub, bis sie betäubt waren. Niemandem zeigte, dass sie fühlte. Am liebsten wäre Tripp zu ihr an Bord gestiegen und hätte sie in die Arme genommen. Um ehrlich zu sein, hätte er das jetzt selbst gut gebrauchen können. Aber er war hier unten mehr von Nutzen. Außerdem bezweifelte er, dass Scarlett eine Umarmung jetzt zu schätzen wüsste. Wahrscheinlich würde sie ihm in den Bauch boxen.

»Da kommt der Gouverneur«, sagte Asher, der neben ihn trat, die Wildkatze an seiner Seite. Ihr geflecktes Fell war von Blut geschwärzt, die Haare an ihrem Maul verklebt. Sie hatte rücksichtslos und bösartig gekämpft, mit Zähnen und Krallen den Tod gebracht. Tripp bewunderte sie für ihre Stärke und fragte sich einmal mehr, ob sie Kitaras Menschengestalt wohl je zu Gesicht bekommen würden. Ashers lange Finger vergruben sich in ihrem Nackenfell und die Katze schnurrte laut, als sie sich an sein Bein drückte, wobei ihr Kopf auf Höhe seiner Hüfte war.

Tripp folgte Ashers Blick zu der Kutsche, die vor dem Gebäude der Hafenverwaltung vorgefahren war. Der Gouverneur trug seine Uniform und sogar seine Perücke unter dem weiten Hut. Er hatte sich nicht eben beeilt, herzukommen, aber Tripp wusste, dass sein gesittetes, erhabenes Auftreten mehr bewirkte als seine Kraft im Kampf. Die Soldaten rissen sich bei seinem Anblick zusammen und salutierten. Er nickte ihnen zu und kam gemessenen Schrittes auf Tripp und seine Kameraden zu, während er das Ausmaß des Angriffs auf sich wirken ließ. Nur die geschürzten Lippen verrieten seinen Unmut.

Robert eilte an seine Seite und begann seinen Bericht, als sie in Hörweite kamen.

»Sechsundvierzig Tote und einhundertzehn Verletzte unter den Soldaten, Sir. Wir haben ein Kontor und ein Wohnhaus verloren. Die Familie, der es gehörte, befand sich glücklicherweise nicht darin. Außerdem sind drei Schiffe gesunken, zwei unserer Galeonen sind schwer beschädigt, eine weitere hat ein paar Kratzer abbekommen.«

Der Gouverneur nickte. »Und wie steht es um unsere Verbündeten?«

Robert hob den Blick zu Tripp. Der übernahm nahtlos: »Nichts, was nicht repariert werden kann, was die Schiffe betrifft, Sir. Wir kennen die genaue Zahl unserer Toten nicht, aber«, er warf einen bedeutungsvollen Blick auf die Zerstörung, »sie haben uns einen ordentlichen Dämpfer versetzt. Die Reparaturen werden Wochen in Anspruch nehmen. Im besten Fall.«

»Verfluchte Scheiße.«

Tripp zog eine Braue hoch.

»Was ist? Überrascht, dass ich fluchen kann?« Der Gouverneur verdrehte die Augen. »Ich habe ja mit einem Angriff gerechnet. Aber das?« Er rieb sich das stoppelige Kinn. Das einzige Anzeichen an ihm, das seine Unruhe bewies. »Wir hatten ohnehin schon nur so wenig Unterstützung.«

Da konnte Tripp nur zustimmen. Der Piratenkönig hatte ihnen einen herben Schlag versetzt. Sie hatten noch Glück gehabt, dass weder die Schiffe der Schwarzen Gilde noch Mathildas Langboot vor Anker gelegen hatten. Aber ihre Abwesenheit konnte auch bedeuten, dass sie bereits auf dem Meeresgrund lagen.

Tripp rieb sich die Stirn. »Wir können nichts daran ändern. Nur das Chaos beseitigen und die Schiffe wieder auf Vordermann bringen.« Er stemmte die Fäuste in die Hüften und sah sich um. »Und hoffen, dass sich uns noch mehr Leute anschließen werden.« Denn das war der einzige Lichtblick in diesem verdammten Fiasko: Die Welt würde von Carters Machenschaften erfahren. Und jetzt würde König Phillip keine andere Wahl bleiben, als Unterstützung zu entsenden. Blieb nur die Frage, ob sie rechtzeitig eintreffen würde.

Asher nickte. Seine tiefe Stimme zog die Aufmerksamkeit aller auf sich. Der Gouverneur musste zweimal hinsehen. Tripp konnte es ihm nicht verdenken. Immerhin war Asher allein schon eine beeindruckende Gestalt mit seiner schieren Größe, der dunklen Haut und den schwellenden Muskeln. Jetzt war er auch noch oberkörperfrei und präsentierte die Schmucknarben auf seiner Brust. Die riesige Wildkatze an seiner Seite nicht zu vergessen.

»Kitara wird weiter nach Überlebenden suchen.« Die Katze leckte sich mit ihrer rosa Zunge die Lefzen, dann stupste sie Ashers Hand an und sprang davon. »Wir Übrigen räumen den Hafen und das Becken auf. Erst dann werden wir das gesamte Ausmaß sehen.«

»Aye.« Tripps Herz machte einen erleichterten Sprung, als er Scarletts Stimme hörte und sie unversehrt die Landeplanke hinabsteigen sah. »Lasst die größeren Holztrümmer zusammentragen, damit sie für die Reparaturen genutzt werden können. Governor«, ihr stählerner Blick richtete sich auf den älteren Mann, »könnt Ihr die Schreiner und Schiffsbauer zusammenrufen, damit sie Tripp helfen?«

Der Governor nickte und winkte sogleich einen seiner Soldaten heran.

Scarlett wandte sich an Tripp. »Du übernimmst die Leitung. Soweit es mich betrifft, bist du der fähigste Bootsmann im Hafen und ich habe keine Lust auf Alleingänge, die in Chaos enden.«

Er nickte. Er war kein Anführer, aber Scarlett hatte recht. Wenn jeder auf eigene Faust agierte, würde es nur zu Problemen führen und das konnten sie sich gerade absolut nicht leisten. Außerdem erfüllten ihre Worte ihn auch ein wenig mit Stolz.

»Die unbrauchbaren Trümmerstücke, Segel und Taue werden auf einem Scheiterhaufen gesammelt.« Sie trat die Leiche einer Kreatur beiseite, den Mund angewidert verzogen. »Verbrennt die Dinger. Die See hat es nicht verdient, sich um sie kümmern zu müssen.«

»Was ist mit unseren Toten?«

Scarletts Blick heftete sich auf Robert. »Die Matrosen bekommen eine Seebestattung. Der Rest… Wie auch immer ihr das an Land handhabt. Wenn ihr Hilfe braucht, sagt Bescheid.« Damit war auch diese Aufgabe vergeben. Robert nickte und wandte sich ab, um die Stadtbewohner um sich zu scharen. Bereitwillig Helfer strömten aus den anderen Vierteln heran, jetzt, da der Kampfeslärm verklungen war.

»Scarlett«, rief eine helle Stimme, gleich darauf war eine in einen pastellfarbenen Morgenmantel gehüllte Gestalt um Scarlett geschlungen wie ein Oktopus. Kastanienbraune Locken schwangen im Wind. »Den Göttern sei Dank, es geht dir gut.«

Scarlett tätschelte Maysies Schultern und schob sie dann von sich. »Vorsicht, ich bin ganz blutig.« Sah nur Tripp die Erschöpfung, die ihr feine Linien ins Gesicht malte? Entging nur ihm nicht die Trauer, die ihren Blick trübte?

Der Schneiderin schienen sie ebenfalls nicht zu entgehen, denn sie stemmte die Hände in die Hüften und sah sich im Hafen um. »Wie kann ich helfen?«

Scarlett kaute auf ihrer Unterlippe. Wahrscheinlich wollte sie die Hilfe ihrer kleinen Spionin ablehnen, doch die Vernunft siegte. Sie konnten jede Hand gebrauchen. »Wir brauchen Leichensäcke, Maysie. Sieh zu, dass du aus den zerstörten Segeln und was auch immer du noch findest, etwas schneiderst, aye?«

Maysie nickte, obwohl das keine schöne Aufgabe war. »Mach ich. Die anderen Schneiderinnen können mir auch helfen. Obwohl ich keine von ihnen hier sehe.« Sie schnaubte verächtlich und wischte sich eine Locke aus der Stirn. »Dann gehe ich die feinen Damen mal wecken.« Sie stampfte davon, ganz Tatendrang. Und wieder konnte Tripp nur staunen, welche Persönlichkeiten Scarlett um sich scharte. Sie alle von ihr angezogen wie Mücken vom Licht.

»Okay. Seth, find mir zwei Leute mit guten Augen und schick sie zu den Wellenbrechern«, sie deutete in Richtung Hafeneinfahrt. »Gib ihnen Glocken oder sonst was mit, womit sie Alarm schlagen können, falls sich jemand der Einfahrt nähert oder sie verdächtige Bewegungen im Wasser sehen.«

»Wird gemacht.« Seth eilte davon.

Scarlett stemmte die Hände in die Hüften und stieß die Luft in einem Schwall aus. »Der Rest von uns hilft beim Aufräumen. Schön, dich zu sehen, Ash.« Sie lächelte den großen Wüstenkrieger an. »Ich will deine Freundin kennenlernen.«

Ash räusperte sich und blickte auf seine Zehen. Irgendwie… verlegen? Tripp zog beide Brauen hoch, so weit, dass er wahrscheinlich keine einzige Falte mehr hatte. »Eigentlich ist sie meine Frau.«

»Was?!«, riefen Scarlett und Tripp gleichzeitig. Sie hatte die Augen komisch weit aufgerissen. »Ist nicht wahr.«

»Doch.« Asher hielt seine Hand hoch und zeigte ihnen eine neue Narbe, die sich schwungvoll über seinen Ringfinger und den Handrücken erstreckte.

Scarlett hob abwehrend die Hände. »Okay, ich will diese Geschichte unbedingt hören, aber nicht jetzt.« Sie drohte ihm mit dem Zeigefinger. »Mach dich darauf gefasst, ich will jede Einzelheit wissen.«

Asher nickte ergeben.

Zu Tripps Überraschung trat Scarlett vor und umarmte den Krieger fest. Dabei reichte sie gerade so bis an sein Kinn heran und drückte die Wange gegen seine vernarbte Brust. »Ich bin froh, dass du zurück bist.«

Asher tätschelte ihr unbeholfen den Kopf und trat eilig zurück, als sie ihn losließ. »Ja, ähm, ich auch.« Er räusperte sich. »Ich gehe dann mal«, er deutete über die Schulter und rieb sich den kahlen Schädel, »helfen. Bis später.«

Tripp konnte trotz der grimmigen Situation ein Lachen nicht unterdrücken.

»Bist du verletzt?«, fragte Scarlett ihn. Und da begriff er, dass sie sich genauso um ihn gesorgt hatte, wie er sich um sie.

Er trat vor sie und nahm ihr Gesicht in beide Hände. Die Art, wie sie mit großen Augen zu ihm aufsah, ließ seine Brust anschwellen. »Es geht mir gut. Ich bin nur froh, dass du wohlauf bist.«

Sie schloss die Finger um seine Handgelenke und nickte. Ihr Hals zog sich zusammen, als sie schluckte. »Er hat Ada.«

Tripp nickte. Sein Hass Carter gegenüber wuchs noch weiter an, als er die hilflosen Tränen in ihren Augen schwimmen sah. »Wir holen sie zurück«, versprach er ihr. »Und wir lassen ihn zahlen.«

Sie schenkte ihm ein wackeliges Lächeln. »Okay.«

»Okay.« Tripp beugte sich vor und drückte seine Stirn an ihre. Mit geschlossenen Augen gestattete er sich diesen einen Moment, um in der Erleichterung zu schwelgen, dass er sie halten durfte. Er atmete ihren Duft ein und spürte ihre weiche Haut unter seinen Fingern. Dann küsste er sie.

Sie streckte sich ihm entgegen, umklammerte seine Handgelenke in eisernem Griff und verriet ihm, wie sehr sie ihn brauchte. Er erwiderte ihr Drängen, zog sie näher zu sich und ließ die Zunge in ihren Mund gleiten. Sie schmeckte nach Meersalz, Leder und Eisen. Sie schmeckte nach Krieg und Verlust und nach Stärke. Sie war sein. Ungebrochen. Stur. Rachsüchtig. Die perfekte Mischung.

Er zog sich nur widerwillig zurück, drückte noch einen kurzen Kuss auf ihre Lippen und entließ sie dann. »Die Arbeit ruft.«

Sie nickte etwas benommen und Tripp genoss ihren atemlosen Anblick. Er löste das in ihr aus. Er allein. Und in diesem Moment entschied er, dass er ihr gehörte. Mit Haut und Haaren.

Kapitel 28

Amara entschied, Sara eine Seebestattung zuteilwerden zu lassen. Weder Serena noch Thomas widersprachen und so fanden sie sich alle am Nachmittag an Deck der *Honoria* ein und segelten aus dem Hafenbecken.

Der Hauptmast musste ersetzt werden, aber da sie nicht aufs offene Meer hinausfuhren, machte das nichts. Sie ankerten vor der Küste und drehten sich so in die Strömung, dass die Wellen die Leichname nicht wieder in den Hafen spülten. Dann übergaben sie die Toten einen nach dem anderen der See.

Maysie hatte sie alle in nagelneue Leichensäcke gekleidet und ihnen die nötige Würde verliehen.

Scarlett hielt eine kurze Rede und sagte die Namen der Gefallenen, wenn sie ins Meer fielen.

Mit anzusehen, wie Klaras toter Körper in den Wellen versank, war beinahe so herzzerreißend, wie Serenas anhaltendes Schluchzen und Amaras emotionsloses Starren. Die Qual der Überlebenden hatte Scarlett schon immer mehr zugesetzt als der Verlust der Toten. Ja, ihre Träume würden sich nie erfüllen, so viele Chancen ungenutzt bleiben. Aber sie waren… nun ja, tot. Sie bekamen von all dem nichts mehr mit.

Einige Religionen glaubten an ein paradiesisches Nachleben, voll Reichtum und Glück. Und die Arschlöcher landeten in der ewigen Verdammnis. Hörte sich doch eigentlich gut an, oder?

In einem Leben voller Tod, war das der Schluss, zu dem Scarlett gekommen war. Also ja, sie vermisste die Anwesenheit ihrer Eltern. Sie würde auch Klara vermissen. Und Lin, denn es hatte einmal eine Lin gegeben, die ihre Freundin gewesen war. Aber sie betrauerte ihren Tod nicht mehr. Die Trauer brachte die Lebenden nicht weiter. Und die Toten erst recht nicht.

Aber sie wusste, dass nicht jeder so eine trockene Sicht auf die Dinge hatte. Also wartete sie geduldig, bis Thomas und seine Schwestern Abschied genommen hatten.

Sie brauchten Tage, bis das Chaos im Hafen beseitigt war und alle Toten verbrannt werden konnten. Tripp arbeitet mit den Schreinern und Schiffsbauern von früh bis spät an den verbliebenen Schiffen, während am Hafeneingang rund um die Uhr Wachen postiert waren.

Die Schneiderinnen hatten sich von den Leichensäcken gleich an neue Segel begeben, während die Soldaten und Stadtbewohner die Trümmer beseitigten und den Müll aus dem Hafenbecken fischten.

Scarlett vergrub sich in körperlicher Arbeit, um nicht in ihrer Angst um Ada zu ertrinken. Sie wusste genau, dass sich

Sorgen zu machen keinen Zweck hatte, aber ihr Kopf wollte trotzdem nicht aufhören, sie mit blutigen Bildern und Albträumen zu quälen. Abends fiel sie wie tot ins Bett, wälzte sich die halbe Nacht von Träumen geplagt herum und stand noch vor Sonnenaufgang auf, um in den Hafen zu laufen. Ihr Rücken schmerzte und sie hatte mehr Holzsplitter in den Händen als sie zählen konnte. Aber sie kamen voran.

In einem ihrer wenigen Treffen mit dem Gouverneur hatten sie beschlossen, den Angriff so schnell wie möglich einzuleiten. Noch einen solchen Schlag von Carter würden sie nicht überstehen. Die beste Verteidigung war also Angriff.

Überraschen würden sie den Piratenkönig sicher nicht, aber sie durften hoffen, ihn mit ihrer Kampfkraft trotzdem zu besiegen.

Nur eines bereitete Scarlett ehrlich Sorgen, als sie zwei Wochen nach dem Angriff zum letzten Kriegsrat ins Haus des Gouverneurs marschierte: Was Carter mit Ada vorhatte. Sie zu entführen, nur um sie zu töten, schien ihr ein sinnloser Aufwand zu sein. Er würde sie also gegen Scarlett einsetzen. Die Frage war nur, wozu.

»Du piddelst schon wieder.«

Sie zog ihre Hand blitzschnell von ihrer rohen Unterlippe zurück und bedachte Tripp mit einem giftigen Seitenblick. »Das ist allein deine Schuld. Erst verbietest du mir das Trinken, dann das Rauchen und jetzt mäkelst du daran herum.«

Er hob eine Braue. Zweifellos durchschaute er genau, was sie da tat, aber er spielte mit, um sie auf andere Gedanken zu bringen. »Du trinkst doch. Und außerdem verbiete ich dir ja nicht, deine Unterlippe so weit aufzuknibbeln, dass sie aussieht wie das Innere eines Thunfischs. Ich weise dich nur freundlich darauf hin, dass ich das Ding nicht mehr küssen werde.«

»Ist das ein Ultimatum?«

Er verdrehte die Augen. »Mach was du willst, Scarlett.«

Sie schnaubte und hob die Hand erneut zum Mund, doch er fing sie in der Luft ab und hielt sie so fest in seiner, dass sie nicht loskam.

Zu ihr geneigt flüsterte er: »Wenn du noch einmal piddelst, küsse ich dich auch sonst nirgends mehr, hast du verstanden?«

Sie riss empört den Mund auf und funkelte ihn an, während er mit selbstzufriedenem Lächeln am Tor klopfte. »Du hast mich schon ewig nicht mehr anderswo geküsst, mein Lieber. Deine Drohung ist also völlig sinnfrei.«

»Willst du das Risiko eingehen?«

Sie presste die Lippen aufeinander und zuckte zusammen, als ein scharfer Schmerz ihre Unterlippe zum Pochen brachte. Vielleicht hatte sie es tatsächlich etwas übertrieben. »Wie wäre es mit einem Versprechen, statt einer Drohung?«, neckte sie ihn.

Tripps Blick glitt von ihren Augen zu ihrem Dekolleté. Morgen früh würden sie in See stechen und dann mussten sie wachsam bleiben. Dies war also ihre letzte ungestörte Nacht. »Na gut, wie wäre es, wenn ich-«

»Ja?«

»Halt die Klappe«, fuhr Scarlett den Wachmann an, der durch das Guckloch zu ihnen hinausblickte. »Was wolltest du sagen?«

Tripp schüttelte schmunzelnd den Kopf und wandte sich an den Wachmann: »Wir werden vom Gouverneur erwartet.«

»Ah«, sagte der Mann nur, bevor er mit einem bösen Blick auf Scarlett und einem vernehmlichen Rumps die Klappe schloss und sich am Schlüsselloch der Mannpforte zu schaffen machte. Also ehrlich, so pompös war das Eingangstor nun auch nicht, dass man eine Mannpforte brauchte. Scarlett verdrehte die Augen.

»Wenn du es schaffst, für den Rest des Tages nicht mehr an deiner Unterlippe zu kauen, werde ich dich heute Abend so lange lecken, bis du mich anbettelst, aufzuhören.«

»Du weißt, dass das nie passieren wird.«

Er grinste. »Wir werden sehen.«

Den Fakt überspielend, dass sich ihr Unterleib gerade vor Vorfreude zusammenzog, blinzelte sie zu ihm auf. »Abgemacht.«

In diesem Moment ging die Pforte auf und ein rotwangiger Soldat trat zurück, um sie hindurchzulassen.

»Lauschen gehört sich nicht«, schalt Scarlett ihn, als sie über die Schwelle trat, Tripps Hand wie ein glühendes Eisen auf ihrem unteren Rücken.

Der Soldat murmelte etwas, das sich anhörte wie: »Dann redet doch nicht so laut.«

Scarlett entschied, ihn zu überhören. Mittlerweile kannte sie den Weg zum Arbeitszimmer des Gouverneurs besser als den zur Latrine. Robert wartete bereits auf sie.

Mit dem Rücken an die Wand gelehnt stand er im Flur vor dem Gouverneurs-Büro und drehte einen Gegenstand zwischen seinen Fingern hin und her, den Blick ins Leere gerichtet.

»Was hast du denn da?«

Ehe Scarlett einen Blick darauf werfen konnte, steckte er es eilig weg und stieß sich von der Wand ab. »Da seid ihr ja endlich.«

»Was heißt hier endlich? Wir sind genau pünktlich.«

»Klar, wenn pünktlich in deiner Welt eine halbe Stunde zu spät meint.«

Scarlett verdrehte die Augen. »Korinthenkacker«, sagte sie als sie die Tür aufstieß und Robert dabei absichtlich anrempelte.

»Ich hoffe, Ihr meint nicht mich.« Der Gouverneur saß an seinem Schreibtisch über ein Stück Pergament gebeugt. Seine Schreibfeder war ein riesiges Ding, mit dem er ganz sicher was kompensierte. Jedenfalls kratzte sie unangenehm über das Papier und verursachte Scarlett Gänsehaut auf dem Rücken.

»Seid Ihr denn einer?« Sie schlenderte zum Schreibtisch, schnappte sich ein Bonbon aus der bereitgestellten Schale und quetschte es aus dem Wachspapier direkt in ihren Mund, als sie sich auf einen der beiden freien Stühle fallen ließ und die Stiefel auf der Tischkante ablegte.

Der Gouverneur blickte unwillig darauf, hatte aber aus der Lektion gelernt und sagte nichts dazu. Robert nahm seinen üblichen Platz am Fenster ein und Tripp zog sich den zweiten Stuhl zurecht.

»Manchmal.«

»Dann fühlt euch im Kollektiv angesprochen.« Sie schob das Bonbon in die linke Wange. Es schmeckte herrlich nach Orange und braunem Zucker. »Also. Was gibt's?«

Der Gouverneur setzte seine Unterschrift unter das Dokument und legte die Feder beiseite, ehe er Sand über die Tinte streute.

»Da ich euch nicht begleiten werde, möchte ich noch einmal die Strategie besprechen.«

Scarlett ließ den Kopf mit einem Stöhnen gegen die Stuhllehne fallen und warf die Arme in die Luft. »Das haben wir doch schon hundert Mal besprochen.«

Der Gouverneur überging ihren Einwand. »Außerdem habe ich Nachricht von König Phillip erhalten.«

Scarlett hob den Unterarm, unter dem sie ihre Augen verborgen hatte wie eine Dame in Nöten. »Was hat er gesagt?«

»Er *schreibt*, dass er Hilfe schicken wird.«

Jetzt saß Scarlett aufrecht, beide Füße auf dem Boden. »Wann? Wie viele?«

Der Gouverneur verzog das Gesicht. »Genau das ist der Grund, warum ich euch sprechen wollte. Er schickt die Schiffe in drei Wochen auf den Weg.«

»Was?!«

Scarlett lachte. »Was daran überrascht dich jetzt?«, erkundigte sie sich bei Tripp und tupfte sich mit dem Ärmel die Lachtränen aus den Augenwinkeln. »War doch klar, dass der kleine Wichser den Schwanz einzieht.« Wahrscheinlich wollte er die Parteien gegeneinander ausspielen und sich dann holen, was übrig war. So war das doch mit den großen Herrschern, nicht wahr? Und in den Geschichtsbüchern stünde dann ein heroisches, aufopferungsvolles Lügenmärchen.

»Sprecht nicht so über meinen König«, ermahnte der Gouverneur sie streng, aber er hatte das schon an die zweihundert Mal gesagt und nie Konsequenzen gezogen, deshalb pfiff Scarlett auf seinen empörten Ausruf. Wahrscheinlich sagte er es ohnehin nur des Protokolls wegen.

»Also ändert sich an unseren Plänen ja eigentlich nichts«, schlussfolgerte Scarlett, stützte die Ellbogen auf die Stuhllehnen und faltete die Hände vor ihrem Bauch, die überkreuzten Beine weit von sich gestreckt, sodass ihr unterer Rücken beinahe auf der Sitzfläche auflag. Sie hatte festgestellt, dass es den Gouverneur völlig aus der Fassung brachte, wenn sie sich wie ein ungeduldiges Kind benahm. Und es gab doch nichts schöneres, als Governor Worthington auf die Palme zu bringen, aye? Aye.

»Nicht wirklich. Dennoch möchte ich das Vorgehen noch einmal mit euch besprechen.«

»Na gut, also wir segeln von hier los zur Pirates Bay, treten Carter und seinen widerlichen Kreaturen in den Arsch und das war's auch schon. Derweil sitzt Ihr Euch hier den Hintern platt.«

Tripp verbarg sein Lächeln, indem er sich das stoppelige Kinn rieb, das sie so gern auf ihren Schenkeln spüren würde. Robert dagegen fand sie weniger unterhaltsam.

»Scarlett, bitte nimm diese Sache ernst, okay? Du bist nicht die Einzige, die hier was riskiert.«

Sie begegnete seiner hochgezogenen Braue mit einer herausgestreckten Zunge, dann zuckte sie die Achseln und sagte: »Von mir aus. Erklär es besser.«

Robert richtete sich weiter auf. »Wir segeln morgen bei Tagesanbruch los. Vor Port Mullighan treffen wir auf unsere Verbündeten«, namentlich die Schiffe der Schwarzen Gilde, von denen der Governor nichts wissen musste, und diejenigen, die Asher ihnen versprochen hatte. Hoffentlich stieß dann auch Mathilda zu ihnen, von der sie noch immer nichts gehört hatten, »und segeln dann gemeinsam weiter nach Pirates Bay, wo wir hoffentlich auf die Reef Raiders stoßen. Das sollte drei Wochen in Anspruch nehmen. Wir werden Carter ausschalten und so viele seiner Männer wie nötig festnehmen. Die übrigen Kreaturen werden gejagt, bis wir sicher sein können, sie alle vernichtet zu haben. Erst dann kehren wir zurück.«

»Und was geschieht mit der Pirates Bay, wenn Carter besiegt ist?« Der Blick des Gouverneurs ruhte auf Scarlett.

Sie lächelte süßlich und zeigte ihm ihren Goldzahn. »Das ist Piraten-Angelegenheit.«

Er stützte die Unterarme vor sich auf den Tisch. »Wir werden uns doch wohl nicht binnen eines Jahres einem ähnlichen Problem gegenübersehen?«

Scarlett schnaubte. »Bitte. Habt Ihr eine Ahnung, wie lange es dauert, eine Flotte aus dem Nichts zu errichten? Ich brauche mindestens zwei Jahre. Kein Grund, sich jetzt schon die Unterhosen einzusauen.«

Der Governor seufzte und rieb sich die Augen. Willkommen im Club, guter Mann. Sie waren alle müde und wollten es hinter sich bringen.

Tatsächlich wies ihr Plan einige Lücken auf, die Robert nicht müde wurde, anzubringen. Beispielsweise konnten sie nicht sicher sein, in der Pirates Bay tatsächlich auf Carter zu treffen. Sie hatten keine Verbindung zu ihm und Spione einzuschleusen hatte sich als unmöglich erwiesen, denn die Pirates Bay war vollständig abgeriegelt. Kein Schiff verließ den Hafen und keines gelangte hinein. Er konnte sie einfach aushungern und zum Rückzug zwingen. Ein Schiff konnte nur so viel Essen an Bord nehmen.

Aber Scarlett kannte die Pirates Bay wie ihren Dreispitz. Sie würden einen Weg hinein finden, wenn Carter sich nicht hinaus traute.

Außerdem hielt sie ohnehin nichts davon, den Plan gleich ganz auszufeilen. Ein bisschen Improvisation gehörte einfach dazu. Das war nur leider kein Argument für Robert Whittaker, der eigentlich Nervetaker heißen sollte.

»Keine Sorge Mr. Governor Sir«, sagte sie, stemmte sich aus dem Stuhl hoch und grinste den alten Mann an, »wenn ich Königin der Piraten werde, dann erwarten Euch ganz andere Sorgen.« Sie drückte Tripps Schulter und zwinkerte Robert zu, ehe sie das Treffen für beendet erklärte.

Auf dem Weg zurück zum *Blinden Passagier* fragte Tripp: »Du willst doch nicht wirklich Königin der Piraten werden, oder?«

Nein. Nein, das wollte sie nicht.

»Zeit, dein Versprechen einzulösen«, sagte Scarlett, statt seine Frage zu beantworten, und warf ein freches Grinsen zu ihm rauf.

Er lenkte einen bedeutsamen Blick zum Horizont. »Es ist noch lange nicht Ende des Tages.«

»Nein, aber die Nacht wird nicht genügen, also fang lieber jetzt schon an.«

Er schüttelte den Kopf über sie, aber sie sah genau, dass er nichts dagegen einzuwenden hatte. Das bewies er, indem er sich hinab beugte, ihre Beine umfasste und sie sich mit Schwung über die Schulter warf. Sie rettete ihren Dreispitz nur knapp.

»He«, rief sie lachend.

Als Antwort erhielt sie einen Klaps auf den Hintern. »Ruhe, mein Captain hat mir einen Befehl erteilt.«

Scarlett kicherte. Das gefiel ihr. Das gefiel ihr sogar sehr.

Kapitel 29

Scarlett knibbelte an ihrer Unterlippe. Einfach so zum Trotz, weil Tripp sein Versprechen heute Nacht ja doch nicht wahrmachen würde.

Er hatte ihr schon die Corsage aufgeschnürt, da hatte ein Mann an der Tür geklopft und von irgendeinem Problem auf einem der Navy Schiffe gefaselt. Scarlett hatte nicht ganz zugehört, weil sie noch immer in den Nachwirkungen seiner Küsse schwelgte. Doch dann hatte Tripp sich verabschiedet und war gegangen. Das hatte sie nun vollends aus ihrem vernebelten Zustand geholt.

Statt allein in ihrem Zimmer zu warten, hatte sie ihre Sachen gepackt und war auf die *Honoria* zurückgekehrt. Wenn sie keinen Sex haben konnte, konnte sie auch gleich wach bleiben.

Die Matrosen waren meistenteils von Bord gegangen, um ihre letzte Nacht im Hafen zu verbringen. Nach dem Angriff der Ungeheuer, genossen Scarletts Leute jetzt eine Art Heldenstatus unter den Stadtbewohnern und konnten kostenlos trinken. Was sie sich nicht zwei Mal sagen ließen.

Also waren außer ihr nur Aline an Bord, die sich in ihrem kleinen Labor verkrochen hatte und wahrscheinlich Frösche sezierte, und Thomas und Serena, denen sie in den letzten Wochen ihre Kajüte überlassen hatte. Aline hatte ihr berichtet, dass Serena ohne einen leichten Schlaftrunk nicht mehr zur Ruhe kam und Thomas praktisch gar nicht mehr geschlafen hatte, weil er jetzt wie ein Falke über den verbliebenen Zwilling wachte. Amara schien die Einzige von den dreien zu sein, die auch nur halbwegs mit dem Verlust umgehen konnte, doch selbst sie sah eher aus wie eine wandelnde Leiche. Hugo und sie hatten es sich in einer Ecke des Achterdecks auf Kissen und Decken bequem gemacht und unterhielten sich leise.

Scarlett beschloss, ihnen allen ihre Privatsphäre zu gönnen und ging unter Deck, wo sie sich eine freie Hängematte zurecht machte. Seit ihrer Ausbildung hatte sie nicht mehr hier unten geschlafen. Bei allen Winden, war das schon immer so eng und stickig gewesen? Aber für ein paar Nächte würde es schon reichen. Sie würde einfach-

»Was denn, machst du hier jetzt einen auf volksnah, oder wie?«

Sie sah über die Schulter zu Hunter, der gerade die letzten Stufen hinabstieg und ein Zigarettenetui in seiner Brusttasche versenkte. Im spärlichen Nachmittagslicht wirkte er ausgezehrt und dürr, wie fast alle von ihnen.

»Ja, weißt du, ich muss doch wissen, worüber die Unterschicht sich Sorgen macht«, scherzte sie und bückte sich, um ihre Sachen in der Seekiste zu verstauen, die unter der Hängematte an die Planken genagelt war.

»Da hätten wir zum einen die unheimlichen Kreaturen eines geisteskranken Piratenkönigs, einen geisteskranken Piratenkönig, die Frage, ob wir wohl jemals auch nur einen Kupferling unserer versprochenen Heuer erhalten, und natürlich, ob du mich gleich rauswirfst, weil dein Freund ein bisschen eifersüchtig ist.«

Als sie sich umdrehte, stand er mit verschränkten Armen breitbeinig da, ein emotionsloses Lächeln auf den Lippen.

»Die Antworten lauten: ich weiß, ich weiß, nein und ja.«

Hunter schnaubte und nickte, ehe er den Blick wieder zu ihr hob. »Ich habe es Tripp schon erklärt: ich habe eine Rechnung mit eurem König offen. So lange habt ihr mich an der Backe. Danach verschwinde ich gern.«

Das hatte Tripp ihr tatsächlich erzählt. »Was ist mit Knife?«

Hunters jüngerer Bruder war in einer Werft von König Phillip angestellt gewesen und hatte sich durch den Verkauf von Informationen ein kleines Zubrot verdient. So hatten Scarlett und Hunter sich überhaupt erst kennengelernt. Nachdem Carter von Scarletts Verrat überzeugt gewesen war und sie in die Verbannung geschickt hatte, hatte Jon ihm von ihrem kleinen Spionagenetzwerk erzählt. Der hatte sich die Gelegenheit nicht entgehen lassen wollen und Hunter gefangen nehmen lassen, um Informationen aus Knife zu pressen. Scarlett verstand noch immer nicht, warum er den jüngeren Bruder nicht einfach dafür bezahlt hatte, aber die Mächtigen waren doch immer auch die Geizkragen, nicht wahr? Er hatte Hunter als Druckmittel in die Schwarzwasserzellen gesperrt. Was genau er an Informationen von Knife erpresst hatte, wusste Scarlett nicht.

»Weißt du, Scarlett, man baut sich kein erfolgreiches Informationsgeschäft auf, indem man sich erwischen lässt.«

Sie riss die Augen auf. »Knife ist in Sicherheit?«

Hunter zuckte die Achseln. Nur, wer ihn so lange kannte wie sie, konnte die düstere Sorge in seinem Gesicht sehen. Hunter Black liebte nur eine Menschenseele auf dieser Welt und das war sein kleiner Bruder. »Das weiß ich nicht genau. Als Carters Leute an meine Tür klopften, trat unser Sicherheitsprotokoll in Kraft.«

»Sicherheitsprotokoll?«, fragte Scarlett ungläubig.

»Eigentlich hatten wir mehrere. Aber das simpelste bestand darin, dass ich Knife jede Woche einen Brief sandte. Der Inhalt war unwichtig. Der Brief diente nur dazu, ihn wissen zu lassen, dass alles in Ordnung war.«

Jetzt begriff sie. »Und als er ausblieb, wusste Knife, dass etwas geschehen war, und konnte fliehen.«

Hunter legte den Kopf schräg, was durch die dunklen Tätowierungen an seinem Hals und im Nacken aussah wie ein Raubvogel, der seine Beute erspäht hatte. Der Drachenkopf auf seinem Kiefer schien Scarlett zuzuzwinkern. Aber das lag wahrscheinlich nur am schummerigen Licht hier unten. »Es gab keine Möglichkeit für mich, das herauszufinden. Deshalb habe ich Carter hingehalten, solange ich konnte.«

»Du warst gar nicht als Druckmittel dort eingesperrt. Er wollte dich brechen, um zu erfahren, wie er Knife kontaktieren kann.«

Hunter senkte das Kinn in einer Art Nicken. »Aber ich wusste nicht, ob Knife es herausgeschafft hatte. Und von den Schwarzwasserzellen aus gab es keinen Weg, ihn unbemerkt zu kontaktieren.«

Mitgefühl machte sich in Scarlett breit. »Du weißt also gar nicht, was mit ihm ist?«

Hunter schüttelte den Kopf. »Der Notfalltreffpunkt liegt ein ganzes Stück von hier entfernt. Es war nicht die Zeit, ihn dort aufzusuchen. Und eine Nachricht zu senden, erschien mir zu gefährlich, solange Carter noch am Leben ist.«

Scarlett nickte. Carter würde alles für einen Spion in König Phillips Werften tun. Aber die Sicherheitsvorkehrungen dort waren immens. Sie stellten keine Hilfskräfte ein, die Männer, die dort arbeiteten, genossen das Vertrauen des Königs persönlich. Knife selbst hatte seine Ausbildung dort gemacht und nie irgendwo anders gearbeitet. Seine Tarnung war perfekt und funktionierte nur deshalb. Und, weil er und Hunter extrem vorsichtig waren. Hunter zog es vor, nichts über seinen Bruder zu wissen und in ständiger Sorge um ihn zu leben, als ihn durch einen simplen Brief einer potenziellen Gefahr auszusetzen. Seit Ada verschwunden war, konnte Scarlett sich ungefähr vorstellen, was in Hunter vorgehen musste.

»Carter hat nicht nur mein Studio zerstört, Scarlett«, sagte Hunter jetzt mit grimmigem Ernst. »Er hat uns unsere Kunden gekostet. Er hat meinen Bruder bedroht.«

Scarlett seufzte. Ihre Stiefel scharrten auf den Holzplanken, als sie das Gewicht verlagerte, als würde sie seinem Blick so besser Stand halten können. »Glaub mir, Hunter, das verstehe ich besser als jeder andere. Aber das mit Tripp… das ist was Ernstes. Und ich will ihn nicht noch einmal riskieren.«

Als Hunter den Mund öffnete, hob sie die Hand. »Lass mich ausreden. Ich verstehe deinen Rachedurst. Deshalb sage ich dir auch nicht, dass du zurückbleiben sollst.«

Das Glimmen in Hunters Augen hätte man mit viel Fantasie wohl als Interesse deuten können.

»Wäre es für dich okay, einfach auf eines der anderen Schiffe zu gehen?« Am liebsten hätte sie ihn mit Kilian geschickt, weil sie sicher war, dass die beiden ihre Freude aneinander gehabt hätten. Aber sie hatte noch immer nichts von dem Seelord gehört. Oder von Mathilda. »Ich habe schon mit Robert gesprochen. Er hat eingewilligt, dich mitzunehmen.« Bei allen Winden, das klang ja, als versuchte sie ein ungeliebtes Kind abzuschieben. »Er wird noch eine Weile lang so tun, als wollte er seinen alten Posten als Commodore nicht annehmen, obwohl er sich die ganze Zeit schon wie einer verhält. Deshalb segelt er auf einem der Marineschiffe mit.«

Hunter schien sich die Sache durch den Kopf gehen zu lassen. Sein dunkler Blick glitt über ihr Gesicht. Zu ihrer eigenen Überraschung weckte er keinerlei Erinnerungen. Überhaupt blieb der wohlig-aufgeregte Schauer, der sie bei seinem Anblick immer überrollt und mit Vorfreude erfüllt hatte, aus. Stattdessen war da nur so etwas wie Sympathie.

»Hört sich gut an.«

Sie unterdrückte ihr Aufatmen. Um ehrlich zu sein hätte sie nicht gewusst, was sie bei einer Ablehnung getan hätte.

»Die Sache ist dir wirklich ernst, was?«, fragte er, nachdem er seine Seekiste geleert und seinen Beutel über die Schulter geworfen hatte.

Sie lächelte und wusste, dass sie wie eine verträumte Idiotin aussah. »Ja.«

Hunter lächelte nicht. Er nickte nur knapp. »Viel Glück, Scarlett.«

Sie lag bereits in ihrer Hängematte und ließ sich vom sanften Schaukeln einlullen, als sich die Mannschaft nach und nach hereinschlich. Sie tat so, als würde sie schlafen und das überraschte Flüstern nicht bemerken, als man sie erkannte.

Irgendwann schlief sie dann doch ein, denn als sie von einer Hand geweckt wurde, die sich um ihre schloss, war es bereits stockduster. Nur wenige Strahlen Mondlicht schafften es durch die Bullaugen und umrissen die Tragebalken, Seekisten und Fässer. Das schwarze Eisen der Kanonen glänzte stumpf.

»Schlaf weiter, Red, ich wollte dich nicht wecken.«

Als sie über den gewebten Rand der Hängematte lugte, erkannte sie Tripp in der Koje neben sich liegen. Die Schatten unter seinen Augen rührten nicht nur von der Dunkelheit her.

Sie gähnte. »Konntest du den Schaden beheben?«

»Aye. Mach dir keine Sorgen.«

Ein leises Lachen fiel von ihren Lippen. »Ich mache mir immer Sorgen, Tripp.« Aber als er ihre Hand hielt, während sie beide langsam in den Schlaf hinüberglitten, fiel ihr auf, wie viel ruhiger sie in seiner Gegenwart war. Wie ihr Kopf ihr endlich mal eine Pause gönnte. Weil sie nicht mehr allein war. Weil jemand an ihrer Seite stand, der die Verantwortung mit ihr zusammen schulterte.

Kapitel 30

Die Frühlingswinde waren nicht gnädiger als die Herbststürme. Und sie erfüllten Scarlett mit derselben Begeisterung. Ja, okay, zugegeben, vielleicht benahm sie sich ein wenig wie ein Kind, aber zwischen all den Missgeschicken und Stolpersteinen, die das Schicksal ihnen in den Weg räumte, erschien es ihr wie ein Segen, endlich wieder auf See zu sein.

Für die meisten anderen an Bord war es vermutlich viel zu schnell wieder weitergegangen, nachdem sie nur ein paar Wochen in Port Lory vor Anker gelegen hatten. Aber Scarletts Körper hatte sich nach dem Schwanken der See gesehnt, dem Geruch eines nahenden Sturms und dem Geschmack von Salz.

Nach nur zwei Tagen waren Serena und Thomas an Deck erschienen und hatten sich wieder an die Arbeit gemacht, obwohl das wirklich niemand von ihnen verlangt hatte. Serenas Augen waren weiterhin rotgerändert, aber trocken, während sie stumm und teilnahmslos die Aufgaben übernahm, die Seth ihr zuteilte. Thomas dagegen war von einer knisternden Wut erfüllt, die seine Bewegungen unnötig kraftvoll machte und eine tiefe Falte zwischen seine Brauen grub. Auch er sprach mit niemandem, solange es nicht unbedingt nötig war. Und wenn, dann waren seine Antworten einsilbig und kalt.

Und auch wenn die zwei nicht unbedingt als gute Gesellschaft durchgingen, war Scarlett doch froh gewesen, wieder in ihre Kabine einziehen zu können. Niemand hatte ihr gesagt, dass man ab zwanzig für eine Nacht in der Hängematte mit Rückenschmerzen zahlte. Außerdem hatte sie Ulriks Schnarchen wirklich satt.

Und es bot ihr die Gelegenheit, allein mit Tripp zu sein, wann immer sie es wollte. Leider hatte ihrer beider Tagesabläufe dafür bislang keine Zeit gelassen.

Denn während Scarlett am Steuerrad stand und Pläne schmiedete, wie sie Ada befreien konnte, war Tripp damit beschäftigt, die Mannschaft zu drillen. Sie hatten ihr morgendliches Training wieder aufgenommen und sogar noch erweitert. Scarlett hatte längst den Überblick verloren und war nur noch froh, dass sie nicht daran teilnehmen musste.

Und, dass sie von ihrer erhöhten Position aus einen phänomenalen Ausblick auf Tripps schweißnassen Oberkörper hatte. Asher half ihm, die verschieden fortgeschrittenen Gruppen zu trainieren, während seine Wildkatze am Bug lag und alles unter schweren Lidern beobachtete. Scarlett konnte schwören, dass sie ab und an ein amüsiertes Schnauben von der Katze hörte. Jedes Mal, wenn die Schweißtropfen auf Ashers Haut funkelten, schoss eine hellrosa Zunge hervor und leckte über die weichen Lefzen. Scarlett hatte vollstes Verständnis.

Asher hatte ihr erzählt, wie er der Spur des Grauen Wolfs zurück in den Golf von Karaidaj und bis in die Wüste gefolgt war, wo er auf Kitara gestoßen war, die ebenfalls eine Rechnung mit dem alten Sack offen gehabt hatte. Sie hatten sich nach anfänglichen Schwierigkeiten zusammengetan und, nun ja, *zusammengetan*. Dazwischen war noch allerhand Zeug passiert, das Scarlett wieder vergessen hatte, aber Fakt war, dass die beiden jetzt ein Seelenbund verband und sie für immer zusammen sein würden. Deshalb hatte Kitara Asher auch hierher begleitet, um ihnen zu helfen.

Obwohl Scarlett der Frau Kleider hatte bringen lassen, war sie ihr noch nie in ihrer menschlichen Form begegnet. Die Abwesenheit von Katzenscheiße an Deck war jedoch ein starkes Indiz dafür, dass sie sich durchaus manchmal verwandelte. In Scarlett brannte eine unbeschreibliche Neugierde darauf, welche Frau Asher so sehr um den Finger hatte wickeln können. Denn dass er ihr verfallen war, war offensichtlich.

Scarlett hockte an der Reling und schützte ihr Abendessen vor dem nassen Wind, als Aline sie aufsuchte. Die Schiffsärztin hatte sich in den vergangenen Tagen nicht einmal aus ihrer Kabine entfernt, Seth hatte ihr sogar das Essen gebracht. Auf Scarletts Nachfrage hin hatte er gesagt, sie brüte dort über irgendwelchen uralten Schriften und er hätte nicht weiter gefragt. Hilfreich wie immer.

Deshalb überraschte ihr Erscheinen Scarlett nun auch, obwohl sie sich denken konnte, wonach sie suchte und wie die Neuigkeiten ausfallen würden.

»Hast du was gefunden?«

Aline ließ sich neben ihr nieder und lehnte den Hinterkopf gegen die Streben der Reling. Sie wirkte erschöpft, ihre Schultern und der Nacken so verspannt, dass Scarlett es mit bloßem Auge sehen konnte. »Ja«, sagte sie. Der Tonfall allein genügte, um zu wissen, dass ihr dieser Fund nicht helfen würde. »Es gibt ein Ritual, das die Magie unterdrücken könnte. Aber um ehrlich zu sein halte ich das Ritual für gefährlicher, als wenn du die Magie einfach in dir behältst.« Sie rieb sich über das Gesicht, verteilte die wenigen Regentropfen darauf wie Gesichtswasser.

»Also bleibt nur noch die andere Möglichkeit«, stellte Scarlett fest und schluckte. Der Eintopf schmeckte plötzlich nach Asche. Sie hatte so sehr gehofft, dass Aline etwas finden würde. Viel mehr, als sie sich selbst hatte eingestehen wollen. Dass Cailin sie mit ihrer Scheißmagie in diese Lage gebracht hatte, erschien Scarlett so schrecklich ungerecht, dass sie der Bitch am liebsten das Gesicht abgekratzt hätte. Vielleicht würde es ja noch dazu kommen.

»Du könntest auch einfach abwarten. Vielleicht passiert ja gar nichts.«

»Aber vielleicht passiert doch was. Und das Ausmaß dessen ist nicht einzuschätzen. Was, wenn Cailin auf die Magie zurückgreift und mich, keine Ahnung, unter ihre Kontrolle bringt oder sowas? Mich dazu benutzt, euch anzugreifen? Nein, das Risiko ist einfach zu groß.« Und Tripp würde das verstehen, oder? Ihre Entscheidung? Und die Folgen, die daraus resultierten. »Setz den Trank auf.«

Aline nickte, den Kopf noch immer gegen die Reling gelehnt starrte sie in den grauen Himmel empor. »Ich habe mit Seth geschlafen.«

»Was?!« Scarlett zerrte sich beinahe eine Nackensehne, so ruckartig fuhr sie herum.

Aline sah nicht einmal in ihre Richtung. »Er ist einsam. Ich brauchte die Entspannung. Es hat sich angeboten. Ich wollte nur, dass du es weißt.«

»Warum denken alle, sie müssten mir sagen, mit wem sie ins Bett steigen?«, fragte Scarlett, mehr zu sich selbst, und griff wieder zum Löffel, nur um im Eintopf herumzurühren und ihn dann wieder wegzulegen. »Glaubst du, Lin war schon immer Cailin? Oder hat die Hexe die echte Lin irgendwann ersetzt?«

Aline gab einen nachdenklichen Laut von sich. Von ihrer alten Crew waren nur noch wenige Mitglieder am Leben, die Lin wirklich gekannt hatten. »Schwer zu sagen. Sie hat einen Tarnzauber verwendet, um als Mensch durchzugehen. Wobei ich davon ausgehe, dass der schon auf ihr gelegen hat, bevor sie verbannt und ihrer Magie beraubt wurde. Anders geht es eigentlich nicht. Es könnte natürlich sein, dass sie sich dich gezielt ausgesucht hat. Sich in deinem Lebensweg platziert hat, um in deiner Nähe zu sein und somit auch in der des Meeres und in Carters. Vorausgesetzt, sie wusste damals schon von seinen Machenschaften. Sie könnte ihre angebliche Familie bedroht haben, in ihrer Scharade mitzuspielen, wissend, dass du ein misshandeltes Kind aufnehmen würdest.«

Scarlett starrte Aline an. Es war offensichtlich, dass die Ärztin sich darüber bereits Gedanken gemacht hatte. Und Scarlett hoffte inständig, dass es noch eine Alternativgeschichte dazu gab, denn sich so an der Nase herumführen zu lassen, sah ihr nicht ähnlich.

»Ich bevorzuge diese Wahrscheinlichkeit«, sagte Aline, als hätte sie Scarletts Gedanken gelesen. »Denn auch wenn wir als die Idioten dastünden, würde das bedeuten, dass es nie eine andere Lin gegeben hat. Eine, die jetzt tot wäre.«

»Stimmt«, seufzte Scarlett. »Und deren Tod wir nicht bemerkt hätten. Wir wären also in beiden Fällen die Dummen.«

Aline schnaubte. »Schön, dass es dir hauptsächlich darum geht, Captain.«

Scarlett warf ihr einen Seitenblick zu. »Du weißt, dass das nicht wahr ist.«

Aline brummte, was Scarlett weder als Zustimmung noch Widerspruch deuten konnte. »Vielleicht war sie auch eine Zeit lang Lin«, sagte sie dann.

»Wie meinst du das?«

»Naja, vielleicht *wollte* sie bei uns sein, ein Teil der Crew. Nicht, um uns auszunutzen, sondern weil sie uns mochte. Weil wir ihr die Chance geboten haben, die See zu bereisen. Vielleicht war sie glücklich mit uns.«

»Und hat uns erst verraten, als sie von Carters Experimenten erfuhr?« Scarlett wollte ihr glauben, aber der Zweifel war deutlich in ihrer Stimme zu hören. Sie lehnte sich zurück und blickte ebenfalls hinauf in die Wolken. Regen tröpfelte sanft auf ihre Wangen. »Ich wünschte, all deine Vielleichts wären wahr. Aber eine solche Machtgier und reine Form von Rachsucht entwickelt man nicht über Nacht. Cailin hat ihre Züge bewusst gewählt, um jetzt genau da zu sein, wo sie sein wollte: in Besitz einer Armee, die es mit den Schöpfungen ihrer Schwester aufnehmen kann, sodass sie sich ihren Thron nur noch pflücken muss wie eine überreife Frucht. Lin war nur eine weitere Lüge in ihrem Netz aus Intrigen.«

Aline schwieg eine Weile, dann sagte sie leise: »Dieses eine Mal würde ich die wilde Theorie der Wahrheit vorziehen.«

Aye, da waren sie schon zu zweit.

Kapitel 31

Es war nicht so, dass Tripp Wasser nicht mochte. Dieser Frühling brachte nur einfach ein wenig zu viel davon mit sich. Am liebsten hätte er sein Hemd gleich ganz weggelassen, damit es abends wenigstens zum Schlafen trocken war und ihn warmhielt. So hatte er das Gefühl, permanent aufgeweicht zu sein.

Umso mehr frohlockte er jetzt, als er an Scarletts Kabinentür klopfte. Sie hatte ihn zu sich gebeten, sobald seine Pflichten es erlaubten. Was leider erst am späten Abend der Fall war. Aber besser als gar nicht.

Die gutriechende Wärme ihrer Kajüte war ihm deutlich lieber als das Unterdeck und ihre Gesellschaft zog er jederzeit der seiner Kameraden vor. Auch, wenn sie so düster-nachdenklich dreinschaute wie jetzt, als er eintrat. Dieser Gesichtsausdruck war nicht gewichen, seit Ada während des

Angriffs verschwunden war, und Tripp fragte sich manchmal, ob er wohl immer bleiben würde.

»Hey, Red«, sagte er, als er die Tür hinter sich schloss. Vor den kleinen Fenstern prasselte der Regen, mischte sich mit dem leisen Fauchen der Öllampen und dem steten Tröpfeln von Tripps Hose. Er hätte sich gern umgezogen, aber er besaß keine Ersatzkleider mehr.

Scarlett saß in Leinenhose und lockerem Hemd auf ihrem Sessel, die Beine überschlagen. Ihr linker Ellbogen ruhte auf der Armlehne und ihre Hand lag über ihrem Mund, während sie nachdenklich aus dem Fenster sah. Im Glas nichts zu sehen als ihre Spiegelung.

Sie sah wunderschön aus, als der seichte Feuerschein über ihre Haut glitt, die bronzenen, von unzähligen Sommersprossen bedeckten Wangen küsste und ihr Haar schimmern ließ wie schweren Rotwein. Es reichte ihr schon fast bis zur Brust und sie hatte das goldene Kopftuch abgenommen, sodass die Strähnen frei ihr Gesicht umschmeichelten. Die mandelförmigen Augen blickten mit schweren Lidern zu traurig drein für ihre Schönheit. Tripp wollte das wilde Funkeln hineinzaubern, mit dem sie früher jedem Sturm entgegengelacht hatte. Doch jetzt zeigten ihre Mundwinkel nach unten, während ihre Fingerspitzen über ihre weichen Lippen strichen.

»Red?« Er ging vor ihr in die Hocke und nahm ihre Hand in seine, als sie nicht reagierte. Da erst wandte sie ihm langsam den Kopf zu und sah auf ihn herab, als hätte sie ihn überhaupt nicht wahrgenommen. Er drückte einen Kuss auf ihre Fingerknöchel und hob die Hand, um ihr eine Strähne hinters Ohr zu streichen, die ihm den Blick auf ihre Augen verwehrt hatte. »Was ist los?«

Sie entzog ihm ihre Hand, aber nicht so schnell, dass es ihm Sorge bereitete. Dann zeigte sie auf den zweiten Sessel. »Setz dich, ich muss dir etwas sagen.«

Ah, der Satz, den jeder Mann gern hörte. Er kam der Aufforderung nach und wartete geduldig, bis sie sich gesammelt hatte. Ihr Zeigefinger mit der Rune *Sky* malte unbewusste Kreise auf ihren Oberschenkel.

»Ich habe dir doch von der Magie erzählt, die Cailin in mir hinterlassen hat.«

Erzählt, war vielleicht übertrieben, schließlich hatte er es herausgefunden, indem er sie unbeabsichtigt belauscht hatte, aber nun gut. »Was ist damit?«

»Die Meerhexe konnte mir damit nicht helfen, wie du dich vielleicht erinnerst. Niemand kann die Magie entfernen, außer Cailin selbst. Aline hat in den letzten Wochen versucht, einen Weg zu finden, die Magie einzudämmen.«

Tripp rieb sich das Kinn. »So wie der Bann, der auf Cailin lag?«

Scarlett nickte. »So ähnlich, ja.«

»Aber?«

Sie seufzte, malte weiter Kreise auf ihrer Hose. »Das Ritual, das dafür nötig ist, ist zu gefährlich.«

Tripp lehnte sich zurück und legte einen Fußknöchel auf seinem Knie ab. »Okay, was heißt das? Müssen wir an Cailin rankommen, bevor der Spaß losgeht, oder-«

»Das wird nicht klappen«, unterbrach sie ihn. »Und selbst, wenn es gelingen sollte, wie sollen wir sie dazu bringen, die Magie zu entfernen? Außerdem«, sie stockte kurz, ehe sie fortfuhr, »ist sich die Priesterin sicher, dass Cailin auf die Magie zurückgreifen kann.«

»Also… wie eine Art Rückversicherung?«

Scarlett nickte. »Ich denke, sie tut das, um sicherzustellen, dass sich Carter nicht gegen sie wenden kann.«

Natürlich. Um nicht hintergangen zu werden, stellte die Hexe sicher, dass sie am Ende die volle Kontrolle über Carters Kreaturen ausüben könnte, sollte das nötig werden. Clever, das musste er zugeben. Und wahrscheinlich hatte Carter keine Ahnung davon. Das machte Cailin aber nur noch gefährlicher.

»Du denkst, sie kann dich dadurch kontrollieren«, schlussfolgerte er und Scarlett nickte. »Was willst du tun?« Etwas Instinktives sagte ihm, dass ihm ihre nächsten Worte nicht gefallen würden.

»Dieser Magiefunke«, begann Scarlett zögerlich, »dient dazu, mich und die anderen Frauen dazu zu befähigen, die Nachkommen der Invictus auszutragen.« Und Tripp lief immer noch ein Schauer über den Rücken, wenn er an die entsetzlich entstellten Leichen dachte, die ganz offensichtlich Teil dieser Experimente gewesen waren. Allein der Gedanke, Scarlett hätte ein ähnliches Schicksal erleiden können… »Deshalb glaube ich, dass die Magie irgendwie mit meinem Unterleib verbunden ist.« Sie legte sich eine Hand auf den Leib.

Tripp folgte der Bewegung mit dem Blick, ehe er ihr in die Augen sah. »Das ergibt Sinn. Und?«

»Und ich denke, dass es einen Weg gibt, die Magie unschädlich oder unwirksam zu machen, indem man den Teil zerstört, in dem sie verankert ist.«

Tripps Brauen beschatteten seine Augen, so fest zog er sie zusammen, als er zu begreifen versuchte, was sie da sagte. Plante sie etwa… Nein, das konnte nicht ihr Ernst sein. »Du willst dich unfruchtbar machen?«

Scarlett nickte.

»Ohne Garantie, dass das wirklich ausreicht, um die Magie loszuwerden?« Er sprang auf die Füße und tigerte vor ihr auf und ab, als könnte sein Gehirn die Informationen nur so verarbeiten. »Was, wenn das alles umsonst war? Ich meine, das ist eine Entscheidung fürs Leben, Scarlett.«

Sie nickte wieder knapp, aber die Art, wie sie die Lippen zusammenpresste und ihre Hände ineinander krallte, verriet ihm, dass es sie durchaus nicht kaltließ. »Wenn es nicht funktioniert, habe ich es wenigstens versucht, Tripp.«

Er hielt inne und starrte sie an.

»Verstehst du nicht?« Sie stand auf und kam zu ihm, legte eine Hand an seine Wange, den Blick vor Verzweiflung tränenverschleiert. »Ich bringe euch alle mit dieser Magie in Gefahr. Was, wenn Cailin mich tatsächlich durch sie kontrollieren kann und ich mich plötzlich gegen euch wende? Ich könnte so viel Schaden anrichten.« Als er nichts sagte, senkte sie den Blick. »Ich weiß, du hast dir etwas anderes für deine Zukunft gewünscht. Und ich verstehe, wenn du-«

»Hier geht es nicht um das, was ich will, Scarlett«, unterbrach er sie harscher als beabsichtigt und fing ihre Hand auf, als sie von seiner Wange glitt. Er legte sie auf seine Brust und hielt sie unter seiner gefangen. »Es geht nicht um mich. Es geht darum, dass du dieser Frau einfach so etwas opferst, was ihr nicht zusteht. Dass du ein solches Risiko – denn versuch nicht, mir weiß zu machen, diese Prozedur wäre auch nur im Mindesten leicht – auf dich nimmst, um uns andere zu schützen. Vor einer Macht, die uns vielleicht gar nicht gefährlich werden kann.«

»Aber vielleicht doch.« Ihre Augen flehten ihn an, sie zu verstehen. Dabei verstand er sehr wohl. Er wollte es nur nicht akzeptieren. Er wollte sie nicht so leiden sehen.

»Du hast deine Entscheidung bereits getroffen, nicht wahr?«

Sie senkte den Kopf und nickte. »Ich wollte nur, dass du es weißt, damit du-« Sie beendete den Satz nicht.

Tripp stieß frustriert den Atem aus, hielt ihre Hand jedoch fest, als sie sie fortziehen wollte. Er nahm ihr Kinn in die freie Hand und hob es an, sodass er sie ansehen konnte. »Damit ich mir eine andere Frau suchen kann?«

Die Unterlippe zwischen die Zähne geklemmt nickte sie.

Er presste den Daumen auf ihr Kinn und befreite ihre Lippe von der Tortur, dann strich er darüber, während er nach den richtigen Worten suchte. »Red, ich will nicht, dass du das tust. Ich will, dass du alles haben kannst, was du dir wünschst, auch wenn du es dir erst in ein paar Jahren wünschst. Aber es ist deine Entscheidung. Und was auch immer du wählst, ich stehe an deiner Seite und helfe dir durch den Sturm, den es mit sich bringt, okay?« Ihre Augen waren riesig, als sie zu ihm aufblickte, die freie Hand legte sich um sein Handgelenk, als er sie näher zog. »Ich liebe dich nicht, weil du mir Kinder schenken kannst. Ich liebe dich allein um deinetwillen. Und wenn das bedeutet, dass ich dich ganz für mich allein haben werde, bin ich noch immer der glücklichste Mann der Welt. Hast du verstanden?«

»D-du...« Ihr Mund bewegte sich unter seinem Daumen, aber nichts drang heraus.

Er lächelte. »Ja. Ich liebe dich.«

Weil er nicht wollte, dass seine Worte sie in Zugzwang brachten, erlöste er sie mit einem Kuss. Ja, schrecklich uneigennützig, nicht wahr?

Seine Lippen auf ihre gepresst, zog er sie enger an sich und entließ ihre Hand, um den Arm um ihre Taille zu schlingen und sie hochzuheben. Dabei löste er den Griff um ihr Kinn und versenkte seine Finger in ihrem herrlichen Haar. Der Geruch von Seeluft und Leder füllte seine Sinne. Scarlett schlang die Beine um seine Hüften und umklammerte seinen Hals. Ihre Zunge neckte seine Oberlippe und er gewährte ihr Einlass.

Der Kuss war heiß und drängend, das Ventil für all ihre angestauten Gefühle und das Verlangen, das immer wieder von ihren Pflichten verdrängt worden war. Doch dieses Mal nicht. Dieses Mal würden sie sich ihm hingeben und Tripp entschied, dass er jede Sekunde davon genießen würde. Und dafür sorgen würde, dass Scarlett dasselbe tat. Dass sie ihren

Verstand ausschaltete, ihre Sorgen losließ und sich ihm so rückhaltlos anvertraute wie vor ihrem langen Streit.

Er würde sie spüren lassen, wie sehr er sie liebte.

Eine Hand auf ihrem Hintern trug er sie zum Tisch, ohne den Kuss zu unterbrechen. Sie nestelte ungeduldig an seinem nassen, kalten Hemd herum, als er sie auf die Tischplatte setzte und ihren Kuss unterbrach.

Sie schmollte.

Tripp lachte und strich ihr eine Strähne aus der Stirn, ehe er zwischen ihre Beine trat und sich langsam das Hemd auszog. Er schwelgte in der stummen Bewunderung, mit der Scarlett seinen Körper betrachtete. In der zarten Berührung, mit der sie seine Muskeln nachfuhr und die empfindliche Haut reizte. Das Hemd landete mit einem Klatschen hinter ihm auf dem Boden und schon war sein Mund wieder auf ihrem, seine Hände in ihrem Haar, ihre auf seinem Rücken.

Sie seufzte in seinen Mund, als er die Fingerspitzen über ihre Kopfhaut zog, den Nacken hinab und über ihre Wirbelsäule. Instinktiv bog sie sich ihm entgegen und drückte ihre Brust gegen seine, die Brustwarzen unter dem dünnen Leinenstoff aufgerichtet. Er gelangte zum Hemdsaum und zog es ihr in einer fließenden Bewegung über den Kopf. Dunkelrotes Haar ergoss sich über ihre bronzenen Schultern und die schweren Brüste, die mit kleinen Sommersprossen gesprenkelt waren und einem Muster von Narben, das silbrig glänzte. Er wollte sie küssen und die Spitzen in seinen Mund saugen, doch er hielt sich zurück, strich stattdessen mit den Fingerknöcheln über ihr Schlüsselbein und zwischen ihren Brüsten hindurch über ihren Bauch, der unter seiner sanften Berührung zitterte.

Ihr feuriger Blick fing seinen ein und als er die unbändige Lust darin sah, wurde jeder Muskel in seinem Körper hart wie Stein. Er sehnte sich danach, in ihr zu sein, in ihre weiche

Wärme einzutauchen und sich mit ihr zu verlieren. Aber zuerst…

Seine Finger schnippten den Knopf ihrer Hose auf und sie half nach, bis der Stoff von ihren Füßen glitt und zu Boden fiel.

Ein Knurren entrang sich Tripps Kehle, ohne dass er es aufhalten konnte. »Was ist das, Red?«

»Gefällt es dir?«, fragte sie mit einem Grinsen, das eindeutig zeigte, dass sie sich ihrer Wirkung bewusst war. Und wie hätte er die Spannung auf seiner Hose auch rechtfertigen sollen?

Reinweiße Spitze bedeckte die Stelle zwischen ihren Beinen und zeigte gerade so viel von dem, was darunter lag, dass ihm das Wasser im Mund zusammenlief. Er roch ihre Erregung, als er ihre Hüfte packte und mit der freien Hand die schmale Linie aus Stoff nachzeichnete, die sich auf ihre Haut schmiegte. Als sein Daumen über die zarte Stelle direkt unterhalb ihres Hüftknochens strich, zitterten ihre Schenkel in freudiger Erwartung.

Aber Tripp ließ sich Zeit, fuhr die Konturen des verboten kleinen Stoffdreiecks nach, das in zwei schmalen Streifen nach hinten führte und dort zwischen ihre Pobacken tauchte. Als seine Finger ihm folgten, entwich Scarlett ein kleiner Atemzug.

Er lächelte sie an. Dann packte er fest zu und zog sie zu sich, sodass sie überrascht nach hinten auf die Ellbogen fiel und ihre Beine links und rechts neben ihm in der Luft hingen. Seine Hände glitten von ihrem Hintern zu ihren Beinen, seine Daumen berührten flüchtig die Stelle, die sie so kunstvoll verborgen hatte. Aus ihrem überraschten Japsen wurde ein Stöhnen, das nach mehr verlangte. Gleich.

Als seine Hände in ihren Kniekehlen lagen, sah er ihr in die Augen. »Leg dich hin.«

Sie gehorchte sofort und als er ihre Knie Richtung Schultern drückte, griff sie danach. »Festhalten«, befahl er. Während er sich den Stuhl zurechtrückte, betrachtete er die wunderschöne Frau vor ihm. Die weichen Linien ihres Körpers, die üppigen Wellen, in denen ihre Haare über die Tischkante fielen, die verschleierten Augen und leicht geöffneten Lippen. Der hungrige Blick, mit dem sie ihn beobachtete, als er zwischen ihren Beinen Platz nahm und sein Entermesser aus dem Gürtel zog.

»Ich hoffe, du hängst nicht allzu sehr daran«, sagte er und wandte den Blick nicht von ihrem, als er die Spitze von ihrer Mitte zog und dabei kurz eine Fingerspitze in die feuchte Wärme eintauchen ließ. Ein Wimmern drang über ihre Lippen. Ihre Lider wurden schwer, als sie zusah, wie er die Spitze durchtrennte und sie völlig vor sich bloßlegte.

Er betrachtete das rosige, glänzende Fleisch vor sich, die weißen Überreste des Slips, die noch von ihrer Hüfte hingen. Dann legte er eine Hand auf ihre Oberschenkelinnenseite und strich mit dem Daumen über ihr Zentrum. Knapp unterhalb ihrer empfindlichsten Stelle hielt er inne.

Sein Blick glitt langsam über ihren Bauch und ihre unter schnellen Atemzügen bebende Brust bis zu ihrem Gesicht. Ihr hellblauer Blick nahm ihn gefangen und für einen Moment hielt er inne, um darin zu ertrinken, während sein Daumen die Bewegung wieder aufnahm. Sie seufzte, als er über das kleine Nervenbündel strich, und sein Name fiel wie ein Gebet von ihren Lippen. Wie ein Flehen um Gnade.

Ein schiefes Grinsen breitete sich auf seinen Lippen aus. »Halt dich fest, Red.«

Dann packte er ihre Oberschenkel, spreizte sie weit auseinander und ließ seine Zunge in ihre Wärme gleiten.

Kapitel 32

Scarletts Kopf sank auf die Tischplatte, als sich ein heiseres Stöhnen aus ihrem Mund löste. Ihre Finger umklammerten die Tischkanten, wie Tripp es befohlen hatte.

Das Gefühl seiner heißen Zunge zwischen ihren Beinen war unbeschreiblich. Seine Hände hielten ihre Kniekehlen umfasst, sonst hätten sie seinen Kopf wie ein Schraubstock umklammert. So konnte sie nur ergeben daliegen und die süße Folter ertragen, die er ihr angedeihen ließ.

Ihre Muskeln erbebten unter seinen Berührungen, bis sich ihr Rücken von der Tischplatte löste, ohne dass sie etwas dagegen tun konnte. Ihr Körper wollte näher zu ihm, drängte sie, sich ihm ganz zu überantworten und sie wollte nichts lieber tun als das.

Wie von selbst löste sich eine ihrer Hände, mogelte sich in sein dichtes Haar und-

Tripp hielt inne. Sein waldgrüner Blick fing ihren. »Nimm sie zurück, Red.«

»Ich will dich berühren«, gab sie die heisere Antwort.

»Ist mir egal, nimm sie zurück, sonst höre ich auf.«

Es kostete sie alle Selbstbeherrschung, der Aufforderung nachzukommen und ihre Finger wieder um die Tischkante zu schließen.

»Gut gemacht, Red. Unterbrich mich nicht noch einmal.«

Seine raue Stimme jagte eine neuerliche Welle der Erregung durch ihren Körper. Früher hätte sie sich für die Laute geschämt, die bei seinen Berührungen aus ihrer Kehle drangen, jetzt gab sie sich ihrer Lust einfach hin.

Tripp legte ihr Bein auf seiner Schulter ab und tauchte gleich darauf zwei Finger in ihre glühende Mitte. Dann war es auch schon um sie geschehen. Sie zerbarst an seinen Lippen und vergaß alle Anweisungen, krallte die Hände in sein Haar und wrang den letzten herrlichen Tropfen Lust aus dem Orgasmus.

Tripp widersprach nicht, zog ihre Ekstase noch mit seinen Fingern in die Länge, während er sie dabei beobachtete, wie sie sich ihm völlig ergab. Die glühende Lust in seinem Blick machte sie verlegen und erhitzte sie zugleich, ließ sie die gähnende Leere, um die sich ihre Muskeln pulsierend zusammenzogen überdeutlich spüren.

Der zufriedene Ausdruck in seinem Gesicht erinnerte sie an ihren letzten Zusammenstoß in den Quellen am White Cap. Doch während sie damals gewusst hatte, dass ihre Lust keinen Unterschied machte, was jetzt alles anders. Tripp liebte sie. Er *liebte* sie. Nur um ihretwillen, das hatte er gesagt. Nicht, weil sie die Nummer Eins der Reef Raiders Flotte war. Nicht, weil sie ihm Kinder schenken könnte. Sondern einfach nur, weil sie sie war und ihm das genügte. Weil sie genug war.

Er gaukelte ihr nicht vor, mit ihren Entscheidungen einverstanden zu sein. Oder dass sie keine Konsequenzen nach sich ziehen würden. *Was auch immer du wählst, ich stehe an deiner Seite und helfe dir durch den Sturm, den es mit sich bringt.* Das hatte er gesagt. Und Scarlett glaubte ihm.

Als Tripp sich jetzt aufrichtete und mit dem Daumen den Rest Flüssigkeit von seinem Kinn wischte, nur um es abzulecken, wollte sie ihm sagen, dass sie ihn liebte. Dass er zum Anbeißen aussah und sie ihn liebte. Dass sie ihm alles geben wollte, was auch immer er sich wünschte. Aber sie wollte nicht, dass es durch ihre Situation an Bedeutung verlor, wenn sie diese Worte zum ersten Mal aussprach. Sie wollte es nicht auf ihr umnebeltes Post-Orgasmus-Gehirn schieben können. Oder auf ihr überquellendes Herz. Ihre Sentimentalität wegen des bevorstehenden Kampfes und der Möglichkeit, zu sterben.

Also sagte sie nur: »Ich brauche dich, Tripp.«

Und er lächelte und gab ihr genau das. Er entledigte sich seiner Stiefel und der nassen Hose und befreite seinen steifen Schwanz, ehe er sie noch ein Stück weiter über die Tischkante zog, die Finger um ihre Hüfte schlang und mit einem langen, tiefen Stoß in sie eindrang.

Scarlett keuchte auf und streckte die Hände nach ihm aus, erpicht darauf, ihn endlich zu berühren.

Tripp lächelte ein träges Lächeln und tat ihr den Gefallen. Er beugte sich über sie, sodass sie seine Arme hinauf, über die kräftigen Schultern bis in seinen Nacken streichen konnte. Sie vergrub die Finger in den kurzen Haaren, die sich aus seinem Knoten gelöst hatten und blickte zu ihm auf.

Er legte den Kopf schräg, stützte einen Ellbogen neben ihrem Kopf auf und erwiderte ihren Blick genauso intensiv. Es war, als würde sie in dem dichten Grün versinken. Im Sommer unter einem großen Baum liegen und in den Himmel hinaufblicken. Ruhe und Geborgenheit umgaben sie wie schützende Decken. Sie lächelte. Dann schlang sich Tripps Hand um ihre Kehle und seine Finger drückten gegen ihren Kiefer.

»Du brauchst mich also, hm?«, raunte er an ihrem Hals. Seine Lippen strichen über ihren Kiefer bis zu ihrem Mund, berührten ihn aber nicht.

»Ja«, keuchte sie und versuchte, sich ihm entgegenzustrecken, aber er bewegte sich keinen Millimeter. Hielt sie nur unter sich gefangen und grub jetzt auch noch die andere Hand in ihr Haar, sodass sie sich gar nicht mehr rühren konnte. »Tripp«, flehte sie.

»Gleich, Red«, murmelte er und strich weiter mit seinen Lippen über ihr Gesicht, ihren Hals, ihre Brüste. Liebkoste die harten Spitzen und steigerte ihre Lust ins Unermessliche. Fuhr mit der Zunge das Netz aus feinen Narben nach, das ihre Haut verunstaltete, als machte es ihm nicht das Geringste aus. Als würde es ihre Anziehungskraft auf ihn nicht im Mindesten schmälern. Ihre Haut kribbelte, ihre Muskeln zogen sich zusammen und ihre Instinkte trieben sie an, sich an Tripp zu reiben, sich unter ihm zu winden, alles zu tun, um Befriedigung zu erlangen.

»So ungeduldig«, schalt er mit einem Zungenschnalzen.

»Bitte, Tripp. Bitte.«

Er lachte rau. »Na gut, Red. Weil du es bist.«

Und dann nahm er endlich einen peinigenden Rhythmus auf, der Scarlett an den Rand der Verzweiflung brachte. Und darüber hinaus.

Sie zerkratzte ihm den Rücken, presste ihm die Fersen in den Hintern, um sein Tempo zu erhöhen, aber er nahm sie nur weiter mit langen, langsamen Stößen, bis sie zitterte und kaum noch auf dem Tisch lag, so sehr klammerte sie sich an ihn. Ihre Atemzüge waren keuchende, unregelmäßige Stöße. Tränen brannten in ihren Augen.

Seine Finger hielten sie so fest, dass sie ganz sicher blaue Flecken an Hals und Hüfte davontragen würde, aber Scarlett scherte sich nicht darum. Im Gegenteil, er sollte sie fester halten und endlich tun, wonach ihr Körper sich so verzweifelt sehnte.

Sie war ein wimmerndes, keuchendes, kraftloses Wrack, als er ihr endlich den Gefallen tat und sein Tempo steigerte. Ihr genau das gab, was sie brauchte. Es dauerte nicht lang und sie stürzte in einen Abgrund aus Hitze, Schwärze und Sternen.

Tripps Knurren der Erlösung begleitete sie auf ihrem Fall und es gab kein schöneres Geräusch.

Kapitel 33

»Ja, ja«, rief Scarlett und quälte sich aus dem Bett. Sie zog sich ein Hemd über den Kopf, während der Verrückte vor ihrer Tür noch immer wild klopfte. »Ich weiß, ich bin eine unglaublich wichtige Persönlichkeit und ohne mich wärt ihr alle aufgeschmissen, aber was soll denn die Scheiße?« Letzteres brüllte sie Seth direkt ins Gesicht. Der zuckte zurück, die Faust noch immer erhoben.

»Hey, Captain«, sagte er, plötzlich verlegen, und zog die Faust zurück, um sich den Nacken zu reiben. »Das ist ein verdammt kurzes Hemd.«

Scarlett blickte an sich herab. Jap. Das war ein kurzes Hemd. Sie zerrte es so weit hinab wie möglich und funkelte ihn an. »Was willst du?«

»Der Ausguck hat was entdeckt, das du dir ansehen solltest.«

Sie schlug ihm die Tür vor der Nase zu und machte sich auf die Suche nach ihrer Hose. »Es ist besser eine scheißgute Nachricht, sonst werfe ich Seth über Bord«, grummelte sie, als sie sich fertig anzog.

»Warte damit bis nach der Schlacht, wir brauchen die Schwarze Gilde«, warf Tripp ein, der sich eben die Hose zuknöpfte. Plötzlich erstarrte er und sah dann schuldbewusst zu ihr.

»Was?«

Er rieb sich den Hinterkopf. Sein Zopf hatte sich gelöst und er sah so ganz verschlafen einfach zum Anbeißen aus, aber seine Miene machte Scarlett misstrauisch. »Ich, ähm, habe vergessen, dir was zu erzählen.«

Sie verdrehte die Augen und schnappte sich ihre Stiefel. »Ist das jetzt superwichtig?«

»Nein. Aber es wird noch superwichtig.«

»Ändert es was an unserer Lage, wenn ich es jetzt erfahre?«

»Nein.«

»Dann behalt es noch für dich.« Sie hatte jetzt keinen Nerv, sich um hundert Sachen gleichzeitig zu kümmern. Nach der Schlacht war sie vielleicht tot und dann wäre all der Stress umsonst gewesen, aye?

Als sie an Deck kamen, entgingen ihr die Seitenblicke der Crew nicht, aber sie ging nicht weiter darauf ein. Etwas anderes forderte nämlich ihre Aufmerksamkeit.

»Wo hast du gesteckt?«, fuhr sie Mathilda an, die neben Asher am Bug stand und ihn mit großen Augen anhimmelte. Ganz ungeachtet der knurrenden Wildkatze, die neben ihm stand, und einem sauertöpfisch dreinblickenden Oskar, der aussah, als wäre er kurz davor, sich aus Ashers Haut einen Sommermantel zu schneidern.

Mathilda drehte sich mit einem breiten Grinsen zu ihr um. »Scarlett. Ach, du weißt ja, wie ungern ich irgendwo im Hafen rumhänge. Da dachte ich mir-«

»Ja, was dachtest du dir da, Mathilda, hm?« Sie schüttelte Tripps Hand ab, die er warnend auf ihre Schulter gelegt hatte. Wohl als Reaktion auf Mathildas schlagartig finstere Miene. Aber darauf pfiff Scarlett. Sie rückte der Prinzessin so dicht auf die Pelle, dass ihre Oberkörper sich berührten. »Du dachtest dir, du machst daraus eine kleine Panoramarundreise, während wir in Port Lory gegen Carters Kreaturen kämpfen, Kameraden verlieren und Ada entführt wird? Tolle Idee. Große Klasse.«

Mathildas Blick wanderte von Scarlett zu Tripp und wieder zurück. »Ich habe das Gefühl, dass ich was verpasst habe.«

»Ach, was du nicht sagst«, fauchte Scarlett und stemmte wutschnaubend die Arme in die Hüften.

»Wer ist tot?«, fragte Oskar, deutlich leiser. Er suchte die umstehende Menge ab.

»Klara und Sara«, antwortete Tripp ruhig. Wieder legte er Scarlett die Hand auf die Schulter, diesmal so, dass seine Finger ihre Kehle streiften und sie ihn nicht einfach abschütteln konnte. Er zog sie ein Stück von Mathilda weg. »Ich schlage vor, wir beruhigen uns. Scarlett, Mathilda konnte nicht wissen, was in ihrer Abwesenheit geschieht. Mathilda«, er seufzte, »eine Nachricht wäre nett gewesen. Wir haben uns um euch gesorgt.«

Mathilda sah ehrlich zerknirscht aus. Und auch ein bisschen neidisch, dass sie die Kämpfe verpasst hatte. »Es tut mir leid«, sagte sie zu Scarlett, die ihr sofort verzieh. »Ich habe aber eine Entschädigung mitgebracht. Vielleicht willst du sie dir mal ansehen?«

»Wenn es nicht mindestens ein Kelpie ist, bin ich nach wie vor sauer«, grummelte sie, folgte der Prinzessin aber zur Reling.

»Das ist viel besser als ein Kelpie«, grinste die breit. Es gab wenig, was Mathildas gute Laune lange trüben konnte. »Darf ich vorstellen: Lord Kilian Silvereye. Ach, und die schwarzen Schiffe da, keine Ahnung, die haben einfach neben uns Anker geworfen.«

Kilian war also tatsächlich von seinem Thron hochgekommen und hatte sich ihnen angeschlossen. Er und drei seiner Schiffe. Scarlett atmete auf. Kilians Matrosen galten als die besten der Welt. In dieser Statistik wurden die gesetzlosen Piraten natürlich nicht aufgeführt. Warum auch? Jedenfalls wurde Scarletts Herz mit jedem Schlag leichter. Und *die schwarzen Schiffe da* waren tatsächlich schwarz. Von Bug bis Heck, selbst die Segel und die Flagge. Pechschwarz.

»Subtil«, meinte Tripp trocken.

»Mhm.« Es waren drei Schiffe. Insgesamt waren sie nun also mit fünfzehn Schiffen unterwegs zur Pirates Bay. »Ich habe meine eigene kleine Flotte«, flüsterte sie Tripp in Bühnenlautstärke zu. Er tätschelte ihr den Hintern.

»Also, was sagst du?«

Scarlett hob eine Braue. »A: du hast sie nicht rekrutiert, ihr seid euch nur zufällig begegnet, also was ist das für eine Kackentschuldigung? Und B: das ist definitiv *nicht* besser als ein Kelpie, was zur Hölle, Tilda?«

»Natürlich sind sie besser.« Mathilda beugte sich zu ihr und flüsterte verschwörerisch: »Sie sind nämlich verkackt real, Scar. Anders als ein Elfen-Pferde-Nixen-Dingsbums. Was auch immer.«

»Du hast einfach keine Fantasie«, nörgelte Scarlett.

»Seit wann bist du denn so abergläubisch, hm?«

Sie zuckte die Achseln. »Ist ganz neu.«

»Da lässt man dich mal drei Jahre allein und dann das.« Mathilda verdrehte die Augen.

»Scarlett ist wie eine dieser Baby-Raubkatzen. Man denkt: Nein, wie niedlich, die hol ich mir ins Haus. Und dann lässt man sie mal eine Minute aus den Augen und schon hat sie einem das Sofa zerfetzt und ins Bett gepinkelt.«

»Und wenn man dich sieht, Kilian, denkt man: Ih, was hat der denn da im Gesicht. Bis man begreift: so siehst du einfach aus.«

»Einfallsreich«, spottete der Seelord und kletterte an Bord. Er klopfte sich die Rockschöße ab.

»Suchst du deine Schlagfertigkeit?«, fragte Scarlett gehässig.

»Nein, dein Gehirn«, gab er kühl zurück und sah an seiner langen gerade Nase entlang auf sie herab.

»Bemüh dich nicht, das hat er mir gestern Nacht rausgevögelt«, sie deutete mit dem Daumen über ihre Schulter zu Tripp, der stocksteif dastand und Kilian anstarrte. »Und so wie er dich ansieht, will er das bei dir auch mal versuchen.« Als Tripp entsetzt zu ihr herumfuhr, kicherte sie.

Kilian sah sich abschätzig an Deck um. Er war ein eingebildeter Schnösel. Aber man konnte auf ihn zählen. Was seine Anwesenheit bewies. Er hätte sich und seine Insel aus diesem Konflikt heraushalten können. Stattdessen tat er das, was König Phillip Pickelarsch versäumte: Er kämpfte gegen das Böse. »Gibt es auf diesem schwimmenden Treibgut auch einen Ort, wo wir uns ungestört unterhalten können?«

»Was denn, wirst du etwa nicht gern angestarrt? Ich dachte, das kommt mit der Berufsbeschreibung.«

»Sie starren nur, weil sie sich wundern, wie ihr Schwachkopf von Captain einen solchen Verbündeten an Land ziehen konnte. Geht's da lang zu deiner Kabine? Junge, sei so gut und hol mir einen Kaffee.«

Scarlett hielt Tripp am Ärmel zurück. »Der *Junge* ist so alt wie du und wird dir gar nichts holen. Der da kann das machen«, sie deutete auf Seth, der die Augen verdrehte. »Und du hast Recht, Mathilda ist wirklich eine unverzichtbare Verbündete. Folge mir, oder soll ich dir einen Scheißlageplan malen? Kein Wunder, dass du so lange gebraucht hast, hast du dich verfahren?«

Sie stapfte voran in Richtung Kabine und ignorierte ihre gaffende Crew.

»Tripp«, rief sie über ihre Schulter zu ihrem Bootsmann, der wie angewurzelt stehengeblieben war und jetzt eilig aufholte. »Seth, signalisier den anderen Schiffen, hier vor Anker zu gehen und der Commodore soll zu uns rüberkommen.«

»Aye, aye, Captain.«

»Wenigstens noch einer, der Respekt vor dir hat«, spottete Kilian und marschierte an ihr vorbei direkt in ihre Kabine. »Oh Götter, schonmal was von lüften gehört, Rogers? Was stinkt den hier so?« Er hielt sich einen Rüschenärmel vor die Nase. Zweifelsohne parfümiert.

»Sex, Kilian«, sagte sie gönnerhaft und klopfte ihm auf den Oberarm. Tripps Wangen liefen rot an, aber sie schämte sich kein Stück. »Wundert mich nicht, dass du den Geruch nicht kennst.«

Mathilda kicherte. »Meine Güte, seid ihr zwei vielleicht verwandt?«

Kilian plusterte sich beleidigt auf, während Scarlett murmelte: »Bei allen Winden, ich hoffe nicht.«

»Meine Mutter hätte sich nie mit einem dreckigen Piraten eingelassen«, echauffierte sich Kilian und ließ sich in einen Sessel sinken.

»Deine Mutter hat sechs blutrünstige Diebe geboren. Wahrscheinlich war *sie* Piratin«, gab Scarlett zurück.

»Geht das jetzt die ganze Zeit so mit euch? Wenn ja, besorge ich mir Watte für die Ohren.« Mathilda verdrehte die

Augen und ließ sich auf den anderen Sessel fallen, ein Bein über die Lehne gelegt, an einem Hautfetzen an ihrem Daumen knabbernd. Das Sinnbild einer Prinzessin.

»Er ist nur sauer, weil ich ihn damals bei dem Wettrennen besiegt habe«, winkte Scarlett ab und hüpfte auf ihren Schreibtisch, wo Tripp und sie gestern so spannende Dinge getan hatten.

»Du hast geschummelt«, warf Kilian ihr vor.

»Und du bist ein schlechter Verlierer.«

»Blöde Kuh.«

»Vollidiot.«

»Zimtzicke.«

»Schwachmat.«

»Okay, das reicht.« Tripp schien seine Ehrerbietung für Kilian verloren zu haben, denn seine Stimme verlange danach, gehört zu werden. Der Fausthieb auf den Tisch hätte vielleicht nicht sein müssen, aber gut. Er war eben aufgeregt. Man traf schließlich nicht jeden Tag sein Kindheitsidol. Wobei Scarlett nicht verstehen konnte, was genau er an Kilian so toll fand.

»Wie wäre es, wenn wir wie Erwachsene miteinander reden? Ist nur ein Vorschlag.« Er bedachte Scarlett mit einem scharfen Blick.

Sie verdrehte die Augen, überkreuzte die Beine im Schneidersitz und lehnte sich zurück auf die Hände. »Urgh, er ist immer so vernünftig. Na gut. Also, Kilian, danke, dass du gekommen bist.«

Silvereye lächelte leicht. »Natürlich.«

»Mathilda, schön, dass du noch lebst. Wie lief es mit Oskar?«

Die nächste halbe Stunde tauschten sie ihre Erlebnisse der letzten Wochen aus. Scarlett klärte Mathilda und Kilian über die Schwarze Gilde auf und erfuhr im Gegenzug, dass

Mathilda während ihrer ganzen Zeit auf See nichts erlebt hatte. Kilian zu treffen, war das spannendste Ereignis bislang.

»Nicht mal diese prolligen Schlägertypen in Port Mullighan waren eine echte Herausforderung«, nörgelte sie, an einem ihrer vielen Zöpfe spielend. Dafür war es mit Oskar scheinbar sehr gut gelaufen. Er hatte eine Weile gebraucht, um sich an die Gepflogenheiten der Crew anzupassen, aber jetzt betrachteten sie ihn schon fast wie einen lang verloren geglaubten Bruder.

»Einen kleinen, etwas weibischen Bruder«, spezifizierte Mathilda. Nur sie und ihre Mannschaft konnten einen Berg wie Oskar als *klein* und *weibisch* bezeichnen. »In der ersten Woche dachte ich, er würde jeden Moment anfangen zu heulen. Aber dann hat er sich eingelebt.«

Keine Spur von fraulicher Verzückung an ihr zu sehen, dachte Scarlett und hatte beinahe schon Mitleid mit Oskar, der sich so viel von einer Begegnung mit seiner Prinzessin erhofft hatte.

Seth brachte ihnen eine Kanne Kaffee und einen Commodore, ganz wie bestellt. Als sie Mathilda und Kilian ihren Plan erörtert hatten, nickte Erstere einvernehmlich.

»Klingt gut«, sagte sie und gab einen Schuss von Scarletts Rum in ihren Becher.

»Das ist doch kein Plan«, beschwerte sich Kilian dagegen umgehend.

»Kommt davon, wenn man als Letzter auf dem Spielbrett erscheint, mein Guter«, beschied Scarlett ihm, noch immer auf ihrem Schreibtisch hockend.

»Wir wissen, dass das alles andere als eine gute Strategie ist«, gab Robert zu. Der Commodore trug wieder seine Uniform inklusive Perücke, als traute er sich jetzt, da Scarlett ihn nicht mehr jeden Tag sah, endlich wieder in seine alte Rolle zu schlüpfen. Sie freute sich ehrlich darüber. Hauptsächlich, weil sie jetzt wieder Witze über seine Perücke machen konnte, aber auch, weil es zeigte, dass er über die Ereignisse in Pirates Bay hinwegkam.

Scarlett schob die Hände in die Hosentaschen und spielte mit dem Gegenstand, den sie darin fand. Heute schien der Tag gekommen, ihn zurückzugeben.

»Ja«, gab sie zu. »Aber wir haben nichts Besseres. Wenn du einen Masterplan entwickeln kannst, bitte, Kilian. Aber wir erreichen die Bay innerhalb der nächsten Woche und das ist alles, was wir bis jetzt haben.«

Der Seelord murmelte etwas, das stark nach »Amateure« klang und Scarlett streckte ihm die Zunge heraus. Aber da er auch keine bessere Idee vorbringen konnte, beendeten sie das Treffen bald darauf schon wieder und beschlossen, den Rest des Tages noch zu nutzen, indem sie Strecke machten.

Mathilda winkte ihnen fröhlich zu, als Oskar sie zu ihrem Schiff zurückruderte. Er würde sich wieder auf der *Honoria* einfinden, aber Mathildas Langschiff hatte keinen Platz für ein Beiboot.

Kilian sparte sich jede Form der Verabschiedung und kletterte so eilig die Leiter hinab, dass man hätte meinen können, er beabsichtigte, seiner eigenen Dummheit davonzulaufen.

Als Robert ihm folgen wollte, hielt Scarlett ihn zurück. Sie zog das Ding aus ihrer Hosentasche und legte es in seine Hand.

»Wir holen sie zurück«, versprach sie dem verdutzten und dann erzürnten Commodore.

Er schloss die Hand um das Schutzamulett, das eigentlich um Adas Hals hätte hängen sollen und das Scarlett ihm vor ihrer Abreise aus Port Lory im Büro des Gouverneurs gestohlen hatte. Ein kleiner Rempler hatte genügt, um es in ihren Besitz zu bringen. »Sie hat es mir geschenkt. Einen Tag vor dem Angriff.«

Scarlett lächelte. »Dann hat es dir ja gute Dienste geleistet.«

Robert nickte mit zusammengepressten Lippen und wandte sich grußlos ab.

»Ich wusste gar nicht, dass da was zwischen den beiden läuft«, sagte Tripp.

»Ja«, seufzte sie. »Ich auch nicht. Aber hier treibt's ja scheinbar jeder mit jedem, also warum überrascht es mich noch?«

Aber sie wusste, dass mehr dahintersteckte. Ada mochte nicht über die Maßen abergläubisch sein, aber sie vertraute auf die Kräfte der Amulette. Scarlett trug ebenfalls eines und Ada schrieb dem Ding ihr anhaltendes Überleben zu. Sie hätte Robert das Amulett nicht einfach so geschenkt. Und sie hatte Scarlett selbst erzählt, dass die Zeit der bedeutungslosen Affären nun vorüber war.

Ada mochte den Commodore und Scarlett hoffte inständig, dass ihre Freundin die Chance haben würde, ein Leben mit ihm zu verbringen.

Kapitel 34

»Sieht nicht so aus, als würden sie einfach rauskommen«,
fand Mathilda. Knochen knackten.

»Musst du jetzt essen? Ich bin ohnehin schon genervt«,
fuhr Scarlett sie an.

Mathilda biss demonstrativ in das Fleisch. »Kommt nicht
alle Tage vor, dass wir auf See Hühnchen essen können.«

»Das ist eine Möwe.«

»Schmeckt genau gleich.« Sie zuckte die Achseln und
warf einen kleinen dünnen Vogelknochen über Bord.

»Du wirst noch Carters Kreaturen anlocken«, maulte Scarlett weiter, deren Neven tatsächlich zum Zerreißen gespannt
waren. Nach drei Wochen auf See hatten sie nun endlich die

Pirates Bay erreicht. Ihre Flotte hatte sich breit aufgefächert positioniert, aber natürlich kam Carter nicht einfach heraus. Genau dafür war die *Schiffbruchpassage* ja gedacht.

»Wenn die nicht schon längst wissen, dass wir hier sind, hätten wir uns gar nicht erst auf dem Weg machen müssen«, fand Mathilda.

Das stimmte. Obwohl Carter so sehr mit seinen ach so intelligenten Schöpfungen geprahlt hatte, kam Scarlett nicht umhin festzustellen, dass sie seit dem Angriff auf Port Lory keines mehr zu Gesicht bekommen hatten. Vielleicht verbargen sie sich unter der Wasseroberfläche, bereit, die Flotte zu versenken. Aber hätten sie das dann nicht längst tun können? Hatte Carter womöglich übertrieben und verfügte gar nicht über so viele Ungeheuer, wie er behauptet hatte? Hatte ihre Gegenwehr in Port Lory ihn vielleicht teuer zu stehen kommen lassen? Oder hinderte ihn etwas anderes daran, sie auszuschalten?

Im Grunde musste er sich ja gar keine Mühe machen. Er könnte sich einfach in der Bay verschanzen und abwarten, bis sie wieder davonsegelten. Aber wozu dann all der Aufwand? Wozu eine Armee erschaffen, um sie dann im entscheidenden Moment nicht zu nutzen? Immerhin war das hier quasi sein feuchter Traum: All seine Feinde hatten sich zusammengetan und hockten hier wie auf dem Präsentierteller, bereit, von ihm vernichtet zu werden.

Scarlett war nur allzu bewusst, dass mit ihrem Untergang auch alle Gegenwehr ersterben würde. König Phillip war Carter allein nicht gewachsen, seine Soldaten zu unerfahren, seine Navy nicht organisiert genug. Abgesehen davon, dass er hier und heute auf einen Schlag acht Schiffe verlieren konnte, von deren Aufbruch er nicht einmal etwas wusste.

Die Schwarze Gilde würde höchstwahrscheinlich einen Handel mit Carter eingehen und Profit herausschlagen. Was Scarlett mit Unbehagen an das denken ließ, was Tripp ihr noch nicht erzählt hatte, und das, soweit hatte sie schon geschlussfolgert, etwas mit der Motivation der Gilde zu tun hatte.

Killian würde sich auf seiner Insel verbarrikadieren und sich darauf beschränken, Carters unausweichliche Vorstöße abzuwehren.

Asher würde ohne Zweifel auf eines der drei am Vortag eingetroffenen karaidachischen Schiffe steigen und zusammen mit Kitara davonsegeln. Und dann würde Scarlett nie die Chance erhalten, ihn nach seinen Verbindungen zum Sultan zu fragen.

Mathilda hatte von ihnen allen das persönlichste Motiv, denn sie wollte ihre Familie beschützen. Zweifellos würden die Clans den Grünen Arm blockieren und ein Vordringen in ihre Gewässer unmöglich machen. Ihnen traute Scarlett sogar zu, wieder zu ihren Ursprüngen zurückzukehren und ohne den Handel mit dem Kontinent und Karaidaj überleben zu können.

Aber der Rest der Welt? Den feinen Damen in Port Helena würden die Perücken wegfliegen, wenn sie plötzlich keine Seide mehr aus Karaidaj erhielten. Und Kaffee. Bei allen Winden, der Kaffee.

»Wir müssen einen Weg hineinfinden, der uns nicht gleich alle den Hals kostet«, sagte Scarlett, das Fernrohr erneut ans Gesicht gehoben.

»Können wir die Passage nicht einfach bei Nacht durchqueren und uns im Hafen sammeln?«, fragte Jon und lenkte damit ein halbes Dutzend mitleidiger Blicke auf sich. »Was ist?«

»Sehr gute Frage, Jon«, log Scarlett, schob das Fernrohr schwungvoll zusammen und drehte sich zu ihm um. »Leider sind außer mir, Kilian und Mathilda – vielleicht auch Robert – keine der anderen Kapitäne in der Lage, die Passage zu durchqueren. Erstrecht nicht nachts.«

»Humphrey konnte es auch.«

Bei der Erwähnung dieses elenden Verräters knirschte Scarlett mit den Zähnen. »Humphrey hat das auch schon hunderte Male gemacht. Er kennt die Passage besser als ich«, zwang sie heraus. »Außerdem verwette ich mein Schiff darauf, dass Carter seine Kreaturen die Zufahrt bewachen lässt. Und in dem Nadelöhr wird es ihnen leichtfallen, uns einen nach dem anderen zu versenken. Dafür brauchen sie nur eine Handvoll dieser Biester.«

»Verstehe.« Jon nickte und wirkte, als denke er angestrengt über eine Alternativlösung nach.

»Was ist mit den Meerjungfrauen?«, schlug Mathilda vor, warf den Rest Möwe über Bord und leckte sich die fettigen Finger ab. »Sie könnten im Hafen ein bisschen Unruhe stiften.«

»Wenn wir sie überhaupt kontaktieren können«, wandte Tripp ein, der, wie sie wusste, noch immer nicht ganz überzeugt war von der Sache mit den Meerjungfrauen. Wenn es nach Scarlett ging, würde er auch nie eine der bezaubernd schönen Kreaturen zu Gesicht bekommen. Eher würde sie ihm die Augen ausstechen.

»Das würde Carter nur weiter ins Inland treiben, nicht aufs Meer, wo sie ihm überlegen sind.«

Mathilda nickte. »Stimmt.« Sie wischte sich die Hände an der Hose ab. »Wenn wir keinen Weg hineinfinden, brauchen wir etwas, das er haben will. Um ihn herauszulocken.«

Daran hatte Scarlett auch gedacht, doch sie musste zugeben: »Ich war davon ausgegangen, unser Erscheinen hier würde genügen.«

»Ausgefeilter Plan, Rogers«, ätzte Kilian, der etwas abseits an der Reling lehnte, als wollte er demonstrativ klarstellen, dass er nicht zu ihnen gehörte.

»Schlag was Besseres vor, Kilian, ich bin ganz Ohr«, fauchte Scarlett ihn an.

Der Seelord stieß sich von der Reling ab und kam auf sie zu. Tripp neben ihr verlagerte fast unmerklich sein Gewicht, sodass er zwischen ihnen stand. Kilian beachtete ihn gar nicht, schob eine Hand in die Hosentasche und holte sein goldenes Klappmesser heraus. Scheinbar ohne darüber nachzudenken, schnippte er es auf und wieder zu. Das metallene Sirren in der Luft wie unterschwellige Musik. »Wie wäre es mit der Prinzessin der Meerjungfrauen?«

»Hä?«

Er verdrehte die Augen, was bei ihm aussah wie bei einer genervten Katze. »Du hast gesagt, Carter will die Königin der Meerjungfrauen für sich haben, weil es die anderen dazu bringen würde, von selbst zu ihm zu kommen. Aber die Prinzessin hat das verhindert.«

Richtig. Weil sie bereits volljährig und damit im Vollbesitz ihrer königlichen Autorität war. Durch irgendeine Meerjungfrauenmagie war es ihr dadurch gelungen, die Urinstinkte ihrer Untergebenen in Schach zu halten, die ansonsten ungeachtet aller Gefahren zur Rettung ihrer Königin geeilt wären und sich von Carter hätten gefangen nehmen lassen.

»Worauf willst du hinaus?«, fragte Mathilda.

Kilian stieß den Atem aus und murmelte etwas. Lauter sagte er: »Begreift ihr denn nicht? Wir könnten die Prinzessin als Lockmittel nutzen. Ohne sie wird ihm die Königin nichts nutzen. Und Carter will in diesem Moment nur eine Sache mehr, als uns zu vernichten.«

»Seine Armee vergrößern«, vervollständigte Scarlett. Wenn das stimmte, dann vielleicht auch ihre Theorie, dass Carter nicht über so viele Kreaturen verfügte, wie er sie hatte glauben machen.

Kilian nickte. »Und er würde umgehend von ihnen profitieren, denn sie könnten seine Unterwasserarmee unterstützen, statt nur dem Austragen der Nachkömmlinge dienen.«

Anders als menschliche Frauen, deren Körper von Magie verändert werden mussten, um überhaupt empfangen zu können, und die dann neun Monate auf sich warten ließen, ohne weiteren Wert, bis sie den Nachwuchs gebaren. Diese Kinder müssten erst heranwachsen und ausgebildet werden, während die Meerjungfrauen Carters Armee sofort beitreten konnten. Das wäre definitiv ein Anreiz für Carter, sich aus seinem Versteck zu wagen.

Die anderen schienen zu demselben Schluss zu kommen, denn Mathilda nickte beeindruckt und Tripp drehte sich halb zu Scarlett um, die Brauen fragend hochgezogen.

»Das hätte dir auch schon früher einfallen können«, warf sie Kilian vor. Der Seelord verdrehte nur wieder die Augen und schnippte sein Messer zu.

»Also? Kannst du Kontakt zu der Prinzessin aufnehmen?«

Sie zuckte die Achseln. »Keine Ahnung, aber versuchen kann ich es ja mal.« Violetta hatte ihr gesagt, die Meerjungfrauen würden wissen, wann sie Port Lory verließen, und zu ihnen stoßen. Doch bislang hatten sie keine Spur von ihnen entdeckt. Und Scarlett hatte keine Ahnung, wie sie Violetta erreichen konnte. Das Tidenhorn war dazu da, die Meerjungfrauen fortzujagen. Das würde ihnen also nichts bringen, selbst wenn sie das Horn hätten. Aber es musste doch etwas geben, das- Ihr Blick fiel auf Asher, der mit verschränkten Armen an der Reling lehnte und sie abwartend musterte. Die goldenen Augen von zusammengezogenen Brauen beschattet. Die Katze saß zu seinen Füßen, die Flanke gegen sein Bein gedrückt, und putzte ihre Pfote. Ein Lächeln breitete sich auf Scarletts Zügen aus, als eine Idee in ihrem Kopf Gestalt annahm.

Kapitel 35

»Und du glaubst wirklich, das wird funktionieren?«, fragte Tripp zweifelnd, als sie am Achterdeck standen und Kaffee tranken.

Er fühlte sich unwohl dabei, der Pirates Bay den Rücken zuzuwenden, doch auf jedem der ankernden Schiffe hielt mindestens ein Mann aus dem Krähennest Ausschau nach Anzeichen für einen hinterhältigen Angriff.

»Oh ja.« Scarlett lachte gemein in ihren Becher. »Sie werden total heiß auf ihn sein.«

Ein Fauchen drang vom Hauptdeck aus zu ihnen, wo Kitara in ihrer Katzengestalt auf und ab lief, wie ein Tiger im Käfig. Sie zeigte Scarlett ihr beeindruckendes Gebiss.

»Hoffentlich frisst Kitara sie nicht, bevor wir ihr den Vorschlag unterbreiten können«, murmelte Tripp und wandte sich wieder dem Beiboot zu, das in einiger Entfernung mitten auf dem Wasser dümpelte. Einen griesgrämig dreinblickenden Wüstenkrieger beherbergend.

»Katzen stehen doch auf Fisch, oder?«, fragte Scarlett mit einem Kichern und machte schnalzende Lockrufe in Kitaras Richtung. Die Wildkatze knurrte sie böse an, die Ohren flach an den Kopf gelegt, der peitschende Schwanz buschig. »Niedlich«, meinte Scarlett. »Kannst du dich auch in sowas verwandeln? Ich wollte schon immer mal ein Haustier.« Die Unschuld in ihren Augen ließ seine Hose eng werden.

»Ach, stimmt, ich habe ja jetzt eine Schlange«, sagte sie mit einem anzüglichen Grinsen und einem Blick in seinen Schritt.

Tripp verschluckte sich und bekam einen Hustenanfall, der ihm das Blut ins Gesicht trieb.

Scarlett klopfte ihm den Rücken.

»Sag sowas nie wieder«, krächzte er und nahm einen Schluck Kaffee, um den Rest Heiserkeit hinabzuspülen.

»Hm, na gut. Oh, sieh mal.« Sie deutete auf das Beiboot, über das sich bereits die Schatten der untergehenden Sonne gelegt hatten.

Eine blonde Frau hatte die Unterarme auf die Reling gelegt und den Kopf darauf gestützt, während sie mit großen Augen zu Asher aufblickte.

Tripp zog das Fernrohr auf und richtete es auf die beiden. Abwärts der Taille war die Frau im Wasser verborgen, doch er sah deutlich die feinen Schuppen auf ihrem Bauch und den Brüsten, auf denen sich das Glitzern des Wassers spiegelte. Die Schuppen hatten jede nur erdenkliche Schattierung von Rot und liefen in feinen, rosa Adern aus, die sich über die Arme und den Hals der Meerjungfrau erstreckten und in bleiche Haut übergingen. Ihre langen blonden Locken fielen ihr nass über den Rücken hinab und trieben hinter ihr im Wasser. Das herzförmige Gesicht wurde von einem Paar riesiger Augen dominiert, die Asher verträumt anblinzelten. Ihr Mund bewegte sich und ließ die Ahnung perlweißer Zähne aufblitzen.

»Oh, du großer, starker Mann, was hast du für tolle Augen?«

Tripp ließ das Fernrohr sinken und wandte sich zu Scarlett um, die ebenfalls in ein Vergrößerungsglas blickte und mit verstellter, diesmal ganz tiefer Stimme fortfuhr: »Danke, die habe ich selbst gemacht.«

»Was machst du da?«, fragte er.

Sie hob kurz den Kopf und sah zu ihm herüber. »Was denn, das könnten sie doch wirklich sagen.«

Tripp schüttelte nur den Kopf, aber ein Teil von ihm war amüsiert genug, um wieder durch das Fernrohr zu sehen und Scarletts Imitation dessen zu lauschen, was Asher ganz sicher nicht mit der Meerjungfrau besprach.

»Kann ich sie ausstechen und in meine Schatzkammer bringen? Ich werde auch ganz vorsichtig mit ihnen sein. Sie hüten wie meine Augäpfel«, säuselte sie mit gespielt hoher Stimme.

»Das fände ich etwas ungünstig. Hättest du denn ein Ersatzpaar für mich?«

Die Meerjungfrau schüttelte tatsächlich in diesem Moment den Kopf, was Tripp zum Lachen brachte.

»Nein«, legte Scarlett ihr in den Mund, »aber ich könnte sie ungefähr auf dieser Höhe auf mein Regal stellen und mich ab und an davor ausziehen? Was hältst du davon?«

»Das fänd ich super.« Sie lachte ein tiefes, dümmliches Lachen, dass Tripps Schultern beben ließ. »Kann ich denn auch mal unter deine Schuppen sehen? Aua.« Der letzte Teil war in ihrer normalen Stimme gerufen und als sie einen Fluch ausstieß, fuhr Tripp zu ihr herum. Nur um zu sehen, dass die Wildkatze ihr in die Wade gezwickt hatte. Kitara zeigte ihr die Zähne, die eben ein Loch in Scarletts Hose gerissen hatten, ohne jedoch die Haut zu verletzen.

»Ja, schon gut, ich höre auf«, brummelte die Piratin unwillig und betastete das Loch. »Na toll.«

Tripp schnaubte ein Lachen und wandte sich wieder Asher zu, der gerade nach den Rudern griff, als die Meerjungfrau sich in die Wellen stürzte. Nicht, ohne ihm ein verführerisches Lächeln zuzuwerfen und kokett zu winken.

Kitara knurrte, aber Tripp sah genau, wie ein Schaudern Ashers Schultern schüttelte. »Keine Sorge«, sagte er zu der Wildkatze. »Er mag Fell lieber als Schuppen.«

Sie warf ihm einen abschätzigen Blick zu, der wohl sowas sagen sollte wie: »Ach, nee, Schwachkopf. Es geht ums Prinzip.«

Frauen.

»Hm, also ich weiß nicht«, sagte Scarlett, den Kopf schräg gelegt, und tippte sich ans Kinn. »Ist diese Riesenbeule in seiner Hose denn normal?«

Tripps Herz setzte einen Schlag aus. Er machte sich bereit in der Erwartung, die Wildkatze würde sich auf Scarlett stürzen und sie mit ihren Krallen zerfetzen.

Doch Kitara setzte sich bloß hin, legte den Schwanz über ihren Pfoten ab, wie eine feine Dame ihre gefalteten Hände im Schoß ablegen würde, und hob einen Mundwinkel, sodass es aussah, wie ein zufriedenes Grinsen. Sie schnurrte und leckte sich über die rosa Nase.

Scarlett lachte. »Du Glückliche.« Als sie Tripps Blick bemerkte, zwinkerte sie ihm zu. »Keine Sorge, Liebling, deiner ist auch beeindruckend.«

Tripp wandte sich mit einem Augenrollen ab, als die Katze einen Laut ausstieß, der wie Lachen klang, und ließ die Frauen allein, ehe er noch mehr nähere Infos über Ashers bestes Stück erhielt.

Stattdessen half er dem Wüstenkrieger an Bord. »Wie ist es gelaufen?«

»Sie vereinbart für Mitternacht ein Treffen hier an Bord.«

Tripp runzelte die Stirn. »An Bord?«

Asher zuckte die breiten Schultern und machte sich daran, der Mannschaft beim Hochziehen des Beiboots zu helfen. »Keine Ahnung, das hat sie jedenfalls gesagt.«

»Okay.« Tripp rieb sich den Nacken. »Deine… ähm, Kitara war ein wenig aufgebracht. Mach dich auf was gefasst.«

Asher warf ihm einen Blick über die Schulter zu und stemmte das Gewicht ins Tau. Er bediente eine Winde allein, während jeweils zwei Matrosen an den anderen standen und zogen. »War sie eifersüchtig?«

Tripp nickte, die Nase mitleidig verzogen. Aber Asher grinste nur breit. »Gut.«

»Gut?«

»Die Gestaltwandler meines Volkes wählen sich ihren Gefährten mit Bedacht, denn der Bund hält für ein Leben.« Er band einen Knoten und überließ der Crew den Rest. Die Hände an der Hose trocknend, fuhr er fort: »Deshalb sind sie besonders territorial, verstehst du? Es kommt immer wieder zu Zwischenfällen, selbst jetzt, da das Wandlergen kaum noch aktiv ist.«

»Und das ist gut?«

Asher nickte, sein Grinsen wurde noch breiter. »Sie neigen dazu, ihr Revier zu markieren, wenn sie sich bedroht fühlen.« Sein Blick glitt über Tripps Schulter zum Achterdeck. Als er sich umdrehte sah er, wie Kitara mit einem Sprung die Stufen hinabsetzte und auf sie zu pirschte. Das Abendlicht erweckte ihr Fell zum Leben. »Sehr gründlich«, fügte Asher an, klopfte Tripp auf die Schulter und ging seiner Partnerin entgegen.

Als er vor ihr in die Hocke ging, stupste sie ihn am Hals und zwickte die Haut, ohne sie zu verletzen. Dann strich sie um ihn wie eine rollige Katze und ließ ihre flaumige Schwanzspitze unter seinem Kinn entlanggleiten.

Zusammen verschwanden sie unter Deck, hoffentlich, um sich ein privates Fleckchen zu suchen.

»Hach, junge Liebe«, sagte Scarlett, die unbemerkt neben ihn getreten war, in einem neckischen Tonfall.

Tripp verdrehte die Augen, legte einen Arm um ihre Hüfte und zog sie gegen seine Seite. Ihr Duft stiegt ihm in die Nase, als er ihr einen Kuss auf den Kopf drückte. »Keine Sorge, Oma, deine Zeit kommt auch noch.«

»He«, lachte sie und schlug ihm auf den Bauch, ehe sie sich von ihm losmachte. »Damit hast du dir gerade deine Streicheleinheit verspielt, Freundchen.«

»Findet deine denn noch statt? Dann macht es mir nichts aus.«

Scarletts Sirenenaugen blickten unter dichten Wimpern zu ihm auf. Als sie mit den Zähnen über ihre Unterlippe fuhr, rieselte ein Schauer Tripps Rücken hinab. Wie ein Spiegel vollführte Scarletts Hand die gleiche Bewegung auf seiner Brust, kratzte von seinem Schlüsselbein bis hinab zu seinem Hosenbund. »Du bist das Beste, was mir je passiert ist, Tripp.«

Die Ernsthaftigkeit in ihrer Stimme, verschlug ihm den Atem.

Kapitel 36

Die Prinzessin der Meerjungfrauen ließ Scarlett ihre Vorliebe für Männer noch einmal überdenken. Nein, ernsthaft. Wer brauchte einen Schwanz, wenn man solche Brüs-

»Ihr habt mir herbeordert?«

Okay, wow. Sie war angepisst. Dabei hatte Scarlett sich noch nicht einmal vorgestellt.

»Eigentlich haben wir um ein Treffen *gebeten*«, sagte sie, in der Hoffnung, die Wogen gleich wieder zu glätten. Ja, haha, super Wortspiel, schon klar.

»Meine Oberbefehlshaberin hat mir etwas anderes berichtet.« Ihr Blick wanderte von Scarlett zu Tripp, Mathilda und Kilian, Robert und Asher, hinab zu der zischenden Kitara. Sie wirkte unbeeindruckt, allerdings konnte sie den Sekunden-bruchteil des Zögerns nicht verbergen, als ihr Blick auf Ashers goldene Augen fiel. Die Meerjungfrauen waren fasziniert von allem Schönen und vor allem vom Gold. Der gesamte Schatz auf Laughing Bird Island hatte ihnen gehört und sie hatten ganze Flotten versenkt, um ihren Reichtum zu mehren. Nicht, weil sie ihn ausgeben wollten, oh nein. Sie wollten ihn horten wie kleine Tiefseedrachen. Jedenfalls hatte sich Scarlett schon gedacht, dass Ashers Augen Violetta und die Prinzessin genug reizen würden, um sich ihren Vorschlag zumindest anzuhören. Wie es schien, hatte Asher die Nachricht aber nicht unbedingt vorsichtig formuliert. Holzkopf.

»Nun ja, auf die Männer ist eben kein Verlass«, sagte sie deshalb und funkelte den Wüstenkrieger böse an.

Das brachte ihr die Aufmerksamkeit der Prinzessin ein, die einvernehmlich nickte. »Tretet zurück, ich werde an Bord kommen.«

Wie genau das möglich sein sollte, wusste Scarlett nicht, aber sie winkte die anderen von der Reling zurück und machte selbst einige Schritte nach hinten.

Die Öllampen beleuchteten die Szenerie nur spärlich, aber es genügte, um die Welle zu sehen, die die Prinzessin empor-hob und auf Deck beförderte.

Mit einem eleganten Schritt trat sie an Bord. Scarlett gaffte. Zwei etwas zu dünne, schneeweiße Beine saßen nun dort, wo vor wenigen Augenblicken noch ein faszinierend hellrosa Fischschwanz an ihrer Hüfte angebracht gewesen war. Kleine, zarte Füße hinterließen nasse Abdrücke auf den Planken, als die Prinzessin von der Reling wegtrat. Sie wirkte nicht eben geübt, aber auch nicht zu tollpatschig mit ihren neuen Gliedmaßen. Ihre Schuppen bildeten nun ein hautenges Kleid, das geradeso ihre Scham bedeckte und Kitara ein Schnauben entlockte.

Als Scarlett sich umwandte, sah sie diverse bezauberte Blicke auf der Prinzessin ruhen. Hauptsächlich männliche. Abgesehen von Tripp, Asher und Hugo schien niemand die Augen von ihr lassen zu können. Mathilda versetzte Oskar einen Schlag auf den Hinterkopf, der ihn aus seiner Starre löste. Kopfschüttelnd versuchte er, wieder zu Sinnen zu kommen. Am meisten überraschte Scarlett aber der Ausdruck auf Kilians Gesicht. Der Seelord starrte als einziger nicht die nackten Beine der Prinzessin an – mal ehrlich, als hätten sie alle noch nie die Beine einer Frau gesehen, peinlich – sondern in ihr Gesicht. Das zugegebenermaßen atemberaubend war.

Umgeben von hüftlangem, schwarzem Haar starrten unbewegte, rosa Iriden aus großen, mandelförmigen Augen zu ihnen empor. Sie hatte eine kleine Nase, deren Flügel leicht rosa waren, als hätte sie einen Schnupfen. Ihr Mund war genau richtig groß und breit und in einem kleinen Bogen geschwungen, was ihr einen lächelnden Gesichtsausdruck verlieh, obwohl sie keine Spur freundlich dreinblickte. Ihre Haut war makellos weiß, wie unberührter Schnee, und wenn sie blinzelte, zuckte ein milchiges Lid herab, ehe das richtige folgte. Es sah unheimlich aus. Anderweltlich. Und doch barg es eine faszinierende Schönheit, die den Betrachter in den Bann schlug.

Das rosa Schuppenkleid bedeckte nur das Nötigste und hatte einen tiefen Ausschnitt, der ihren Nabel freiließ. Es musste Vorteile haben, ein Kleid auf dem Leib gewachsen zu haben, sodass es nie verrutschte. Allerdings überließ es auch absolut nichts der Fantasie. Ab der Hüfte fächerte es zwar ein wenig auf, aber der Rest… War eben ihre Haut. Scarlett fand das schwer zu begreifen, aber das war ja auch nicht ihr Bier.

»Wir haben einen Vorschlag, der uns hoffentlich in unserem Vorhaben voranbringt, den Piratenkönig von seiner Insel zu locken. Und damit natürlich auch euer Bestreben, deine Mutter zu retten, begünstigt.« Hoffentlich.

Die Prinzessin legte den Kopf schräg, verzog aber keine Miene.

»Wollen wir in meine Kabine gehen?«, schlug Scarlett vor, in der Hoffnung, die Meerjungfrau aus Sichtweite der Gaffer zu bringen. Sie schämte sich selten für ihre Crew, aber dies hier war keine ihrer Glanzstunden.

Die Prinzessin sagte nichts. Starrte sie einfach ungerührt an.

»Okay«, sagte Scarlett. Sie tauschte einen kurzen Blick mit Tripp. »Dann folgt mir. Und ihr«, richtete sie das Wort mit einer unüberhörbaren Warnung an ihre Crew, »trollt euch.«

Unter gemurmeltem »Aye, aye« führte Scarlett die Prinzessin zu ihrer Kajüte. Es war beinahe schon komisch, mit welcher Entschlossenheit die Prinzessin an ihrer neutralen Miene festhielt, während sie doch ihre neugierigen Finger nicht verbergen konnte. Es dauerte fast eine Viertelstunde, bis Scarlett sie dazu überzeugen konnte, von ihren Habseligkeiten abzulassen und sich zu setzen, sodass sie ihre Strategie besprechen konnten.

»Also, Prinzessin…«

»Lorietta.«

»Klar.« Endeten alle Namen bei ihnen auf »Etta«? »Also Lori, wir haben uns folgendes überlegt.« Und so erklärte sie der Prinzessin ihren Plan, während ihre Freunde und Kilian hinter ihr standen und aufmerksam zuhörten. Die Prinzessin strich derweil pausenlos über den Samtstoff des Sessels und dann über ihre nackten Beine. Ihre kreisenden Finger brachten Scarlett mehr als einmal aus dem Konzept und sie hörte, wie Kilian hinter ihr das Gewicht verlagerte. Immer wieder huschte der seltsam rosafarbene Blick der Prinzessin durch den Raum, heftete sich auf alles, was auch nur im Ansatz golden schimmerte, und ihre Aufmerksamkeit entglitt Scarlett. Aber es gelang ihr, den Plan vollständig zu erläutern.

»Ihr wollt mich also als Köder benutzen, um den Piratenkönig aus seinem Versteck zu locken.«

»Aye.« Da gab es kein Schönreden. Scarlett würde die Prinzessin sogar jederzeit gegen Ada eintauschen, ohne mit der Wimper zu zucken.

»Warum sollte ich einwilligen?«, fragte die Prinzessin, den Kopf schräggelegt. »Euer Plan bringt mich und mein Volk in Gefahr.«

Der Esel nannte sich selbst zuerst. »Wir übergeben dich natürlich nicht wirklich an Carter. Wir versuchen nur, ihn aus der Bay zu locken.« Sie lehnte sich vor und stützte die Ellbogen auf die Knie, um die Prinzessin eindringlich anzusehen. »Damit wir ihn töten können. Und ihr eure Königin zurückbekommt.«

»Hm«, machte die Prinzessin, den Blick auf Scarletts Hände geheftet, die zwischen ihren Knien baumelten. Genauer gesagt, auf die goldenen Ringe, die daran glänzten. »Ich sehe nicht, wie uns das zum Vorteil gereichen sollte.« Ihre Augen zuckten zu Scarletts. Das weiße Lid blinzelte einen Sekundenbruchteil, bevor das andere herabglitt. Die dichten schwarzen Wimpern flatterten wie Schmetterlingsflügel über ihre hohen Wangenknochen. Am liebsten hätte Scarlett-

Fuck. Das war jetzt schon das dritte Mal, dass ihre Gedanken von der Schönheit der Prinzessin abgelenkt wurden. Sie musste sich konzentrieren. Und die hoffte für Tripps Eier, dass er den Blick abgewandt hatte.

»Euer Plan funktioniert nur dann, wenn Cailin euren König begleitet. Sollte sie jedoch in der Bucht zurückbleiben, bin ich meiner Mutter nicht näher als jetzt, während ihr alles bekommt, was ihr wollt.«

»Wir wollen Cailin genauso tot sehen wie du, das kannst du mir glauben«, sagte Scarlett bitter. Ihre Stimme kam ihr im Vergleich zu Loriettas kratzig und misstönend vor.

»Wie das?«

»Sie hat sich als Freundin ausgegeben und uns dann im entscheidenden Augenblick verraten.«

Lorietta legte wieder den Kopf schräg. Es erinnerte Scarlett an ein Raubtier, das seine Beute studierte. Was nicht zu ihrem lieblichen Gesicht passen wollte. Andererseits war Violetta auch schön und Scarlett hatte ihre spitzen Zähne und die schwarzen Augen gesehen.

»Du trägst etwas von ihr in dir.«

Scarlett schluckte und hoffte wider alle Vernunft, dass ihre Kameraden genau diesen Moment wählten, um nicht zuzuhören. »Nicht freiwillig.«

»Nur sie kann es entfernen.«

»Ich habe einen Weg gefunden, es ohne sie zu schaffen.«

Lorietta ließ ein glockenhelles Lachen vernehmen. »Das ist nicht möglich. Jedenfalls nicht, ohne dem zu schaden, was du noch in dir trägst.«

Eis ließ das Blut in Scarletts Adern gefrieren. »Was?« Hinter ihr schienen die anderen ebenfalls die Luft anzuhalten.

»Oh«, Loriettas schöner Mund verzog sich zu einem spöttischen Grinsen. »Du wusstest es nicht? Haben deine schwachen, menschlichen Sinne es dir denn noch nicht verraten?« Sie beugte sich vor und Scarlett sah wie gebannt dabei zu, wie sie die Hand ausstreckte und die Ringe an ihren Fingern berührte. Ein Schauer durchlief die Prinzessin und sie schloss mit einem wohligen Seufzen die Augen. Als sie sie wieder öffnete, sagte sie: »Ich kann es riechen.« Ihr Blick glitt zu Kitara, die in einer Ecke der Kajüte saß und so tat, als würde sie schlafen. Doch ihre zuckenden Ohren verrieten, dass die hellwach war und lauschte. Asher stand neben ihr, den Rücken an die Holzwand gelehnt.

»Und ich wette, die Katze kann es auch.«

Bei diesen Worten schlug Kitara die Augen auf und hob den Kopf. Sie blinzelte träge, stand auf und streckte sich, wobei ihre Klauen tiefe Kratzer in Scarletts Fußboden hinterließen. Mit einem Gähnen präsentierte sie ihnen ihre Reißzähne und die rosa Raubkatzenzunge. Dann trottete sie fast schon gelangweilt zu Scarlett und schnüffelte.

Gebannt starrte Scarlett auf die riesige Katze und spürte auch die Aufmerksamkeit der anderen auf ihnen ruhen. Schließlich zog Kitara den Kopf zurück und leckte sich über die rosa Nase. Dann ließ sie sich vor Scarlett nieder und legte ihren schweren Kopf in ihren Schoß.

Hilflos blickte Scarlett zu Asher, der erklärte: »Gestaltwandler können riechen, wenn ein Weibchen schwanger oder bereit zur Empfängnis ist. Und sie werden sehr beschützerisch.« Er nickte mit dem Kinn auf Kitaras mächtigen Körper, der wie ein Schutzwall zwischen ihr und der Prinzessin lag. Die Katze stieß einen tiefen Atemzug aus.

»Okay«, krächzte Scarlett, räusperte sich und drängte die Panik zurück, die die Kontrolle übernehmen wollte. Später, versprach sie sich. Später würde sie ausrasten. Jetzt mussten sie die Prinzessin überzeugen. »Nichts… Nichtsdestotrotz wollen wir Cailin besiegen. Und es gibt keinen anderen Weg.«

Die Prinzessin schwieg. Ihr Zögern brachte Scarlett fast um den Verstand, als sie mit angehaltenem Atem wartete. Sie wollte- Sie musste sich mit dem auseinandersetzen, was die Prinzessin offenbart hatte, aber sie konnte-

»Schwöre mir bei deinem Leben, Scarlett Rogers, dass ihr mich nicht ausliefert«, sagte die Prinzessin dann.

Scarlett nickte. »Ich schwöre es.«

»Ich werde euch ein paar meiner Schuppen geben, als Beweis für den König, dass ich mich tatsächlich in eurer Gewalt befinde.« Die Prinzessin hob das Kinn, bis sie auf Scarlett herabblickte, den Rücken kerzengerade, die Beine überschlagen. »Und ich will den Ring.«

Überrumpelt blinzelte Scarlett. »Was?«

»Den da. Mit dem Mondstein.« Lorietta deutete mit dem Kinn auf Scarletts ineinander verkrampfte Hände und den großen, goldenen Ring an ihrem Mittelfinger. Der Mondstein bedeckte das gesamte untere Glied ihres Fingers und war schon beinahe lächerlich groß. Ada hatte ihn ihr zu ihrem zwanzigsten Geburtstag geschenkt, nachdem sie ihn einer reichen Dame gestohlen hatte. Jetzt ruhte der Blick der Prinzessin gierig auf dem Schmuckstück.

Scarlett zog es ab und überreichte es ihr in dem Wissen, dass Ada ihr verzeihen würde, wenn sie erst die ganze Geschichte erfuhr.

Die Prinzessin schnappte ihn von Scarletts Handfläche und schob ihn auf ihren eleganten Zeigefinger. Er sah riesig aus auf ihrer Hand, aber irgendwie passte es trotzdem.

»Das wird als Entschädigung vorerst genügen«, fand sie und verwirrte Scarlett noch weiter.

»Entschädigung wofür?«

Abgelenkt von ihrem neuen Tand, wedelte die Prinzessin mit einer Hand in Ashers Richtung. »Dafür, dass er seine hübschen Augen behalten darf.«

Kitara fletschte die Zähne in einem bösartigen Knurren.

Kapitel 37

Am liebsten hätte Scarlett die Nachricht selbst überbracht. Sie vertraute nicht darauf, dass Carter sich an die stummen Regeln des Krieges hielt, schließlich war er Pirat. Aber sie waren sich alle einig darüber gewesen, dass Carter *sie* in jedem Fall gefangen nehmen würde, wohingegen er wenig Verwendung für Jon hatte.

Der Dieb war nach der Zeit auf der *Pirates Revenge* zu schmächtig, um ihn in einen Invictus zu verwandeln und er war auch nicht dafür ausgestattet, zu Paarungszwecken genutzt zu werden. Zumindest keine, die Carters Interessen vorantrieben. Außerdem hatte er sich freiwillig gemeldet, obwohl er ganz allein in einem Beiboot die Passage durchrudern musste. Scarlett glaubte, dass er sich immer noch schuldig fühlte nach seinem Verrat an ihr. Dabei hatte sie ihm den längst verziehen. Und im Vergleich zu den späteren Ereignissen schien der auch verschwindend gering auszufallen.

Sie hatten kurz debattiert, ob sie den Dieb nicht an einer der geheimen Händlerrouten aussetzen sollten, die über Land in die Pirates Bay führten, damit kein Außenstehender die *Schiffbruchpassage* genauer kennenlernte. Aber die Routen waren nicht ausgebaut und obwohl Jon sich auf dem Land definitiv besser auskannte als zur See, bedeutete das, er hätte über Felsgestein und durch den Urwald kraxeln müssen und das hätte einfach zu lang gedauert.

Also nahm er das Risiko auf sich, nur mit seiner weißen Fahne und Scarletts Brief mit den Schuppen darin bewaffnet in die Pirates Bay zu rudern. Hoffentlich, ohne auf dem Weg zu kentern und abzusaufen.

Scarlett hätte gern einen erfahreneren Seemann geschickt, aber die Neuzugänge in ihrer Crew kannten die Passage nicht und Hugo und Ulrik hätten sich durchaus als Patienten geeignet. Genauso wie Hannah, die sich ebenfalls freiwillig gemeldet hatte. Und Serena, die zwar nicht mehr Erfahrung hatte als Jon, dafür aber seit dem Tod ihrer Zwillingsschwester einen Hang zur Risikobereitschaft an den Tag legte. Thomas hatte sie fortgezerrt, noch ehe Scarlett ihr Angebot hatte ablehnen können.

Jetzt schrien sie sich unter Deck lautstark an, während Scarlett und Mathilda auf den Stufen zum Achterdeck saßen und das Gesicht in die Sonne hielten. Und warteten.

Die Prinzessin aus dem Norden hatte ihre Felle abgelegt und trug nur noch die schmucklosen Leinenkleider ihrer Heimat: ein lockeres Hemd in hellem Blau und eine graue Hose, zusammengehalten von einem dicken Ledergürtel. Um ihren Hals baumelten mehrere Talismane aus Holz, Stein und Knochen, die bei jeder Bewegung aneinander klackten. Als sie sich das dichte Haar hochband, entblößte sie die Clantätowierung, die sich von ihrem rechten Handgelenk bis hinauf zum Ohr erstreckte und sogar Teile der Ohrmuschel einschloss, was Scarlett immer wieder faszinierend fand. Silberne Ringe zierten dasselbe Ohr und an dem Läppchen baumelte ein Bärenzahn an einer kleinen Kette. Mathildas Wangen und Nase waren bereits von Sommersprossen gesprenkelt und sie hatte einen leichten Sonnenbrand auf der Stirn, genau am Haaransatz.

»Hast du dich schon entschieden?«, fragte sie jetzt, die Ellbogen hinter sich auf die Stufen gestützt.

»Hm?«

»Wegen des Kindes.«

Ah. »Was soll ich schon machen? Ein Ungeborenes töten?« Sie schnaubte. »Dazu bin nicht einmal ich fähig.«

Mathilda zuckte mit einer Schulter. »Du würdest es gar nicht bemerken. Ist ja nicht so, als würdest du ihm mit dem Messer die Kehle aufschneiden. Es ist nur ein Klumpen Blut, weiter nichts.«

»Woher willst du das wissen?«

Mathilda verdrehte die Augen. »In meinem Volk dreht sich alles darum, sich schnellstmöglich fortzupflanzen. Denkst du nicht, da wurde ich schon Zeuge der ein oder anderen Fehlgeburt?«

»Hattest du schonmal eine?«, fragte Scarlett, plötzlich neugierig, und blickte zu Mathilda hinauf.

»Götter, nein«, schnaubte die, streckte zwei Finger in den Mund und zog ein Wolfshaar heraus, das wohl von ihrem Mantel stammen musste. »Ich nehme danach immer einen Trank zu mir.«

Scarlett hob die Brauen. »Das wird Frya aber nicht gefallen.«

»Nein, aber ich sage dir, was ich auch ihr gesagt habe: Ich bin nicht bereit dafür. Mein Leben besteht aus Kämpfen, mit zwanzig Männern auf einem Schiff schlafen und mir einen Ruf als Schildmaid aufbauen. Ich kann nicht Tarn werden, wenn ich jetzt Kinder kriege und nur in meinem Langhaus hocke. Außerdem sind die Kerle nicht unbedingt gutes Material, wenn du verstehst.«

Wie von selbst wanderte Scarletts Blick zu Tripp. Er stand an Deck und schliff die Reling ab, um neuen Bootslack aufzutragen, an den Stellen, die vom Meerwasser bereits angegriffen waren. Er hatte sich das Hemd ausgezogen und um die Hüfte geknotet. Seine Haut hatte bereits diesen sommerlichen Bronzeschimmer.

»Ja, ich verstehe.« Während die meisten Frauen ihre Ehemänner wohl anhand ihres Vermögens oder ihres Potenzials als Vater auswählten – oder, weil sie dumm, naiv und verliebt waren, was absolut okay war, denn auf Scarlett traf das ja auch zu – hatte sie genug Zeit im Norden verbracht, um zu wissen, dass beides für die Frauen dort keine Rolle spielte. Wonach sie auswählten, war Stärke. Sie wollten ihren Kindern die bestmöglichen Chancen einräumen, nicht nur im ungnädigen Norden zu überleben, sondern auch ein unverzichtbarer Teil des Clans zu werden. Wer schwach war oder sonstige körperlichen Mängel aufwies, starb zumeist einsam und allein. Und wir sprachen hier nicht von einem unschönen Gesicht, sondern von Missbildungen oder dem Nicht-Vorhandensein eines Bizepses.

»Und was wäre, wenn du den richtigen Mann gefunden hättest?«, hakte sie nach, den Blick noch immer auf Tripp fixiert. Ihr Gespräch über die Schwangerschaft war nicht eben fröhlich-romantisch gewesen. Hauptsächlich deshalb, weil Scarlett außer einer Reihe unheiliger Flüche nichts gesagt hatte, während Tripp ihr hoch und heilig versprochen hatte, immer an ihrer Seite zu sein, worauf sie nur erwidert hatte: »Das will ich dir auch geraten haben.« Naja, und dann hatte er sie gepackt und so hart gegen die Wand gevögelt, dass nun ihre gesamte Rückseite schmerzte. Aber das war es auf jeden Fall wert gewesen. Wenn er die Sequenz, in der er die Heftigkeit ihrer Orgasmen in die Höhe schraubte, beibehielt, würde sie noch vor Ende des Jahres auch noch die letzte Gehirnzelle verloren haben. Und auch hier: Das wäre es wert.

»Ich schätze, dann sähe die Sache anders aus«, sagte Mathilda achselzuckend.

»Was ist mit Oskar?«

Sie hob eine Braue. »Was soll mit ihm sein?«

»Er ist bis über beide Ohren verknallt in dich.«

Mathilda grinste. »Ich weiß. Ich habe alles versucht, um ihm das auszutreiben, aber er sieht mich immer noch mit diesem Welpenblick an. Als hätte er mich nie von der Reling scheißen oder ein Sauflied rülpsen hören. Ich habe mich wirklich von meiner schlechtesten Seite präsentiert. Sogar Vater wäre beschämt, wenn er mich gesehen hätte. Aber dieser Kerl lässt sich einfach nicht abschrecken.«

»Vielleicht ist er dann ja genau der Richtige«, schlug Scarlett vor, bemüht unschuldig. Tripp beugte sich vor, um konzentriert an einer besonders kniffligen Stelle zu schleifen, und gewährte ihr einen hervorragenden Ausblick auf seinen knackigen Hintern. Es war wirklich ungerecht, dass er den einfach so von Natur aus hatte und Scarlett immer wieder tagelang hungern musste, um in ihre Lederhose zu passen.

»Weißt du, wie meine Männer ihn nennen? *Hunnen. Das Weib.* Er hat sich gut angestellt, aber keiner von ihnen respektiert ihn als Krieger.« Nur ein Volk wie die Nordmänner konnten einen Kerl wie Oskar als Frau betiteln. »Er kennt unsere Sitten nicht, er betet nicht zu unseren Göttern und er spricht nicht unsere Sprache.«

Das nun verleitete Scarlett doch dazu, den Blick von Tripp zu wenden und sich überrascht zu Mathilda umzudrehen. »Doch, natürlich tut er das.«

Die Prinzessin richtete sich auf. »Was?«

»Er spricht eure Sprache. Er hat seine halbe Kindheit im Norden verbracht und seine Mutter hat sie ihn gelehrt.«

Mathilda starrte sie mit offenem Mund an, was ein ziemlich lustiges Bild abgab. Ihre blauen Augen waren weit aufgerissen.

»Ich habe ihn mit deinem Vater reden hören.«

Aus Schock wurde Zorn. Rote Flecken breiteten sich auf Mathildas Gesicht aus. Auf ihrer Stirn pochte eine Ader. »Dieser dreckige Sohn eines inzestuösen Seehunds«, keifte sie, dass Speicheltropfen auf Scarletts Wange landeten.

Verdutzt sah sie der Prinzessin dabei zu, wie sie aufsprang und mit zu Fäusten geballten Händen auf Oskar zumarschierte, der gerade dabei half, die Bordkanonen neu auszurichten in Vorbereitung auf den Kampf.

Er sah die Furie nicht kommen, bevor sie sich mit einem lauten Fluch auf ihn stürzte und ihm einen Kinnhaken versetzte, der über das ganze Deck schallte.

Scarlett lachte, als der Schlag einfach an Oskar abprallte und er verdattert auf seine Prinzessin herabsah. Deren Mund bewegte sich so schnell, dass Scarlett dem Wortschwall nicht folgen konnte. Aber Oskar schien sie sehr wohl zu verstehen, denn er hob beschwichtigend die Hände und setzte zu etwas an, das wohl eine Rechtfertigung sein sollte, doch die Prinzessin stürzte sich bereits wieder auf ihn, sodass ihm kaum Zeit blieb, über die Kanone zu hechten und das Geschoss zwischen sie zu bringen. Mathilda jagte ihm nach.

Es war ein Bild für die Götter, das irgendein Künstler auf jeden Fall in Stein meißeln sollte, als die Prinzessin dem Krieger mit wehendem Haar hinterher jagte, ihn über das Deck hetzte und ihm Beleidigungen nachbrüllte.

Oskar versuchte offensichtlich, sie zu beschwichtigen. Er brachte Fässer, Kisten und teilweise auch Crewmitglieder zwischen sich und die keifende Prinzessin, während er in beruhigender Tonlage auf sie einredete. Doch es half nichts.

Am Ende warf sich Mathilda auf ihn und riss ihn zu Boden, wo sie auf seiner Brust hockte und Schlag um Schlag auf sein Gesicht niedergehen ließ. Oskar gelang es, den meisten davon auszuweichen, aber wann immer sie traf, schallte das Geräusch von Haut auf Haut wie ein Peitschenknall über Deck. Nein, Scarlett beneidete Oskar wirklich überhaupt nicht.

Sie grinste und beobachtete, wie der Krieger ihre wild fliegenden Fäuste einfing und an ihre Seiten heftete, indem er die Hände um ihre Taille schlang. Er konnte sie beinahe vollständig umfassen und Mathilda konnte sich nicht mehr rühren. Wutschnaubend wie ein Stier hockte sie auf seiner Brust und funkelte ihn an, während er leise sprach.

Scarlett sah genau, dass ihre Freundin nicht all ihre Stärke gegen ihn einsetzte. Genauso, wie Oskar sich zurückgehalten hatte. Sie sah auch, dass in Mathildas Augen hinter all dem Zorn und der Empörung Interesse aufblitzte. Ganz offensichtlich hatte sie nicht damit gerechnet, von dem einfältig wirkenden Oskar übers Ohr gehauen zu werden.

Der grinste nun frech zu ihr herauf und—

Jap, Mathilda verpasste ihm eine Kopfnuss.

»*Fuck*!«, brüllte er, entließ die Prinzessin aus seinem Griff und hielt sich die blutende Nase. Kein Zweifel, sie war gebrochen.

Irgendwo links von ihr seufzte jemand und murmelte: »Ich hole meine Tasche.« Aline.

Mathilda stand unterdes auf und verpasste Oskar dabei ganz aus Versehen einen Tritt in die Rippen, ehe sie den Zopf in den Nacken warf und davon ging.

Scarlett kicherte, als Oskars Welpenblick ihr folgte, trotz des Bluts, das ihm zwischen den Fingern hindurch übers Kinn lief. Ihm war definitiv nicht mehr zu helfen.

Kapitel 38

»Er will sich mit dir treffen. Mit dir allein«, sagte Jon am nächsten Morgen. Er war nass geschwitzt und völlig außer Puste, aber er lebte noch. Und er hatte Carter ihre Nachricht überbracht. Allerdings waren das nicht die Neuigkeiten, auf die Scarlett sich konzentrieren konnte.

»Er hat sie in den verfickten Käfig gesperrt?«

Jon sah zu ihr hinüber, wo sie vor ihrem Bett auf und ab lief. In seinem Gesicht war deutlich zu sehen, dass Adas Anblick ihn erschüttert hatte. »Ja.«

»Wie hat sie ausgesehen?«, fragte Tripp. Seit er von Scarletts Zustand erfahren hatte, ließ er sie kaum noch aus den Augen. Jetzt saß er auf dem Stuhl an ihrem Schreibtisch und hatte die Beine weit von sich gestreckt, einen Knöchel über den anderen gelegt. Während Scarletts Wut sie zu Bewegung trieb, angestachelt von ihrer Hilflosigkeit und Verzweiflung, war er das Sinnbild angespannter Konzentration. Er rührte nicht einen Finger, während er Jons Schilderung lauschte, und das erdete Scarlett in gewisser Weise. Sie ließ sich auf die Bettkante fallen und stützte die Unterarme auf die Knie, während Jon erzählte.

»Ich glaube, sie geben ihr Essen und Wasser, sie sah jedenfalls nicht so aus, als wäre sie am Verdursten«, sagte er und rieb sich die Bartstoppeln am Kinn. »Sie hatte ein paar Blutergüsse im Gesicht und auf den Armen, aber die waren schon so gut wie verheilt, also müssen sie von dem Überfall auf Port Lory stammen. Sie hat einfach dagehockt und mir gewunken, als ich die Stufen raufkam.« Ja, das klang nach Ada. Zweifellos hatte sie genau gewusst, dass Jon ihnen jede Einzelheit erzählen würde, und so getan, als ginge es ihr gut, um Scarlett nicht aufzubringen. Sie sprang auf und tigerte wieder im Raum umher. Das sah Ada ähnlich. Sie wusste genau, dass Scarletts Wut manchmal die Oberhand gewann. Sie hatte ihnen mehr als einen Plan deswegen vermasselt.

»Aber-«

Scarlett fuhr zu Jon herum. »Was *aber*?«

Er sah hinab auf seine verknoteten Hände und pickte an der Nagelhaut herum. »Da war-«

Scarlett verlor die Geduld. Sie stapfte zu ihm hinüber, stützte die Hände rechts und links von ihm auf die Sessellehnen und beugte sich so nah zu ihm, dass Jon gegen die Rückenlehne zurückwich. »Was war da?« Wenn Carters Ada angerührt hatte, dann würde sie-

»Da war eine Leiche. Bei ihr im Käfig«, flüsterte Jon. Das war es also, was ihn so aufgewühlt hatte und seine Stimme zittern ließ.

Scarlett richtete sich wieder auf. »Wer?«

Jon schluckte. »Ich glaube, es war Miles.«

Sie wechselte einen Blick mit Tripp. Das war in der Tat gut möglich, denn er hatte den Dreckskerl vor Monaten in diesen Käfig gesteckt. Wie es schien, hatten seine Kameraden ihn nicht rechtzeitig gefunden. Oder Carter hatte ihn als Strafe für seine Unfähigkeit und die herausgegebenen Informationen einfach dort hängen lassen. Vielleicht war er durch die Explosion am Ash Cliff, die Scarlett und ihre Crew ausgelöst hatten, aber auch eine Weile lang unterirdisch gefangen gewesen und bei seiner Rückkehr war es zu spät gewesen. Wie auch immer, Scarlett gönnte Miles sein Schicksal. Um Ada tat es ihr allerdings leid, denn der Käfig bot einem ausgewachsenen Mann nicht einmal genug Raum sich hinzusetzen. Sie musste dem Toten also sehr nah sein.

»Ich konnte noch ein bisschen was von seiner Haarfarbe erkennen und ein paar Kleidungsfetzen. Aber«, Jon sah aus, als würde er sich gleich übergeben, »der Rest war schon verfault und es stank entsetzlich. Außerdem fehlten seine Augen.«

Ja, die Krähen und Möwen fanden in den Gefangenen dort immer reichlich Nahrung. Aber das war nichts, was Ada nicht überleben würde. Ehrlich gesagt war es auch nichts, was Ada nicht in ähnlicher Weise bereits durchgemacht hatte. Damals hatten sie einen ihrer Leute aus dem Gefängnis holen müssen und– Nun ja, der einzige Fluchtweg hatte darin bestanden, sich in einen Leichensack einzunähen. Einen *besetzten* Leichensack.

Aber das war eine andere Geschichte. Jetzt galt es, sich um das Treffen mit Carter zu kümmern.

»Hat er einen Treffpunkt bestimmt?«, erkundigte sie sich bei Jon.

»Ja, er sagte, am Mittag beim Alten Mann, was auch immer das heißt.«

Der Alte Mann war ein Felsen am Rand der Passage. Er hatte die Form eines gebückt gehenden Mannes. Zumindest hatte Scarlett das als Kind immer gefunden und sich sogar ein bisschen vor ihm gefürchtet. Dass Carter dieses Wissen über sie nun nutzte, war sicher nicht unbeabsichtigt. Er wollte, dass sie sich an ihre Kindheit mit ihm erinnerte. Als würde sie das davon abhalten, ihn zu erpressen.

»Wir wollten, dass er mit seinem Schiff kommt und die Bay verlässt«, wandte Tripp ein. »Das hilft uns nicht unbedingt weiter.«

Scarlett zuckte die Achseln. »Es ist ein Schritt vorwärts, oder nicht. Vielleicht kann ich ihn töten.«

»Unter der weißen Flagge?«, fragte Jon und verzog das Gesicht.

»Über solche Dinge bin ich hinaus, Jonny-Boy«, schnaubte Scarlett. »Erstens bin ich Pirat, ich halte mich nicht an den Moralkodex.« Pech für Carter, dass er es getan hatte. Und auch überraschend. »Zweitens steht die Einhaltung solcher Regeln ja wohl nicht über unserem Sieg. So ehrenhaft bin ich dann doch nicht.«

»Du wirst nicht allein gehen«, sagte Tripp bestimmt und brachte sie so dazu, sich zu ihm umzudrehen. Er sah entschlossen aus, als würde er darüber nicht mit ihr verhandeln.

»Keine Sorge, ich gehe nicht allein.« Sie grinste verschlagen und zauberte damit einen besorgten Ausdruck auf sein Gesicht.

Eine Stunde bevor die Sonne den Zenit erreichte, kletterte Scarlett ins Beiboot. Sie würde allein zur Passage rudern, ihre Begleiter unter Wasser verborgen. Violetta hatte ihr den Begleitschutz gern zur Verfügung gestellt, sodass sie sich wenigstens keine Sorgen wegen Carters Kreaturen machen mussten. Trotzdem hatte Scarlett Tripp den Befehl gegeben, der Flotte Gefechtsbereitschaft zu signalisieren und sich auf einen Kampf einzustellen.

Carter hielt sich nur dann an den Moralkodex, wenn es ihm passte. Und dass Scarlett ihm die Prinzessin nicht aushändigen würde, würde ihm ganz sicher nicht gefallen. Sie kannte ihn zu gut, um damit nicht zu rechnen.

Als sie wenig später von der flachen Spitze des Alten Mannes aus zusah, wie die *Revenge* durch die Passage segelte, klopfte sie sich also verbal auf die Schulter.

Der Dreimaster ging vor Anker und Carter wurde zum Felsen gerudert.

Ihm dabei zuzusehen, wie er die Seite des Felsens heraufstieg, verschloss Scarletts Kehle mit einem Kloß. Sie hatte diesen Mann nicht mehr gesehen, seit er ihr unter dem Ash Cliff all seine Geheimnisse gebeichtet hatte. All seine widerlichen Gedanken. Damals hatten seine Worte ihn vor ihren Augen in ein wahnsinniges Monster verwandelt, das es aufzuhalten galt.

Jetzt seine vertrauten Bewegungen zu sehen, den abgewetzten Dreispitz auf seinem roten Kopftuch, die langen Goldohrring an seinem linken Ohr und die vielen Ketten, die bei jedem kraftvollen Schritt gegen seine nackte Brust schlugen, weckten eine Melancholie in ihr, für die sie sich schämte. Ihres Vaters wegen schämte sie sich für den Stich, den der Anblick des Königs durch ihr Herz sandte. Wäre dieser Mann nicht gewesen, wäre Scarlett nicht die Frau, als die sie heute hier stand. *Wäre dieser Mann nicht gewesen, wäre dein Vater am Leben und dein Kopf nicht so verkorkst*, rief sie sich ins Gedächtnis. Der Gedanke brachte sie dazu, die Schultern zu straffen und das Kinn zu heben. Auf ihren Lippen lag das spöttisch-kalte Lächeln, das ihr unter anderem ihren Beinamen eingetragen hatte und in jeder Geschichte über sie Erwähnung fand.

Sie hatte eine Hand auf ihren Säbel gelegt, die andere steckte in ihrer Hosentasche.

Genau wie Carter trug sie ihren Dreispitz und das goldene Kopftuch, das ihr das offene Haar aus dem Gesicht hielt. Ihr langer Ledermantel flatterte um ihre Knöchel und sie trug das weinrote Hemd mit der Lederkorsage, auf der vorne ein Totenkopf prangte. An jedem ihrer frisch tätowierten Finger steckte ein Ring und Adas Schutzamulett lag kühl zwischen ihren Brüsten. An keinem Tag hatte Scarlett mehr gehofft, dass es tatsächlich wirkte.

Carters Stiefel schabten über den scharfkantigen Stein, als er vor ihr stehenblieb. Zwei Waffengurte kreuzten sich über seiner nackten Brust und dem muskulösen Bauch, aber er machte keine Anstalten, eine seiner Klingen zu ziehen. Stattdessen musterte er sie nur stumm. Seine Miene verriet nicht, was er von ihrer Aufmachung hielt oder der Tatsache, dass sie tatsächlich allein gekommen war. Zumindest von seinem Standpunkt aus betrachtet.

Er sah besser aus als beim letzten Mal, als sie ihn gesehen hatte. Seine Wangen waren nicht mehr eingefallen, seine Haut hatte einen gesunden Ton und die Muskeln an seinen Armen wölbten sich so, wie sie es früher schon getan hatten. Nur die wettergegerbte Haut und die grauen Haare in seinem Bart verrieten, dass vor ihr ein Mann mittleren Alters stand. Ein Mann, wie ihr Vater es jetzt gewesen wäre. Hätte Carter nicht beschlossen, ihn seinen abartigen Experimenten zu opfern.

Scarletts Kiefer schmerzte, so fest presste sie die Zähne zusammen, um sich nicht sofort auf ihn zu stürzen. Ihre Finger wollten den Säbel umklammern, doch Scarlett zwang sich zu einer ruhigen Erscheinung.

»Wo ist die Prinzessin?«

»In Sicherheit.«

»Bring sie her.«

Scarlett schnaubte. »Warum sollte ich meinen Trumpf auch nur in deine Nähe bringen, bevor ich nicht sicher bin, zu bekommen, was ich will?«

»Weil *mein* Trumpf absolut nicht in Sicherheit ist.« Er zog ein kleines Fernrohr aus seinem Gürtel und hielt es ihr hin. »Schau doch mal hier durch und sag mir, was du siehst.«

Scarletts Blick huschte zwischen seinen Augen hin und her, aber sie griff ohne Zögern nach dem Fernrohr und richtete es auf die *Pirates Revenge*. Obwohl sie damit gerechnet hatte, jagte ihr der Anblick einen kalten Schauer den Rücken hinab.

Ada hing, gefesselt und geknebelt, an einem Tau von Carters Gallionsfigur. Sie baumelte etwa zwei Meter über der Meeresoberfläche und unter ihren nackten Füßen war das Wasser aufgewühlt von unzähligen Flossen, die abwartend ihre Kreise zogen.

Scarlett senkte das Fernrohr und starrte Carter an.

»Sie wird leben, wenn du mir die Prinzessin übergibst. Andernfalls«, er hob die Hand.

Blitzschnell hob Scarlett das Fernrohr und sah, wie ein Matrose mit einer Bootsaxt auf das Tau einhieb. Ada sackte ein Stück ab, als Teile des Taus rissen, doch noch hielt das Seil sie oben. Über dem Knebel wurden ihre Augen groß und sie bewegte die Beine in einer Panikreaktion, aber dadurch geriet sie nur ins Pendeln, was das Tau weiter nachgeben ließ. Scarlett unterdrückte einen Fluch.

»Gib mir, was ich will, Scarlett, und diese Farce endet sofort.«

Scarletts Gedanken rasten. Sie hatte damit gerechnet, dass Carter Ada als Druckmittel einsetzen würde, denn wozu sonst hätte er sie entführen lassen sollen? Aber in all ihren Plänen war sie davon ausgegangen, dass er sie mit sich bringen würde. Nicht, dass er sie einer solch akuten Gefahr aussetzte.

Außer der *Revenge* war noch keines der anderen Schiffe aus der Passage geglitten. Carter schien sehr darauf zu vertrauen, dass sie alles tun würde, um Ada zu retten. Aber hier stand mehr auf dem Spiel als das Leben ihrer Freundin oder ihr eigenes. Mehr als das kleine Leben, das in ihr heranwuchs. Und sie war nicht allein in diesem Kampf. Hinter ihr standen Freunde und Verbündete und ehemalige Feinde. Und der Mann, den sie liebte.

Sie fürchtete sich nicht vor dem, was geopfert werden musste. Nur vor dem, was geschehen würde, wenn sie nichts opferte.

Also hob sie den Blick zu Carter und grinste schief. Ihr goldener Zahn blitzte in seinen Augen auf, als das Licht der Sonne darauf fiel.

»Nein«, schnurrte sie, und besiegelte ihr Schicksal.

Kapitel 39

Tripps Anspannung wuchs mit jeder Sekunde, die Scarlett allein in Carters Gegenwart war. Logisch betrachtet wusste er natürlich, dass sie durch die Schwangerschaft nicht plötzlich wehrlos geworden war. Ohne die Gestaltwandler wüssten sie nicht einmal davon, so wenig Einfluss nahm das Kind auf ihren Körper. Und trotzdem machte es ihn nervös.

Die Mittagssonne brannte unerbittlich auf sie herab und an Deck war nichts weiter zu tun, als zu warten. Sie hatten alle Vorbereitungen getroffen und der Flotte hinter ihnen entsprechende Signale gegeben. Die *Honoria* lag etwas vorgelagert nur etwa eine Seemeile vor dem Zugang zur Passage, wie ein Bollwerk zwischen den Piraten und der vereinten Flotte.

Ein ziemlich kleines Bollwerk, wenn man sie so im direkten Vergleich mit der *Pirates Revenge* sah. Der Dreimaster des Piratenkönigs war alt, aber deshalb nicht weniger beeindruckend.

Tripp konnte sich lebhaft vorstellen, wie die kleine Scarlett sich an Bord dieses Prachtstücks in die See verliebt hatte.

Jetzt diente darauf ein verräterischer Captain einem wahnsinnigen König. Scarlett und er hatten oft über ihren Vater gesprochen. Über das, was in Carters Notizbuch stand. Über den großen Verrat und über Humphrey. Tripp stimmte Scarlett zu bei ihrer Vermutung, der ehemals Erste Maat ihres Vaters hätte schon lange von Carters Treiben gewusst und stumm danebengestanden, als man den Roten Wyatt ins Labor brachte, weil er es auf dessen Posten als Kapitän abgesehen hatte. Er stimmte auch mit ihr überein, dass sie ihm das Gold nicht zurückzahlen würde. Stattdessen würde es Blei und Stahl regnen. Mal sehen, wie ihm das gefiel.

»Kannst du irgendwas hören?«, murrte er jetzt, als er durch das Fernrohr zu Scarlett hinübersah.

Er spürte Ashers Blick auf sich ruhen. »Ich bin doch keine Fledermaus, Mann.«

»Hätte doch sein können, über deine Art ist nicht viel bekannt.«

Asher schnaubte. »Hier vielleicht nicht. Aber nur, dass du es weißt: In meiner Menschengestalt bin ich beinahe so nutzlos wie du. Ich kann nur etwas besser riechen.« Er hielt kurz inne. »Kitara kann aber auch nichts verstehen.«

»Du kannst mit ihr reden, während sie eine Katze ist?«, Tripp hob ganz kurz den Blick, um zu Asher zu schielen, ehe er sich wieder auf Scarlett konzentrierte. Die nahm gerade etwas von Carter entgegen, das im Sonnenlicht golden glänzte.

»Es ist nicht unbedingt wie reden, eher wie verstehen.«

»Das macht überhaupt keinen Sinn, Mann, was soll denn das- *Fuck*!«

»Was ist?«

Tripps Herzschlag beschleunigte sich. Er war Scarletts Blick gefolgt, die angespannt durch das Fernrohr linste, das Carter ihr eben gegeben hatte. Ihre Aufmerksamkeit ruhte auf der *Revenge* und Tripp sah auch, warum.

»Sie haben Ada vorn an den Bug gehängt.«

Ashers Anspannung war greifbar, da hätte er die Reling gar nicht so fest umklammern müssen, dass sie knirschte. »Lebt sie?«

»Sieht so aus. Aber nicht mehr lang.« Die Wellen waren weiß von den vielen lauernden Flossen, die Adas Füße umkreisten. Zweifellos wurden die Kreaturen nur durch Carters Befehle in Schach gehalten, denn sie hätten ganz leicht zu Ada hinaufspringen–

Ada sackte ein Stück nach unten, zusammen mit Tripps Magen. Einer der Matrosen hieb auf das Seil ein. Eine klare Drohung.

Sein Blick glitt zurück zu Scarlett. Im hellen Mittagslicht konnte er ihren angespannten Kiefer sehen. Sie war nicht glücklich über diese Entwicklung. Sie wandte sich Carter wieder zu und dieses Mal konnte er das Wort, das ihre Lippen formten, ganz genau verstehen.

»Nein.«

Bei den Titten der Meerhexe.

Damit erklärte sie nicht nur Carter ganz offiziell den Krieg, sie legte Adas Leben in Tripps Hände.

»Macht euch bereit für den Kampf«, brüllte Tripp im selben Moment, in dem Carter seinen Säbel zog.

Kapitel 40

»Es hätte nicht so enden müssen, Scarlett«, sagte Carter, als sein Säbel rasselnd aus der Scheide glitt.

»Es gab nie ein anderes Ende, Carter«, entgegnete sie und zückte ebenfalls ihre Waffe. Ihr rechter Fuß glitt nach hinten. »Du hast dieses Schicksal in dem Moment gewählt, indem du deinen besten Freund getötet hast.«

»Aber habe ich dich nicht wie mein eigen Fleisch und Blut aufgezogen?«, entgegnete er und tat den ersten Schritt.

Scarletts Instinkte übernahmen die Kontrolle und sie schlichen umeinander wie Raubkatzen bei einem Revierkampf. Die Säbel glänzten im Sonnenlicht. Die seichte Brise ließ ihr Haar tanzen und Carters Ohrringe klimpern. Es war ein guter Tag.

Zum Sterben, aye. Und, um einen König zu stürzen. Und, um einen Vater zu rächen.

»Nein«, entgegnete sie und seine Miene verfinsterte sich, doch sie fuhr fort: »Du hast mich immer mehr geliebt als deinen eigenen Sohn. Und das macht deinen Verrat nur noch viel schlimmer.«

Carter verzog verächtlich die Lippen. »Mein Sohn war ein Nichtsnutz. Er hat den Wert des Piratseins nie verstanden. Hat sich hinter seinen vielen Kanonen versteckt und in seinem zu großen Schiff verkrochen. Aber du«, er machte einen Vorstoß, den Scarlett spielerisch ablenkte, »du bist mit einer halb zerfallenen Nussschale zum Wettstreit erschienen und hast dennoch alle besiegt. Du, Scarlett, bist würdig, an meiner Seite zu stehen. Und du hättest meine Krone haben können.«

»Keine Sorge, *Onkel*, ich werde mir deine Krone holen«, grinste sie und griff ihrerseits an. Ihre Säbel prallten rasselnd aufeinander, Schlag um Schlag, ehe sie sich zurückzog und das Umkreisen von Neuem begann.

»Was ich nicht begreife ist«, plauderte sie weiter, »*warum* du das tust. Du hast doch schon alles. Du hast ein Königreich. Du hast einen Thron. Du hast eine Flotte und du hast Gold. Ist es Unsterblichkeit, nach der du strebst? Dass deine Schöpfung dafür sorgt, dass niemand dich je vergisst. Ist es Unbesiegbarkeit?«

Diese Frage beschäftigte sie nun schon, seit sie aus dem Ash Cliff geflohen war. In ihren Augen hatte Carter alles. Und jetzt setzte er es aufs Spiel? Wofür? Ihm hatte klar sein müssen, dass es zu einem Krieg mit dem Festland kommen würde, sobald seine Kreaturen offenbar geworden wären. Kein König würde sich das gefallen lassen. Vielleicht hatte er sogar damit gerechnet, dass sich der Kontinent mit dem Norden und der Bäreninsel zusammentun würde. Gut, er hatte wohl mit dem Überraschungsmoment geplant, aber so wie es vorher gewesen war, hatte er ja auch schon praktisch über die Meere geherrscht. Warum also dieses Risiko?

»Es geht nicht darum, was *auf* dem Meer ist, Scarlett.« Er seufzte. »Dein Vater und Gale haben das auch nie verstanden. Aber genug geredet. Du wirst bald tot sein, was kümmern dich da meine Pläne?« Ein teuflisches Grinsen verzerrte sein Gesicht zu einer unheimlichen Maske. »Du hättest lieber nicht mit dem Leben deiner Freundin spielen sollen, *Captain*.«

Er hob die Hand. Auch mit bloßem Auge konnte Scarlett erkennen, dass das Tau, das Ada festgehalten hatte, durchtrennt wurde. Ihre Freundin stürzte ins Meer und Scarlett schrie auf, doch sie konnte nichts tun. Nur den Säbel heben und ihrem König an die Kehle springen.

Kapitel 41

Tripp sah, wie das Seil durchtrennt wurde. Er stieß eine Reihe von Flüchen aus, die erst abbrach, als Adas silberner Schopf im Wasser versank. Und die Bewegung unter der Oberfläche an Dringlichkeit zunahm. Flossen durchstießen die Wasseroberfläche, glänzten im Sonnenschein und verschwanden genauso schnell wieder. Menschliche Gliedmaßen, Tentakel und Fischköpfe durchpflügten das Meer in dem Versuch, als erstes zu der Beute zu kommen.

Tripps Blut gefror in seinen Adern, als weiße Gischt spritzte und das Wasser eine neue Farbe erhielt. Er wandte sich ab, die Kontrolle lag nicht bei ihm und er hatte andere Sorgen. Denn während sich die Kreaturen um ihre Mahlzeit stritten, lichtete die *Pirates Revenge* den Anker und entrollte weiße Segel, die sich sogleich im Wind blähten.

Tripp hätte die Geschützmannschaften gar nicht unter Deck eilen sehen müssen, um zu wissen, was jetzt kam.

Er nahm drei tiefe Atemzüge, um seine Angst um Scarlett und die Sorge um Ada zu verdrängen. Dann verstaute er das Fernrohr und brüllte Hugo am Steuerrad zu: »Anker lichten. Nimm Kurs auf die *Revenge*.«

»Aye«, lautete die Antwort.

Wie sie es hundert Mal geübt hatten, zogen Asher und Ulrik in Windeseile den Anker an Bord, während Hugo das Steuerrad herumdrehte und die in den Wanten wartenden Matrosen die blutroten Segel entrollten. Noch ehe das Schiff Fahrt aufgenommen hatte, standen die Matrosen bereits wieder an Deck oder eilten zu den Kanonen. Wer nicht zu den Geschützmannschaften zählte, schnappte sich ein geladenes Gewehr aus den bereitgestellten Fässern.

Jeweils zu zweit gingen die Matrosen auf Position, einer zuständig für das Schießen, der andere fürs Nachladen. Sie hatten tagelang geübt, bis die Mannschaft sich sogar blind und taub hätte orientieren können.

Tripp eilte zum Achterdeck hinauf, vorbei an zwei Matrosen, die Sand aufs Deck streuten, während Ulrik und Thomas die Bugkanone klar machten.

Ein Blick nach oben zeigte Hannah, die vom Krähennest aus die vereinbarten Zeichen an die Flotte meldete, verschiedenfarbige Flaggen schwenkend.

Sie waren bereit. Jetzt konnten sie nur noch hoffen, dass die Meerjungfrauen ihren Teil des Handels einhielten.

Der Wind frischte auf und wehte Tripp eine Strähne in die Stirn. Ein Blick aufs Wasser zeigte ihm, dass es nicht einfach nur Fahrtwind war, der ihm salzige Tropfen ins Gesicht wehte. Der eben noch wolkenklare Himmel zeigte nun erste Vorboten eines Gewittersturms und die See war grau und rau und aufgewühlt. Als hätten die Götter selbst ihre Augen auf sie gerichtet.

Der Wind war auf ihrer Seite und die kleinere, leichtere *Honoria* glitt über die Wellen wie ein heißes Messer durch Butter und nahm Fahrt auf.

Tripps Atem beschleunigte sich, als er das gegnerische Schiff auf sich zukommen sah. Sie waren dem Dreimaster hoffnungslos unterlegen. Nur dem Alter des Schiffes war es zu verdanken, dass sie sich nicht den modernen drei Geschützdecks gegenübersahen, sondern nur zwei mit jeweils einem halben Dutzend Kanonen. Aber das würde genügen, um sie mit einer einzigen Salve zu versenken. Allerdings hatten sie auch einen Vorteil: Durch den Größenunterschied lag das Geschützdeck der *Honoria* so tief, dass eine gut platzierte Salve die Wasserlinie der *Revenge* aufreißen konnte.

Aber dazu mussten sie schnell sein. Und vor allem geschickt. Sie hatten das Manöver oft geübt, aber es hatte bis zuletzt nicht ganz geklappt. Und dieses Mal stand nicht Scarlett am Steuerrad.

Tripp griff nach dem bereitgestellten Gewehr, das zu seinen Füßen an der Reling lehnte. Ein Blick über die Schulter zeigte ihm Prinzessin Mathildas Langboot, dass in kurzem Abstand hinter ihnen die Wellen durchpflügte. Er hörte die wilden Kriegsrufe der Nordmänner.

Als einziges völlig unbewaffnetes Schiff musste die Prinzessin aus dem Norden darauf warten, dass ihre Leute unbeschadet an Bord des Feindes klettern konnten. Tripp hatte ihre Männer nur ein einziges Mal kämpfen sehen, damals am Dock von Port Mullighan. Er hoffte inständig, dass sich die notwendige Lücke ergeben würde, dass die brutalen Krieger an Bord klettern konnten.

Weiter hinten entrollte die *Seeadler* ihre Segel und setzte sich an die Spitze der restlichen Flotte. Ihr sagenumwobener Kapitän stand an der Reling, den Hut mit der breiten Krempe und der glänzenden Feder tief ins Gesicht gezogen. Hinter seinen beiden Begleitschiffen färbten die schwarzen Segel der Gilde den

Horizont dunkel, Seite an Seite mit den reich verzierten der Karaidachen.

Tripp legte den Gewehrkolben an seine Schulter. Sie würden siegen. Sie *mussten* siegen. Denn diese Flotte war alles, was sich Carter in den Weg stellte. Seine Instinkte brüllten ihm zu, sich nach Scarlett umzudrehen, aber er wusste, sollte sie gefallen sein, wäre der Kampf bereits verloren. Also konzentrierte er sich auf das, was vor ihm lag, und hoffte, dass es ihr gut ging.

Ein Ruf aus dem Krähennest erregte seine Aufmerksamkeit. Hannah gestikulierte in Richtung Passage. »Sie erhalten Unterstützung«, rief sie aufs Deck hinab, ihre Stimme beinahe unhörbar gegen den stärker werdenden Wind.

Tripp folgte ihrem Fingerzeig und tatsächlich. Hinter der *Revenge* schälten sich Schiff um Schiff die Reef Raiders aus der Passage.

Sie waren zu weit entfernt, um das Nadelöhr zu ihrem Vorteil zu nutzen. Und so konnte Tripp nur dabei zusehen, wie die Jolly Rogers der ersten und einzigen Piratenflotte den Blick auf die Pirates Bay versperrten. Und auf Scarlett.

Kapitel 42

Ein heftiger Schmerz setzte Scarletts Hüfte in Flammen, als Carters Säbel durch ihre Haut schnitt. Sie zuckte zurück und brachte Abstand zwischen sich und ihren ehemaligen König.

Er war fast doppelt so alt wie sie und doch wirkte er im Gegensatz zu ihr kein bisschen aus der Puste.

Blut lief seine nackte Brust hinab, wo sie ihm einen Schnitt direkt unterhalb des Schlüsselbeins zugefügt hatte, zu weit entfernt von seinem Herzen.

Scarlett festigte den Griff ihrer blutverschmierten Hand um den Säbel, spuckte Schleim und Blut auf die Steine zu ihren Füßen. Der unebene Boden erschwerte den Kampf. Sie war mehr als einmal ausgerutscht und hatte sich den Knöchel verdreht, aber damit ging es ihr noch immer besser als Carter, der bei einem Ausweichmanöver auf ein Knie gefallen war. Die spitzen Steine hatten die Haut über dem Gelenk aufgerissen und er humpelte stark.

»Schon müde, alter Mann?«, rief sie grinsend über den Wind hinweg mit einer jugendlichen Aufmüpfigkeit, der sie längst entwachsen war. Aber der verbale Kampf trug fast genauso viel zum Sieg bei, wie der körperliche, und deshalb gestattete sie sich kein Zögern.

Ihr Haar hatte sich aus dem Zopf gelöst und peitschte um Hals und Kinn, erschwerte ihr die Sicht und verbarg doch nicht die Flotte, die vor der Passage Aufstellung genommen hatte.

Schüsse schallten über die See zu ihnen, aber sie wagte es nicht, sich nach ihrer Crew umzusehen. Nach Tripp, dem sie diesen Kampf anvertraut hatte. Carter mochte alt sein, aber er war noch immer schnell mit der Klinge. Nur eine kurze Unachtsamkeit und der Kampf wäre verloren.

»Nein, aber wenn du willst, können wir eine kleine Pause einlegen«, spottete Carter und hob den Säbel.

»Das wünschst du dir«, knurrte Scarlett, duckte sich und machte sich bereit für den nächsten Angriff.

»Oh nein, ich brauche keine Pause.« Das überlegene Grinsen in Carters Gesicht war ihre einzige Warnung. Er richtete sich höher auf und plötzlich… Seine Wunden. Sie schlossen sich vor ihren Augen. Wie von Geisterhand zusammengenäht und dann… waren sie ganz verschwunden.

Scarlett klappte der Mund auf. »Was, bei allen Winden-«

»Wenn du dich mir angeschlossen hättest, Scarlett, dann wüsstest du, wie ich das gemacht habe.«

Magie. Das stand außer Frage. Aber Carter war ein Mensch. Wie war es dann möglich…? Ah.

»Cailin hat dir also ebenfalls etwas von ihrer Macht überlassen«, sagte sie, die Zweifel aus ihrer Stimme fernhaltend.

Überraschung glühte in Carters Augen auf, die so viel lebendiger erschienen als sonst. So… tief. Als würde nun plötzlich etwas in dieser Leere lauern. »Du hast es also herausgefunden.«

Sie zwang sich zu einem schiefen Grinsen, obwohl ihre Gedanken verzweifelt zu greifen versuchten, was hier vor sich ging und warum Cailin ihm ihre Macht gegeben hatte. Und vor allem: wie sie ihn besiegen sollte. »Natürlich. Denkst du, du bist etwas Besonderes?« Sie schnaubte. Obwohl er das offensichtlich war. Denn sie hatte nicht einmal eine Sekunde daran gedacht, vielleicht selbst Kraft aus der Magie schöpfen zu können, die in ihr schlummerte.

Carters Brauen zogen sich zusammen, offensichtlich verwirrt. Er festigte seinen Stand auf dem nun mehr gesunden Knie. »Wie meinst du das?«

Oh. Scarlett legte den Kopf schief. »Du weißt es nicht?« Wusste sie es denn? Bislang waren sie davon ausgegangen, dass der Funke Magie in ihr notwendig war, um die Veränderungen an ihrem Körper möglich zu machen. Dass jede von Carters Kreaturen einen in sich trug. Dass Cailin hoffte, die Bestien damit selbst zu kontrollieren. Aber was, wenn… »Deine kleine Verbündete hat mit ebenfalls einen Teil ihrer Macht gegeben.« Ihr Grinsen wurde breiter. »Direkt vor deinen Augen.«

Hinter Carters Stirn arbeitete es sichtlich. Scarlett nutzte den Moment, um wieder Atem zu schöpfen, denn sie wollte und konnte sich jetzt nicht damit auseinandersetzen, wie sie die Magie selbst nutzen konnte. Offensichtlich hatte Carter das im Vorhinein geübt. Wahrscheinlich sogar unter Cailins Anleitung. Weil die Hexe gehofft hatte, dass es zu diesem Kampf kam. Weil sie ihre eigenen Ziele verfolgte.

»Ist deine ach-so-tolle Verbündete am Ende gar nicht auf deiner Seite?«, spottete sie und zog Carters Aufmerksamkeit damit wieder auf sich.

Sein Blick huschte zwischen ihren Augen hin und her. Sie sah den Moment genau, in dem er beschloss, dass diese Offenbarung jetzt keine Rolle spielte. Dass er sie vernichten und sich danach Cailins annehmen würde. Und wenn sie sich seinen unversehrten Zustand so ansah, standen die Chancen dafür gar nicht schlecht.

Carter fletschte die Zähne und stürzte sich auf sie.

Kapitel 43

Die Schiffe bewegten sich wie in Zeitlupe aufeinander zu. Es war, als legte sich ein riesiger Schatten auf sie, als die *Revenge* die Sonne verschluckte und über ihnen aufragte. Taue knarrten, Holz ächzte, Matrosen hielten den Atem an. Tripps Herzschlag übertönte all diese Geräusche. Das Blut rauschte ihm in den Ohren und sein Finger zuckte auf dem Auslöser des Gewehrs. Die Waffe wurde langsam schwer, seine Schulter verhärtete sich gegen den Rückstoß in Erwartung eines Schusses.

Tripps Zunge fuhr über seine Lippen, befeuchtete seinen vor Anspannung trockenen Mund und sammelte die salzige Gischt von seiner Haut.

Ein Windstoß peitschte ihm die aus dem Zopf gelösten Strähnen ins Gesicht, zerrte an seinem Hemd, raubte ihm die Luft aus den Lungen.

Die Welt verlangsamte sich, dehnte die Zeit ins unermessliche, schraubte die Anspannung in die Höhe.

Noch drei.

Zwei.

Eins.

»Feuer«, brüllte Tripp aus voller Kehle, als die *Revenge* endlich genau auf der richtigen Höhe war.

Eine Welle hob die *Honoria* an, ehe sie sie mit sich hinab zog und der *Revenge* Auftrieb gab. Genau im richtigen Augenblick.

Kanonenschüsse krachten, Holz splitterte, flog in alle Richtungen. Tripp duckte sich nicht. Er zog den Finger zurück und feuerte sein Gewehr ab. Genau wie sie es geplant hatten. Dann warf er sich zu Boden. Gerade noch rechtzeitig, um der Kanonenkugel auszuweichen, die über ihn hinwegpfiff.

Durch den Größenunterschied der Schiffe und die Unterstützung der See war die *Honoria* tief genug gewesen, dass sich die Schützen an Deck auf einer Höhe mit den Geschützklappen der *Revenge* befunden hatten. Die Schüsse des Feindes waren über sie hinweggezischt, während die Gewehrkugeln den Bedienmannschaften zugesetzt hatten. Derweil war ihre eigene Salve genau oberhalb der Wasserlinie eingeschlagen.

Schreie ertönten, der Gestank von Schwarzpulver und brennendem Holz drang in Tripps Nase und das Pfeifen in seinen Ohren verdrängte beinahe das Stöhnen des Schiffes.

Er wirbelte herum, den Rücken von der Reling geschützt, und verschaffte sich einen schnellen Überblick. Einige gegnerische Kugeln hatten das Deck getroffen, aber keinen größeren Schaden angerichtet. Die meisten Geschosse waren einfach über sie hinweggeflogen und ins Meer gestürzt. Der Grund, warum sie die *Honoria* in erster Linie so ungewöhnlich nah an die Piraten herangebracht hatten.

Trotzdem waren sie nicht gänzlich verschont geblieben. Einige Matrosen waren von umherfliegenden Holzsplittern getroffen worden. Ein Mann hielt sich schreiend das Auge, während ein anderer von einer scharfkantigen Planke glatt aufgespießt worden war und eben seinen letzten Atemzug tat.

Andere hatten blutige Schrammen auf Gesicht und Armen, aber außer diesen beiden war keiner ernstlich verwundet.

»Bring ihn zu Aline«, wies Tripp den Partner des Verwundeten an und wandte sich an Hugo. »Zeit für die Wende.«

Der Steuermann nickte grimmig. Seinen Wangenknochen zierte ein Schnitt. Das Blut tropfte auf die Planken, als er sich mit Kraft ins Steuerrad stemmte und es herumdrehte.

Tripp hielt sich an der Reling fest, als Hugo die *Honoria* herumschwenkte. Die Matrosen eilten zur Backbordseite und brachten sich in Position, ihre Kameraden unter Deck taten hoffentlich dasselbe.

Im Laufen lud Tripp das Gewehr nach und warf sich mit der Schulter gegen die Reling, als eine Welle gegen das Schiff krachte und es durchrüttelte.

Schreie drangen von der *Pirates Revenge* zu ihnen herüber, Schritte polterten auf Planken. Etwas stöhnte und ächzte, übertönte den Wind und das Rauschen der Wellen.

Donner grollte in der Ferne. Der Geruch von Regen und Ozon mischte sich mit dem Salz der See und dem verbrannten Schwarzpulver.

Sie würden dasselbe Manöver noch einmal machen und dann hoffentlich-

»Mast fällt«, brüllte Hannah und ließ seine Gedanken erstarren.

Erst glaubte er, sie gleich fallen zu sehen, schoss in die Höhe, um loszurennen, wie er es schon einmal getan hatte. Doch dann sah er sie bereits ein Tau herabgleiten.

Das Hauptsegel flappte laut, als der Mast zu kippen begann. Eine Kanonenkugel hatte die bugzugewandte Seite gestreift und ein Loch hineingerissen, das Tripp von seiner Position Achtern aus erst jetzt sah. Der Wind schnappte nach dem Segel, drehte es und übte noch zusätzlichen Druck auf den ächzenden Mast aus. Dann fiel er. Und krachte aufs Heck der *Pirates Revenge*.

Jemand stieß einen entsetzlichen Schmerzensschrei aus, die *Honoria* verlor an Fahrt und der Mast verkeilte sich, hielt sie fest wie ein verdammter Anker. Gegen die Seite der *Revenge* gedrückt.

Tripp sah die Geschützmannschaften des anderen Schiffs die Kanonen nachladen. Leichen wurden aus den Klappen geworfen, um Platz zu schaffen und trudelten ins Meer.

Bei Kaios schwitzenden Eiern, sie mussten hier weg oder die Kanonen würden sie in Stücke reißen.

Das Deck schwankte unter Tripps Stiefeln, als er das Gewehr beiseite warf und die Stufen hinabsprang.

»Kappt den Mast«, brüllte er immer wieder in der Hoffnung, seine Männer würden ihn über das Heulen des Sturms und des lauter werdenden Donners hinweg hören. Er schnappte sich eine Bootsaxt und rannte hinüber zu der gebrochenen Stelle im Mast.

Schon war Asher an seiner Seite und hieb ebenfalls auf die Stelle ein. Kitara sprang mit einem Satz auf den Mast, warf einen letzten Blick über ihre Schulter und rannte in großen Sprüngen den Mast entlang.

»Nein«, schrie Asher ihr hinterher, Verzweiflung zeichnete seine Züge, aber Kitara achtete nicht auf ihn. Schon war sie an Deck der *Revenge* angelangt und sprang an Bord. Sie war nicht mehr zu sehen. Nur ihr wütendes Brüllen drang zu ihnen.

Asher machte Anstalten, ihr nachzusteigen, aber Tripp hielt ihn zurück. »Wir müssen von ihr loskommen, sonst werden alle an Bord sterben. Kitara kommt allein klar.«

Ashers goldener Blick flammte grün auf und für einen kurzen Moment glaubte Tripp, er würde ihn schlagen. Doch dann nickte der Krieger und machte sich wieder daran, das Holz zu bearbeiten.

Tripps Schulter schmerzte noch von dem Rückstoß des einen Schusses, den er abgefeuert hatte, aber er hob die Axt trotzdem mit aller Kraft und ließ sie auf die Bruchstelle niedersausen. Es dauerte nicht lang und sie hatten die Stelle durchtrennt. Sofort machte die *Honoria* einen Satz vorwärts und Tripp glaubte schon, es wäre geschafft, als vom Unterdeck aus Warnrufe zu ihnen schallten.

»Leck, wir haben ein Leck!«

Aber es war kein Schuss- Natürlich. Tripps entsetzter Blick traf auf Ashers grimmig verzogene Miene. Er hatte ebenfalls begriffen.

Die Invictus waren gekommen, um in den Kampf einzugreifen.

Kapitel 44

Scarlett taumelte zurück, ungläubig auf den Griff des Entermessers starren, der aus ihrer Schulter ragte. Ihr Fuß verhedderte sich an einem Stein und sie fiel rückwärts, musste den Säbel loslassen, um sich abzufangen. Scheppernd fiel die Klinge auf die Steine und rutschte aus ihrer Reichweite. Rücken und Hüfte fingen den meisten Teil des Sturzes ab und protestierten laut, als sie auf die spitzen Kanten trafen. Der Schnitt an ihrem Hüftknochen klaffte auf und entließ einen weiteren Schwall Blut.

Sie zischte zwischen zusammengebissenen Zähnen und schob sich weiter zurück in der Hoffnung, Carter so zu entwischen. Aber der Piratenkönig stakste nur mit zornfinsterer Miene und blutigem Säbel auf sie zu.

Ihre Schulter hielt ihr Gewicht nicht und Scarlett sackte nach hinten. Ihr Kopf schlug auf den Stein. Es war vorbei. Das hier war das Ende. Es gab kein Entkommen.

Unzählige Wunden an ihrem Körper sonderten Blut ab. Sie spürte bereits, wie die Müdigkeit Einzug hielt, während Carter Schnitt um Schnitt einfach heilte. Als wäre die Magiequelle in ihm endlos.

Carter kam vor ihr zum Stehen und drückte seine Säbelspitze auf die Wunde an ihrem Bein, um sie an der Flucht zu hindern.

Scarlett konnte den Schmerzenslaut nicht unterdrücken. Wütend starrte sie zu Carter hinauf, der über ihr aufragte wie ein verdammter Gott. Der Wind zerrte an seiner Weste und ließ seinen Schmuck klimpern. Vereinzelte Regentropfen landeten auf seinem Hut und fielen die Krempe hinab auf seine Brust. Ein Blitz erhellte den Horizont hinter ihm und tauchte ihn für einen Moment in tiefe Schatten, bis er so aussah wie das Monster, das er in seinem Innern war.

»Überdenke mein Angebot, Scarlett«, sagte er über das Donnergrollen hinweg, das immer näher rückte. »Schließ dich mir an und verschreib dich meiner Sache. Dann werde ich das hier einfach vergessen.« Er deutete mit seinem Säbel auf die Schlacht, die auf dem Meer tobte.

Es war der erste Moment, in dem es Scarlett sicher erschien, einen Blick auf das Geschehen zu riskieren. Und was sie sah raubte ihr den Atem.

Die *Honoria* war mit der *Revenge* verkeilt, die bereits zu sinken schien, während auf ihrem Deck Schüsse knallten und eine Raubkatze in aberwitziger Geschwindigkeit über die Matrosen herfiel. Rauch und Feuer versperrten die Sicht auf das Deck ihres Schiffes. Ein Kloß verschloss ihre Kehle, als sie die aufgewühlte See bemerkte. Die Invictus, die versuchten, an Deck zu gelangen, und verzweifelt abgewehrt wurden. Doch nicht ohne Verluste. Der Wellenschaum war bereits rot gefärbt und mehr als ein Matrose trieb reglos auf den Wellen.

Dahinter fochten die anderen Schiffe gegen die Reef Raiders. Kanonenfeuer erfüllte die Luft, Schreie und Säbelrasseln trieben im Wind. Zwei der Piratenschiffe sanken bereits, ihre Mannschaften sprangen von Bord in der Hoffnung, es an Land zu schaffen.

Ein anderes Schiff wurde eben von seiner Crew im Stich gelassen, obwohl es unbeschädigt war. Die Männer stürzten sich in die Wellen, verführt vom Gesang der Meerjungfrauen. Das Schiff steuerte auf die Felsen zu und würde daran zerschellen.

Carter war ihrem Blick gefolgt und starrte mit großen Augen auf die wunderschönen Gestalten. Er wirbelte zu Scarlett herum, beugte sich hinab und packte sie an der Kehle. Mühelos zog er sie zu sich heran, sodass nur ihre Beine noch den Boden berührten. Ihre Schulter wurde von neuerlichem Schmerz zerfetzt, als die ruckartige Bewegung die Klinge tiefer schneiden ließ. Carters Spucke landete auf ihrer Wange, als er bedrohlich nah vor ihrem Gesicht zischte: »Wo ist die Prinzessin?«

Scarlett lachte ihm ins Gesicht. Ja, gut, vielleicht nicht die beste Taktik, aber sie war dem Tod ohnehin näher als dem Leben. »Du hättest meine Behauptung besser überprüfen sollen, bevor du Hals über Kopf hergeeilt bist, Carter«, spottete sie, fuhr mit der Zunge über den Schnitt in ihrer Unterlippe, wo er sie mit dem Knauf seines Säbels erwischt hatte. Zum Glück nur oberflächlich, sonst hätte ihr neuer Beiname *die Zahnlose* gelautet. Sie hob das Kinn, als würde ihr sein peinigender Griff nichts ausmachen. Als bekäme sie genug Luft zum Atmen. »Ich habe sie nicht.«

Carter drückte noch fester zu und schüttelte sie, was ein Knacken in ihrem Nacken verursachte. »Du hast ihre Brut dazu gebracht, herzukommen, also musst du sie haben.«

Scarlett schnalzte mit der Zunge. »Weißt du, Carter, manchmal frage ich mich ehrlich, wie du es überhaupt so weit gebracht hast«, krächzte sie. Das war gelogen, sie wusste genau, wie es dazu gekommen war. Er hatte tatkräftige Unterstützung gehabt. Genau wie sie.

»Wovon sprichst du?«

Er lockerte seinen Griff, wie um ihr die Möglichkeit zu antworten einzuräumen. Scarlett schluckte. »Du bist der Faktor, der uns alle verbindet. Deine Taten haben es erst möglich gemacht, uns zu verbünden. Die Meerjungfrauen sind nicht hier, weil ich sie dazu zwinge. Sie sind hier, weil sie dich hassen. Sie und ihre Schöpferin.«

Etwas flackerte in Carters Augen bei der Erwähnung der Meerhexe. Aber er grinste nur. »Dann muss ich dir wohl nicht danken, dass du mir endlich gebracht hast, wonach es mich verlangt.« Er stieß sie von sich, sodass sie hart auf dem Steinboden aufkam, und trat einen Schritt zurück. »Meine Kreaturen werden die Prinzessin schon finden.«

Das bezweifelte Scarlett, aber sie sprach es nicht aus. Sie hatten mit der Prinzessin über genau diesen Fall gesprochen und sie hielt sich weit genug entfernt vom Geschehen auf, um unentdeckt zu bleiben.

Scarlett hustete den Schmerz aus ihrer Kehle und rappelte sich auf. »Wozu brauchst du sie überhaupt? Du hast doch schon ihre Königin. Reicht es da nicht, dir ein paar gewöhnliche Meerjungfrauen zu schnappen?«

»Bei allen Winden, Scarlett«, fuhr er sie an. »Hast du es denn noch immer nicht begriffen? Es geht mir nicht um die Meerjungfrauen. Ja, sie sind hilfreich für die Ausdehnung meiner Armee, aber wozu sollte ich sie brauchen, wenn ich so viel mächtigere Wesen erschaffen kann?«

»Ich dachte-«

»Nein. Du hast keinen blassen Schimmer.« Er kam wieder auf sie zu, vor Wut und Kraft strotzend. »Du glaubst, ich will die Schöpfung, dabei verlangt es mich nach der Schöpferin.«

Scarlett riss die Augen auf. »Du willst die Meerhexe.«

Er schnaubte, als wäre das ja wohl offensichtlich und wandte sich dem Geschehen auf dem Meer zu. »Ich hatte gehofft, sie mit der Königin aus ihrem Versteck locken zu können. Sylina hängt sehr an ihrer Schöpfung. Aber wie es aussieht, habe ich ihre Liebe unterschätzt.«

Scarletts Hirn ratterte, aber sie kam einfach nicht dahinter. »Was meinst du? Wofür brauchst du die Hexe? Du hast doch Cailin. Und wie du sagtest: deine eigene Schöpfung. Wozu brauchst du sie?«

Er wirbelte zu ihr herum, ein wahnsinniges Funkeln in den Augen. »Weil ich sie haben will«, knurrte er, seine Stimme mit einer Spur Begeisterung unterlegt. »Ich will, dass sie sieht, was ich ganz ohne ihre Hilfe erreicht habe.«

Scarlett fuhr zurück vor der Heftigkeit seiner Reaktion. »Was sagst du da?«, keuchte sie.

Carter lächelte kalt. »Ich werde sie zu meiner Sklavin machen und über ihr Reich herrschen. Noch einmal weist sie mich nicht ab.«

Kapitel 45

Tripp spürte seine Haut reißen, als er den Tentakel von seinem Hals zerrte. Der Invictus rutschte von seiner Klinge und gab einen ekelhaft feuchten Laut von sich, als er auf den Planken aufschlug.

Tripp schüttelte sich, doch es blieb keine Zeit, den Ekel loszuwerden, denn schon stürzte eine weitere Kreatur an Deck und kam auf ihn zugekrochen.

Carters Kreaturen hatten wohl noch nicht verstanden, dass sie außerhalb des Wassers nichts zu suchen hatten. Allerdings musste Tripp ihnen zugestehen, dass sie einigen Schaden anrichten konnten. Und offensichtlich Sauerstoff atmen.

Er wich vor dem peitschenden Seeschlangenschwanz zurück und zog die Pistole aus dem Gürtel. Ein Schuss genügte und die Kreatur sackte zu Boden. Leider verlief es nicht immer so einfach. Und trotz Kitaras Ablenkung, machten die Matrosen der sinkenden *Revenge* Fortschritte beim Laden ihrer Kanonen.

Ab und an flog eine zerfetzte Leiche zu ihnen oder Matrosen sprangen vor Angst über Bord, bereit, es mit den menschlichen Feinden aufzunehmen, statt der wütenden Wüstenkatze.

Tripp ließ seinen Säbel tanzen und durchtrennte glitschige Gliedmaßen, die sich über das Deck schlängelten.

Ein Blick genügte, um Asher und Ulrik zu sehen, die noch immer versuchten, den Mast über Bord zu hieven und sie so von der *Revenge* loszumachen.

Tripp hatte kurz überlegt, die Geschütze abfeuern zu lassen, doch die Strömung presste sie geradezu an die Seite des anderen Schiffs und es würde Dutzende Leben kosten, die Kanonen auf so kurze Distanz abzufeuern.

Stattdessen verlagerten er und der Hauptteil der Crew sich darauf, Ulrik und Asher den Rücken zu decken oder den Zugang zum Unterdeck zu blockieren.

Die *Revenge* gab ein schreckliches Stöhnen von sich, als der Schiffsbauch immer mehr mit Wasser volllief. Sie hatte bereits Schlagseite, was den Kanonieren aber leider nur dabei half, besser auf sie zu zielen.

Tripp hatte geglaubt, die erste Treffersalve würde den Männern den Mut nehmen und sie dazu bringen, ihr sinkendes Schiff zu verlassen. Doch die Angst vor Carter schien schwerer zu wiegen als die vor dem Tod.

Dem Gebrüll nach zu urteilen, das zu ihnen herabschallte, setzten sie sich auch noch immer gegen Kitara zur Wehr.

Tripp spürte Ashers Ungeduld und seine Nervosität bei jedem kehligen Fauchen weiter ansteigen. Doch der Wüstenkrieger ließ sie nicht im Stich.

»Thomas«, brüllte Tripp und hieb einem Invictus das Entermesser zwischen die Augen, »hilf ihnen, ich übernehme hier.«

Der blonde Mann nickte, machte kurzen Prozess mit seinen beiden Gegnern und wandte der heranströmenden Masse an

Kreaturen den Rücken zu, darauf vertrauend, dass Tripp ihn deckte. Mit angespannten Muskeln ging er Asher zur Hand.

Tripp hielt unterdes mit einer Hand die Kreaturen auf Abstand, während er mit der anderen verwaiste Gewehre vom Boden auflas, in die Menge abfeuerte und wieder fortwarf. Zum Nachladen blieb keine Zeit.

Zu seiner rechten schoss ein Körper in die Luft, emporgetrieben von einem mächtigen Haischwanz. Der Mann, dessen Oberkörper daran hing, kam Tripp bekannt vor. Er hatte ihn vor dem Wettstreit im vergangenen Herbst mit Scarlett sprechen sehen, konnte sich aber nicht mehr an seinen Namen erinnern.

Der zur Kreatur mutierte Mann stieß einen Schrei aus und schleuderte einen Speer auf Tripp, dem er nur knapp auswich. Eine Harpune, begriff er, als er sich mit wild klopfendem Herzen zu der Waffe umdrehte, die zitternd in der Bordwand steckte. Der Kerl schien als einziger eine Spur seines menschlichen Verstandes behalten zu haben. Während Tripp sich noch von seinem Schrecken erholte, glitt der Hai schon wieder ins Wasser und schoss davon, unbeeindruckt von den mit Klauen und Zähnen kämpfenden Meerjungfrauen unter der Oberfläche.

Ein Dröhnen ging durch das Schiff. Schreie der Anstrengung gellten zu ihm, dann ein lautes Platschen.

Die *Honoria* war frei und trieb von der *Pirates Revenge* fort.

»Abdrehen«, brüllte Tripp panisch zum Achterdeck hinauf. Zweifellos würden die Kanonen der *Revenge* gleich abgefeuert.

»Kitara!« Asher bildeten mit den Händen einen Trichter um seinen Mund und brüllte den Namen seine Gefährtin, während Hugo mit einem harten Ruck die Kreatur loswurde, die sich an seinen Rücken geklammert hatte, und nach dem Steuerrad griff.

Sie hatten kaum noch Segel und die Matrosen kämpften noch immer gegen die Invictus, doch die aufgewühlte See zog sie dennoch von dem Piratenschiff fort, um das sich bereits kleine Strudel bildeten.

»Feuert die Kanonen ab!« Tripps Ruf klang abgehackt, als ihn etwas am Knöchel packte und zu Boden riss.

Er schlug hart mit dem Kinn auf und verlor beim Aufprall seinen Säbel. Ehe er danach greifen konnte, wurde er nach hinten gezerrt und seine Hand griff ins Leere.

Es gelang ihm, sich auf den Rücken zu drehen und den Tentakel auszumachen, der sich um seinen Knöchel gewunden hatte und ihn zur Reling zerrte. Die Planken waren glitschig von Blut und Gedärmen und sein Hemd bot wenig Widerstand gegen die enormen Kräfte der Kreatur.

Mit dem freien Bein trat er nach dem rot-violetten Tentakel, aber die Saugnäpfe hatten sich so fest um ihn geschlungen, dass er nicht loskam. Er zerrte die Pistole aus seinem Gürtel, doch als er abdrückte, klackte sie nur. Keine Kugel.

»Fuck«, fluchte er und trat erneut nach dem Fangarm, während seine Hände verzweifelt versuchten, irgendwo Halt zu finden. Doch alles, was er berührte, wurde entweder mit ihm gerissen oder zerfiel unter seinem Griff in Einzelteile.

Er sah die Kiste zu spät, die über Deck schlitterte. Sie prallte gegen seine Schulter und wurde so abgebremst, ehe die Ecke gegen seine Schläfe donnerte. Ihm wurde schwarz vor Augen, aber er verlor nicht das Bewusstsein.

Hektisch blinzelnd suchte er weiter nach Halt. Zu spät. Sein Fuß wurde zwischen den Streben der Reling hindurchgezerrt und alles, was er tun konnte, war, seine Eier zu schützen, als er mit voller Wucht gegen die Reling knallte. Die Kreatur versuchte, ihn weiter zu zerren. Etwas in seinem Bein riss und er schrie auf, der Schmerz unerträglich. Nur noch von Instinkten geleitet, brachte er seinen zweiten Fuß vor sich und stemmte sich gegen die Kreatur, in der Hoffnung, sein Bein behalten zu können und nicht durch die Streben gezerrt zu werden wie durch einen Fleischwolf.

Dann durchfuhr eine Erschütterung das Schiff und Kanonen donnerten. Rauch stieb auf, wehte den Geruch brennenden

Schwarzpulvers heran. Zumindest die Hälfte der Kugeln schlug in die Seite der *Pirates Revenge*. Eine zerfetzte die Kreatur und das Zerren hörte auf. An seinem Bein hing der qualmende, nach gebratenem Fisch riechende Überrest eines Tentakels.

Ungeachtet des Chaos um ihn herum, ließ sich Tripp nach hinten fallen und legte einen Arm über seine Augen, versuchte, Atem zu schöpfen.

»Alles klar, Mann?« Thomas kniete neben ihm, das Gesicht rußverschmiert und mit vor Blut verklebten Haaren. Er hatte Abdrücke von Saugnäpfen auf der Hand, die er Tripp entgegenstreckte, und seine Kleider waren zerrissen. Auch er atmete schwer.

Tripp nickte, setzte sich auf und zog sein malträtiertes Bein vorsichtig zurück an Bord. Der Schmerz raubte ihm fast die Sinne, aber mit Thomas' Hilfe schaffte er es auf die Füße und sah sich an Deck um.

Die Invictus waren fort, nur leblose Überreste zeugten noch von dem Angriff. Hinter ihnen ging die *Pirates Revenge* rauchend unter.

Regen setzte ein und prasselte auf Tripps Schultern.

»Wo sind sie hin?«

Thomas' besorgter Blick traf seinen. »Sie sind verschwunden. Alle auf einen Schlag. Wie auf einen stummen Befehl hin.«

Tripp wirbelte zu den schwarzen Felsen der Passage herum. Auf einem von ihnen ragte eine riesige Gestalt über einer viel kleineren, rothaarigen auf, die auf dem Boden lag und rückwärts kroch. Der Piratenkönig hob seinen Säbel. In diesem Augenblick zerriss ein Blitz den Himmel über ihnen und tauchte sie in unheimliches Licht. Dann war es stockduster und Tripp hörte nur seinen eigenen Schrei: »Scarlett!«

Kapitel 46

Scarlett rutschte auf Händen und Fersen rückwärts über den Steinboden, versuchte, Abstand zwischen sich und Carter zu bringen, der mit erhobenem Säbel auf sie zustapfte. Sie war nicht schnell genug. Ihre Wunden waren zu schmerzhaft, bluteten zu stark. Die Welt vor ihren Augen tanzte und schwankte wie ein betrunkener Seemann. Oder als wäre *sie* ein betrunkener Seemann. Ihre Hände tasteten blind auf dem scharfkantigen Stein, die Ferse ihres verletzten Beins rutschte immer wieder unter ihr weg. Ihre Hüfte schmerzte von den vielen Blutergüssen, die sie sich dadurch zugezogen hatte.

»Was meinst du damit?«, stieß sie hervor, einen kupfernen Geschmack auf der Zunge.

357

»Weißt du denn nicht, wem das Tidenhorn ursprünglich gehörte?«, fragte Carter.

Vor Erleichterung darüber, dass er ihren Köder geschluckt hatte und weiter auf sie einredete, statt ihr den Garaus zu machen, atmete Scarlett auf. Seine Geschichte interessierte sie nicht unbedingt. Klar wäre ein Überblick über das Warum, Wieso, Weshalb nett gewesen, aber jetzt gerade versuchte sie einfach nur, Zeit zu schinden, um wieder zu Kräften zu kommen. Ein unmögliches Unterfangen, aber eine Frau durfte ja hoffen. Kognitive Dissonanz, oder wie war das noch gleich?

»Ähm, nein«, antwortete sie, obwohl irgendwas in ihrem Hinterkopf klingelte. Eine Geschichte, die sie mal gehört hatte?

»Die Meerhexe schuf ihr Volk, die Meerjungfrauen, nach ihrem Abbild. Sie sollten ihr Gesellschaft leisten in ihrer ewigen Existenz unten im Meer. Ihr dienen und sie verehren, mehr noch als die Seefahrer es taten. Sie sollten ihr Schätze bringen und sie unterhalten. Zu ihrem Schutz erschuf sie den Kraken, der jede Menschenseele, die ihrem Reich zu nahe kam, in die Tiefe zerrte. Ganze Flotten gingen vor Laughing Bird Island unter in dem Versuch, das Biest zu erlegen.« Carter grinste. »Unzählige starben, fielen von den Schiffen ins Meer und verdunkelten die Wasser. Neugierig wie alle Frauen, wurde das Meervolk von den Fremden angelockt. Die Meerjungfrauen, fasziniert von den Menschen, wollten mehr von ihnen erfahren. Und weil die Meerhexe wusste, dass sie nicht aufzuhalten waren, gab sie ihnen ein Geschenk. Ihre Stimmen sollten dazu dienen, die Seemänner wehrlos zu machen. Sie sollten gar nicht erst in der Lage sein, ihrem Volk zu schaden.«

Gegen ihren Willen war Scarlett fasziniert. Niemand wusste, woher die Geschichten um die Meerjungfrauen kamen. Niemand vor ihnen hatte je eine gesehen und überlebt. Sie galten als Ammenmärchen, als Aberglauben. Scarlett selbst hatte sie bis vor knapp zwei Jahren als Hirngespinst abgetan. Und nicht einmal Ada in ihrem unerschütterlichen Glauben an das Übernatürliche, hatte mehr über sie gewusst, als die gängigen Geschichten der Klabautermänner preisgaben. Woher also stammte diese Erzählung?

»Doch irgendwann, nach Jahrtausenden unter Wasser, begann die Meerhexe, sich einsam zu fühlen. Ihr Volk bot ihr nicht mehr genug Abwechslung und ihre immergleiche Gesellschaft langweilte sie. Und so wagte sie sich, als der Schatten eines weiteren Schiffes ihr Reich verdunkelte, an die Oberfläche.«

Jetzt kam die Erinnerung zurück. Sie hatte eine Geschichte von Jon gehört, an jenem ersten Abend, als sie sich kennenlernten, noch ehe sie beschlossen hatte, ihn mit an Bord zu nehmen und das Tidenhorn zu suchen.

»Sie hat sich verliebt«, stieß sie hervor und sah mit großen Augen zu ihm auf, ahnend, worauf diese Geschichte hinauslief. »In einen Menschen.«

Carters Mundwinkel wanderte nach oben, aber das Lächeln erreichte seine Augen nicht. »Nicht nur in einen Menschen. In einen Piraten. Sie verbrachten eine Nacht an Bord seines Schiffes miteinander und als sie am Morgen zurück in die Fluten stieg, gab sie ihm ein Horn. Sein Klang sollte den Wächter zurückhalten, damit der Pirat sie besuchen konnte, wann immer er wollte.« Mit jedem Wort wurde seine Miene härter, seine Stimme kälter. »Jahre vergingen und wann immer er es einrichten konnte, segelte der Pirat nach Laughing Bird Island und besuchte seine Geliebte. Sie versprach ihm, einen Weg zu finden, dass sie für immer zusammen sein konnten. Dass sie das Meer sowohl unter als auch über Wasser beherrschten. Er hielt seinen Teil der Abmachung ein, wurde König der Piraten und beherrschte die neun Weltmeere. Doch als er ihr seine großartigen Pläne für ihr Reich offenbarte, begann sie, ihn zu fürchten. Sie wollte ihre Macht nicht verlieren, ihren Thron nicht teilen. Und so entriss sie ihm das Tidenhorn und versteckte es.« Carters abwesender Blick kehrte zurück in die Wirklichkeit und heftete sich auf Scarlett. »Und der Piratenkönig beschloss, sich ihren Thron mit Gewalt zu holen. Sie büßen zu lassen für ihren Verrat. Sie sich Untertan zu machen.«

Offensichtlich war die Meerhexe nicht begeistert davon gewesen, ihr wunderschönes, strahlendes Volk mit seinen widerlichen Invictus zu paaren und ihn damit die Länder terrorisieren zu lassen. Er hatte nicht einfach nur herrschen wollen, nein. Er hatte *unterwerfen* wollen. Tyrannisieren. Und die Meerhexe, uralt und mächtig wie die Götter selbst, hatte abgelehnt. Und sich damit seinem immerwährenden Zorn ausgesetzt. Carters hervorstechendste Charaktereigenschaft war, dass er nie vergaß. Damit einher ging seine Fähigkeit, einen Groll für Jahre aufrechtzuerhalten. Scheinbar sogar Jahrzehnte.

»Und dann kommst du«, fuhr er fort und richtete seine Säbelspitze wieder auf ihre Brust. »Nachdem mein Nichtsnutz von einem Sohn versagt hat, nicht einmal eine einzige Meerjungfrau fangen konnte und es doch tatsächlich geschafft hat, sein Schiff an den Kraken zu verlieren. Und du findest nicht nur das Horn, sondern gelangst sogar auf die Insel.« Er schnalzte mit der Zunge und kam noch einen Schritt näher. Der Himmel hinter ihm wurde von Blitzen erhellt. Das Donnergrollen untermalte seine tiefe Stimme und Scarlett spürte die ersten Regentropfen auf ihrer Haut. »Ich kann es dir nicht zum Vorwurf machen, dass du in deiner Einfalt das Gold für wertvoller hieltest als die Meerjungfrauen. Und eigentlich muss ich dir sogar danken. Denn nur des Horns wegen konnten wir den Kraken erlegen und die Königin entführen.« Seine Klinge streifte nun ihr Schlüsselbein und ritzte eine Spur bis hinab zu ihrem Herzen. Schwarze Augen huschten von dem Blut, das zwischen ihren Brüsten hinabbrann, zu ihrem Gesicht. »Jahrzehnte habe ich damit zugebracht, die Meerjungfrauen zu jagen. Hunderte fähige Seemänner sind auf meinen Tischen verblutet und das nur, weil die Hexe ihren Teil der Abmachung nicht einhalten wollte.« Sein Stiefel knirschte auf dem Stein, als er das Gewicht verlagerte. Scarlett keuchte auf, als die Klinge sich tiefer in ihre Haut bohrte. »Und dann kommst du«, wiederholte er, »und schaffst es nicht nur, sie auf deine Seite zu ziehen, nein, sie kämpfen sogar für dich. Sag mir, Scarlett, wie ist dir das gelungen?«

Sie grinste. »Neidisch?«

Carter knurrte und trieb die Klinge noch tiefer, bis sie auf Knochen schabte.

Scarlett zischte in dem Versuch, nicht zu schreien. Dann sprach sie durch zusammengebissene Zähne und ließ ihn all ihren Hass und ihre Verachtung sehen. »Ich musste sie nicht überzeugen, Carter. Die Meerhexe hasst dich und ihre Schöpfung war mehr als bereit, dich zu vernichten und das, was du in die Welt gebracht hast. Niemand will dich oder deine Invictus.« Sie stieß ein kaltes Lachen aus. »Sieh nur, wohin deine Verachtung für das große Ganze dich gebracht hat.« Mit dem Kinn ruckte sie in Richtung der Seeschlacht, die nur wenige Meter von ihnen entfernt tobte. »All deine Feinde sammeln sich unter meiner Flagge, um dich zu vernichten. Jahrzehntelange Fehden werden beiseitegelegt, um dich zu stürzen. Und wer weiß«, spottete sie, »vielleicht machen sie mich ja zu ihrer neuen Königin.«

Carter fletschte die Zähne. »Du hast nicht das Zeug, um zu regieren, Scarlett. Genau wie dein Vater bist du nicht in der Lage, die nötigen Entscheidungen zu treffen.«

Scarlett grinste und in diesem Moment war sie nicht mehr Scarlett, die Kapitänin der *Honoria*. Nicht Scarlett, die Freundin. Nicht Scarlett, die Geliebte. In diesem Moment war sie die Blutige Scarlett. Und sie spuckte ihrem König ins Gesicht: »Oh doch, Carter. Ich war nur nie bereit, sie für *dich* zu treffen.«

Und damit warf sie sich nach vorn, direkt in seine Klinge, um der Gestalt, die sich hinter ihm zwischen den Felsen erhob, die Chance zu geben, den Piratenkönig zu töten und ihre Rache zu nehmen.

Kapitel 47

Tripps Hände waren glitschig von Schweiß und Blut und Meerwasser und rutschten immer wieder von den Ruderpinnen ab. Seine Rückenmuskeln und Schultern protestierten bei jedem kräftigen Zug, aber er achtete gar nicht darauf.

Er musste zu ihr.

Die Ruderblätter pflügten durch blutrotes Wasser und Leichen von Menschen und Ungeheuern. Regentropfen prasselten auf seinen Kopf und die Schultern, durchnässten seine Hose und wuschen langsam das Blut von seiner Haut. Er achtete nicht auf die Kälte, die ihn bis in die Knochen erfüllte.

Er musste zu ihr gelangen, bevor es zu spät war.

Seine Haare klebten nass an seiner Stirn und dem Nacken, entließen Rinnsale rosa Wassers auf seine Brauen und unter den Hemdkragen, sodass er sich alle paar Sekunden mit dem Ärmel die Augen reiben musste.

Er musste es schaffen. Er musste zu ihr.

Weiße Wölkchen standen vor seinem Mund, der Winter noch nicht ganz verschwunden, als das Gewitter über ihm ein letztes Aufbäumen mit sich brachte. Er spürte seine Finger schon nicht mehr, sein Atem schmerzte in seiner Brust, aber er achtete gar nicht darauf. Keuchend blickte er über seine Schulter zu der Formation aus schwarzem Felsgestein. Die ruckartige Bewegung schleuderte nasse Strähnen gegen seine Wange, sein Kinn rieb über das Hemd, das der Regen auf seine Schulter geklebt hatte.

Er musste sie erreichen.

»Schneller«, schien der Wind ihm zuzurufen, als er um seinen Kopf pfiff.

»Schneller«, die Wellen, die gegen die Bordwand klatschten und den Boden des Beiboots füllten.

»Schneller«, das wild in seiner Brust pochende Herz, das sich so sehr fürchtete.

Er strengte sich noch mehr an, legte sich noch schwungvoller in die Riemen, lenkte noch mehr seiner schwindenden Kraft in die Zugbewegung. Ein verzweifelter Schrei zwängte sich zwischen seinen Zähnen heraus und vermischte sich mit dem Rauschen des Meeres und den Geräuschen des Kampfes, von dem er sich entfernte.

Von der *Pirates Revenge* ragte nur noch der Bug aus dem wirbelnden Wasser. Seeleute kämpften sich aus den Fluten in der Hoffnung auf Rettung. Sie alle fanden ihr Ende, als nasse Haarschöpfe und glitzernde Fischschwänze über sie kamen und sie mit sich zogen. Schreie verendeten gurgelnd in salzigen Fluten.

Über die wogende Bordwand hinweg erhaschte Tripp kurze Blicke auf die übrigen Schiffe.

Mathildas Langboot trieb verwaist auf den Wellen, ihre Männer machten sich mit Äxten und Schwertern und unter lautem Gebrüll über die Besatzung eines Piratenschiffs her.

Der Seelord hatte bereits ein Schiff versenkt und ein zweites gekapert, seine Leute schwangen sich gerade auf das nächste Opfer.

Eines der Gildenschiffe stand lichterloh in Flammen und sandte eine schwarze Rauchsäule gen Himmel, um sich mit den Wolken zu vermischen. Die anderen beiden sammelten die Überlebenden ein.

Wie es um die Navy stand, konnte er nicht erkennen, aber er sah das Mündungsfeuer, als Robert eine Salve abfeuern ließ. Sie kamen zurecht. Ebenso die Karaidachen, die ihnen den Rücken deckten.

Für ihn zählte ohnehin nur sie.

Die Ruderblätter sanken ins Wasser, Tripp lehnte sich zurück und zog.

Ein Bersten ließ Wasser aufspritzen. Tripp fiel nach hinten und schlug sich den Kopf an der Bordwand. Das abgebrochene Ruder ragte vor ihm in die Höhe.

Etwas prallte gegen die Seite seines Bootes und brachte es heftig ins Schwanken, machte Tripps Versuche, sich aufzurichten, wieder zunichte.

Sein Kopf dröhnte, die Bewegung des Bootes nicht hilfreich dabei, sich zu orientieren. Er schlug sich mit der flachen Hand gegen die Schläfe und blinzelte die Ohnmacht fort.

Eine Hand an die Reling geklammert, zog er sich hoch, nur um gleich darauf wieder das Gleichgewicht zu verlieren, als etwas von der anderen Seite gegen das Boot krachte.

Das zweite Ruder wurde aus der Dolle gerissen und davongeschleudert.

Eine Haiflosse tauchte aus dem schäumenden Wasser und umkreiste das Ruderboot.

Tripps Blick schnellte zum Ufer. Ihn trennten fünf, vielleicht sechs Meter vom Felsen, auf dem Scarlett um ihr Leben focht. Nah genug, um innerhalb von Sekunden dort zu sein. Zu weit, um es mit der Kreatur aufzunehmen, die ihn belauerte, seine

Entscheidung abwartete. Ihm unter den Wellen um so vieles überlegen war, selbst wenn er im Vollbesitz seiner Kräfte gewesen wäre. Wovon er weit entfernt war. Seine Sicht verschwamm, ihm war übel und sein Kopf pochte heftiger als sein Herz. Ein Sprung ins Wasser würde sein Leben fordern. Doch mit jedem Herzschlag, den er zögerte, trieben die Wellen ihn weiter fort vom rettenden Land und von Scarlett. Das Boot nutzte ihm ohne Ruder nichts mehr. Tripp biss die Zähne zusammen und fällte eine Entscheidung.

Er wartete, bis die spitze Flosse am anderen Ende des Bootes war und füllte seine Lungen mit Atemluft. Dann sprang er kopfüber von Bord.

Das Wasser war eisig und windgepeitscht als es über Tripps Kopf zusammenschlug. Er öffnete die Augen trotz des brennenden Salzes und erhaschte noch den Eindruck eines Schattens, als die Kreatur auch schon in seine Seite krachte und ihn mit sich riss.

Schneller und immer schneller jagten sie gegen den Widerstand des Wassers an durch die Dunkelheit. Blitze erhellten die Umgebung immer nur für Sekundenbruchteile, als sie aus dem Himmel niedergingen oder aus den Kanonenrohren zischten. Es reichte nicht aus, um Tripp mehr von der Kreatur erkennen zu lassen als breite Schultern und einen muskulösen Rücken, der in einen Haischwanz überging. Aber das genügte schon, um zu wissen, dass es sich hierbei um Scarletts ehemaligen Freund handelte. Hank. Seltsam, woran sich das Hirn in Stresssituationen plötzlich erinnerte.

Eine Schulter der Kreatur presste in Tripps Bauch, während ein mächtiger, unnatürlich starker Arm ihn am Rücken umklammerte. Es gab kein Entkommen. Selbst, wenn er sich aus der Umklammerung hätte lösen können, hatte er längst den Überblick verloren, wo oben und unten war. Die Dunkelheit wurde drückender noch als die Wassermassen um ihn herum. Die Geschwindigkeit, mit der sie sich bewegten, hatte seinen Sauerstoff längst aufgebraucht. Seine Lungen schmerzten, Ohnmacht kroch lauernd um sein Sichtfeld. Aber er konnte nicht aufgeben.

Er wusste nur eins: Er musste zurück. Er musste zu Scarlett.

Also zwang er seine müden Muskeln dazu, sich zu bewegen. Es war ein Kampf gegen die reißende Strömung und die Umklammerung der Kreatur, aber wenn er jetzt nicht handelte, würde sein Körper bald aufgeben und Scarlett brauchte ihn.

Von der Seite schlang er den Unterarm um den Hals der Kreatur. Auch wenn diese hier nicht mehr über die Lungen atmete, hoffte er, zumindest so viel Schmerz auslösen zu können, dass das Biest ihn freiließ. Er winkelte den Ellbogen an und drückte zu, die Kraft des Wassers jetzt auf seiner Seite. Gleichzeitig schaffte er es, die Beine um den Oberkörper der Kreatur zu schlingen und sich festzuklammern.

Das Biest schien seine Anstrengungen gar nicht zu bemerken, oder es interessierte sich einfach nicht dafür, weil es ihn nicht als Bedrohung wahrnahm. Was es auch war, es räumte Tripp die Möglichkeit ein, nach dem Messer in seinem Stiefel zu greifen.

Erleichterung erfüllte ihn, als er das kühle Metall ertastete. Den Göttern sei Dank, es war noch da.

Tripps Lungen standen in Flammen, seine Augen brannten und in seinen Ohren baute sich ein seltsamer Druck auf, je tiefer sie hinabtauchten.

Nur verschwommen sah er über die Schulter der Kreatur die schnellen Bewegungen des Haischwanzes, darüber die kämpfenden Meerjungfrauen und wütenden Invictus und darüber den Schatten eines Schiffes. Dorthin wollte er zurück, dorthin musste er es schaffen. Und dann zu Scarlett.

Die Kreatur schoss weiter in die Tiefe, merkte nicht, wie Tripp das Messer hob, die eiskalten Finger krampfhaft um den Griff geschlossen. Er durfte es nicht verlieren, seine einzige Waffe. Er musste nur-

Etwas prallte mit Wucht gegen ihn, riss ihn von der Kreatur los und entließ ihn ins weite Blau. Der Aufprall schleuderte das

Messer fort und Tripp versuchte panisch, der Klinge nachzutauchen, doch es war zu spät. Mit einem letzten silbernen Blinzeln verschwand die Klinge im Dunkel.

Und Tripps Bewusstsein tat es ihm nach. Langsam, wie Schattenschwaden, kroch die Dunkelheit über sein Sichtfeld. Sein Herzschlag wurde langsamer, ruhiger. Zu ruhig. Seine tauben Glieder trieben nutzlos neben ihm.

Er blinzelte träge, versuchte, die Augen offen zu halten. Obwohl ihm die Luft fehlte, die Wärme und das Licht. Scarlett. Scarlett und ihr ungeborenes Kind. Scarlett. Aber er konnte nicht mehr. Er war zu Tode erschöpft. Er wollte nicht mehr kämpfen. Er wollte nur schlafen, sich treiben lassen, für immer in den Armen der See.

Sein Mund öffnete sich. Salzwasser strömte hinein, füllte seine leeren Lungen. Weit unter ihm konnte er zwei Gestalten kämpfen sehen. Glitzernde Luftblasen stiegen von ihnen in die Höhe, als sie brutal ineinander krachten. Ein Hai und… rote Schuppen. Tripps Augen fielen zu.

Doch noch ehe er ganz wegdämmern konnte, packte ihn etwas am Oberarm und zerrte ihn mit sich. Hinauf, hinauf.

Sein Kopf durchstieß die Wasseroberfläche, doch da war nichts mehr in ihm, das sich darüber freute.

»Lebe, Seemann«, befahl eine liebliche Stimme. Viel zu süß und klanghaft. Wo war das heisere Raunen, der spöttische Unterton? »Atme«, lockte die Stimme wieder. Etwas schlug gegen seine Brust. Aber sie war nicht Scarlett. Sie hatte ihm gar nichts zu befehlen.

Scarlett. Scarlett.

Etwas veränderte sich. Plötzlich lag er auf harten Planken, Taue schwankten über ihm im Wind, Segel flatterten. Dann ein Gesicht, blonde Kinnlange strähnen. Eine blaue Uniform mit goldenen Abzeichen.

»Komm schon, Mann«, fluchte er und etwas hieb auf Tripps Brust ein. Wieder und wieder. »Na los.« Er wollte die Augen schließen. Er war so müde. Aber da war etwas in seinem Hals. Etwas, das schmerzte und hinaus wollte. Etwas-

Ein neuerlicher Schlag gab ihm den Rest. Wasser spritzte aus Tripps Mund und er wurde zur Seite gerollt, wo sein Kopf auf die Planken sackte und Salzwasser über seine Lippen lief. Jemand klopfte ihm auf den Rücken, aber nicht mehr so fest.

Sein Verstand klärte sich. Husten schüttelte ihn, aber er zwang seine müden Glieder, sich aufzurichten.

Er saß an Deck eines Marineschiffs, inmitten einer sich ausbreitenden Pfütze, und vor ihm hockte der Commodore, ein besorgtes Lächeln im Gesicht. »Da bist du ja.«

»Danke«, krächzte Tripp und verzog das Gesicht, als die Worte wie Krallen durch seine wunde Kehle schabten.

Robert streckte ihm die Hand hin und zog ihn auf die Beine. Sofort hielt Tripp Ausschau nach der Passage. Das Schiff befand sich in den äußeren Ringen der Schlacht, in einigem Abstand zum Alten Mann. Die Kreatur hatte ihn weit geschleift.

»Bring mich näher an die Felsen«, bat er Robert.

Der zog die Brauen zusammen. »Die Schlacht ist fast vorüber, Tripp. Was hast du vor?«

»Ich muss zu Scarlett.«

368

Kapitel 48

Schnell wie eine Schlange sprang Ada vor und warf sich auf Carter. Vielleicht hatte Scarletts kurzer Blick über seine Schulter ihn gewarnt, oder der Piratenkönig verfügte noch immer über beeindruckende Instinkte, jedenfalls fuhr er rechtzeitig herum und wich dem Messer aus. Zumindest teilweise. Die Klinge bohrte sich in seinen Schultermuskel und blieb dort stecken, als Ada losließ, um ihren Sturz abzufangen. Ihre Knie schlugen auf den Stein und sie rollte sich ab, kam kampfbereit zu Scarletts Linker zum Stehen.

»Hey, Captain. Wie immer nur am Faulenzen.«

Scarlett grinste. »Ich hab doch dich für die Drecksarbeit.« Erleichterung spülte in jede ihrer Poren. Ada lebte. Zweifellos von den Meerjungfrauen aus der wütenden Meute Invictus gerettet und an Land gebracht. Ausgerechnet zu ihr. Ein Wink des Schicksals? Ada wäre die Einzige, an die sie die Genugtuung, Carters Mörderin zu sein, abtreten würde.

Der fing sich gerade wieder und zog das Messer in einem Schwall Blut aus seinem Arm, sofort schloss sich die Wunde.

»Fuck«, murmelte Ada, mit großen Augen zusehend.

»Jap. Viel Spaß mit ihm«, scherzte Scarlett und hievte sich in eine aufrechte Position.

»Bist du okay?«, fragte Ada, den Blick nicht von Carter lösend.

»Ich komme klar. Sag mir, dass du noch eine Waffe dabei hast.« Sie sah zu dem am Boden liegenden Messer, das einen goldenen Griff hatte und mit Edelsteinen verziert war. Huh. »Eine Pistole wäre jetzt gut.«

»Das war alles, was Violetta mir überlassen konnte«, sagte Ada kopfschüttelnd.

»Super toll.« Scarlett schielte zu ihrem eigenen Säbel, der zwischen zwei Steinen steckte und sie zu verspotten schien.

»Das reicht«, knurrte Carter und riss ihre Aufmerksamkeit wieder an sich. Er zog eine Pistole aus seinem Gürtel und richtete sie auf Ada.

Scarlett warf sich nach vorn, ignorierte ihre schmerzenden Wunden und katapultierte sich zwischen Ada und die Mündung der Pistole.

Aber es war zu spät. Heiß zischte die Kugel über Scarletts Wangenknochen.

Sie schlug auf den Steinen auf und warf sich herum.

Ada stand da und starrte ins Leere. Die Kugel hatte sie verfehlt. Den Winden sei Dank, sie-

Eine Brise strich Adas silberne Strähnen zurück. Offenbarte das Blut, das von ihrem Kinn tropfte. Die entsetzliche Wunde, die die Kugel gerissen hatte. Das Blei war direkt unterhalb ihres linken Auges eingedrungen, hatte Gewebe und Knochen zerfetzt und ein verkohltes, klaffendes Loch zurückgelassen.

»Nein«, hauchte Scarlett ungläubig. Nein, das konnte nicht sein. Ada war doch-

Ada fiel und Scarlett warf sich nach vorn, um sie aufzufangen. Ihr blutiger Kopf landete auf Scarletts Schulter, ehe sie sie in ihren Schoß gleiten ließ und die silbernen Strähnen zurückstrich. Ihre Haut war nass vom Meerwasser, ihr Haar klebrig und strähnig, windgepeitscht. Was sie immer gehasst hatte. Scarletts Finger glitten zitternd über ihre Wange und den Hals, wo doch das Schutzamulett hätte hängen sollen. Stattdessen war da nur blutiger Stoff und rosa Rinnsale, die ihre Haut verunstalteten. Adas violetter Blick war auf die dunklen Wolken über ihnen gerichtet, leer und stumpf. Ihr Mund stand offen, als wäre sie in Begriff, gleich einen Scherz zu machen. Aber sie würde nie wieder sprechen.

Tränen tropften auf Adas Wangen, als Scarlett den Kopf senkte und ihrem Schmerz eine Stimme verlieh. Ihr Schrei schallte über das Meer, wurde vom Wind aufgegriffen und in den Himmel geschleudert, wo Donnergrollen ihn empfing. Sie krallte die Hände in Adas Hemd, legte die Stirn auf ihrem Schlüsselbein ab und gab sich dem wirbelnden Strom der Gefühle hin, ließ sich davontragen in die Vergangenheit und in ihre Erinnerungen. An Adas strahlendes Lächeln, an ihre schmutzigen Witze und gegrölten Trinklieder. An die unzähligen Schlägereien, die sie beide angezettelt hatten. An die Kämpfe und Diebereien und die vielen, vielen Verfolgungsjagden und Gefängnisausbrüche. An ihre unverbrüchliche Treue.

Scarletts Stimme versagte, heraus kam nur noch ein schmerzhaftes Schluchzen, dass ihren ganzen Körper schüttelte. In diesem Moment scherte sie sich nicht um Carter oder darum, dass sie ihm den Rücken zugewandt hatte. Sie scherte sich nicht um die Schlacht und nicht um ihre Freunde. Was zählte, war die Frau in ihren Armen, die sie Schwester und Freundin und Erste

Offizierin genannt hatte, und die ihr Leben lang an ihrer Seite gestanden hatte, ohne dass Scarlett ihr je gesagt hatte, wie sehr sie sie liebte und wie sehr sie sie dafür schätzte. Ohne dass Scarlett ihr je gedankt hatte. Ohne, dass sie jemals das bekommen hatte, was sie sich gewünscht hatte. Wofür sie jetzt keine Zeit mehr hatte. Weil ihre Treue sie in diesen Kampf geführt hatte, der doch eigentlich Scarletts war. Ein Kampf, den es nie hätte geben müssen, wenn Scarlett ihrer Freundin nur einmal richtig zugehört hätte. Wenn sie begriffen hätte, dass sie dem Teufel diente. Dem Teufel, der Ada getötet hatte.

Der Schmerz verwandelte sich in Wut. Rasender Zorn flutete ihre Adern und ersetzte das Blut, das sie ihm bereits geopfert hatte. All die über Wochen und Monate unterdrückten Gefühle drangen nun ans Tageslicht und befeuerten sie nur noch.

Ihre Arme und Schultern begannen zu beben vor Zorn und in sich spürte sie nur das brennende Feuer und das Verlangen, Carter für alles büßen zu lassen, was er getan hatte. Was er ihrem Vater und ihrer Freundin und ihren Matrosen angetan hatte.

Sie drückte einen Kuss auf Adas blutige Stirn und ließ ihren Kopf sanft zu Boden gleiten. Dann stand sie auf.

Regen prasselte auf ihren Rücken, drückte die langen roten Strähnen an ihren Kopf und eisiger Wind legte sich um sie. Wie ein Rachedämon aus den tiefsten Kreisen der Hölle erhob sich Scarlett aus ihrem Schmerz.

Sie griff nach ihrem Säbel und zog ihn zwischen den Steinen hervor. Langsam drehte sie sich zu Carter um, ihr Gesicht eine Maske brennenden Hasses.

Der Piratenkönig warf die noch qualmende Pistole achtlos von sich und packte seine eigene Klinge, bereit, ihren Tanz wieder aufzunehmen.

Doch dieses Mal gab es kein Entrinnen für ihn. Dieses Mal würde sie sich nicht zurückhalten, weil tief in ihr noch die Hoffnung schlummerte, er möge wieder zu dem Mann werden, den sie früher in ihm gesehen hatte. Dieses Mal würde sein Blut ihre

Hände benetzen, wenn sie ihm das Herz aus der Brust riss, so wie er es bei ihr getan hatte.

Ihr Blick glitt an ihm vorbei zu der Gestalt, die aus dem Nichts zu treten schien. Groß und schlank mit blauer Haut und spitzen Zähnen. Reglos stand Cailin da. Ihre spinnennetzfeine Robe schien auf den Winden zu treiben wie auf unsichtbaren Wellen. Ihre langen Haare umspielten ihre blanken Knöchel, wo Schuppen die Haut bedeckten. Dunkle Augen starrten Scarlett reglos an. Dann formten ihre Lippen Worte, die der Wind an Scarletts Ohr trug: »Nutze die Macht, die ich dir geschenkt habe.«

Scarletts Schultern und Brust hoben und senkten sich in tiefen, gleichmäßigen, konzentrierten Atemzügen, die ihre Sinne schärften und sie auf das vorbereiteten, was kommen würde.

Sie wandte sich von Cailin ab. Um die Verräterin konnte sie sich später kümmern. Zuerst würde sie Carter zerfetzen.

Der König schien ihre Wut zu sehen. In seinen Augen flackerte Erkennen auf, Begreifen. Vielleicht verstand er jetzt, dass sie sich zurückgehalten hatte. Dass sie sich selbst an die Leine gelegt hatte. Dass er nun die allerletzte Grenze überschritten hatte. In ihr glommen die Entschlossenheit und boshafte Gewissenlosigkeit ihrer Eltern. Und die Stärke, die Carter selbst in sie hineingeprügelt hatte.

Er wich einen Schritt zurück, was ein Lächeln auf Scarletts Lippen zauberte, das nicht von dieser Welt war. Es dürstete sie nach Blut. Und sie würde es bekommen.

Sie spürte, wie ihre Wunden sich schlossen. Spürte, wie die Magie ihre Muskeln mit Kraft speiste und ihrer Entschlossenheit Flügel verlieh. Aber sie schüttelte sie einfach ab wie lästige Regentropfen. Schnitte klafften erneut auf und sandten Blut ihren Körper hinab. Sie wollte nichts von Cailin annehmen. Sie wollte keine Hilfe. Sie *brauchte* sie nicht.

Mit einem wilden Schrei auf den Lippen stürzte sie sich auf Carter. Hieb um Hieb ließ sie auf ihn niederprasseln, schneller, als er abwehren konnte. Ihre Klinge ritzte seine Haut unzählige

Male, trieb ihn vor ihr her die Felsen entlang, wie er es vorhin noch bei ihr getan hatte. Doch er hatte hier keine Macht mehr. Er war nicht länger der Jäger, sondern der Gejagte. Und Scarlett würde ihn zu Tode hetzen.

Die Gegenwehr des Königs wurde schwächer, seine Klinge langsamer. Und Scarlett warf sich auf ihn wie eine wütende Wildkatze. Drei schnelle Hiebe und über seiner nackten Brust klafften tiefe Schnitte auf.

Er schrie, taumelte zurück und ließ die Klinge fallen, versuchte, den Schnitt in seinem Bauch zuzuhalten, seine Gedärme darin zu halten. Aber es half nichts.

Genugtuung erfüllte Scarlett, als sie ihren ehemaligen König auf die Knie fallen sah, Entsetzen und Verzweiflung im Blick.

Sie senkte den Säbel und beugte sich zu ihm herab. »Ich wünschte, ich hätte noch irgendwelche letzten Worte für dich, Carter. Aber ich habe dir einfach nichts mehr zu sagen.« Sie legte den Kopf schräg und lächelte, als er ihrem Blick begegnete. Keine Magie dieser Welt konnte ihn jetzt noch retten. Und er wusste es. »Von deiner Seite aus irgendwelche letzten Worte?«

Hasserfüllt fletschte er die blutigen Zähne und öffnete den Mund, zweifellos, um ihr etwas zuzuzischen. Sie schlitzte ihm die Kehle auf.

»Interessiert mich nicht.«

Blut strömte seinen Hals hinab. Es war nur eine Frage von Sekunden, dann wäre es vorbei. Er öffnete den Mund, dann wurde sein Blick leer und er fiel nach vorn.

Scarlett richtete sich auf, wischte ihren Säbel an seiner Weste sauber und verpasste ihm einen Tritt. Weil er es verdiente. Dann stieg sie über ihn hinweg und wandte sich Cailin zu.

Die Hexe stand noch genau dort, wo sie vorhin aufgetaucht war, und zeigte ihre spitzen Zähne in einem Grinsen. Sie öffnete den Mund.

Ein Schuss knallte. Ihr Kopf ruckte zur Seite und sie fiel auf die Steine.

Überrascht hob Scarlett den Blick. Und sah Tripp, der an Bord eines Marineschiffes stand, Robert neben sich, und das qualmende Gewehr sinken ließ. Bei allen Winden, sie liebte diesen Mann.

Kapitel 49

Scarlett stand stumm und leer daneben, als Robert bei Adas Leiche niederkniete und zu weinen begann. Sie wollte auch weinen. Sie wollte ihre Freundin betrauern und ihren Selbsthass hegen. Aber sie war völlig ausgebrannt.

Also stand sie nur da, Tripps Hand in ihrer, und sah zu, wie Robert Ada ihr Amulett umlegte und etwas in ihr Ohr flüsterte. Der Commodore war unverletzt. Als einer der wenigen in dieser Schlacht. Und Scarlett kam nicht umhin sich zu fragen, ob diese bescheuerten Amulette am Ende vielleicht doch etwas bewirkt hatten. Und, ob Ada noch am Leben wäre, wenn sie ihres getragen hätte.

Ein Geräusch lenkte ihren Blick ab. Prinzessin Lorietta stand in ihrem Schuppenkleid zwischen den schwarzen Felsen, dort, wo Cailin reglos lag. Die Hexe war nicht tot. So wie Scarletts Dolch sie nicht hatte töten können, war auch eine Gewehrkugel nutzlos gegen sie, aber sie würde noch einige Stunden lang bewusstlos bleiben. Neben der Prinzessin stand eine Frau, die nur wenige Jahre älter zu sein schien und das gleiche, lange schwarze Haar hatte und die gleichen dunklen Augen. Ihr Kleid war etwas länger und von einem tiefen Grünton. Auf ihrem Kopf saß eine Krone aus Diamanten. Die Königin also.

Scarlett nickte den beiden zu. Die Königin senkte leicht das Kinn. Dann griffen sich die beiden Cailins Körper und zogen ihn mit sich zurück ins Meer, höchstwahrscheinlich, um ihn ihrer Schöpferin zu überreichen.

Das Gewitter war weitergezogen und zurück blieben blutrote Küsten.

Die Reef Raiders hatten sich nach Carters Tod ergeben, doch es waren ohnehin nicht mehr viele von ihnen übrig. Scarlett kannte die genauen Zahlen nicht, aber sie war auch zu erschöpft, um sich darum zu scheren.

Unter Hugos Führung machten sich die verbliebenen Schiffe daran, die Passage zu durchqueren. Viele von ihnen waren stark beschädigt und würden die Reise zurück nach Port Lory nicht überstehen. Also hatten sie entschieden, die Pirates Bay vorerst als Rückzugsort zu nutzen und dort ihre Wunden zu lecken. Außerdem würde Scarlett über das Schicksal der verbliebenen Piraten und Bewohner der Bay entscheiden.

Morgen.

Morgen würde sie trauern und organisieren und sich selbst verabscheuen. Heute war sie nur noch eine leere Hülle.

Die Sonne senkte sich bereits dem Horizont entgegen und es galt Unterbringungen, Verpflegung und Versorgung der Verwundeten zu organisieren.

Sie drückte Tripps Hand. Er schenkte ihr ein trauriges Lächeln, das nicht weniger erschöpft wirkte als ihres.

»Lasst uns gehen«, sagte sie leise.

Robert nahm Ada auf die Arme und gemeinsam stiegen sie die Felsen hinab zum Beiboot. Tripp ruderte sie zurück zum Schiff, während Scarletts Blick auf dem toten König lag. Sein Blut trocknete bereits und sie spürte seine toten Augen auf sich ruhen. Sie lächelte.

Es war vorbei.

Carter war tot. Die Meerjungfrauen würden sich unter Violettas Führung der verbliebenen Invictus annehmen. Scarlett zweifelte nicht daran, dass sie jede einzelne der widernatürlichen Kreaturen aufspüren würden. Ihre kleine Flotte würde sich wieder in ihre Einzelteile zerstreuen. Kilian zurück zu seiner Insel segeln, Mathilda in den Norden und Robert nach Port Lory. Und was mit den Piraten geschah... tja. Das würde sich morgen entscheiden.

Sie wandte sich von den Felsen ab und sah zu Adas Leichnam, der sicher und geborgen in Roberts Schoß lag, die Wange an seiner Schulter. Aus diesem Winkel war die tödliche Verletzung nicht zu sehen. Es wirkte beinahe, als würde sie schlafen, rechtschaffen erschöpft wie sie alle.

Und Scarletts Herz zog sich zusammen, als der Wunsch übermächtig wurde, diese Illusion möge die Wahrheit sein. Ada hätte es verdient. Sie hätte *alles* verdient.

Scarlett lenkte das Schiff selbst durch die Passage, taub und leer und stumm. Tripp versuchte nicht, mit ihr zu reden. Er versuchte nicht, mit ihr zu feiern, dass sie am Leben waren. Er stand einfach hinter ihr an der Reling und schwieg.

Er schwieg auch, als sie die Stufen zu Carters Haus emporstiegen. Als sie den offenen Käfig mit Miles Überresten darin vor der Tür stehen sahen. Als sie daran vorbei gingen, ohne die Leiche ihres ehemals ärgsten Rivalen auch nur eines Blickes zu würdigen. Als sie die Schwarzwasserzellen mit den verbliebenen Piraten füllten und jedes Bett im Haus und in der Stadt belegten.

Er schwieg, als er sie die ganze Nacht im Arm hielt und sie stumme Tränen an seiner Brust vergoss, bis die Erschöpfung sie einholte und in einen traumlosen Schlaf schickte.

Kapitel 50

Zum hundertsten Mal in den letzten zehn Minuten, sah Tripp zur Tür. Aber das Blatt regte sich nicht. Im Flur davor erklangen auch keine Schritte. Nichts, was darauf hingewiesen hätte, dass Scarlett sich noch zu ihnen gesellen würde.

Er wusste, wo sie war, aber er würde sie nicht holen lassen. Lieber würde er den Rest des Tages und der folgenden Nacht hier an diesem Tisch sitzen und mit den anderen auf sie warten, als sie in ihrer Trauer zu stören. Scarlett war nicht Königin. Sie hatte ein Recht darauf, in Ruhe gelassen zu werden, solange sie es wollte. Und Tripp würde sie nicht an diesen Tisch zwingen, um mit Killian, Robert und Mathilda darüber zu diskutieren, wie sie jetzt vorgehen würden. Er bezweifelte auch, dass ihm das gelänge.

Also warteten sie.

Der Seelord spielte mit seinem goldenen Klappmesser, tief in Gedanken versunken. Er saß als einziger von ihnen gesittet am Tisch und hatte sogar frische Kleider angezogen, die die Verbände um seine Brust verbargen. Die spitze Schnauze eines Schwertfisch-Invictus hatte ihn in die Seite getroffen und einen Lungenflügel punktiert. Aber Aline schien zum ersten Mal öffentlich auf ihre unheimlichen, halb-magischen Heilkünste aus dem Kloster zurückzugreifen, denn die Wunde war bereits verheilt. Den Verband trug er wegen der vier Rippen, die der Kopf des Schwertfischs beim Aufprall zertrümmert hatte. Sie würden von selbst heilen, so Aline, und sie würde ihre kostbaren Kräuter und Tränke nicht auf solche profanen Wehwehchen verschwenden.

Die Ärztin arbeitete seit gestern Mittag pausenlos und hatte mehr Matrosen das Leben gerettet, als auch nur einer von ihnen angenommen hatte. Sie hatten die Verletzten in einer Taverne im Hafen untergebracht, die von ihrem Besitzer aufgegeben worden war. Jetzt gingen ihr dort ein paar Freiwillige zur Hand.

Mathilda hatte die Füße auf den Tisch gelegt und den Kopf auf der Rückenlehne ihres Stuhls abgestützt. Sie hatte die Augen geschlossen und den kleinen Schnarchern nach zu urteilen, die ab und an ihren Mund verließen und jedes Mal einen angewiderten Blick von Kilian ernteten, schlief sie tatsächlich. In ihrer Hand lag ein halb gegessener Apfel, dessen Saft über ihre Finger rann.

Die Nordmänner hatten von allen Crews am wenigsten Verluste zu beklagen, was Tripp nicht weiter wunderte. Sie waren über die Piraten hergefallen wie tollwütige Bestien und hatten ausnahmslos jeden an Bord getötet. Drei Schiffe hatten sie gekapert, ehe der Kampf sein Ende gefunden hatte. Jetzt terrorisierten sie den Wirt und seine drei Töchter in einer Kneipe mit Namen *Schwarzer Anker*, von der Tripp ernstlich bezweifelte, dass sie den Besuch der Nordmänner heil überstehen würde. Sie und die jungfräulichen Wirtstöchter, die anscheinend Gefallen an den rauen Nordmännern fanden, so lautete zumindest Oskars Bericht.

Der rothaarige Krieger mit dem einen Auge verbrachte die Stunden damit, zwischen Mathildas Crew und den Überlebenden der *Honoria* zu vermitteln. Es war offensichtlich, dass er sich keiner der Gruppen zu einhundert Prozent zugehörig fühlte und mit seinem Gewissen haderte.

Asher und Kitara waren nach dem Kampf einfach verschwunden und Tripp stellte sich vor, dass sie sich irgendwo ein ruhiges Fleckchen gesucht hatten, fernab des Stadttrubels. Vielleicht im Dschungel jenseits der letzten Häuserreihen.

Die Crew war deutlich dezimiert worden, aber Thomas und seine Schwestern hatten es, genau wie Hugo und Hannah, heil aus dem Geschehen herausgeschafft. Sie hatten Ulrik verloren und ein Dutzend anderer fähiger Seemänner, deren Leichen in diesem Moment von Rettungsmannschaften aus dem Meer gefischt wurden, um sie später traditionsgemäß zu verbrennen.

Robert hatte sich einen Platz am Fenster gesucht, von wo aus er das Aufschichten der Scheiterhaufen beobachten konnte. Er trug seine Uniform, bis obenhin zugeknöpft, an seiner Seite ein edles Rapier. Auf seinem Kopf saß der blaue Filzdreispitz mit den weißen Federn und goldenen Bordüren, aber er hatte auf die Perücke verzichtet. Er war ebenfalls gebadet und rasiert, als hätte ihm die Routine Ablenkung von dem verschafft, was ihn wirklich beschäftigte. Aber obwohl seine Miene stur seine Gedanken verbarg und sein Kiefer beständig mahlte, stand in seinen Augen die Trauer um Ada so deutlich zu lesen, dass es Tripp die Brust eng werden ließ. Er hatte nicht einmal geahnt, dass zwischen den beiden mehr als Freundschaft gewesen war, aber allein die Vorstellung, Scarlett zu verlieren, sie tot in seinen Armen zu wiegen, zerschmetterte seine Seele. Sie würden die Leichen später verbrennen, auf diesen Scheiterhaufen unten vor dem Haus, von denen Robert den Blick nicht lassen konnte.

Tripp löste seine Aufmerksamkeit von dem in Trauer versunkenen Commodore und rieb sich das Gesicht. Er war noch immer hundemüde und sein ganzer Körper schmerzte von den Anstrengungen des vergangenen Tages. Er hätte eine Woche lang durchschlafen können, gäbe es nicht so viel zu tun.

»Lasst uns ohne sie anfangen«, sagte Kilian zum ungezählten Mal und ließ sein Messer zuschnappen. »Sie kommt nicht mehr und ich habe nicht ewig Zeit. Ich muss zurück zu meiner Insel.«

»Nein«, sagte Tripp genauso tonlos wie die hundert Mal zuvor. Er hatte die Arme vor der Brust verschränkt, einen Knöchel auf sein Knie gelegt und wartete stoisch. Sein Captain würde kommen. Wenn sie bereit war. Und so lange würden sie warten.

»Aber-« Kilians Hand zuckte hoch und fing den Apfel kurz vor seinem Gesicht auf. Saft spritzte auf seine Wimpern.

»Halt die Klappe, du feiner Pinkel«, sagte Mathilda, die noch genauso dasaß wie zuvor, als hätte sie nie einen Apfel nach dem Gesicht des Herrschers der Bäreninsel geworfen.

Der blinzelte sie wütend aus seinen silbernen Augen an.

»Wir warten, egal, wie oft du fragst. Wenn du so gern reden willst, dann geh doch und bestell uns was zu essen, ja? Ich sterbe vor Hunger.« Wie auf Kommando knurrte ihr Magen.

»Von Bier allein lässt sich wohl nicht leben«, murmelte Kilian säuerlich und legte den Apfel auf den Tisch. Mit einer angeekelten Grimasse betrachtete er den klebrigen Saft auf seiner Hand. Als hätte er gestern nicht praktisch in Blut gebadet, bis nur noch seine Augen ihn kenntlich gemacht hatten.

»Mach dir keine Sorgen um meine Ernährung, Kili.« Mathilda öffnete ein Auge einen Spalt breit und grinste ihn an. »Ich habe eine tolle Proteinquelle.«

Der Seelord verdrehte die Augen. »Erspar mir deine schlechten Sexwitze, Prinzessin. Der Einäugige hat mir genug davon um die Ohren geknallt.«

»Ich lass mir den Einäugigen auch gern um die Ohren knallen«, schnaubte Mathilda und konnte ihr Lachen nicht verbergen.

Tripp schmunzelte und fühlte sich gleich darauf wie ein Haufen Scheiße. Ada war tot. Sowie unzählige andere. Scarlett trauerte und Robert sah aus, als wollte er auf etwas einschlagen, und er saß hier und lachte über einen schlechten Witz.

Die Leichtigkeit, mit der Mathilda, die Ada schließlich gut gekannt hatte, ihren Tod aufnahm, war für ihn immer noch überraschend. Aber die Prinzessin hatte ihm erklärt, dass Ada nun mit den großen Kriegern am Tisch der Götter speiste und sie dort erwartete. Weshalb ihr Tod nicht zu betrauern war. Und damit war die Sache für Mathilda erledigt. Tripp hätte diesen Glauben gern geteilt, aber er konnte sich nicht von den Göttern seiner Heimat lossagen, die eine Erdbestattung verlangten und eine goldene Münze unter der Zunge als Eintrittspreis in die Unterwelt, wo die Seele des Verstorbenen entweder in den Kreisen der Hölle auf ewig Qualen litt, oder in die Arme des Gottes der ewigen Ruhe geschlossen und für immer Frieden finden würde. Nach den Ereignissen gestern und den vielen übernatürlichen Wesen, denen er begegnet war, hatte er beschlossen, dass es sich doch lohnen könnte, ab und an ein Gebet zu Kaio hinaufzuschicken. Und nicht immer nur dann, wenn er sich mit dröhnendem Schädel von einer durchzechten Nacht erholte und um Gnade betete mit dem Versprechen, auch nie wieder zu trinken. Zumindest daran hielt er sich jetzt.

Er respektierte, dass Scarlett den Befehl gegeben hatte, auch die Invictus aus dem Meer zu fischen, soweit möglich. Sie würden zusammen mit den anderen verbrannt und dann der See übergeben werden. Immerhin waren sie nicht freiwillig zu dem geworden, was Carter aus ihnen gemacht hatte. Zumindest nicht alle. Und ihre Seelen sollten dafür nicht büßen.

Kilian erhob sich und wischte sich den Apfelsaft an einem weißen Taschentuch ab, das er aus seiner Brusttasche gezogen hatte. »Ich werde tatsächlich nach einer Mahlzeit sehen. Wenn ich zurückkomme, erwarte ich, dass man ihr einen Maulkorb angelegt hat.« Er sah Tripp mit hochgezogenen Brauen bedeutsam an, mit dem Finger auf Mathilda deutend, die nur schnaubte.

Er wandte sich gerade ab, da erklangen pochende Schritte auf dem Marmorboden im Flur und Tripp richtete sich hastig auf. Auch Mathilda öffnete beide Augen und sah erwartungsvoll zur Tür, während Robert weiter stumm aus dem Fenster starrte. Kilians schwer beschmückte Finger lagen entspannt auf der Rückenlehne seines Stuhls. Plötzlich schien er es gar nicht mehr eilig zu haben.

Einen Augenblick später schwang die Tür auf und schlug mit einem lauten Knall gegen die Wand. Die goldenen Griffe gaben unter dem Stein nach, aber darauf konnte Tripp nicht achten.

Denn auf der Türschwelle stand Scarlett, schwer atmend und mit rosigen Wangen, ein Grinsen auf den Lippen. Und über ihre Schultern linsten zwei vertraute, lavendelfarbene Augen unter einem silbernen Pony.

Kapitel 51

Scarlett kletterte über die scharfkantigen, schwarzen Felsen, die früher einmal das Ash Cliff gewesen waren. Jetzt befand sich hier nur noch ein Haufen Geröll, der wie eine Welle ins Meer gespült war.

Die Frühlingsluft war warm, die Sonne kräftig genug, um den Mantel in ihrem Zimmer zu lassen und nur das Kopftuch umzubinden. Ihre Ringe glitzerten, wann immer ihre Finger eine neue Möglichkeit fanden, sich in den Stein zu graben.

Auf dieser Seite der Bay war von den Ereignissen vom Vortag nichts zu sehen. Der Wind hatte die Trümmer auf die andere Seite der Insel getrieben und mit ihnen die Leichen und das Blut.

Scarletts Stiefel fand eine Mulde im Stein und sie stemmte sich hoch, schreckte eine Krabbe aus ihrem schattigen Versteck auf, die schnell auf weißen Beinchen davoneilte.

Sie würde nicht mehr weit klettern. Gleich hatte sie die ungefähre Mitte des ehemaligen Cliffs erreicht und dort würde sie sich einen bequemen Platz suchen.

Eigentlich hätte sie in Carters ehemaligem Kartenzimmer sein sollen, wo Mathilda, Kilian, Robert und Tripp ganz sicher bereits auf sie warteten. Aber die Vorstellung allein, in diesem allzu vertrauten, engen Raum eingepfercht zu sein und über die Zukunft zu reden, als hätte sie gestern nicht einen Teil von sich selbst verloren, hatte sie aus dem Haus gejagt und hierhergeführt, wo sie schon immer Trost gefunden hatte.

Sie suchte sich einen flachen Stein aus, der in der Sonne bereits getrocknet war, und ließ sich nieder. Der Anblick war ungewohnt und vertraut zugleich. Ein Trümmerfeld und dahinter das weite Meer. Es fühlte sich ein bisschen so an, als würde sie in ihre eigene Zukunft sehen, die sich weit und fern vor ihr erstreckte, während sie für Ada einfach aufgehört hatte zu sein.

Scarlett knibbelte an dem Verband um ihren Unterarm, unsicher, ob sie die richtigen Worte finden würde. Und dann sprudelte einfach alles aus ihr heraus. Sie erzählte ihren Eltern, was geschehen war, weihte sie in ihre Angst ein und in ihre Verzweiflung. Die Sonne und der Wind bemühten sich redlich, ihre Wangen zu trocknen, doch es flossen einfach immer neue Tränen. Die Schluchzer unterbrochen von kleinen Lachern, wenn sie mit belegter Stimme von den Dummheiten erzählte, die Ada und sie erlebt hatten und die sie immer vor ihren Eltern verheimlicht hatte.

Während sie sprach, ließ sie all ihre Gefühle zu. Sie öffnete das Tor zu ihrer Seele und ließ einen Splitter ihres Herzens nach dem anderen heraus, drehte und wendete und betrachtete ihn im Sonnenlicht, um ihn dann an seinen rechtmäßigen Platz zu setzen. Sie konnte nicht gebrochen bleiben. Für Tripp und für sich musste sie Frieden mit dem finden, was geschehen war. Mit ihren Fehlentscheidungen, ihren Versäumnissen, ihrer Reue. Für Tripp und sich und ihre Zukunft musste sie ihren Schmerz über sich hinwegspülen lassen und die verbleibenden Tropfen auf ihrer Haut tragen, bis sie getrocknet waren. Für Tripp und sich und das Kind, das in ihr heranwuchs.

Ihre Eltern schwiegen, schickten Wind und Sonne und Gischt, um sie zu küssen und zu trösten. Und den Anblick ihrer geliebten See. Je länger Scarlett auf diesem Stein saß, die Ärmel hochgekrempelt, die Nase ins Licht gestreckt, desto mehr beruhigte sich ihr Innerstes.

Sie würde Ada vermissen. Ihre Schwester. Ihre Freundin. Ihren Ersten Offizier. Sie würde für immer bedauern, dass sie nie die Chance hatte, ihr Leben so zu leben, wie sie es sich gewünscht hatte. Dass sie immer an Scarletts Seite geblieben war, obwohl ihr Herz sich nach etwas anderem sehnte. Sie würde für immer um die Zukunft trauern, die Ada gehabt und geliebt hätte. Aber sie wusste auch, dass sie ihre eigene Zukunft nicht mit Schuldgefühlen und ewiger Trauer beschatten konnte. Sie würde Leben. Für sich und für Ada. Und wenn sie sich in der Nachwelt begegneten, würden ihre Geschichten Ada das Gefühl geben, selbst gelebt zu haben.

Als die Sonne sich ihrem Zenit näherte, zog Scarlett die Stiefel aus, Hose und Hemd und das goldene Tuch von ihrem Kopf. Dann sprang sie ins Wasser. Ließ sich von der salzigen Umarmung trösten, die sie in ihrer Sanftheit an ihre Mutter erinnerte.

Sie schwamm, bis ihre Arme lahm wurden und ihr Atem keuchend ging. Dann kletterte sie auf einen Stein und legte sich in die Sonne. Ließ sämtliche salzigen Spuren trocknen.

Die Erschöpfung musste sie übermannt haben, denn als Scarlett die Augen aufschlug, war die Sonne bereits zügig weitergeeilt auf ihrem Weg zum Horizont.

Ächzend setzte sie sich auf und ließ den verspannten Nacken knacken. Sechsundzwanzig war wohl schon zu alt, um ein Mittagsschläfchen auf einem Stein abzuhalten.

Sie blickte an sich herab. Sonnenbrand färbte ihre Oberschenkel und den Bauch und zweifellos auch ihr Gesicht. Ihre Verbände waren wieder trocken, aber Aline würde sie trotzdem ausschimpfen, wenn sie in die Stadt zurückkehrte. Ihr Haar war stumpf und kringelte sich um ihre Schläfen und an den Spitzen. Sie wollte ein Bad nehmen und sich ins Bett legen. Aber ein Blick zum Himmel zeigte ihr, dass sie dafür keine Zeit mehr haben würde. Für Sonnenuntergang war die Verbrennung angeordnet und während sie sich normalerweise davor gedrückt hätte, stundenlang im beißenden Qualm der Scheiterhaufen zu stehen, um Leichen zu verbrennen, wollte sie dieses Mal dabei sein. Sie wollte Ada ein letztes Mal Lebewohl sagen.

Gerade wollte sie die Seite des Steins hinabklettern und wieder in die Wellen springen, als sie eine Bewegung unter der Oberfläche bemerkte. Blitzschnell zog sie den Fuß zurück und stand auf. Sie hätte eine verdammte Waffe mitnehmen sollen. Carters Kreaturen verseuchten wahrscheinlich immer noch diese Gewässer und sie hatte sich einfach für ein Schwimmerchen hineingestürzt. Für diese Dummheit hätte sie es verdient, von einem Invictus zerrissen zu werden.

Mit hart klopfendem Herzen sah sie sich nach etwas um, das sie als Waffe benutzen konnte, doch es gab nicht ein loses Steinchen auf diesem Scheißfelsen.

Dann eben mit bloßen Händen. Mal sehen, wer die schärferen Zähne hatte.

Aber als sie sich umwandte und dorthin sah, wo ihr die Bewegung aufgefallen war, war es keineswegs ein Invictus, der sie erwartete.

Es war die Meerhexe höchstselbst.

Sie hockte auf einem flachen Felsen keine drei Schritt entfernt und hatte den glänzenden, schwarzen Fischschwanz über dem

Stein drapiert. Ihr langes Haar wogte, aber nicht in Windrichtung. Es schien einfach… als wäre sie unter Wasser. Unheimlich. Ihre goldene Krone schimmerte auf ihrem Kopf und akzentuierte ihre spitz zulaufenden Ohren.

»Hallo, Scarlett«, sagte sie mit ihrer melodischen Stimme, die viel ruhiger klang als bei ihrer ersten Begegnung.

»Ähm, hey.«

»Setz dich, Kind, wir haben viel zu bereden.«

Scarlett konnte sich beim besten Willen nicht vorstellen, was das sein mochte, aber sie kam der Aufforderung nach und setzte sich neben die Hexe auf den Stein. Ehrlich, sie wollte unbedingt raus aus der Sonne, bevor ihr Hirn gebraten wurde, aber man widersprach der Meerhexe einfach nicht. Nicht einmal, wenn man Scarlett Rogers war und einen Sonnenbrand hatte.

»Ich nehme an, du weißt, was zwischen Carter und mir vorgefallen ist?«

Warum hörte sie sich an wie eine Mutter, die ihrem Kind die heimliche Affäre mit ihrem Nachbarn beichtete?

»Ja. Er hat es mir erzählt. Zumindest seine Seite der Geschichte.«

»Ah, schön, dass du dazwischen differenzierst.«

»Naja«, sagte Scarlett in scherzhaftem Ton, »Wir kennen die Männer doch.«

Die Meerhexe schwieg, keine Spur amüsiert. »Ich kannte die Männer nicht, als ich ihm zum ersten Mal begegnete«, sagte sie dann und Scarlett stellte sich auf eine lange Geschichte ein. »Als jüngere Tochter war es nie vorgesehen, dass ich den Thron einmal besteigen würde. Aber als Cailin sich als unfähig erwies und die Aufgabe mir zugeteilt wurde, nun, es war ermüdend. Viel Macht und viel Verantwortung sind nicht alles, was man sich vom Leben wünscht. Nicht einmal von einem unsterblichen. Als ich Carter traf, hat er Farbe in mein Dasein gebracht. Jahrtausende hatte ich allein unter dem Meer gelebt, nur mein Volk als Gesellschaft. Und dann kam dieser Mann und stellte meine Welt auf den Kopf. Er war so frei, so voller Möglichkeiten. Und ich glaubte, er verstünde meinen Kampf mit der Pflicht.«

Sie seufzte und strich sich eine lange Haarsträhne hinters Ohr. Die Art und Weise, wie sie über Carter und ihre Beziehung sprach, erinnerte Scarlett an die eine Nacht, in der sie geglaubt hatte, ihre Welt stünde Kopf und nun würde alles in Erfüllung gehen, was sie sich je erträumt hatte. Und wie in ihrem Fall, vermutete sie auch bei der Meerhexe ein böses Erwachen.

»Doch ich hatte mich getäuscht.« Volltreffer. »Als er mir seine Idee vorstellte, gemeinsam über die See zu herrschen, er über Wasser und ich darunter, begriff ich, dass er die See nie richtig verstanden hatte. Geschweige denn geliebt.« Sie lächelte traurig und Scarlett verspürte einen Stich Mitleid. Neben ihr saß ein unsterbliches Wesen und alles, was es sich gewünscht hatte, war ein liebevoller Partner. Die Meerhexe hob die Augen und sah Scarlett aus diesen unendlichen weißen Tiefen ernst an. »Aber du verstehst es, Scarlett. Ich sehe es in all deinen Entscheidungen. Ich sehe es, wann immer du den Blick auf den Horizont richtest. Wann immer du der See deine Geheimnisse anvertraust.«

Scarlett fuhr zu ihr herum, die Augen weit aufgerissen. »Was sagt Ihr da?«

Die Hexe lächelte sanft. »Sie mögen fort sein, Scarlett, aber ich habe dir immer gelauscht.«

Plötzlich saß ein Kloß in ihrer Kehle und drohte, ihr erneut Tränen in die Augen zu treiben. Schnell wandte sie den Blick ab und starrte stattdessen auf ihre Zehen, die sie unbewusst ins Wasser gestreckt hatte. Die See, die sie immer geerdet hatte. Die ihr mehr Heimat gewesen war als die Pirates Bay.

»Du, anders als Carter, hast verstanden, dass die See zu lieben nicht heißt, sie zu beherrschen. Sie sich Untertan zu machen. Unbesiegbar zu sein. Invictus.« Sie streckte eine Hand aus und Wassertropfen stiegen empor, drehten sich, wirbelten um sie herum, glitzernd im Sonnenschein. »Die See zu lieben, heißt, sie frei sein zu lassen. Wild. Sich von ihr mitreißen zu lassen und keine Angst zu verspüren. Sie nicht zu zähmen, sondern zu überleben.«

Die Wassertropfen fielen. Einige landeten auf Scarletts nackten Schultern, andere auf dem Stein rings um sie oder zurück im Meer.

»Carter hat das nie begriffen. Er wollte unbesiegbar sein und hat dafür unaussprechliche Dinge getan. Ich habe seine Kreaturen gesehen. Sei unbesorgt, sie sind vernichtet.«

Scarlett atmete erleichtert auf. »Wie wird es jetzt weitergehen?«

Die Meerhexe lächelte. »Ich werde zurückkehren in mein Reich, auf meinen Thron. Und du wirst tun, was immer dein Herz dir rät.«

»Was ist mit Cailin?«

Ihre golden schimmernde Flosse schlug gegen den Felsen, als unterdrückte sie ihren Unmut. Aber ihr Blick war nachdenklich zum Horizont gewandert. »Meine Schwester hat ihr Leben für jemanden gegeben, der es mehr verdient als sie.«

Scarlett runzelte die Stirn. Das erschien ihr unvorstellbar. »Wie soll das möglich sein?«

Ein kleines Lächeln zupfte an den blauen Lippen der Hexe. »Als Gotteskinder haben meine Schwester und ich viele Fähigkeiten geerbt, Scarlett. Eine davon ermöglichte es mir, mein Volk zu schaffen. Ihnen Leben einzuhauchen. Meine Schwester hat diese Fähigkeit verloren, noch ehe sie ihren Thron verlor. Es war das Schicksal, das hier die Fäden zog, wenn du mich fragst. In jedem Fall aber wurde ihre Fähigkeit, Leben zu geben, in dem Moment wiedererweckt, als der Zauberer den Bann löste.«

Scarlett nickte. »Sie nutzte die Fähigkeit, um andere Frauen und mich zu befähigen, die Kinder der Invictus auszutragen.«

»Das ist richtig.«

Da fiel ihr etwas ein. »Ist der Magiefunken noch da? Gestern fühlte es sich an, als ob… mein Körper ihn ausgestoßen hätte.« Es hörte sich dämlich an, aber genauso war es ihr vorgekommen.

»Er ist fort«, bestätigte die Hexe mit einem Nicken und Scarlett fühlte sich plötzlich so viel leichter. »Die Magie ist zutage getreten, um dich zu schützen, als ihren Wirt.«

Scarlett verzog den Mund. Das hörte sich eher nach einem Parasiten an, denn nach einem hübschen kleinen Magiefunken.

»Ich vermute, Cailin hatte geplant, dich ihre… Drecksarbeit erledigen zu lassen, wie ihr Menschen zu sagen pflegt.«

Zu dem Schluss war Scarlett auch gekommen. Wahrscheinlich hatte die Hexe sich die Invictus unter den Nagel reißen wollen, nachdem Scarlett Carter getötet und sie dann Scarlett getötet hatte. Aber da hatte sie die Rechnung ohne Tripp gemacht. Scarlett himmelte ihn immer noch ein klein wenig an dafür, dass er Cailin erschossen hatte, ohne Fragen zu stellen.

»Ihre Magie wurde nach dem Tod der Invictus freigesetzt und nährt nun die See, so wie es sein sollte«, fuhr die Meerhexe fort.

»Und was ist mit Cailin selbst? Was meintet Ihr vorhin?«

Die Meerhexe lächelte geheimnisvoll. »Cailin trug natürlich viel mehr dieser lebensspendenden Magie in sich als die Invictus, Carter oder du. Und nachdem klar wurde, dass ich nicht zulassen kann, dass meine Schwester noch einmal zu einer Gefahr für die See oder das Leben darin und darauf wird, habe ich ihr Dasein beendet und die Magie dazu genutzt, ein Leben wiederherzustellen, das bereits verloren war.« Sie bedeutete Scarlett, ihr zu folgen und warf sich in die Wellen, deutlich eleganter als Scarlett, die vor lauter Eile und brennender Hoffnung einen Bauchplatscher hinlegte.

Die Hexe nahm ihre Hand und zog sie mühelos mit sich durch die Wellen, zurück zu ihren Kleidern.

Als Scarlett aus dem Wasser auftauchte und sich den dunkelroten Vorhang aus der Stirn strich, erwartete sie bereits jemand.

Kapitel 52

Als Scarlett ihre Geschichte beendete, hielt Robert Ada noch immer in den Armen und hatte das Gesicht an ihrem Hals vergraben. Sie schienen miteinander zu flüstern und Tripp wandte sich ab, um ihnen die nötige Privatsphäre zu geben. Stattdessen nahm er Scarletts Gesicht in seine Hände und küsste sie kurz und fest. Er fühlte sich, als wäre ihm ein ganzer Berg von den Schultern gefallen, seit Ada hinter Scarlett in den Raum getreten war. Aber es gab noch immer so viel zu tun und die ungeduldige Miene des Seelords verhieß nichts Gutes. Tripp konnte nicht fassen, wie sehr er dieses eingebildete Arschloch angehimmelt hatte. Jetzt wollte er ihm nur einen Tritt verpassen und ihn zu seiner Scheißinsel zurückschicken.

»Das ist ja alles… ganz entzückend. Aber wir haben noch immer wichtige Dinge zu besprechen.« Kilian wandte den Blick von Ada ab, die ihm hinter dem Rücken den Mittelfinger zeigte, und konzentrierte sich auf Scarlett. Die ihm ganz offen den Mittelfinger zeigte. Er seufzte geplagt.

»Entzückend. Nun, wir müssen wichtige Entscheidungen fällen, die-«

»Kilian«, unterbrach Scarlett ihn scharf und zog damit aller Aufmerksamkeit auf sich. »Ich danke dir, dass du uns beigestanden hast. Ohne deine Hilfe hätten wir es nicht geschafft. Das weiß ich. Und kein Gold der Welt könnte aufwiegen, was das Wert war, diese eine Entscheidung von dir.« Sie löste sich aus Tripps Umarmung und trat einen Schritt auf den Seelord zu, der sie scharf musterte. »Aber«, fuhr sie fort, »die Schlacht war erst gestern. Lass uns unsere Toten der See übergeben. Lass uns trauern und feiern und genesen. Danach ist noch immer Zeit genug, zu entscheiden.«

Der Seelord zog die Brauen zusammen. »Und was willst du König Phillip sagen, wenn seine Schiffe hier eintreffen?«

Gute Frage. Der König hatte die Unterstützung absichtlich so spät losgesandt, dass sie nicht mehr ins Kampfgeschehen eingreifen konnten. Scarlett hatte die Vermutung geäußert, der König wollte sich dann holen, was noch übrig war, und sich zum großen Helden erklären.

»Ich werde ihm sagen, dass er sich verdammt nochmal verpissen soll.«

Kilian hob das Kinn, plötzlich interessiert. »Du beanspruchst die Pirates Bay für dich?«

»Ich beanspruche die Pirates Bay für die Piraten«, verbesserte Scarlett und ihre feste Stimme erfüllte Tripp mit Stolz. »Ich beanspruche sie für die Gesetzlosen, die Heimatlosen und alle, die eine sichere Zuflucht suchen.«

»Als ihre Königin?«, bohrte Kilian weiter, aber Tripp hatte nicht das Gefühl, dass er Übles im Sinn hatte. Viel mehr machte es auf ihn den Eindruck, als ob Silvereye Kilian *wollte*, dass Scarlett sich zur Königin ernannte.

»Nein.«

Stille, so drückend, dass man sie hätte schneiden können, malträtierte Tripps Trommelfelle. Er spürte Adas Blick auf sich, hörte Mathildas Stiefel über den Steinboden schaben, aber all seine Konzentration ruhte auf Scarlett.

»Die Piraten brauchen keinen Herrscher.« Ein Lächeln breitete sich auf ihren Lippen aus, das nur als ruchlos zu bezeichnen war und Tripp hart werden ließ. Ihr goldener Eckzahn glitt über ihre Unterlippe. »Sie brauchen einen Captain.«

Kapitel 53

Scarlett wartete nicht, bis sie zurück in ihrem Zimmer waren, sondern riss Tripp das Hemd vom Leib, noch ehe ihre Tür in Sicht kam. Der Leinenstoff landete achtlos auf dem Boden, während ihr fiebriger Kuss sie weiterstolpern ließ. Ihre Finger nestelten an seinem Hosenbund, während er ihr das Haar aus dem Gesicht strich und ihren Hals mit gierigen Küssen bedeckte.

Seine Zunge war heiß auf ihrer Haut, zeichnete sie als die seine, als er sie gegen die Wand drückte und einen Oberschenkel zwischen ihre Beine schob. Seine Finger umspannten ihren Hals, drückten genau richtig fest zu, um die Hitze in ihrem Unterleib zu verstärken. Sein grüner Blick hielt ihren, seine freie Hand vergrub sich in ihrem Haar, wand die Strähnen, bis er sie in eisernem Griff gefangen hielt und gestattete ihr, sich an ihm zu reiben.

Wimmernde Laute drangen über ihre Lippen, als Scarlett ihre pochende Mitte über den Stoff seiner Hose rieb, wünschend, hoffend, betend, dass die zwei Stoffschichten zwischen ihnen verschwinden mochten.

Derweil verlor sie sich in Tripps dunklem Blick, die Lust darin brüllte ihr entgegen wie ein hungriges Tier, bereit, zuzuschlagen, wenn sie am schwächsten war. Und bei allen Winden, sie war schwach in seinen Armen. Ihr Innerstes schien aus glühender Lava zu bestehen, während ihre Haut prickelte und nach seiner Berührung verlangte. Ihr Verstand war umnebelt, völlig in Besitz genommen von dem Mann vor ihr, über ihr, um sie herum. Er war ein Käfig, dem sie nie entfliehen wollte. Ein Käfig, in den sich selbst hineingeworfen und die Tür willig hinter sich verschlossen hatte.

Ihr keuchender Atem traf auf seinen harten Kiefer, als sie sich reckte, um seine Lippen erneut mit ihren zu berühren, aber er lehnte den Kopf gerade so weit zurück, dass sie nicht an ihn herankam, seine Hände sie noch immer an die Wand hefteten.

Er schnalzte mit der Zunge. »So ungeduldig, Red. Willst du deinen neuen Titel denn gar nicht feiern?« Er beugte sich vor und fuhr mit den Lippen über ihr Schlüsselbein, gab ihr nicht mehr als diese federleichte Berührung und die Gnade, sich an ihn zu pressen. »Die Blutige Scarlett Rogers«, jedes Wort wurde von kleinen, scharfen Bissen auf ihrer empfindlichen Haut begleitet. »Captain der Reef Raiders Piraten, Herrin der Pirates Bay und Kriegerin der Neun Weltmeere.«

»Doch«, keuchte Scarlett halb von Sinnen und kurz davor, hier und jetzt auf seinem Bein Erlösung zu finden. Sie wusste, dass ihre Wangen glühten und ihre Augen leuchteten, dass ihre Lippen feucht glänzten, wo sie mit der Zunge darübergefahren war. Tripps Blick zuckte zu ihrem Mund und sie konnte nicht anders, als verwegen zu grinsen in dem Wissen, dass er sich nur mühsam zurückhielt, was auch immer er ihr vorgaukeln wollte. »Ich will ihn feiern, mit dir in mir und deinem Namen auf meinen Lippen, während ich komme.«

Tripps tiefes, zustimmendes Brummen klang wie das Knurren eines Raubtiers, dazu gedacht, ihre Lust noch weiter anzufachen. Was es auch tat. Sie spürte das heiße Prickeln, das sich in ihrer Mitte sammelte und dann-

Tripp zog sich zurück, beraubte sie ihrer Erlösung und zog sie stattdessen mit sich. Wenn sie jetzt jemand gesehen hätte, rotwangig und in seinem Griff benommen taumelnd, man hätte ihr ihren neuen Titel gleich wieder aberkannt. Die Herrin der Pirates Bay durfte sich niemandem unterwerfen. Keinem König und keinem Gott außer der See.

Aber vielleicht einem Bootsmann? Das war doch okay, oder? Die waren für ihre Hand-Penis-Koordination bekannt.

Tripp trat die Tür zu ihrem Zimmer auf und drängte sie hinein, seine Hand unerbittlich an ihrer Kehle. Als die Tür zuschlug, presste er sie dagegen und nahm ihren Mund in einem Kuss gefangen, der alle anderen übertraf.

Er war hektisch, heiß und gierig und zugleich erfüllt von all der Sehnsucht, all der Angst und Erleichterung der letzten Tage und Wochen. Sie schmeckte seine Liebe für sie wie die süße Note von Honig in Tee. Und sie ließ sich hineinfallen, nahm das Gefühl in sich auf und badete darin, bis es jede Zelle ihres Körpers erfüllte.

Sie wollte das hier. Ihn. Die Zukunft mit ihm. Ihr Kind. Sie wollte all das und mehr. Und sie wusste ohne Zweifel, dass sie es mit Tripp erreichen konnte.

Sie stieß sich von der Tür ab und drängte ihn zurück. Tripp ließ es zu und setzte sich auf die Bettkante, wo Scarlett vor ihm niederkniete und seine Stiefel und Hose auszog. Dann nahm sie seine steife Erektion in die Hand und massierte sanft über den in Seide gekleideten Stahl.

Seine Augen verdüsterten sich noch mehr und sie genoss, wie sich seine Lippen unbeabsichtigt öffneten. Wie er sie mit Bewunderung und Faszination ansah. Wie sich ihm ein gutturales Stöhnen entrang und er den Kopf zurückwarf, als sie ihn in den Mund nahm. Er hatte die Hände hinter sich aufgestützt, überließ ihr die Führung. Und sie schwelgte in dem Wissen, dass sie es war, die ihm diese Lust bereitete.

Tränen sammelten sich in ihren Augen, aber sie blinzelte sie fort und widmete sich seiner Lust mit Hingabe, bis sie eine Hand in ihrem Haar spürte, die sie sofort innehalten ließ. Er bog ihren Kopf zurück, einen leichten, rosa Schimmer auf den Wangen und schwer atmend.

Die Hand in ihrem Haar leitete sie, zog sie auf die Beine und wartete nur so lange, bis sie sich vollständig entkleidet hatte, dann zog sie sie auf seinen Schoß und über sein Glied.

Scarlett erwiderte seinen hungrigen Kuss und hielt seinen Blick, als sie sich auf ihn sinken ließ. Sie warf den Kopf mit einem Stöhnen in den Nacken, in dem Gefühl schwelgend, so vollständig von ihm ausgefüllt zu sein.

Tripp vergrub sein Gesicht zwischen ihren Brüsten, küsste die weiche Haut dort und fing eine ihrer Brustwarze mit seinen Zähnen.

Scarlett seufzte, schlang die Arme um seine Schultern und kreiste die Hüften.

Sie verloren sich ineinander, in dem Gefühl, endlich zusammen sein zu können. Sich gestatten zu dürfen, glücklich zu sein. Es war gleichgültig, was die nächsten Tage, Wochen, Jahre bringen würden, weil sie zusammen wären. Und dieses Geschenk wog mehr als alles andere.

Als Tripp es nicht mehr aushielt, schlang er einen Arm um ihre Hüften und drehte sie, sodass sie unter ihm lag und er sie mit langen, tiefen Stößen nehmen konnte. Ihr Stöhnen erfüllte den Raum, mischte sich mit dem Rauschen des Bluts in ihren Ohren, als er einmal mehr seine Hand um ihre Kehle schloss und die andere ihren Weg zwischen ihre wiegenden Körper fand.

Er kniff kurz und heftig in ihre Klitoris und der Orgasmus raste durch sie hindurch, erfüllte ihre Glieder bis in die Spitzen und sein Name fiel von ihren Lippen direkt in den Strom heißer Lava, der in ihrer Mitte eruptierte.

Ihre Muskeln zogen sich um ihn zusammen und Scarlett spürte den Moment, als sie ihn mit sich über die Klippe rissen. Als er zitternd und keuchend über ihr zusammenbrach, ihre Beine noch um seine Hüften geschlungen, fanden ihre Finger von selbst den Weg in sein Haar. Sein Bart kitzelte an ihrem Kinn, als er ihr ein Gebet ins Ohr flüsterte: »Ichliebedichichliebedich. Ich. Liebe. Dich.«

Epilog

Sie verabschiedeten Robert und Ada an dem Tag, an dem der Ausguck am Hafen die Schiffe der königlichen Marine am Horizont ausmachte.

Drei Wochen waren seit dem Sieg gegen Carter vergangen. Zeit, die sie alle gebraucht hatten, um sich zu erholen, die Schiffe zu reparieren und zur Ruhe zu kommen.

Außer Kilian, der war in der Tat schon einen Tag nach Adas überraschender Wiederbelebung abgereist, zusammen mit seinen drei Schiffen.

Die Schwarze Gilde war bei Nacht und Nebel verschwunden, was Tripp dann doch dazu veranlasst hatte, Scarlett die Wahrheit über seine Abmachung mit Daimon Frost zu erzählen. Sie hatte ihn mit einem erhobenen Pantoffel um den Schreibtisch gejagt, bis ihm die Puste ausgegangen war und sie stattdessen zu etwas angenehmerer Beschäftigung übergegangen waren. Direkt vor Scarletts neuem Kamin.

Sie hatten Carters Haus niedergebrannt und mit ihm den Käfig. Große Steine verbarrikadierten jetzt den Eingang zu den Schwarzwasserzellen, auf denen Steinmetze die Namen der Gefallenen verewigt hatten. Ganz oben stand in stolzen Lettern: Wyatt »der Rote« Rogers. Skye war keines von Carters Opfern gewesen, aber nachdem Tripp Scarlett von den Gebräuchen auf der Bäreninsel erzählt hatte, hatte sie die Namen ihrer Eltern in einen der vielen Felsen am ehemaligen Ash Cliff geritzt. Es schien ihr passend, dass die Tide die Namen irgendwann mit sich nehmen würde.

Tripp und sie hatten sich ein Haus am Rand der Stadt ausgesucht, dessen Besitzer in Carters Labor ihr Ende gefunden hatten. Wie so viele andere.

Die Stadt war trotzdem nicht leer, denn überraschender Weise hatten einige Soldaten den Dienst quittiert und sich den Reef Raiders angeschlossen. Scarlett hatte die Piraten aus den Schwarzwasserzellen holen und vor die Wahl stellen lassen, zu bleiben oder allein ihr Glück zu versuchen. Niemand war gegangen. Die meisten Kapitäne waren im Kampf gefallen oder von den Meerjungfrauen aus ihrem unnatürlichen Leben erlöst worden. Also hatte Scarlett neue Crews zusammengestellt und neue Kapitäne ernannt. Hugo war einer von ihnen.

Der stumme Riese war nun tatsächlich sprachlos gewesen, als Scarlett ihm den Hut aufgesetzt und auf sein neues Schiff gedeutet hatte. Die *Amara*. Scarlett hatte die beiden verheiratet und Thomas hatte ein bisschen geweint, als seine Schwester in ihrer Piratenkluft an einen Steuermann übergeben worden war. Aber er freute sich für sie.

Serena hatte sich noch immer nicht von Saras Tod erholt und Thomas sorgte für sie, wobei er selbst seine Trauer verarbeitete.

Asher und Kitara hatten sich ebenfalls bereits davongemacht, zusammen mit ihren Schiffen und Mathilda und ihrer Crew. Kitara hatte sich sogar für einen Moment in ihre menschliche Gestalt verwandelt, um Scarlett an ihren nackten, beeindruckend großen Busen zu ziehen und fest zu umarmen. Dann war die Katze an der Seite ihres Wüstenkriegers davongeschlendert und sie alle hatten so getan, als wüssten sie nicht, dass Asher in Wahrheit ein Prinz war und nach Hause zurückkehrte, um seinen Thron zu besteigen.

Oskar war, wenig überraschend, mit Mathilda gegangen. Bei allen Winden, Scarlett würde den einäugigen Rüpel vermissen, aber sie freute sich auch für ihn, dass er endlich Anschluss an das Volk seines Vaters gefunden hatte.

»Wirst du es denn auch ohne mich schaffen?« Ada klang nur teilweise neckisch. In ihrem Ton schwang eindeutig Sorge mit.

»Bitte, du bist doch nur ein Klotz am Bein«, gab Scarlett zurück und löste sich aus ihrer Umarmung. Das war irgendwie zur Gewohnheit geworden: am Pier stehen und Freunden zum Abschied eine Umarmung verpassen.

»Ohne mich lägst du längst auf dem Meeresgrund, Bitch«, sagte Ada, aber beim letzten Wort schniefte sie ein bisschen.

»Das ist doch nicht dein Verdienst«, schnaubte Scarlett und zog an der Schnur um ihren Hals. »Das ist alles wegen dieses Schutzamuletts.«

Adas Lächeln war wässrig, als die Tränen nun überliefen. »Ich weiß nicht, ob ich das schaffe, Scar«, schniefte sie leise, als sie sich an Scarletts Schulter drückte. Die strich ihr beruhigend über den Rücken und warf einen Blick zu Robert, der bereits an Bord war und an der Landungsbrücke auf sie wartete. Seit ihrem Tod ließ er sie keine Sekunde mehr aus den Augen und küsste den Boden, auf dem sie lief. Wie Scarlett das hatte entgehen können, fragte sie sich noch immer, aber wahrscheinlich war sie zu sehr mit Tripp beschäftigt gewesen.

»Klar schaffst du das. Die Frau eines Commodores zu sein ist nicht viel anders, als Piratin zu sein.«

Ada lehnte sich zurück und sah sie ungläubig an. »Was redest du denn da?«

Scarlett zuckte die tränennasse Schulter. »Naja, überleg doch mal: Du gibst Geld aus, das nicht deines ist.« Ada nickte nachdenklich. »Und du isst den feinen Leuten auf ihren Partys das Essen weg, während du sie unter den Tisch trinkst.«

Ada lachte. »Hört sich eigentlich ganz leicht an.«

»Siehst du?«

Sie biss sich auf die Unterlippe. Dann platzte sie heraus: »Ich komme dich besuchen.«

»Ich weiß. Und ich komme dich besuchen. Und ich erwarte, dass du mir alles erzählst, was die feinen Leute dir im Vertrauen sagen.«

Ada hob eine Braue. »Wenn du mich bezahlst.«

»Meine Anwesenheit wird Bezahlung genug sein.«

»Das hast du auch gesagt, als ich meine letzte Heuer wollte.«

Scarlett verschränkte die Arme vor der Brust. »Was soll ich sagen? Meine Anwesenheit ist einfach immens wertvoll.«

Adas violette Augen rollten nach hinten. »Ja, klar.«

»Sonst hättest du doch nicht so viel davon in Anspruch genommen, hm?«

Sie lachte. »Ich werde dich vermissen, Scar.« Damit wandte sie sich ab, klopfte Tripp im Vorbeigehen auf die Schulter und steuerte die Landungsbrücke an, als sie sich nochmal umdrehte. »Und sag Thomas, ich versohl ihm den Hintern, wenn er dir kein guter Offizier ist.«

Scarlett winkte. »Und du werde glücklich, aye?«

Adas Augenwinkel bekamen kleine Falten, als sie lächelte. »Ich war immer glücklich, Scar. Das hier-«, sie warf einen Blick über die Schulter zu Robert, »ist nur eine andere Form von Glück.«

Scarlett wusste genau, was sie meinte. Und deshalb verspürte sie nur einen ganz kleinen Stich der Trauer, als ihre Freundin in See stach, um ein neues Leben an der Seite ihres Commodores zu beginnen. Fernab der See und ihrem salzigen Wind. Naja, so fernab wie sich ein Haus in Port Lory eben finden ließ.

Hunter war ebenfalls auf diesem Schiff. Sie hatten sich nicht verabschiedet, denn mal ehrlich, sie hatten sich nichts mehr zu sagen. Ihre Zeit war vorüber und sie würden keine Freunde sein. Scarlett musste sich einen neuen Spion in der Werft des Königs suchen, aber das würde sich sicher regeln lassen.

»Geht es dir gut?« Tripp legte einen Arm um ihre Hüfte und zog sie an seine Seite, um einen Kuss auf ihren Scheitel zu drücken.

Sie sah zu ihm auf und lächelte in seine grünen Augen. »Ja.«

Und es stimmte. Robert und der Governor würden ihr König Phillip vom Hals schaffen, Kilian war nicht ohne einen ersten Entwurf für ein Handelsabkommen abgereist und Mathilda hatte versprochen, nun öfter auch mal Richtung Süden zu steuern.

In acht Monaten würden Tripp und sie Eltern werden und das war ganz schön beängstigend. Und das sagte *sie*. Die sie einem Riesenkraken, einer Meerhexe, einem irren Piratenkönig, einem Zauberer und einer neidischen Unsterblichen gegenübergestanden hatte und noch immer lebte.

»Wohin geht es als nächstes, Captain?« Jon klang ein wenig zu enthusiastisch. Das musste direkt mit einem strafenden Blick untergraben werden. Leider erreichte das bei ihrem neuen Kanonier gar nichts.

Also seufzte Scarlett. »Ich würde ja sagen, dahin, wo es den besten Rum gibt, aber naja«, sie deutete auf ihren Bauch, wo noch keine Spur zu sehen war, gleichzeitig sandte sie Tripp einen gespielt vorwurfsvollen Blick. Der grinste nur stolz, bis sie die Augen verdrehte und sich wieder Jon zuwandte. »Außerdem haben wir einiges zu tun. Allen voran eine gewisse Angelegenheit mit der Schwarzen Gilde.« Wieder ein Blick zu Tripp.

»Also befreien wir Seths Schwester?«, fragte Jon mit einem Glitzern in den Augen. Irgendwo zwischen dem Angriff auf Port Lory und der Seeschlacht gegen Carter, hatte er seine Liebe zur Piraterie entdeckt. Vielleicht hatte er sie aber auch beim Anblick von Scarletts neuer Schatzkammer spontan entwickelt. Wer weiß.

»Natürlich. Ich kümmere mich um meine Crew«, sagte sie und reckte das Kinn in die salzige Brise. »Und ich bin Captain Scarlett Rogers, Warrior of the Sea«, ihre Lippen verzogen sich zu einem gefährlichen Grinsen. »Ich halte meine Versprechen.«

Dass Jon nicht auf und ab hüpfte und vor Vorfreude in die Hände klatschte, war alles. »Okay«, rief er, schon im Davoneilen. »Dann trommle ich mal die Crew zusammen.«

»Mhm«, machte Scarlett nur, etwas abgelenkt von der wandernden Hand ihres Bootsmanns.

»Hast du dir schon eins ausgesucht?«, raunte er an ihrem Ohr. Sein Atem brachte ihre Strähnen zum Zittern und fächerte über ihren Hals.

Scarlett unterdrückte ein wohliges Schaudern. Das hier war nicht Zeit und Ort. »Ja. Ein richtig großes.«

»Mh. Lust, es mir zu zeigen?«

Eine Stunde später standen sie auf dem Achterdeck der *Skye* und beobachteten, wie sich die Crew an Bord einfand. Scarletts tätowierte, von unzähligen Ringen geschmückte Finger strichen über das polierte Steuerrad ihres neuen Schiffes. Die *Honoria* war nun offiziell im Ruhestand und hatte das auch redlich verdient. Ein wenig traurig war Scarlett schon darüber, dass die See sich die *Pirates Revenge* geholt hatte, aber sie wusste, dass es besser so war. Dieses Schiff barg zu viele Erinnerungen und zu viele Geister. Besser, sie blieb, wo sie war. Zusammen mit all jenen, die mit ihr gesunken waren.

Die *Skye* hatte noch vor einer halben Stunde *Black Rose* geheißen und früher mal Hank gehört. Sie ehrte das Andenken an ihren alten Freund, bevor er von Carter korrumpiert worden war.

Die Crew brachte ihre Habseligkeiten unter Deck und Scarlett musste daran denken, wie sie Tripp vorhin aufgehalten und ihn seine Sachen in ihre Kabine hatte bringen lassen. Der Idiot.

Ein abwesendes Lächeln zupfte an ihrem Mundwinkel, das blieb, bis sie in See stachen.

Die roten Segel der *Skye* blähten sich im Abendwind und trieben sie aus der Bay hinaus aufs offene Meer, dem Horizont entgegen.

»Tripp?«

»Ja?«

»Ich liebe dich.«

Ende

Weitere Bücher

Cataleyas Erbe

Göttliche Insignien

Göttliche Herzen

Arastrea

Das Vermächtnis der Seher

Die Schlacht der Völker

Der Pfad des Lebens

Das Reich der Göttin

Misfit Fairytales

Amelia – Königskinder

Rianna – Wolfsauge

Maeva – Teufelspakt

Maia&Jarek – Hexenbann

Jasmin – Rosenkind

Élodie – Rabenschwester

Alana – Fluchbrecher

Über die Autorin

Lilly C. Zwetsch schreibt und liest Fantasy-Geschichten für ihr Leben gern. Die deutsche Sagenwelt, Grimms Märchen und unzählige Audiokassetten aus der Welt von Bibi Blocksberg haben ihre Kindheit geprägt und die Begeisterung für Geschichten geweckt.

Seit 2018 veröffentlicht sie ihre eigenen Geschichten im Selfpublishing und bei Carlsen Impress. Jugendfantasy, Märchenadaptionen und Götterfantasy gingen der neuen Piraten-Trilogie »Warrior of the Sea« voraus und es werden noch viele weitere folgen.

Als Bloggerin ist Lilly auf Instagram und YouTube unter »Lillyteratur« zu finden, wo sie über Fantasy-Bücher spricht und Empfehlungen schreibt.

Außerdem dient der YouTube-Kanal »Schreibwerkstatt« ihrem Wunsch, anderen Autorinnen und Autoren zu helfen, Motivation beim Schreiben zu finden, Tipps und Tricks rund ums Thema Storytelling zu lernen und vor allem durch die schwierigen Fahrwasser des Selfpublishing zu navigieren: Coverdesign, Werbung, Titelauswahl, Buchsatz, Lektorat…

Mehr dazu und zu ihren anderen Büchern findest du unter www.Lillyteratur.de